Herz verfehlt, Arsch getroffen
Laura Roth

Laura Roth

HERZ
VERFEHLT
ARSCH
GETROFFEN

Roman

liberius

Impressum:
1. Auflage 2024
liberius Verlag
Untere Bergstraße 12/3
4300 St. Valentin
Alle Rechte vorbehalten
Cover & Buchsatz: Manuela Körbler
Lektorat: Daniela Rosenberger, Linz
Korrektorat: Buchfein, Oberwart
Bestellung und Vertrieb:
Nova MD GmbH, Vachendorf
Druck/ Herstellung: Booksfactory
Printed in Poland
ISBN: 978-3-98942-552-1

Kapitel 1

Scherben

August

»Schlimmer kann's jetzt nicht mehr werden«, dachte Eva, als sie den Umzugskarton abstellte und sich den Schweiß von der Stirn wischte. Sie hatte den Tiefpunkt erreicht, doch allen Widrigkeiten zum Trotz war sie auf den Füßen gelandet, und zwar auf einem eleganten Fischgrätparkett aus Akazienholz.

Ihr neues Zuhause befand sich im obersten Stock eines zweigeschossigen historischen Gebäudes. Ein Stadtpalais, das im Laufe des letzten Jahrhunderts in vier Wohneinheiten aufgeteilt worden war. In einer dieser Wohnungen lebte Eva nun mit ihren Töchtern. Das Erdgeschoss teilten sich ein älteres Ehepaar und ein schwules Künstlerpärchen. Wem das letzte Mietobjekt gehörte, war ihr unbekannt. Hohe Fenster fluteten die Räume mit Tageslicht.

Wenn man nach draußen blickte, sah man eine Allee aus Ahornbäumen und schmucke Hausfassaden. Schmiedeeiserne Zäune umgaben die einstigen Sommersitze der Adeligen, ebenso wie kleine Gärten mit gekiesten Zufahrten. An so einem Ort könnte man glücklich sein, allerdings war Eva hier, weil die letzten sechs Monate ein nicht enden wollender Albtraum gewesen waren. Sie schob den Karton zu den anderen, machte kehrt und rannte die steinerne Wendeltreppe hinab zu den Männern vom Umzugsservice. Weil Eva die Möbelpacker nach Stunden bezahlte, packte sie selbst tatkräftig mit an. Das Foyer war mit Deckenstuck verziert und weiß getüncht. Normalerweise dominierte monarchische Opulenz das Entree, doch heute waren es die Flüche der Männer, die sich mit sperrigen Möbeln ins Obergeschoss empor mühten. Der neongelbe Laster parkte in der Einfahrt des Hauses. Er war leer. Zuvor hatte er in seinem Inneren die Reste ihrer gescheiterten Ehe gelagert.

Der Chef der Speditionsfirma grinste breit, als er Eva kommen sah, und präsentierte eine Reihe gelbfleckiger Zähne. Er griff hinter sein Ohr, wo eine Zigarette klemmte, und steckte sie in den Mund, obwohl an der Wand ein Nichtraucher-Symbol prangte.

»Sind wir wieder auf dem Markt, Gnädigste?«, fragte er, während er sich die Kippe anzündete. Seine Augen glitten an Eva hinab, während er Rauchkringel in die Luft paffte.

»Ich wüsste nicht, was Sie das angeht?«

»Eh nix«, erwiderte er, ohne seine Musterung zu unterbrechen.

Nun trabten auch seine Gehilfen die Treppe herab und gesellten sich zu ihnen.

»Hamma fertig, Chef«, sagte einer der beiden und fischte eine Packung Marlboro hervor. Sein Vorgesetzter erteilte ihnen ein paar Befehle und scheuchte sie fort. Mit Stehen und Gaffen verdiente man kein Geld. Er selbst widmete sich dem Papierkram. Eva setzte ihre Unterschrift unter das Protokoll und reichte ihm das Klemmbrett, doch anstatt sich zu verabschieden, sah er sie erwartungsvoll an. Weil Eva schwieg, deutete er mit einer lässigen Handbewegung um sich und sagte: »Dafür darf der Ex jetzt aber ordentlich brennen.«

Pah! Eva strafte ihn mit eisiger Verachtung, machte kehrt und ging nach oben, ohne sich noch einmal umzudrehen.

Dann war er da, der Moment, vor dem ihr bereits seit Monaten gegraut hatte. Ihre Hand krampfte sich um den Türknauf. Sie schloss nicht nur die Wohnungstür hinter sich, sondern kappte die letzte Verbindung zu ihrem alten Leben. Vor ihr lag die erste Seite eines neuen Kapitels, die darauf wartete, gefüllt zu werden. Eva atmete ein paar Mal tief ein und aus und rang die aufkeimende Hysterie nieder. Sie hatte in den vergangenen sechs Monaten Schlimmeres durchgemacht als das Chaos eines Umzugs, obwohl ihr beim Anblick ihrer Habe, verpackt in Kisten und Kartons, der Mut sank. Sie bahnte sich ihren Weg durch Verpackungsmaterial und Luftpolsterfolie bis in ihr zukünftiges Wohnzimmer. Soweit es Eva beurteilen konnte, hatten die meisten Dinge das Siedeln unbeschadet überstanden. Außer ihrem Herz, aber das lag vorher schon in Scherben.

Eva ließ sich auf ihr neues Ikea-Sofa fallen. Ein harter Kontrast zu Stuck und Kristallluster, doch nach ihrer Scheidung musste sie den Gürtel wohl oder übel enger schnallen. Dabei hatte sie Glück im Unglück gehabt, denn die Eigentumswohnung gehörte ihren Ex-Schwiegereltern. Greta und Leopold hatten ihr erlaubt, hier zu wohnen, bis sie wieder auf den Beinen war. Nicht weil ihnen sonderlich viel an Evas Wohlergehen lag, sondern weil durch den Umzug die beiden Enkelkinder in greifbare Nähe rückten. Jetzt trennten sie nur noch ein paar Straßen von den Großeltern. Das war gut, weil Eva in der nächsten Zeit oft genug auf ihre Unterstützung angewiesen sein würde, auch wenn der Gedanke, Almosen zu erhalten, an ihr nagte.

Nicht nur für sie selbst, auch für ihre Töchter Sophie und Lisbeth waren es harte Zeiten gewesen, als die Affäre ihres Vaters aufgeflogen war und eine Lawine losgetreten hatte. Erst hatte es einen Rosenkrieg gegeben, dann war Eva aus dem gemeinsamen Haus ausgezogen und die Neue war nachgerückt. Die Kinder verbrachten die Wochentage bei ihr und die Wochenenden in der Obhut ihres Vaters und es galt, sich mit der neuen Situation zu arrangieren.

Rund um das Sofa wogte die Plastikfolie. Es war brandneu und verströmte einen chemischen Geruch. Davor stand eine Schachtel, die als Couchtisch diente, und darauf eine Flasche Wein. Mit Schraubverschluss, denn der Flaschenöffner war irgendwo verschollen. In Ermangelung eines Rotweinglases griff Eva nach der Flasche und trank. Es war Samstagabend und sie hatte sich diesen Schluck redlich verdient. Den ganzen Tag lang hatte sie Handwerker beaufsichtigt, Möbelpacker angewiesen und versucht, Struktur in das Durcheinander zu bringen, unzählige kleinere Nervenzusammenbrüche inklusive. Es gab so vieles, das sie nicht wusste, Dinge, um die sie sich noch nie zuvor gekümmert hatte, wie das Montieren von Lampen oder der Aufbau von Möbeln.

Da hockte sie nun, in Jogginghosen und verwaschenem T-Shirt, und fühlte sich grauenhaft. Die brünetten Haare hatte sie hochgebunden und eine Baseballmütze aufgesetzt, um den fettigen Haaransatz zu verstecken. In diesem Moment hätte Eva das Treffen mit ihren Freundinnen am liebsten abgesagt. Sie war fix und fertig, doch das war ihr Neuanfang und den wollte sie nicht allein und deprimiert zu Hause verbringen. Sie hatte das letzte halbe Jahr genug geweint, jetzt musste es wieder bergauf gehen.

Eva hatte aus Liebe einen Scheidungsanwalt geheiratet, der sie aus Lust betrogen hatte, mit einer Frau, die beinahe halb so alt war wie sie selbst. Es hatte keinen Rosenkrieg gegeben, dennoch hatten sich die Verhandlungen gezogen. Sorgerecht, Unterhaltszahlungen, das gemeinsame Haus und Vermögen, all das hatte geteilt werden müssen. Zu ungleichen Teilen, das verstand sich von selbst. Ben war in der Villa in Neuwaldegg geblieben. Dort lebte er nun mit Isabell, jenem Flittchen, das sich wie ein glühender Nagel zwischen sie gedrängt hatte. Er hatte betont, dass sie sich das Haus ohnehin nicht hätte leisten können, immerhin war sie nur eine Assistentin in seiner Kanzlei.

Ein Klopfen ließ Eva hochschrecken. Sie erhob sich ächzend. Nun, da sie ihren Muskeln eine Pause gegönnt hatte, protestierten diese gegen jegliche Bewegung. Im Vorbeigehen warf sie einen Blick in den Spiegel, der in der Garderobe hing. Sie sah müde Augen und hängende Schultern und zum ersten Mal hatte Eva das Gefühl, dass man ihr den nahenden Vierziger ansah. Ein schrecklicher Gedanke. Eva öffnete die Tür und Carmen wirbelte herein.

»Servus, Schatzerl!«

Sie hauchte Eva einen Kuss auf die Wange, drückte ihr zwei Champagnerflaschen in die Hände und glitt aus ihren Chanel-Ballerinas.

»Très chic«, raunte sie. »Hättest es auch schlechter treffen können.«

Carmen hatte platinblonde, kinnlange Haare, die ihr in perfekten Beachwaves um das Gesicht wogten. Ihre Haut war glatt und faltenfrei, die Wangen prall und die Lippen gut gepolstert. Eindeutig nicht natürlich, aber gut gemacht. Carmen machte kein Geheimnis daraus, häufig den Beautydoc ihres Vertrauens zu konsultieren.

»Ciao, Bellezza«, sagte eine zweite, rauchige Stimme.

Marina betrat das Vorzimmer, eine Topfpflanze im Arm. Sie schloss die Tür nicht, sondern lugte hinüber zu der anderen Wohnung, die sich schräg vis-à-vis befand. Im Gang waren Schritte zu hören, die sich langsam entfernten.

»Mhmm, dein neuer Nachbar«, murmelte sie und küsste ihre Fingerspitzen. »Bello, bello!«

Sie vergewisserte sich, dass er nicht mehr zu sehen war, dann erst schloss sie die Tür. »Netter Arsch! Allerdings wirkt der Rest ein bisschen … schwermütig?«

Sie klimperte mit ihren dichten Wimpern und warf das lange schwarze Haar über die Schulter. Eva, die immer noch mit zwei Champagnerflaschen dastand, bekam nun auch die Topfpflanze ausgehändigt.

Marina war eine kleine kurvige Frau mit einer üppigen Oberweite. Ihre Mutter stammte aus Palermo und Marina hatte ihr feuriges Temperament und das südländische Aussehen geerbt. Aufgewachsen war sie in einem Gemeindebau in Wien Favoriten, doch in ihren Zwanzigern hatte sie gelernt, dass es die Männer in den Wahnsinn trieb, wenn sie die Italienerin hervorkehrte. Damals hatte sie das Wienerische abgestreift und war zu einer hochdeutschen Sprechweise gewechselt, in die sie nach Herzenslust italienische Begriffe einstreute. Doch eines musste Eva ihr lassen, sie ging voll und ganz in ihrer Rolle als italienische *Mamma* auf. Auch jetzt hatte sie eine Tasche dabei, aus der es herrlich duftete.

»Du bist dünn geworden, Bellezza. Wann hast du zuletzt ordentlich gegessen?«

Eva rollte mit den Augen. Sie hatte ihr Leben lang zehn Kilo zu viel auf den Rippen gehabt, als dass sie als normschlank hätte gelten können. Nach dem letzten harten Jahr war das Polster auf sieben Kilo geschrumpft, aber von *dünn* war sie in etwa so weit entfernt wie Carmen von *natürlich*.

»Wo ist die Küche?«

Ohne ihre Antwort abzuwarten, huschte Marina in den abgetrennten Raum, wo sich eine wunderschöne Einbauküche befand. »Oh, du Glückliche!«, rief sie begeistert und begann, den Inhalt ihrer Tasche auszuräumen. »Deine Schwiegereltern haben sich nicht lumpen lassen.«

»Ex-Schwiegereltern«, korrigierte Eva, die ihr gefolgt war. Sie beobachtete Marina, wie sie Tupperdosen arrangierte und selbstgemachte Focaccia aus der Alufolie auspackte.

Ganz die Italienerin, die sie nicht war, ging bei ihr die Liebe durch den Magen. Marina hatte einen burgenländischen Winzer mit Weingut geheiratet und kelterte sich seither durch die heimische Schickeria.

»Mein Bambino hat dir ein Bild gemalt.« Sie zog das Gekritzel ihres vierjährigen Sohns aus ihrer Louis-Vuitton-Tasche. »Es soll dich aufheitern, hat er gesagt.«

Sie strahlte das Papier an, auf dem gelbe und blaue Kleckse ineinanderflossen, und überreichte es Eva so feierlich, als wäre er der nächste Picasso.

Eva zögerte einen Moment, unsicher, ob Marina es gutheißen würde, wenn sie das Gekrakel auf den Kühlschrank klebte. Wenn es um ihren Sohn ging, Winzi junior, dann kannte Marina keine Hemmschwellen.

Eva legte die Zeichnung in ein leeres Regal und schwor, dem Meisterwerk einen ansprechenden Platz zu suchen, sowie sie sich ein wenig besser eingerichtet hatte.

»Hast du Sektflöten da? Oder soll ich Nachbar Knackarsch darum bitten?«, fragte Carmen keck und nahm Eva eine der Flaschen ab. Dann knallte der Korken und der Schampus perlte über. Carmen fing den Schaum mit ihrem Mund auf. Sie hatte schon immer einen Hang zur Schamlosigkeit gehabt. *Scandalous* war nicht nur der Name ihres Parfüms.

Ihr Plan war, ihre letzten knackigen Jahre in vollen Zügen zu genießen. Danach wollte sie sich einen Schwimmreifen zulegen und die FKK-Strände auf der Donauinsel unsicher machen.

Carmen hatte nie geheiratet, war kinderlos und Chefin einer Marketingagentur, außerdem entstammte sie einer schwerreichen Industriellenfamilie. Sie besaß das nötige Kleingeld, um ihr Leben angenehm zu gestalten, und das tat sie auch.

Eva stellte sich auf die Zehenspitzen und zog einen Karton Sektgläser, Marke Ikea, aus dem Regal. Sie waren gemeinsam mit dem Sofa geliefert worden und noch originalverpackt.

Kurze Zeit später saßen die drei Freundinnen zusammen im Wohnzimmer, aßen Focaccia und Insalata Caprese und tranken Champagner, umgeben vom Chaos eines Neuanfangs.

Eva war froh, dass sie nicht abgesagt hatte. Da Sophie und Lisbeth die Nacht bei ihrem Vater verbrachten, wäre es ein ziemlich einsamer Abend geworden. Es gab nicht viele Menschen, in deren Gegenwart Eva zu einhundert Prozent sie selbst sein konnte. Diese Liste umfasste nur vier Namen: die ihrer Kinder, Carmen und Marina.

Marina kannte sie aus dem Gemeindebau. Zu Freundinnen waren sie an der Handelsakademie geworden. Carmen hatten sie erst nach der Matura kennengelernt, als diese Mitbewohnerinnen für ihre Studenten-WG gesucht hatte. Zwischen den dreien hatte die Chemie sofort gestimmt und Eva dachte gern an ihre Studienzeit zurück, als eine Party die nächste gejagt hatte. Doch dann hatten sie unterschiedliche Lebenswege eingeschlagen und der Kontakt war versandet. Es hatte Funkstille geherrscht, bis Carmen vor ein paar Jahren ihre Studentenbude verkauft und ihre Ex-Mitbewohnerinnen zur Abschiedsparty eingeladen hatte. *Das Ende einer Ära* war das Motto gewesen. Dort waren sich Eva, Marina und Carmen in die Arme gefallen, hatten gelacht und geheult und einander bis heute nicht mehr losgelassen.

Schuldbewusst holte Eva ihre Gedanken aus der Vergangenheit, sie hatte sich wieder einmal ablenken lassen. Carmen und Marina unterhielten sich über *Coldsculpting*. Eva konnte sich nicht so recht für die Vorstellung begeistern, ihre Fettzellen den Erfrierungstod sterben zu lassen, ihr genügte die eisige Kälte in ihrem Herzen.

Ihr nahender Geburtstag setzte ihr mehr zu, als sie sich einge-stehen wollte. Obwohl Carmen felsenfest davon überzeugt war, dass Vierzig das neue Dreißig war, fühlte sich Eva alt, gebrochen und von ihrer eigenen Zukunft in den Hintern getreten. In fünf-zehn Ehejahren hatte sie sich für Mann und Kinder aufgeopfert, nun galt es, sich in einer neuen Lebensphase zurechtzufinden.

»Was ist los, Bellezza?«, fragte Marina.

»Ich kann einfach nicht fassen, dass mein Leben so aussehen soll«, sagte Eva, schniefte und wischte sich die Nase an ihrem Ärmel ab. Sie deutete um sich, erfasste mit einer Handbewegung die Spuren des Neubeginns und fühlte, wie ihr die Tränen in die Augen stiegen.

»Nein, nicht weinen! Hast du vergessen, was wir vereinbart haben?« Marina zog sie an sich, so wie die unzähligen Male zuvor, als Eva bei ihr Trost gesucht hatte.

»Jetzt ist es aber mal genug«, sagte Carmen. »Du hast diesem Idioten ein halbes Jahr lang nachgetrauert. Nun ist endgültig Schluss damit! Außerdem bist du noch nicht vierzig. In sechs Monaten kann sehr viel geschehen, aber nicht, wenn du zu Hause hockst und dich selbst bemitleidest.«

Sie zwang Eva das Sektglas in die Hand und schenkte ein weiteres Mal nach. »Ich schlage vor, dass wir heute Nacht aus-gehen. Ein Abend wie früher.«

»Warum nicht?«, pflichtete Marina ihr bei. Winzi und Winzi junior, wie Eva die beiden insgeheim nannte, waren im Bur-genland. Marina verbrachte das Wochenende in der Wohnung ihrer Mutter in Wien. Die war zwar schon vor langer Zeit mit Sack und Pack zu ihrer Tochter ins Burgenland gezogen, doch die Eigentumswohnung blieb als Wertanlage im Familienbesitz, sodass Marina sich des Öfteren eine Auszeit in Wien gönnen konnte. Natürlich nur, um nach dem Rechten zu sehen, denn ihre Mutter fürchtete nichts mehr, als dass sich Hausbesetzer dort breitmachen könnten.

»*Terribile!* Dieses Gesindel bekommt man so schwer wieder raus«, hatte sie einmal bei einer Weinverkostung vor versammelter Mannschaft erklärt, während Marina vor Scham beinahe im Erdboden versunken war. Familie konnte man sich eben nicht aussuchen, Freunde schon, und deshalb hielten die drei so vehement an ihrer Verbindung fest.

»Also gut«, raunte Eva.

Carmen hatte recht, sie hatte sich schon viel zu lange verkrochen. Eva zwang sich zu einem Lächeln und nahm das Glas, um auf bessere Zeiten anzustoßen.

.

Kapitel 2

Party wie damals

Tropfnass stieg Eva aus der Dusche und griff nach dem Sekt-glas, das am Waschbeckenrand auf sie wartete. Die erste Flasche Schampus war längst getrunken und auch die zweite neigte sich dem Ende zu. Eva schlang sich ein Handtuch um den Körper und ein zweites wie einen Turban um die feuchten Haare. Aus dem Wohnzimmer drang Partymusik und befeuerte ihre gute Laune. Beyoncé, Britney und Justin gaben sich die Ehre, nicht dieser neumoderne Kram, mit dem Lisbeth für gewöhnlich ihre Umgebung beschallte. Eva konnte das Gesicht ihrer ältesten Tochter förmlich vor sich sehen; sie selbst hatte ihre Eltern auf die gleiche Weise angestarrt, wenn diese auf der Neuen Deutschen Welle gesurft waren. Zwar hätte Eva nie geglaubt, dass die R&B-Sounds der frühen 2000er ebenso uncool werden würden wie die Klänge der EAV, aber genau das war geschehen. Weil jedoch nichts die eigene Jugend so sehr konservierte wie eine Playlist aus alten Tagen, hielten Eva und ihre Freundinnen beharrlich daran fest.

Eva wischte den Dampf vom Spiegel und begann, ihre Foun-dation aufzutragen. Ihre Haut war makellos, auch wenn ihr Ge-sicht mittlerweile die jugendlichen Pausbacken verloren hatte. Sie brachte ihre Augenbrauen in Form, trug Eyeliner auf und tuschte ihre Wimpern. Je mehr sich Evas Spiegelbild verwandelte, desto stärker wuchs ihre Vorfreude auf diese Partynacht. Es war eine

Ewigkeit her, dass sie einen Club betreten hatte.

Eva wählte roten Lippenstift, um ihre Mundpartie zu betonen. Im Alter werden die Lippen dünner, das hatte schon ihre Großmutter gewusst, weshalb Eva gelegentlich mit Hyaluron ein winziges bisschen nachhalf. Ganz heimlich und dezent natürlich, um nicht die Illusion des unbekümmerten Alterns zu untergraben.

Bis vor einem halben Jahr hatte Eva dem Älterwerden entspannt gegenübergestanden, doch da hatte sie noch nicht geahnt, dass bald eine knackige Zwanzigjährige ihren Platz einnehmen würde.

Die letzten Monate waren von depressiven Phasen und Nervenzusammenbrüchen geprägt gewesen und dazwischen hatte sie stets versucht, ihren Töchtern einen Hauch von normalem Familienleben zu bieten. In den Wirren einer Scheidung ein nahezu unmögliches Unterfangen. So viel Unausgesprochenes durchwirkte ihre Gespräche. Tagsüber riss Eva sich zusammen, lächelte und funktionierte, während in ihrem Inneren Wut, Trauer und gekränkter Stolz wüteten.

Ben war die Liebe ihres Lebens gewesen und ein Teil von ihr war immer noch nicht über ihn hinweg, aber Carmen hatte recht, es war an der Zeit, an der Zeit, ein neues Kapitel aufzuschlagen. Eva würde zum ersten Mal seit ihrer Trennung ausgehen und endlich die Kontrolle über ihr Leben zurückerlangen.

»Wie wär's damit?«

Marina steckte den Kopf zur Tür herein und präsentierte Eva ein rotes Kleid. Die Freundinnen hatten sich durch Evas Garderobe gewühlt, die in Ermangelung eines Kleiderschranks an der Gardinenstange im Schlafzimmer hing.

Eva betrachtete das Kleid stirnrunzelnd, es war kurz und sexy, deswegen hing auch noch der Preiszettel am Etikett. Ihr Fantasie-Ich sah darin fantastisch aus. Die reale Eva hatte es noch nie getragen, weil es für eine verheiratete Frau und Mutter keine

Anlässe gab, so auszusehen. Auf Marinas Drängen schlüpfte sie hinein und betrachtete sich von allen Seiten. Damit würde sie garantiert dem einen oder anderen Mann ins Auge stechen. Wollte sie das? Bei der Vorstellung, dass jemand sie attraktiv finden könnte, lief ihr ein wohliger Schauder über den Rücken.

Das Rot harmonierte mit dem Lippenstift und ihrem brünetten Haar. Zwar waren die passenden Schuhe unauffindbar, doch das tat der guten Stimmung keinen Abbruch. »Schatzerl, bei dem Outfit schaut sowieso keiner auf die Schuhe«, kündigte Carmen pragmatisch an. »Hauptsache, die Hacken sind hoch!«

Der Alkohol wirkte und ließ Eva auf perfide Weise glauben, dass alles okay war. Oder dass alles wieder okay werden könnte, wenn sie auszog, um das Leben bei den Hörnern zu packen.

Und genau das würde sie tun.

»Das Taxi ist da«, rief Marina und Minuten später stöckelten die drei kichernd durch das Stadtpalais.

»Auf ins VOGA«, rief Carmen euphorisch.

Der Volksgarten, kurz VOGA, war eine Institution der Wiener Clubszene. Anders als alle anderen Discos hielt sich dieses Lokal bereits seit Jahrzehnten und galt immer noch als einer der Hotspots schlechthin. Eva hatte hier in ihren Zwanzigern wilde Nächte erlebt. Doch wie bei den meisten gelungenen Partys ihrer Jugend war die Erinnerung in einem schwarzen Loch namens Filmriss verschwunden. Verschwitzte Körper, Tabakrauch und Zungenküsse, die nach Hochprozentigem und billigem Orangensaft schmeckten. Woran sie sich zu erinnern glaubte, waren in Wirklichkeit Schnipsel, die Eva und ihre Freundinnen am Tag danach wie ein Puzzle zusammengesetzt hatten.

Das Taxi brauste durch das nächtliche Wien, es war Hochsommer und eine warme Brise wehte ins Innere des Wagens, denn

Rachit, ihr indischer Taxilenker, hatte das Fenster ein Stück weit geöffnet. Über dem Rückspiegel baumelte ein bunter Beutel, der nach Jasmin, Patchouli und Sandelholz duftete.

Carmen saß vorne und plauderte mit dem Fahrer, der von ihrer platinblonden Mähne sichtlich angetan war. Eva und Marina hatten auf der Rückbank Platz genommen.

Marina klopfte eine Nachricht in ihr Smartphone, so wie man das eben tat, wenn man Mann und Kind zu Hause hatte.

Eva sah stumm aus dem Fenster, während die Innenstadt an ihr vorüberzog. Rachit fuhr die rechte Wienzeile entlang, vorbei an der Secession und ihrer goldenen Blätterkuppel. Beim Karlsplatz angekommen, bogen sie rasant in die Kärntner Straße ein und hielten auf die Wiener Staatsoper zu. Rachits Fahrstil war zielorientiert und erinnerte Eva an ihre Flitterwochen in Mumbai. Die Taxilenker dort schlängelten sich ähnlich rücksichtslos durch den Verkehr. Eva schluckte. Bitterkeit kroch ihre Speiseröhre empor, doch sie zwang sie zurück in ihren Magen. Sie war verstimmt, weil sie vergessen hatte, ein Sachet Schüßler-Salz in ihre Handtasche zu packen.

Sie waren in der Ringstraße mit ihren imposanten Prunkbauten angelangt, wo sie Straßenbahnen überholten, in deren Bäuchen sich zahlreiche Menschen drängten. In einer Großstadt wurde es nachts nie wirklich dunkel, dafür sorgten die hell erleuchteten Fassaden und Straßenlaternen.

Eva betrachtete ihr Spiegelbild. Der leichte Schwips zauberte ihr ein Funkeln in die Augen, sie war betrunken vom Champagner und hungrig auf Abenteuer. Eine Ahnung von Jugend und Freiheit keimte in ihr, doch sofort marschierte die interne Sittenpolizei auf. »So benimmt sich eine Mutter nicht«, rügte die Stimme in ihrem Kopf. »Was, wenn mich jemand sieht? Die Leute könnten denken, dass ich meine Kinder vernachlässige.«

Aus den Autoboxen drang indische Bollywood-Musik. Der junge Taxifahrer nestelte am Autoradio. Es folgten die derben Klänge von RAF Camora.

Carmen lächelte nachsichtig und klappte die Sonnenblende herab, um ihren Lippenstift nachzuziehen. Sie hatte sich in all den Jahren kaum verändert. Anders als Eva und Marina führte sie immer noch das vogelfreie Leben von damals. Natürlich hatte auch sie Beziehungen, doch wenn diese zu ernst wurden, zog sie die Reißleine.

Das Leben ist zu kurz für Monogamie und schlechten Sex.

Das war ihr Motto, danach lebte sie.

Kurze Zeit später hielt das Taxi. Sie bezahlten, stiegen aus und Rachit brauste davon. Vor ihnen erstreckte sich der Volksgarten und in seiner Mitte der legendäre Club.

Eine Schlange Feierwütiger wartete vor dem VOGA auf Einlass. Eva wollte sich zu ihnen gesellen, doch Carmen zog sie mit einem frechen Grinsen auf den Eingang zu.

»Ich kenne den Besitzer«, raunte sie. VIP-Status war einer der Vorteile, wenn man mit Carmen befreundet war.

Der Club pulsierte vor Leben und Energie. Schwarze Säulen, schwarze Ledermöbel und schwarze Bartresen prägten das Erscheinungsbild. Laserstrahlen, blinkende Lichter und diffuse Beleuchtung schufen eine Art Momentum, entkoppelt von der Wirklichkeit.

In der Mitte des Clubs befand sich die Tanzfläche, von langen Theken umgeben, hinter denen die Barkeeper ihr Können zeigten.

Einer sprang Eva besonders ins Auge. Ein junger, dunkelhaariger Mann mit olivfarbenem Teint und feurigen Augen. Sein Hemd schmiegte sich an seinen definierten Körper und der Bizeps zeichnete sich unter dem Stoff ab.

»Mach den Mund wieder zu«, sagte Marina spöttisch, als die drei sich an die Bar stellten und er mit einem selbstbewussten Lächeln auf sie zusteuerte. Eva riss sich zusammen und orderte drei Strawberry-Daiquiris. Wenn sie schon die Memory-Lane entlangwanderten, dann durfte dieses Getränk nicht fehlen.

Während der Barkeeper ihre Drinks mixte, ließ Eva die Atmosphäre auf sich wirken. Auf der Tanzfläche bewegten sich in Lichtstrahlen eingehüllte Menschen zum Klang wummernder Beats. Der Bass grub sich in ihre Magengegend.

Dann war der Barkeeper zurück und servierte ihre Bestellung. Beim Entgegennehmen der Getränke berührten sich ihre Finger einen Augenblick zu lange und der Kontakt hinterließ ein Prickeln auf ihrer Haut.

Eva betrachtete seine sinnlichen Lippen. Wie es wohl wäre, wenn sie die ihren berührten? Ihren Hals hinabwanderten, bis zu ihren Brüsten?

War sie wirklich so bedürftig nach Zuneigung, dass ein Lächeln genügte, um ihr Kopfkino zu aktivieren?

Die Antwort war ja. Definitiv ja!

Sie lebte seit einem halben Jahr enthaltsam, eigentlich sogar länger, denn zwischen ihr und Ben hatte schon lange davor eine Flaute geherrscht. »Ich bin müde«, hatte er stets gesagt, wenn Eva gelegentlich doch einen Vorstoß gewagt hatte. Sie hatte ja nicht wissen können, dass er sein Pulver schon anderweitig verschossen hatte.

Eva wandte sich wieder ihren Freundinnen zu.

»Auf einen Neuanfang!«, sagte sie und hob ihr Glas. Sie roch den Duft von Erdbeeren und schmeckte den Alkohol in ihrem Mund.

»Los, lasst uns tanzen!«

Eva zog ihre Freundinnen hinter sich her. Es hatte eine Zeit gegeben, da war sie lebenslustig gewesen, vielleicht sogar ein wenig exzentrisch, doch irgendwann hatte sie aufgehört, sie selbst zu sein. Es gehörte sich nicht für eine Anwaltsgattin und für eine Mutter sowieso nicht.

Sich zum Klang der Musik zu bewegen war befreiend, als würde sie die Staubschicht abschütteln, die ihr altes Ich verdeckt hatte. Die Beats füllten Eva aus, ließen sie in eine Welt der Ekstase eintauchen. Ihre Hüften kreisten wie von selbst, sie fühlte sich sexy und verführerisch. Berauscht von der Euphorie des Augenblicks, riskierte Eva einen Blick hinüber zu dem jungen Barkeeper. Täuschte sie sich oder beobachtete er sie?

Carmen zog sie an sich. »Du siehst bombastisch aus. Heute lassen wir es krachen.«

Eva nickte. Der Daiquiri erfüllte sie mit einer verführerischen Leichtigkeit. Wenn ein Cocktail die Sinne derartig küsste, welche Wirkung hatten dann erst zwei? Als hätte ihr Arm plötzlich eine eigene Persönlichkeit entwickelt, schoss er hoch und bedeutete dem sexy Kellner, mit dem sie die ganze Zeit über Blickkontakt hielt, ihnen noch eine Runde zu mixen.

Zwei Getränke und eine durchgetanzte Stunde später ging Eva zu den Toiletten. Sie zog ihren roten Lippenstift nach, nur um ihn danach mit der Fingerkuppe leicht zu verwischen. Beinahe vierzigjährige Lippen mochten keine harten Linien mehr, sondern Getupfe, das wie ein Weichzeichner wirkte.

Hinter ihr flog die Tür auf und zwei Mädchen torkelten ins Innere. Sie musterten Eva wie einen exotischen Papagei.

»Das ist eine von den dreien«, tuschelten sie. »Die urverzweifelten Weiber sind das!« Sie verschwanden kichernd in den Kabinen.

Ihre Worte waren wie ein scharfes Messer und trafen Eva dort, wo es richtig wehtat. Sie stürmte aus der Toilette.

Plötzlich war ihr das Selbstbewusstsein abhandengekommen.

Der beste Moment, um die Party zu verlassen, war 2010 gewesen, der zweitbeste jetzt. Eva kämpfte sich durch das Getümmel zurück zu ihren Freundinnen, als sie eine Hand an ihrer Hüfte spürte.

»Halt, hiergeblieben«, sagte eine tiefe Stimme.

Es war der Barkeeper. Er griff nach ihrer Hand und zog sie auf eine massive Feuerschutztür zu. Den Notausgang.

Eva folgte ihm ins Freie.

Dahinter befand sich die Rückseite des Clubs, wo überquellende Mülleimer standen und sich leere Glasflaschen stapelten.

Das andere Gesicht einer Bar.

Warme Nachtluft schlug ihnen entgegen, vermengt mit einem leicht fauligen Geruch. Der Barkeeper drängte sie mit dem Rücken an die Hauswand und vergrub seine Hand in ihrem Haar. Er roch nach Davidoff Cool Water und Nikotin. Eva spürte seinen heißen Atem auf ihrer Haut, dann seine Lippen auf den ihren. Er küsste sie und es war genauso, wie sie es sich ausgemalt hatte, eigentlich sogar noch besser.

Ben hatte sie nie so geküsst. Es waren Anwaltszärtlichkeiten gewesen, schnell und flüchtig, quid pro quo, jede Berührung war gegengerechnet worden.

»Hör auf, an Ben zu denken!«, befahl Eva ihrem dämlichen Gehirn, das durch den Nebel der Trunkenheit versuchte, mit ihr zu kommunizieren – aber doch bitte nicht über ihren Ex-Mann, während ein junger Cocktailgott an ihren Lippen knabberte.

Knabbern, das war ein gutes Stichwort, ihre Sinne waren wieder voll bei der Sache und sandten eindeutige Signale. Sie presste ihr Becken gegen das seine und spürte, dass er hart war. Oh, là, là, vielversprechend.

»Du bist so sexy!«, raunte er ihr ins Ohr. Eva quittierte seine

Worte mit einem Seufzen, denn wer war sie schon, einem Gott zu widersprechen?

Er drängte sich zwischen ihre Beine und übte an den richtigen Stellen Druck aus. Seine Hand wanderte unter ihr Kleid, ihren Oberschenkel empor. Sein Finger tippte kurz in ihre Mitte, nur um zu spüren, wie erregt sie war. Er biss sich auf die Unterlippe, eine Geste, die ungemein sexy wirkte.

»Du bist so geil«, raunte er. Eva legte ihm den Zeigefinger auf die sinnlichen Lippen. Er war eindeutig attraktiver, wenn er nicht sprach. Allerdings hatte er ohnehin Besseres zu tun, als zu sprechen. Er massierte sie, tauchte in sie ein und spielte mit ihr. Eva war wie von Sinnen. Sie biss auf ihre Fingerknöchel, um nicht aufzuschreien, dann traf er ihre intimste Stelle und es gab kein Halten mehr. Er beobachtete sie, ließ sie keine Sekunde aus den Augen und hielt sie fest, während sie in seinen Armen schmolz.

Ein letzter Kuss, dann zog er sie hinter sich her, zurück ins Nachtleben, das unvermindert tobte. Seine Pause war zu Ende.

»Du schuldest mir was«, flüsterte er ihr ins Ohr und brachte Evas Wangen noch ein wenig mehr zum Glühen.

Carmen und Marina hatten Eva mit dem Kellner verschwinden sehen. Nun beobachteten sie ihre Wiederkehr.

Mit wiegenden Hüften hielt Eva auf ihre Freundinnen zu, die sie ungläubig anstarrten. War das dämliche Grinsen auf ihren Lippen wirklich so leicht zu deuten? Zweifelsohne würde sie ihnen gleich Rede und Antwort stehen müssen.

Eva bemerkte eine Gruppe Mädchen, die sich um die Bar drängten und um die Aufmerksamkeit der Barkeeper buhlten. Sie erinnerten sie an ein Palmers-Plakat aus den Neunzigerjahren, junge Dinger mit Pfirsichhaut, die Dellen und Schwangerschaftsstreifen nur vom Hörensagen kannten.

Am liebsten hätte Eva ihnen zugerufen: »Seht her, ich bin

auch ein verführerischer Pfirsich!« Das war der Beweis, nach dem sie nicht gesucht hatte. Sie war betrunken! Zeitgleich mit dieser Erkenntnis tauchte ein Schnapsglas in ihrem Blickfeld auf. Carmen hatte sie dankenswerterweise mit einer Ladung Tequila eingedeckt. Sie waren alte Bekannte, mochten einander allerdings nicht sonderlich.

»Auf die alten Zeiten!«, lallte Carmen mit schwerer Zunge.

Eva wusste, dass es ein Fehler war, trotzdem griff sie nach dem Glas und kippte den Tequila hinunter. Da war es wieder, dieses scharfe Brennen, das eine Schneise der Verwüstung durch ihren Körper zog. Auch bekannt als der Anfang vom Ende.

Kapitel 3

Auf gute Nachbarschaft

Eva torkelte auf ein Taxi zu, vorbei an einem Würstelstand, wo mehrere Männer mit Bierdosen standen und ihr Anzüglichkeiten hinterherriefen. Ein Hauch von Frittierfett und Pisse hing in der Luft. Von ihren Freundinnen hatte sie sich längst verabschiedet.

Das Neonschild am Dach des Taxis drehte sich. Verdammter Tequila! Eva blinzelte mehrmals, um das Bild wieder scharf zu stellen. Sie zog die Tür eines alten BMW auf und linste ins Innere, wo ein dicker Mann saß und Zeitung las. Ihre Worte hatte sie genau geplant, dennoch quollen sie nun dilettantisch und unverständlich aus ihrem Mund. Ihre Zunge war zu einem Fremdkörper verkommen, der ihr nicht mehr gehorchte. Sie nannte dem Fahrer die Adresse und schob sich auf die Rückbank. Der speckige Lederbezug klebte an ihren nackten Beinen.

Im Inneren des Taxis vermengten sich der Piniengeruch eines Duftbaums mit dem von altem Schweiß und einem jüngst verzehrten Kebab. Eine Synergie, die Evas Magen zum Rebellieren brachte.

Die Fahrt verlief schweigsam. Wann immer der Wagen über eine Bodenwelle rumpelte, schloss sie die Augen und hoffte inständig, dass sie es bis in ihre Wohnung schaffen würde, ohne sich zu übergeben. Auch das gehörte zu einem Abend wie damals, nur hatte sie die Erinnerung daran verdrängt.

Endlich hielt das Taxi an. Eva bezahlte, riss die Tür auf und floh ins Freie. Sie roch die Alkoholfahne, die aus ihrem Mund waberte und spürte den Tequila, den sie schon vor zwanzig Jahren nicht vertragen hatte und heute noch viel weniger.

Der schmiedeeiserne Zaun ragte abweisend vor ihr auf. »So eine wollen wir hier nicht«, schien das Stadtpalais zu flüstern.

»Tja, ich hab auch nicht darum gebeten, hier zu sein«, dachte Eva grimmig und trat durch das quietschende Eingangstor. Mit zittrigen Händen suchte sie nach ihrem Wohnungsschlüssel.

Ein Klicken später stand sie im Entree. Ein voller Erfolg, sie hatte die alte Dame besiegt und war in ihren Bauch vorgedrungen.

Motiviert von ihrem Etappensieg kämpfte sich Eva ins Obergeschoss vor und steuerte auf ihre Wohnungstür zu.

Nur noch wenige Schritte trennten sie von ihrem Badezimmer und der Klomuschel, die mit erstaunlicher Konsequenz ihren Namen rief, doch die alte Dame hatte das letzte Wort noch nicht gesprochen. Das Schloss entwickelte ein Eigenleben, blockierte und ließ den Schlüssel nicht ins Innere gleiten. Eva beugte sich hinunter zu dem vermaledeiten Ding, Aug in Aug mit ihrem letzten Hindernis, doch das Ergebnis blieb das Gleiche.

Sie rüttelte am Türknauf, dann hämmerte sie mit der Faust gegen das Holz, bis die Tür tatsächlich aufschwang. Ihr Blick fiel auf nackte Zehen.

»Männerzehen«, dachte sie und kicherte.

Ihre Augen wanderten schlanke Waden empor, weiter zu muskulösen Oberschenkeln, die sich bei einer verheißungsvollen Wölbung im Schritt trafen. Als Eva dämmerte, dass sie unerhört lange auf das Genital eines fremden Mannes gaffte, richtete sie sich auf und starrte in ein verschlafenes Gesicht. Das konnte nur Nachbar Knackarsch sein, der in Boxershorts vor ihr stand.

Er sah gut aus mit seinen schwarzen, verwuschelten Haaren, der langen, geraden Nase und den dunklen Augen. Abgerundet wurde das stimmige Bild durch sein kantiges Gesicht mit Bart-stoppeln. Marina hatte recht gehabt.

»Was machen Sie in meiner Wohnung?«, stammelte Eva.

Ihr Blick wanderte zu seinen Lippen, dann musste sie sich ab-wenden, weil ihr schwindelig wurde. Sie verlor das Gleichgewicht auf ihren hohen Absätzen, taumelte nach vorne und prallte gegen seine Brust. Dabei landete ihre Hand auf einem brettharten Bauch, unter dem sich die Muskelstränge abzeichneten.

»Das ist meine Wohnung«, sagte er genervt und schob sie von sich.

»Ich vermute, Sie sind die neue Nachbarin.«

Es war keine Frage, sondern eine Feststellung und zwar keine besonders erfreute. Eva zupfte an ihrem Kleid, das hochgerutscht war, und bemühte sich um Seriosität. Oder Humor, irgendetwas, das die elende Situation geradebiegen könnte.

»Nächstes Mal dürfen Sie sich gern an meine Tür verirren. Dann sind wir quitt«, sagte sie und biss sich auf die Lippen.

Verdammt, hatte sie das wirklich gesagt? Es hatte nach einer ziemlich schäbigen Anmache geklungen, dabei hatte sie es gar nicht so gemeint.

»Nein, danke! Ich verzichte«, erwiderte er schroff. Seine dunk-len Augen funkelten.

»Hören Sie, Frau …«

»Schneider«, antwortete Eva, erleichtert, dass ihr der Nach-name so zackig eingefallen war.

»Frau Schneider«, sagte er und rollte den letzten Buchstaben. Ein leichter Akzent begleitete seine Worte. »Ich kann solche Eskapaden nicht leiden. Ich wäre Ihnen sehr verbunden, wenn das eine einmalige Ausnahme bleibt.« Ohne ihre Antwort ab-zuwarten, knallte er die Tür vor ihrer Nase zu. Eva schnappte nach Luft.

Eine Abfuhr für etwas zu bekommen, das gar nicht als

Anmache geplant gewesen war, nervte gewaltig.

»Sie können mich mal!«, murmelte Eva dem Guckloch zu, schüttelte dann aber den Kopf. Nein! Das war schon wieder falsch. »Sie können mich nicht einmal«, fügte sie hinzu und machte kehrt.

Ohne weitere Zwischenfälle gelangte sie zu ihrer Wohnungstür. Der Schlüssel passte. Was auch immer nun noch geschehen mochte, es würde hinter verschlossenen Türen in der Abgeschiedenheit ihrer eigenen vier Wände passieren. Eva kickte die Schuhe von ihren Füßen, stolperte, stieß sich den Zeh und fluchte. Sie hatte es bis hierher geschafft, ohne zu kotzen. Das war das Stichwort. Eva erreichte das Badezimmer keinen Augenblick zu früh.

Dreißig Minuten später hing sie immer noch über der Kloschüssel und fühlte sich hundeelend. Selbst zwei Schwangerschaften und ein hartnäckiger Magen-Darm-Virus hatten sie nicht so gemartert.

Eva wischte sich den Mund ab und linste auf ihr Smartphone. Eine neue Nachricht.

Sie hielt das Display knapp vor ihre Nase, damit sie die verschwommenen Buchstaben lesen konnte.

Lady in Red. Wollte nur wissen, ob du gut nach Hause gekommen bist?
Die SMS stammte vom Barkeeper.

Kurz vor ihrem Aufbruch hatte Eva in einem Anflug von Wahnsinn ihre Nummer auf einen zusammengeknüllten Kassabon geschrieben und ihm zugesteckt.

Eva betrachtete die edlen Armaturen und den glänzenden Marmor ihres neuen Badezimmers. Sie hingegen fühlte sich wie ein betrunkenes Wrack. Zwar würde der Kater vergehen, aber was war mit der Leere in ihrem Inneren?

Eva hatte Ben mit gerade einmal einundzwanzig Jahren kennengelernt. Davor hatte sie nur einen einzigen Freund gehabt, Marinas Bruder Pietro, der jetzt eine Waschstraße in Wien Favoriten betrieb. Vor achtzehn Jahren gehörte die Anlage noch Marinas Vater. Die Mädchen verdienten sich etwas dazu, indem sie im Sommer die Karosserien der Kunden polierten. In knappen Shorts und bauchfreien T-Shirts, weil dann das Trinkgeld höher ausfiel.

Der Tag hatte wie jeder andere begonnen, Pietro bat Eva, die Grobreinigung der Autos zu übernehmen, als ihr Traumprinz die Leinwand betrat. Stilecht im Cabrio, den Hemdkragen seines Polos aufgestellt. Die Haare in Form gegelt und eine Spur zu lang. Deshalb fielen ihm einzelne Strähnen in die Stirn, als er seinen verführerischen Blick aufsetzte. Eine Autowäsche später pfefferte Eva den Schwamm in den Schmutzwasserkübel und brauste mit Ben in den Sonnenuntergang.

Sie ließ den Gemeindebau hinter sich und fügte sich nahtlos in sein Leben ein. Privatschulen, schicke Partys und teure Autos. Ben gab die Gangart vor und Eva folgte ihm. Das Resultat war, dass sie sich irgendwo unterwegs verlor.

Mit zwanzig – ein Jahr vor dieser großen Veränderung – hatte sie eine Liste verfasst, wie sie mit vierzig sein wollte – einen Fahrplan für die Zukunft. Verheiratet, glücklich, verliebt und erfolgreich, das waren nur ein paar der Dinge, die sie niedergeschrieben hatte. Naive Wünsche, dennoch wogen sie schwer, denn nun war Eva Single, geschieden und alleinerziehend.

Die Übelkeit war zurück.

Eva klammerte sich an den Rand der Kloschüssel und würgte, obwohl ihr Magen längst leer war. Ein weiteres Mal betätigte sie die Spülung, ein Salut vor ihrer Würde, die geradewegs in der

Wiener Kanalisation verschwand.

Plötzlich sah sie es ganz deutlich vor sich.

Ihr fehlte die Liebe und, Gott ja, ihr fehlte der Sex. Kurz nach ihrer Trennung hatte sie es gar nicht gemerkt, zu sehr war sie damit beschäftigt gewesen, die Scherben ihrer Beziehung aufzulesen, ihre Wunden zu lecken und um das zu trauern, das sie verloren hatte. Doch jetzt erwachten Geist, Seele und Libido zu neuem Leben.

Eva kämpfte sich vom Boden hoch.

Der Alkohol hatte sie immer noch fest im Griff, ihr Gleichgewichtssinn war verloren gegangen. Sie blickte in den Spiegel. Die Mascara war verlaufen und floss in schwarzen Linien über ihre Wangen. Ihre Brauen waren zusammengekniffen und die Augen blutunterlaufen, doch etwas Neues hatte sich in Evas Blick geschlichen. Zuversicht.

Sie konnte nicht länger in Selbstmitleid und Betäubung versinken, es war höchste Zeit für eine Veränderung. Sie musste über die Trümmer der Vergangenheit hinwegsteigen und sich neue Träume erschaffen.

Kapitel 4

Hangover

Mit einem brummenden Schädel bog Eva in die Einfahrt zu ihrem alten Haus. Eine Villa in Neuwaldegg, am Stadtrand von Wien, abgelegen und versteckt, umgeben von hohen Bäumen mit einem Höchstmaß an Privatsphäre. Das Haus war in den Hang gebaut worden, die Terrasse befand sich über den Garagen, sodass man von dort aus die Einfahrt überblicken konnte.

Es war heiß und kein Lufthauch zu spüren. Der Sommersmog lag wie eine Dunstglocke über der Stadt. Links neben dem Gebäude befand sich ein Pool und die Reflexionen des Wassers warfen tanzende Schatten auf die Hauswand. Vor einem Jahr hatte sie noch ihre Bahnen in dem Becken gezogen.

Eva ächzte, der Vorabend steckte ihr immer noch in den Knochen. Sie hatte vergessen, wie schrecklich ein Kater sein konnte.

In ihren Zwanzigern war es unangenehm gewesen, nun mit Ende dreißig fühlte es sich an wie ein qualvoller, langsamer Tod.

Ihre Haut war gleichzeitig klamm und verschwitzt, ihre Poren dünsteten Hochprozentiges aus und sie ekelte sich vor sich selbst.

Früher hätte sie im Bademantel auf der Couch gegammelt, acht Schätze beim Chinesen geordert und Filme geguckt, um sich von den aufpoppenden Erinnerungsfetzen und dem daraus resultierenden Schamgefühl abzulenken. Das war nicht das Frauenbild, das sie ihren Töchtern vorleben wollte, deshalb hatte sie sich stattdessen unter die Dusche gezwungen, ein Schmerzmittel eingeworfen und sich in ein oranges, geripptes Kleid gezwängt. Eva hatte nicht bewusst danach gesucht, es war ihr lediglich als Erstes in die Hände gefallen.

Die Innenseiten ihrer Wangen brannten immer noch vom scharfen Mundwasser, mit dem sie gegurgelt hatte, um das Pelzgefühl von ihrer Zunge zu ätzen. Trotzdem kaute sie Pfefferminzkaugummi, obwohl ihr Atem mittlerweile frischer war als ein Windhauch in der Arktis.

Die feuchten Haare hatte Eva zu einem lockeren Dutt hochgesteckt und nudefarbenen Lippenstift aufgetragen. Zusammen mit der riesigen Cateye-Sonnenbrille, die einen Großteil ihres Gesichts verbarg, sah sie tatsächlich passabel aus, auch wenn sie sich absolut nicht so fühlte.

Als ihr Mini Cooper in der Einfahrt hielt, kehrte die Übelkeit zurück. Diesmal lag es jedoch nicht am Tequila, sondern am Anblick ihres früheren Zuhauses.

Als wollte ihr das Schicksal einmal mehr vor Augen führen, dass sie hier nicht mehr willkommen war, erhob sich eine schlanke junge Frau aus dem Liegestuhl und blickte von der Terrasse zu ihr herab. Es war Isabell, die neue Lebensgefährtin ihres Ex-Mannes.

Sie trug etwas, das man mit viel Fantasie als Bikini bezeichnen konnte. Drei winzige Dreiecke, die mehr zeigten, als sie verbargen. Isabell drehte ihren Kopf zur Seite und murmelte etwas über ihre Schulter. Augenblicklich schnellte Ben neben ihr aus seinem Liegestuhl hoch.

Als er seine Ex-Frau sah, stieß er ein ähnliches Ächzen aus wie Eva Augenblicke zuvor. Er zog die gläserne Terrassentür auf und brüllte etwas ins Innere des Hauses. Eva musste seine Worte nicht hören, er sagte sowieso immer dasselbe. »Packt eure Sachen, die Mama ist da. Und macht den Fernseher aus.«

Eva sah ihre zwei Töchter im Geiste vor sich, wie sie auf der Couch lümmelten und auf ihr Smartphone starrten, während im Hintergrund irgendeine Teenie-Serie auf Netflix lief.

Ben kam die Treppe herab, wo Eva neben ihrem Wagen wartete. Sie würde eher sterben, als dieses Haus zu betreten. Isabell hatte es eingenommen und so war es zum Feindgebiet geworden.

Eva bemerkte Bens leichtfüßiges Getrippel. Seit er eine blutjunge Frau an seiner Seite hatte, ging er ins Fitnessstudio und trug nur zu gern seine neu gewonnenen Muskeln zur Schau. Auch jetzt hatte er es nicht für nötig befunden, ein Shirt anzuziehen. Er stand in Badeshorts vor ihr. Seine Haut glänzte vor Sonnenöl und Selbstgefälligkeit. Ben wusste, dass er attraktiv war. Frauen hatten sich schon immer von seinem Erfolg und seiner Ausstrahlung angezogen gefühlt. Er war ein Gewinnertyp, mit maßgeschneiderten Anzügen, grau melierten Haaren und schwarzer Hornbrille.

Ben hob den Kopf. Sein Blick suchte Isabell, die sich in ihrem knappen Bikini am Geländer räkelte und sie nicht aus den Augen ließ. Eva bleckte die Zähne. Wenn er für etwas brannte, dann lichterloh.

Sie redeten, weil sie es mussten. Eva wurde mitgeteilt, dass ihre Töchter gestern Curry gegessen hatten, es Sophie aber nicht sonderlich gut bekommen war. Und dass sich bei Lisbeth der Heuschnupfen bemerkbar gemacht hatte. Wie schlimm es war, ließ sich nicht beurteilen, weil der Teenager sein Zimmer nur im äußersten Notfall verließ. »Termin bei Dr. Mangold vereinbaren«, dachte Eva und setzte einen weiteren Punkt auf ihre To-do-Liste.

Eva wandte sich zum Gehen. Sie wollte im Auto warten, als Ben sie noch einmal ansprach. Er trug ein Haifischlächeln auf den

Lippen. Das war nie ein gutes Zeichen, es kam meist unmittelbar vor einem Todesstoß zum Einsatz.

»Übrigens, Tom sucht eine Sekretärin. Ich denke, du wärst für diesen Job bestens geeignet.«

Eva fuhr herum und riss sich die Sonnenbrille herunter. Ihre Miene verfinsterte sich, die Augen verengten sich zu Schlitzen. Ben nutzte diese veraltete Berufsbezeichnung nicht aus Unachtsamkeit, sondern weil er wusste, wie sehr sie es hasste. Eva hatte Wirtschaft und Recht studiert, war aber schwanger geworden und hatte seiner Karriere den Vortritt gelassen. Das hatte sie jetzt davon. Keinen Titel und keinen Ehemann.

Sie arbeitete für Alex Steindl, Bens Kanzleipartner. Seit der Pandemie von zu Hause aus und in einer anderen Abteilung. Eva und Ben hatten praktisch keine Überschneidungspunkte, dennoch war die Jobsituation unangenehm.

Sie selbst hatte bereits mit dem Gedanken gespielt, zu kündigen, aber dass Ben es ihr nahelegte, schürte ihren Trotz. »Danke, aber ich bin sehr zufrieden mit meinem Job«, antwortete Eva.

»Vielleicht könnte Isabell seine Assistentin werden?«

Ihre Stimme triefte vor Sarkasmus.

Als Anwalt war Ben Menschenkenner genug, um zu wissen, dass hier im Augenblick nichts zu erreichen war. Er machte kehrt und hastete die Treppe hinauf. Mit einem Kopfsprung hechtete er in den Pool und tauchte ab. Das war sinnbildlich für sein Problemmanagement.

Evas Augen wanderten zu Isabell, die immer noch wie eine Galionsfigur auf ihrem Aussichtspunkt thronte. Ihre semmelblonden Haare wehten im Wind. Minki, die Katze, die nach der Scheidung im Haus geblieben war, schmiegte sich an ihre Beine. War das denn zu fassen? Sogar Minki hatte sich von ihr abgewandt, und das, obwohl es Eva gewesen war, die sie vor zehn Jahren aus dem Tierheim geholt hatte.

Sie bedachte Isabell mit einem letzten verächtlichen Blick, dann machte sie kehrt und schwang sich hinter das Steuer ihres Mini Coopers. Eva war kurz davor, ein paar Mal kräftig auf die Hupe zu drücken, als endlich Lisbeth und Sophie auftauchten.

Es war der Anblick der zwei Mädchen, der Eva wieder mit sich und der Welt versöhnte. Vierundzwanzig Stunden waren sie getrennt gewesen und Eva beschlich das Gefühl, dass sie in der Zwischenzeit gewachsen waren.

»Hallo, Mama«, grüßte Sophie, die Jüngere, und schwang sich auf den Rücksitz. Sie war zehn. Ihre erdbeerblonden Haare hatte sie zum Pferdeschwanz gebunden. Wenn sie lachte, blitzten mehrere Zahnlücken auf. Sophie trug Shorts, ihre Knie waren aufgeschürft und mit bunten Pflastern beklebt.

»Hi.« Lisbeth setzte sich auf den Beifahrersitz und deutete ein Lächeln an, das kaum mehr war als ein Zucken ihrer Mundwinkel. Die Pubertät hatte sie voll im Griff und das vormals entzückende Mädchen in ein menschenfressendes Monster verwandelt. Sie war jetzt vierzehn, hörte K-Pop und deutschen Rap und verachtete das Patriarchat.

»Du schaust scheiße aus«, sagte Lisbeth, nachdem sie einen kurzen Seitenblick auf ihre Mutter geworfen hatte.

»Danke! Ich freue mich auch, dich zu sehen.«

Grimmig zwang Eva den Schaltknüppel in den Retourgang und schob eine Spur zu rasant zurück. Kein bisschen sanfter legte sie den ersten Gang ein, trat aufs Gas und schoss mit quietschenden Reifen aus der Einfahrt.

»Cool, Mama«, tönte Sophie von der Rückbank. Sie blickte zu Isabell, die immer noch hinter ihnen her gaffte und schrie: »Friss Staub, Fiesabell!«

Der Schmähname war überaus kreativ und Eva lachte auf.

Sogar Lisbeths entnervte Miene erhellte sich und sie kicherte. Der Hass auf die Neue schweißte sie zusammen.

Die knapp zwanzigminütige Fahrt verbrachte Sophie damit, sich über Fiesabell auszulassen. Die Neue konnte gar nichts richtig machen und sogar die Art, wie sie atmete, sorgte für Missfallen.

Voll Schadenfreude dachte Eva, dass ein Wochenende mit den Kindern für Isabell die Hölle sein musste, dafür wussten die beiden Mädchen zu sorgen. Zwar bemühte sie sich halbherzig, ihre Töchter nicht gegen Isabell aufzuhetzen, doch es war Ben selbst, der für Unfrieden sorgte, weil er laut Sophies Schilderung einfach nicht die Finger von seiner Freundin lassen konnte. Er war regelrecht süchtig nach ihrem Nektar. »Cringe«, nannte Lisbeth dieses Verhalten und brachte es auf den Punkt, denn ihr Vater benahm sich wirklich oberpeinlich.

Eva und ihre Töchter hatten das Stadtpalais erreicht, den Wagen geparkt und gingen gerade den Gang im Obergeschoss entlang, als neben ihnen die Wohnungstür des Nachbarn aufschwang. Er taxierte Eva mit einem durchdringenden Blick.

Eva schlug die Augen nieder. Ihre Hände begannen zu schwitzen und sie brauchte ein paar Anläufe, bis der Schlüssel das Schloss traf. Eva schob ihre Töchter ins Wohnungsinnere. Danach machte sie kehrt, willens, ihren unglücklichen Start auszumerzen.

Sie zwang sich zu einem Lächeln und murmelte: »Tut mir leid, dass ich mich in der Tür geirrt hab. Wir sind erst vor Kurzem eingezogen.«

»Kein Problem. Das kann jedem einmal passieren. Wenn Sie Hilfe brauchen, sagen Sie einfach Bescheid.« Diese Reaktion hatte Eva erwartet, doch sie blieb aus, stattdessen funkelte sie der Nachbar wütend an.

»Soll das alles sein?«

»Ja«, erwiderte sie kopfschüttelnd. »Was denn noch?«

Er stieß ein gehässiges Lachen aus.

»Was für eine unverschämte Person sind Sie eigentlich?«

Eva war wie vor den Kopf geschlagen. Hatte er das wirklich gesagt? Sie hatte sich nachts in der Wohnungstür geirrt, das war zwar peinlich, aber nicht das Ende der Welt.

»Sie könnten wenigstens anbieten, die Kosten für die Reinigung zu übernehmen«, blaffte er sie an. »Wissen Sie eigentlich, wie ekelhaft es war, Ihre Kotze von meinem Motorrad zu wischen?«

Eva klappte der Mund auf.

»Sind Sie verrückt?«, stammelte sie. »Ich habe nichts dergleichen getan. Sie … Sie können doch nicht einfach so eine Behauptung aufstellen.«

Er stieß ein abfälliges Schnauben aus. »Vielleicht können Sie sich einfach nur nicht mehr daran erinnern?«, konterte er. »Wundern würd es mich nicht.«

Empört schnappte Eva nach Luft.

»Sie glauben doch wohl nicht ernsthaft, dass ich der einzige Mensch war, der gestern in Wien einen über den Durst getrunken hat.«

»Einen über den Durst getrunken, dass ich nicht lache«, höhnte er und betrachtete mit Genugtuung, wie Eva die Röte in die Wangen fuhr. »Ist mir egal, was Sie treiben, aber halten Sie sich gefälligst von mir und meinem Besitz fern.«

Er wandte sich zum Gehen, dann schien ihm noch etwas einzufallen. »Für die Reinigung werden Sie aufkommen.«

»Einen Scheiß werde ich tun«, knurrte Eva. »Vielleicht handhabt man das in Spanien so, hier jedenfalls ganz sicher nicht.«

»Ich komme aus Argentinien«, brummte er, doch Eva winkte ab. Es kümmerte sie nicht, woher dieser Typ stammte, solange er ihr aus den Augen ging. Weil er ihr diesen Gefallen nicht tat, machte Eva am Absatz kehrt und stampfte davon. Einen Atemzug später knallte sie die Tür ins Schloss. Schnaubend stand sie im Eingangsbereich ihrer Wohnung, wo ihre Töchter warteten. Natürlich waren sie Zeuginnen dieses schmählichen Zusammentreffens geworden.

»Mama?« Sophie starrte sie mit großen Augen an. »Hast du echt auf das Motorrad unseres Nachbarn gekotzt?«

»Natürlich nicht!«, erwiderte Eva gereizt.

»Und warum sagt er das dann?«

»Weil er ein verdammter Idiot ist.«

Kapitel 5

Von Vögeln und vögeln

Es war Mittwochnachmittag. Eva hatte Sophie bei ihrer Freundin und Lisbeth in einem öffentlichen Freibad abgesetzt. Jetzt hatte sie ein paar Stunden für sich, ehe sie die beiden wieder abholen musste.

Eva parkte ihren Wagen am Straßenrand und ging auf die riesige Wohnhausanlage in Wien-Favoriten zu. Zwischen diesen grauen Betonmauern war sie aufgewachsen.

In dem Gemeindebau lebte ein buntes Gemisch aus Arbeiter- und Mittelschicht, eine Hochburg der Kleingeistigkeit, wo man über Taubenschiss und Zigarettenstummel lebenslange Feindschaften schloss. Schon als Teenager wollte Eva fort. Die Wände ihres Kinderzimmers pflasterte sie mit kitschigen Postern und Träumen von einem besseren Leben. Dann war sie Ben begegnet, einem modernen Traumprinzen, der sie zwar nicht mit einem weißen Schimmel, dafür mit einem schwarzen Jaguar abgeholt hatte.

Auf dem schmalen Grünstreifen stand zwischen blühenden Hortensien eine Gruppe Jugendlicher, die Rap-Musik hörten und selbstgedrehte Zigaretten rauchten, während sie von ein paar älteren Damen misstrauisch beäugt wurden. Dieser Anblick zauberte Eva ein Schmunzeln ins Gesicht, denn manches änderte sich hier nie.

Sie drückte auf die Klingel und wartete.

Kurze Zeit später erklang der Summton und die Haustür

sprang auf. Ein typischer Bau der Sechzigerjahre, dunkles Treppenhaus, Neonröhren, ockergelber Rauputz und Terrazzofliesen. Im Erdgeschoss roch es nach Kohl, das tat es bereits seit vierzig Jahren. Ungefähr gleich lange versuchte die Hausbesorgerin schon, mit der Krautsuppendiät Kilos zu verlieren.

Zügig ging Eva zwei Stockwerke nach oben und klopfte gegen die braune Wohnungstür. Sie wurde schwungvoll aufgerissen und ihre Mutter Dagmar grinste sie an. »Du?«, murmelte sie und das Lächeln auf ihren Lippen erstarb. »Brauchst du was?«

Nicht unbedingt die Begrüßung, die Eva erwartet hatte.

Ihr Verhältnis war schwierig, aber so schroff war sie noch nie abgefertigt worden.

»Ich war gerade in der Nähe«, sagte Eva.

Das stimmte nicht ganz. Sie hatte ihre Kinder abgeliefert und war danach bei einer Infoveranstaltung gewesen, um sich über die Wiederaufnahme ihres Wirtschaft-und-Recht-Studiums zu informieren. Still und heimlich, ohne irgendjemandem davon zu berichten. Dieser Gedanke reifte bereits seit einiger Zeit in ihrem Kopf, auch wenn sie es nicht wagte, ihn laut auszusprechen. Noch nicht.

Evas Blick wanderte an ihrer Mutter hinab. Sie war immer noch eine aparte Frau, obwohl sie in zwei Jahren siebzig wurde. Das Gesicht war fein geschnitten und dem vom Eva nicht unähnlich.

Ihre Mutter trug eine flotte Kurzhaarfrisur, die ihre silbergrauen Haare hübsch in Szene setzte. An diesem Tag hatte sie sich besonders herausgeputzt. Erst der dritte Knopf ihrer Bluse war geschlossen, erstaunlich offenherzig für eine Frau ihres Alters. Parfümduft hing in der Luft. Eva kannte diesen Geruch, schwer und süßlich, ein billiger Verschnitt eines Chanel-Wässerchens.

»Ich hätte vorher anrufen sollen.«

»Ja!« Dagmar packte sie am Ellenbogen und zog sie in die

Wohnung. »Aber wenn du schon da bist, kannst du auch auf einen Kaffee hereinkommen.«

Dagmar hatte vierzig Jahre als Friseurin in einem Frisiersalon gearbeitet, nun genoss sie ihre Pension in vollen Zügen.

Eva beugte sich dem Hausbrauch, zog die Sandalen aus und stellte sie auf eine Abtropftasse. Dann nahm sie ein Paar Hausschuhe, das in einem riesigen Deko-Filzpantoffel an der Wand aufbewahrt wurde, und schlüpfte hinein.

Sie folgte ihrer Mutter in die kleine Küche, die sich in den letzten Jahrzehnten kein bisschen verändert hatte. Cremeweiße Fronten aus geklebten Spanplatten, dunkelbraune Griffe und Blenden und orange Fliesen, die weiß verfugt worden waren. Außerdem ein wuchtiger Boiler, der über dem winzigen Küchentisch hing und in regelmäßigen Abständen ein scharfes Zischen ausstieß.

Dagmar schaufelte Kaffeepulver in einen Filter und schaltete die Maschine ein. Sogleich erklang das vertraute Blubbern.

Eva hatte ihr zu Weihnachten eine Nespresso-Maschine geschenkt, doch ihre Mutter wollte von dem modernen Schnickschnack nichts wissen. Nun stand der Karton im Kellerabteil und verstaubte.

»Schläft Papa?«

Dagmar schüttelte den Kopf.

Eva verließ die Küche und ging einen Raum weiter ins Wohnzimmer, um ihren Vater zu begrüßen. Dort saß ein eingefallener Mann in einem Schaukelstuhl. Die Haut an seinen Wangen hing schlaff herab, so als wäre sie ihm eine Nummer zu groß geworden. Er war frisch rasiert, außerdem hatte ihm Dagmar die Haarspitzen geschnitten. Das machte sie nach jeder Haarwäsche, sodass sein Kopf der adretteste in ganz Favoriten war. Nicht dass das jemand zu Gesicht bekommen würde, aber Harry, so hieß ihr Vater, genoss es, wenn man ihm beim Shampoonieren die Kopfhaut massierte und Dagmar genoss es, wenn sie gelegentlich die alte Friseurschere herausholen konnte.

Er starrte aus dem Fenster zu einem Baum, in dessen Astwerk sich Spatzen und Amseln tummelten. Hin und wieder zuckten seine Mundwinkel, wenn die Vögel etwas vermeintlich Lustiges taten.

Auf Eva hatte dieser Anblick eine gegenteilige Wirkung, ihre Augen wurden feucht und sie blinzelte verstohlen. Zwar sah Harry immer noch aus wie ihr Vater, aber der Schleier der Demenz verbarg ihn immer mehr.

»Hallo, Papa«, sagte Eva und drückte seine magere Hand.

Sein wasserblauer Blick riss sich vom Fenster los und wanderte zu ihr.

»Hallo, Engerl«, antwortete er mit kratziger Stimme. Er nannte alle Frauen so, damit niemand bemerkte, dass er ihre Namen vergessen hatte.

Es versetzte Eva jedes Mal einen Stich in der Brust.

»Ich soll dich von Lisbeth und Sophie grüßen«, sagte sie, obwohl er nicht mehr wusste, wer die beiden überhaupt waren.

»Ah! Schön.«

Ihr Vater sah sie mit der Hilflosigkeit eines Kindes an und fragte: »Ist der Gärtner schon da?«

Dagmar, die gerade um die Ecke bog, schüttelte den Kopf.

»Der kommt erst später«, murmelte sie und deutete auf den Baum. »Aber schau, dafür ist die Taube zurück.«

Sofort erhellte sich die Miene ihres Vaters und er wandte sich wieder den Vögeln vor dem Fenster zu. Mit voranschreitender Demenz war er zum Ornithologen geworden.

Dagmar zupfte Eva am Ärmel, damit sie ihr unauffällig folgte.

»Ohne Zucker, dafür mit einem Schuss Milch?«

Eva nickte. »Wie immer.«

»Du bist so selten da, hätte sich ja ändern können.«

Eva zog eine Augenbraue hoch, sagte aber nichts. Seit sie von zu Hause ausgezogen war, hatte sich eine Kluft zwischen ihnen aufgetan. Ihre Mutter fand, dass Eva die Heirat in eine wohlhabende Familie verändert hatte. Vermutlich stimmte das auch.

Eva hatte der Arbeiterklasse immer schon entfliehen wollen. Deshalb hatte sie zu studieren begonnen, doch all ihren Träumen zum Trotz das Studium nicht abgeschlossen.

Um sich zu beruhigen, klopfte Eva auf ihre Tasche, in der sich eine Informationsbroschüre zum Wiedereinstieg befand. »Es ist noch nicht zu spät«, dachte Eva. Sie musste nur den Mut finden und aus ihrer Komfortzone ausbrechen.

»Wieso hast du Sophie und Lisbeth nicht mitgebracht?«, fragte Dagmar.

»Sie waren schon verplant. Du weißt ja, wie Mädchen in dem Alter sind.«

Dagmar kniff die Lippen zusammen und nestelte an dem Häkeldeckchen, das auf dem Tisch lag.

»Die anderen sehen ihre Enkelkinder bestimmt öfter.«

Die anderen waren Bens Eltern, Dagmars Hassobjekte.

»Mama, bitte, nicht wieder das Thema«, sagte Eva und rieb sich die Nasenwurzel, wissend, dass ihre Mutter ohnehin nicht aufhören würde, über Bens Familie herzuziehen.

»Weißt noch, was der Papa immer gesagt hat?«

»Ja, Mutter, ich kann mich erinnern«, antwortete Eva. »Auch auf einem goldenen Klo stinkt die Scheiße. Aber ich bin nicht gekommen, um mit dir über Klassenunterschiede und soziale Ungerechtigkeit zu diskutieren.«

»Warum dann? Dich treibt ja sonst auch nichts her.«

»Ich wollte meine alten Tagebücher holen. Außerdem ...«

Eva schluckte. Sie hatte ihrer Mutter von ihren Plänen erzählen wollen, ihr Studium wieder aufzunehmen, doch nun verwarf sie diesen Gedanken. Dagmar war nicht die richtige Person für solche Gespräche. Stattdessen fuhr sie fort: »... läuft es im Moment nicht so gut. Du weißt schon, der Umzug und alles Drumherum.«

Dagmar musterte sie streng.

»Eva, du wohnst in einem Palast. Erzähl mir nicht, dass du es schwer hast«, rügte sie. »Was hast du erwartet, dass einer wie Ben an deiner Seite bleibt, wenn du älter wirst?«

Ihre Augen wanderten tiefer und hefteten sich auf das Röllchen, das sich im Sitzen über Evas Hosenbund abzeichnete. Augenblicklich zog Eva den Bauch ein. Wenn man so eine Mutter hatte, brauchte man keine Feinde mehr. Mitgefühl und Verständnis waren noch nie Dagmars Stärke gewesen, dafür beherrschte sie Neid und Missgunst wie keine Zweite. Eva stand auf und stellte ihre Kaffeetasse in die Spüle.

»Ich hol meine Tagebücher, dann gehe ich. Tut mir leid, dass ich deine Zeit in Anspruch genommen hab.«

Auf Filzsohlen schlich sie zu ihrem alten Kinderzimmer. Es war wie eine Zeitreise in die Vergangenheit. Nichts hatte sich verändert, an den Fenstern hingen immer noch die pfirsichfarbenen Vorhänge, die Eva als Mädchen zu erwachsen und als junge Frau zu kindlich gewesen waren. An den Wänden klebte eine Tapete, deren oranges und ockerfarbenes Paisleymuster längst verblasst war, durchbrochen von grauen Schatten, wo früher einmal Bravo-Plakate geklebt hatten.

Evas Blick fiel auf das Holzbett, auf dem Puppen und Teddybären aufgereiht saßen. Ein Anblick wie aus einem Gruselkabinett.

Drei Schritte, dann hatte sie den Raum durchquert. Vor ihr befand sich ein Regalbrett, das eine Sammlung von Erinnerungsstücken beherbergte – kleine Spielzeugfiguren, Freundschaftsarmbänder, Krimskrams und ihre Tagebücher. Eva griff danach und machte eilig kehrt. Plötzlich war es ihr in dem Raum zu eng geworden. Mit den Tagebüchern unter dem Arm steuerte sie auf die Garderobe zu, schnappte ihre Sandalen und zog sie an.

Dagmar, die im Türrahmen der Küche lehnte, beobachtete Eva mit Argusaugen. »Tut mir leid«, murmelte sie. »Natürlich will ich nicht, dass es dir schlecht geht. Also, wie kann ich dir helfen?«

Eva öffnete den Mund, kam aber zu keiner Antwort, denn plötzlich klopfte es an der Tür.

»Wir reden ein andermal, in Ordnung?«, sagte Dagmar und schnitt ihr das Wort ab. Das war keine Frage, sondern ein Befehl.

Ihre Mutter warf einen prüfenden Blick in den Garderoben-spiegel und zupfte den Ausschnitt ihrer Bluse zurecht. Dann öffnete sie schwungvoll die Tür. Ein schlanker älterer Mann stand draußen. Er hatte schlohweißes Haar und hielt einen kleinen Blumenstrauß in den Händen.

»Grüß dich, Fred«, sagte Dagmar leise und es klang wie das Schnurren einer Katze. Samtig und verführerisch.

»Das ist meine Tochter, sie wollte gerade gehen.«

Dagmar drehte sich zu Eva um. »Das ist der Fred, unser Gärt-ner.« Einen Augenblick später hatten Eva und Fred einen flie-genden Wechsel vollzogen.

Fassungslos ging Eva durch das Treppenhaus. Ihre Eltern be-saßen weder einen Balkon noch einen Garten und es gab in ihrer Wohnung nur einen einzigen Busch, den der Gärtner pflegen könnte. Ein grauenvoller Gedanke.

Ihre Mutter hatte eine Affäre. Die Erkenntnis traf sie wie eine Keule, obwohl Eva verstehen konnte, dass Dagmar sich nach Zärtlichkeit sehnte. Der Zustand ihres Vaters hatte sich in den letzten Jahren rapide verschlechtert, sie führten schon lange keine Ehe mehr, doch die Vorstellung, dass Harry im Wohnzimmer Vögel beobachtete, während Dagmar im Nebenzimmer vögelte, war einfach zu verrückt.

Kapitel 6

Alle Dinge, die sie nie tat

Eva saß mit Carmen und Marina im El Rincón del Toro, einer spanischen Bar im Palais Collalto, dessen Besitzer Carmen eine Zeitlang gedatet hatte. Sie tranken Mojitos und aßen Tapas. Fünf Tage waren seit Evas Absturz vergangen. Geschlagene zwei Tage hatte es gedauert, sich von dem Kater zu erholen, und weitere drei, um ihren Selbstwert wieder aufzurichten.

Es war ihr erstes Treffen seit der feuchtfröhlichen Partynacht und es gab eine Menge zu berichten. Die drei Freundinnen hatten keinerlei Geheimnisse voreinander und so gestand Eva, was sich im Hinterhof des Clubs zwischen dem Barkeeper und ihr zugetragen hatte.

»Das ist nicht dein Ernst?« Carmen prustete und orderte mit einer lässigen Handbewegung eine weitere Runde. »Der Typ fasst dir ins Höschen und du kommst?«

Marina kicherte ausgelassen. »Bellezza, Carmen hat recht. Du bist förmlich ausgehungert nach Zuneigung. Du brauchst dringend einen Mann.«

»Es ist ja nicht so, als ob ich etwas dagegen hätte«, gestand Eva. »Aber die Kerle stehen nicht gerade Schlange.«

»Was ist mit deinem Nachbarn?«, fragte Marina. »Soweit ich gesehen hab, wäre der durchaus eine Sünde wert.«

Eva schnitt eine Grimasse. »Vergiss es! Das ist das größte Arschloch, das mir jemals begegnet ist. Und ich war mit Ben verheiratet, das will also was heißen.« Allein der Gedanke an diesen Typen genügte, um Eva in Rage zu versetzen. Sie erzählte ihnen von dem fatalen Irrtum an der Wohnungstür und der abweisenden Reaktion ihres Nachbars.

»Tags darauf hat er mich dann beschuldigt, dass ich sein Motorrad vollgekotzt hätte. Was ich natürlich nicht habe«, fügte Eva sicherheitshalber hinzu. »Die Kirsche auf dem Sahnehäubchen ist, dass er mir gestern die Rechnung für die Reinigung in den Postkasten geworfen hat.«

»Die du, Schatzerl, hoffentlich nicht bezahlen wirst?«

»Natürlich nicht!« Eva fuhr auf. »Das käme ja einem Schuldeingeständnis gleich.«

Nachdem sie sich gründlich über Valentín Rodríguez – sein Name stand auf der Zahlungsaufforderung – ausgelassen hatten, sagte Carmen: »Auf klassischem Weg findest du in dieser Stadt keinen Typen mehr. Du musst dich bei einer Singleplattform anmelden.«

Eva rollte mit den Augen. Onlinedating klang für sie nach Verzweiflung, schmierigen Typen und einer Abfolge langweiliger Treffen mit Kerlen, die in freier Wildbahn niemand haben wollte. Carmen schüttelte vehement den Kopf.

»Da irrst du dich aber gewaltig.«

Sie kramte in ihrer Designertasche und zauberte einen ästhetischen Flyer hervor. *Lovematch* stand darauf. *Nur einen Klick vom Glück entfernt.*

»Wir machen das Marketing für diese Plattform.«

Sie schob Eva den Flyer hin.

»Danke, aber das ist nichts für mich.«

»Ich verstehe! Weißt du eigentlich schon, was du zu deinem Vierziger machen willst?«

Carmen grinste wölfisch, sie wusste ganz genau, wie sehr Eva davor graute, an ihrem Geburtstag Single, geschieden und alleinerziehend zu sein.

»Du bist ein Miststück.«

Carmen warf ihr eine Kusshand zu und erwiderte lachend: »Ich liebe dich auch, Schatzerl!« Eva schnaubte. Zwar war sie mehr als dankbar für den Support ihrer Freundinnen, allerdings nicht gerade in diesem Augenblick.

»Ich will euch etwas zeigen«, sagte sie und zog ein scheußliches dottergelbes Tagebuch hervor. »Das hab ich gestern aus meinem Kinderzimmer geholt«, erklärte sie und schlug es auf.

Sie blätterte zu der Liste, die ihr unbedarftes zwanzigjähriges Ich verfasst hatte. Üppig verziert mit Ornamenten und Schnörkeln hatte sie festgehalten, was sie bis vierzig erreicht haben wollte.

»Ach, wie entzückend!«, rief Marina. »Daran kann ich mich sogar noch erinnern.« Sie griff nach dem Buch und begann laut vorzulesen:

1. Studium abschließen, erste Magistra in der Familie werden!
2. Vorstandsmitglied bei Ernst & Young
   (Hauptsache Big Four)
3. Die große Liebe finden (Brad Pitt)
4. Zwei Kinder bekommen, einen Jungen und ein Mädchen
5. Penthouse in der Innenstadt kaufen (Blick auf den
   Stephansdom). Raus aus dem Gemeindebau!
6. Die Welt sehen, exotische Orte besuchen,
   Flitterwochen auf Hawaii
7. Sabbatical in Bali
8. Fließend Spanisch sprechen
9. Finanzielle Freiheit – ein Schrank voller Schuhe
10. Sportlich werden, täglich Yoga und einen Marathon
    in unter vier Stunden laufen

»Ich habe gar nichts davon erfüllt«, murmelte Eva und benannte das nagende Gefühl in ihrem Inneren.

»Stimmt nicht«, widersprach Carmen.

»Ja, ich bin Mutter geworden«, gab Eva zu. »Aber Sophie und Lisbeth sind Scheidungskinder, die mit Junkfood und Take-away ernährt werden. Und ich glaube nicht, dass das meinem zwanzigjährigen Ich gefallen würde.«

»Was ist mit dem Traumhaus?«, warf Marina ein. »Du wohnst in einem Stadtpalais, ich denke, diesen Punkt kann man als erfüllt ansehen.«

»In meinem Traumhaus sitzt nun Fiesabell und treibt es mit meinem Ex-Mann«, stieß Eva bitter hervor. »Und meine Traumwohnung gehört meinen Ex-Schwiegereltern.«

»Ach, scheiß auf dein zwanzigjähriges Ich«, sagte Carmen unbarmherzig. »Es ist einfach, Luftschlösser zu bauen, wenn man sich nicht um Statik und Bausubstanz scheren muss.«

»Carmen hat recht«, pflichtete Marina ihr bei. »Diese Liste ist *cacca di cane*. Ein Hundehaufen, mehr nicht. Was weiß eine Zwanzigjährige schon vom Leben?«

Xavier kam mit einer weiteren Runde Cocktails angerauscht. Er war ein feuriger Spanier, mit dem Carmen ein paar Monate lang Flamenco getanzt hatte. Er blickte ungeniert in ihren Ausschnitt und zwinkerte anerkennend. Carmen hatte nicht nur das Talent, einen heißen Kerl nach dem anderen aufzureißen, sondern auch, mit ihnen freundschaftlich verbunden zu bleiben. Vermutlich, weil sie von Anfang an klarstellte, dass sie von Liebe nichts wissen wollte. »Ihr seid selbst schuld«, sagte sie immer, wenn Eva oder Marina sich über die Frustration in langjährigen Ehen beklagten. »Es gibt zu viele scharfe Typen, um sich auf einen einzigen festzulegen.«

»Ich stimme deinen Freundinnen zu«, raunte Xavier, als er Eva ihren Cocktail kredenzte. Er ließ es sich nicht nehmen, ab und an ein paar Perlen seiner Weisheit einzustreuen, das gehörte zum Full Service seiner Bar dazu.

»Als junge, scharfe Singlefrau solltest du es krachen lassen.«

Bei den Worten *jung* und *scharf* rollte Eva demonstrativ mit den Augen. So fühlte sie sich schon lange nicht mehr.

Carmen musterte ihren ehemaligen Liebhaber streng. »Du könntest wenigstes so tun, als würdest du die Privatgespräche deiner Gäste nicht belauschen.«

Ohne auf ihren Vorwurf einzugehen, riss Xavier einen Zettel von seinem Bestellblock und reichte ihn Eva zusammen mit einem Kugelschreiber. »Du schreibst eine neue Liste an Dingen, die du noch nie gemacht hast. Und dann arbeitest du sie Stück für Stück ab.«

Carmen ächzte. »Das kannst du vergessen! Fünfzehn Jahre Ehe und eine Scheidung später sucht sie immer noch nach Mister Right und der großen Liebe.«

Eva und Marina tauschten einen vielsagenden Blick, wie sie es immer taten, wenn Carmen Salz in ihre Wunden streute.

Beziehungen waren Schwerstarbeit und wenn man Carmen beobachtete, konnte man durchaus den Eindruck gewinnen, dass das Leben spaßiger war, wenn man einfach darauf pfiff.

»Ich weiß nicht einmal, wo ich anfangen soll«, brummte Eva. Befeuert vom Mojito linste sie auf das leere Blatt Papier, dann kritzelte sie ein paar Wörter hin.

»Ach du Scheiße!« Carmen überflog ihre Liste und deutete ein Gähnen an. »Spiritualität? Sport? Also wirklich, Eva, geht's noch? Was du brauchst, ist mehr Pepp. Etwas, das dein Liebesleben in Schwung bringt und dich zwingt, aus deinem Trott auszubrechen.«

Sie nahm ihr den Zettel aus der Hand und schrieb Onlinedating darunter. »Damit fangen wir an.«

»One-Night-Stand mit einem scharfen Fremden«, ergänzte

Marina und ignorierte Evas vorwurfsvolles Gesicht. »Vergiss es, das kannst du gleich wieder streichen«, sagte sie entrüstet. »Das würde ich niemals tun!«

»Eben deshalb!« Carmen schob ihr das Papier hin, auf das sie in aller Eile ein paar Notizen gekritzelt hatte. »Hier! Die neue Liste an Dingen, die du tun sollst, bevor du vierzig bist.«

Evas Augen flogen über das Papier.

1. Mit dem Joggen beginnen
2. Selbstfindung
3. Onlinedating
4. Speeddating
5. One-Night-Stand
6. Vibrator kaufen
7. Brazilian Waxing und sexy Dessous
8. Flotter Dreier
9. Callboy
10. Burlesque-Workshop
11. Telefonsex
12. Tantra-Massage

Die ersten zwei Punkte stammten aus ihrer Feder, die übrigen zehn von Carmen und Marina. Manche davon waren schlicht unrealistisch und das wussten ihre Freundinnen. Sie hatten sich einen Scherz erlaubt, wissend, dass Eva nie und nimmer ihre Komfortzone verlassen würde, und die bestand nun einmal aus Monogamie, Blümchensex, Liebesschnulzen und Kuschelrock.

»Ich mache es«, sagte Eva. Wenn Ben etwas Neues probieren konnte, dann konnte sie das schon lange.

Eva war selbst überrascht über dieses Zugeständnis, das ihr so leichtfertig über die Lippen geglitten war. Im selben Augenblick verkümmerte ihre Experimentierfreudigkeit und sie ruderte zurück in den sicheren Hafen.

»Zumindest versuche ich, ein paar dieser Dinge umzusetzen.«

Onlinedating war machbar, ebenso ein Burlesque-Workshop, wobei wieso zur Hölle sollte man das wollen?

Einen Vibrator konnte man online kaufen.

Telefonsex, nun, wer konnte beweisen, ob am anderen Ende der Leitung jemand mithörte? Selbst ein flotter Dreier bot einiges an Spielraum. Sie konnte zum Beispiel einen Porno schauen und selbst Hand anlegen, machte sie das nicht auch irgendwie zur Mitspielerin? Doch Eva hatte ihre Rechnung ohne Carmen gemacht.

»Ich schlage eine Wette vor«, sagte ihre Freundin mit blitzenden Augen. »Bis zu deinem Vierziger arbeitest du diese Liste ab. Wenn es dir gelingt, dann spendiere ich uns Mädels einen Wochenendtrip. Wenn du verlierst, bezahlst du.«

Eva zögerte. Als frisch geschiedene Frau war ihre finanzielle Lage prekär, allerdings hatte Carmen nicht gesagt, wo der Ausflug hingehen sollte. Ein Bauernhof im Waldviertel würde wohl drin sein.

»Meinetwegen.« Sie streckte Carmen ihre Hand entgegen.

Carmen griff beherzt zu und taxierte Eva verheißungsvoll. »Ich weiß, dass du das für einen Spaß hältst«, sagte sie und lächelte boshaft. »Aber du hast gerade Fortuna persönlich herausgefordert. Denn wenn du die Wette sabotierst, bleibt dein Leben so, wie es ist. Langweilig, einsam und traurig. Warum sollte sich etwas ändern, wenn du dich nicht weiterentwickelst? Du hast es selbst in der Hand, aus deiner Komfortzone auszubrechen. Nur du bist für dein Glück verantwortlich.«

Eva ächzte. Diese verdammte Carmen!

Was sie sagte, war nicht von der Hand zu weisen. Veränderung kam mit Veränderung, doch wie brach man aus einem Trott aus, den man sein Leben lang kultiviert hatte?

Später am Abend stand Eva in ihrer Küche und räumte die leeren Cognacgläser in den Geschirrspüler. Damit sie ihre Freundinnen treffen konnte, hatte Ex-Schwiegermutter Greta die Töchter beaufsichtigt. Das machte sie gerne, besonders, weil sie sich im Anschluss ihre Dienste in Baileys vergelten ließ.

Greta war längst zu Hause, die Küche aufgeräumt und Sophie und Lisbeth lagen bereits in ihren Betten. Eva hatte keine Ausreden mehr.

Seufzend wandte sie sich wieder ihrem aufgeklappten Laptop zu. Daneben lag der Flyer von Lovematch, den Carmen ihr aufgedrängt hatte, zusammen mit der Liste.

Immer noch hallte Carmens Beschwörung durch Evas Kopf.

Sie war nicht umsonst die Chefin einer Marketing-Agentur. Ihre Worte hatten sich in Evas Geist eingebrannt und nun gelang es ihr nicht mehr, sie zu vergessen. Deshalb arbeitete sie sich durch den Fragebogen von Lovematch. Eva war knapp davor, alles hinzuschmeißen, als sie zu den letzten Fragen gelangte.

[Lovematch:] Wie würdest du dich selbst beschreiben?

Weil *verzweifelt, frustriert* und *skeptisch* nicht zur Verfügung standen, wählte Eva *verträumt, romantisch* und *abenteuerlustig.*

[Lovematch:] Du hast es geschafft! Nun suche dir einen Nickname aus, der dich gut beschreibt und Interesse weckt.

Eva tippte *BellaDonna,* das bedeutete *schöne Frau.* Gleichzeitig war es auch die lateinische Bezeichnung für die Tollkirsche. BellaDonna: schön, verlockend, toxisch.

Verdammt, wenn sie so darüber nachdachte, war das eher der richtige Benutzername für Fiesabell. Sie selbst war wohl eher das Gänseblümchen, fade wie lauwarmer Kamillentee. Trotzig drückte Eva auf die Entertaste.

[Lovematch:] Willkommen BellaDonna. Du hast dich erfolgreich registriert. Bist du bereit für dein Lovematch?

12 Aufgaben vor 40

1. Mit dem Joggen beginnen
2. Selbstfindung
3. Onlinedating
4. Speeddating
5. One-Night-Stand
6. Vibrator kaufen
7. Brazilian Waxing + sexy Dessous
8. Flotter Dreier
9. Callboy
10. Burlesque-Workshop
11. Telefonsex
12. Tantra-Massage

Kapitel 7

Lovematch

September

Es war Mittwochvormittag und Eva saß in ihrem improvisierten Büro, umgeben von Aktenordnern. Ohne den Luxus eines Arbeitszimmers diente nun die Küche als ihr berufliches Refugium. Vor Dienstbeginn zog sie einen Apothekerschrank auf, schob Nudeln, Reis und Cornflakes beiseite und holte ihren Laptop hervor. Auch der Rest ihrer Büroartikel lagerte hier. Klebezettel und Tacker befanden sich in der Bestecklade gleich neben den Bleistiften und Kugelschreibern. Letztere hatten sich sogar ein eigenes Fach verdient, weshalb Messern und Gabeln sich eines teilen mussten. Für Gretas Silberbesteck waren harte Zeiten angebrochen.

Irgendwann würde Eva ihren Arbeitsplatz ins Wohnzimmer verlegen, doch im Moment stapelten sich in der Vier-Zimmer-Wohnung noch in jedem Winkel Kartons, die einfach nicht leer zu werden schienen.

Glücklicherweise hatte die Schule wieder begonnen und Eva konnte an den Vormittagen ungestört arbeiten. Sie trug ein Tanktop und eine Jogginghose – ihre Arbeitskleidung für das Homeoffice. Mit ungeschminktem Gesicht und der dritten Tasse Kaffee neben sich begann sie ihren Arbeitstag für die Kanzlei ihres Ex-Mannes.

Bei diesem Gedanken schnitt sie eine Grimasse. Was für eine unmögliche Situation. Den Großteil erledigte Eva von zu Hause aus, weil aber manche Dinge ihre physische Anwesenheit erforderten, ließen sich Begegnungen nicht gänzlich vermeiden. Eigentlich hätte Eva längst gekündigt, im Moment hielt sie nur der Trotz zurück, weil Ben genau das erreichen wollte.

Eva war für das Verwalten und Organisieren von Akten und juristischen Texten verantwortlich. Sie speiste Dokumente ins firmeneigene Archiv ein und erstellte Verträge, Klageschriften oder Gutachten. Seit ihrer eigenen Scheidung wusste Eva nur zu gut, dass hinter jeder dieser Anklageschriften eine verzweifelte Person und eine gescheiterte Ehe steckten.

Heute war sie nicht bei der Sache, immer wieder schweiften ihre Gedanken ab. Das lag zum einen an dem Geräusch von Akkuschraubern, weil im Schlafzimmer Handwerker mit dem Aufbau des Einbauschranks beschäftigt waren. Zum anderen lag es an ihrem E-Mail-Posteingang, wo in regelmäßigen Abständen ein Briefchen erschien, das eine Nachricht ankündigte.

Lovematch arbeitete effizient und präsentierte ihr Partnervorschläge am laufenden Band.

Seit einer Woche schlich Eva um die Datingplattform herum. Zwar hatte sie sich noch zu keiner Handlung durchringen können, allerdings war sie längst zum Opfer des ausgeklügelten Marketings geworden.

Ein gewisser MrRight hatte ihr Profil besucht, ließ die Dating-App sie wissen. Nun interessierte Eva, welcher Typ Mann eine Matching-Quote von neunzig Prozent aufwies.

Während sie sein Profil sondierte, tauchte ein kleiner Reiter mit einem blinkenden Herzchen auf. Angesprochen von dem Icon klickte Eva darauf, als eine Systemmitteilung ihr verriet, dass sie soeben einen virtuellen Stupser verteilt hatte.

Verdammt. Eva suchte nach einer Möglichkeit, um ihr Missgeschick rückgängig zu machen, jedoch ohne Erfolg. Es kam noch schlimmer, denn plötzlich erschien der Angestupste online.

Ein Chatfeld tat sich auf und MrRight antwortete mit einem winkenden Smiley auf ihre Kontaktaufnahme.

Zum Abtauchen war es zu spät. *BellaDonna* leuchtete neongrün und verriet ihren Onlinestatus.

»Hi«, tippte Eva und kam sich ungemein blöd vor. Es war fünfundzwanzig Jahre her, dass sie sich im Chatroom eines bekannten Radiosenders herumgetrieben hatte.

[MrRight:] Hallo BellaDonna.
            Darf ich dir einen Kaffee ausgeben?

Eva war verwundert. Hatten die zwei Buchstaben ihn bereits so neugierig gemacht, dass er sie im echten Leben treffen wollte?

Im nächsten Moment flackerte ein Kaffee-Emoji am Bildschirm auf. »Wirklich witzig«, brummte sie und unterdrückte ein Augenrollen.

[MrRight:] Sorry! Vermutlich bin ich deshalb Single.

Es folgte ein lachender Smiley. Danach ein Smiley, der sturzflutartig weinte. Das traf schon eher Evas Geschmack. Ihre Hände flogen über die Tastatur.

[BellaDonna:] Danke, aber Kaffee hatte ich heute schon genug.

[MrRight:] Du könntest eine Runde Mitleid spendieren.
            Das könnte ich nach meinem letzten Meeting gut
            gebrauchen.

[BellaDonna:] Meeting? Bist du gerade in der Arbeit?

[MrRight:] Ja. Wobei, Vorhof zur Hölle trifft es besser.

Eva schmunzelte und durchsuchte ihr Gehirn nach einer geist-reichen Antwort.

[BellaDonna:] Wenn du dich im Vorhof der Hölle tummelst, bist du dann der Lakai des Teufels?

[MrRight:] Ich bin Investment-Banker. So mancher würde mich wohl tatsächlich als Handlanger des Teufels bezeichnen.

Eva nippte an ihrem Kaffee und grinste den Bildschirm an.

Ping! Eine Systemnachricht war in ihrem Postfach eingegangen.

Lovematch informierte sie, dass MrRight sein Profilfoto für sie freigegeben hatte. Sofort klickte Eva darauf.

Die Chiffrierung war fort und sie sah einen Mann Ende vierzig. Erste Falten hatten sich in die Stirn gegraben, was sein markantes Äußeres unterstrich. Er hatte dichtes, nach hinten gekämmtes Haar und buschige Augenbrauen. Ein wenig wie Marlon Brando in der Pate, minus dem Schnauzer. Ein gepflegter Mann von Welt, der Selbstbewusstsein und Charisma ausstrahlte.

Eva holte tief Luft und gab sich ebenfalls zu erkennen.

Sie hatte einen Schnappschuss von der letzten Weihnachtsfeier hochgeladen, wo sie ein violettes Kleid getragen hatte, das ihr an diesem Abend etliche Komplimente eingebracht hatte. Jemand hatte sie fotografiert, während sie über einen unanständigen Witz gelacht hatte. Kurz danach war ihr das Mineralwasser aus den Nasenlöchern geschossen, aber das sah man auf dem Bild glück-licherweise nicht. Nur ihr brünettes Haar, das seidig schimmerte und ihr in leichten Wellen über die Schultern fiel.

MrRights Antwort ließ nicht lange auf sich warten.

[MrRight:] Wow! Ich bin sprachlos, da hat sich tatsächlich ein
Engel in den Vorhof der Hölle verirrt.
Du siehst wunderschön aus.

Es folgte ein Smiley mit Herzchen-Augen.

Ein warmes Gefühl erfüllte Evas Herz, denn Komplimente
waren dieser Tage rar gesät. Obwohl sie es nicht für möglich
gehalten hatte, empfand sie immer mehr Spaß bei diesem Chat.
Der Name ihres Matches war David. Er war geschieden, kinderlos und 46 Jahre alt. Sie schrieben noch ein wenig hin und her,
bevor David ein gemeinsames Abendessen vorschlug. Und zwar
heute Abend. Der Mann ließ nichts anbrennen.

Eva spürte, wie ihre Hände feucht wurden.

Es war eine Sache, bei einem lockeren Geplänkel Schlagfertig-
keiten auszutauschen, aber eine ganz andere, bei einem persönlichen Treffen mit einem Fremden zu punkten.

Während sie noch überlegte, ob sie für diesen Schritt bereit
war, nannte ihr MrRight Treffpunkt und Uhrzeit und verschwand
zu seinem nächsten Termin.

Einen Augenblick später war er offline.

Eva kannte das Restaurant, das er ihr genannt hatte.

Das Clementine im Palais Coburg war ein schickes Lokal in der
Wiener Innenstadt. Teuer und exquisit. Bestimmt hatte David
eine Assistentin, die die Reservierung für ihn erledigte, während
er sich um das Big Business kümmerte. Alex Steindl hatte auch
eine Assistentin und die ließ ihn heute unverschämt lange auf
seine Anträge warten.

Weil die Handwerker ein und aus gingen, stand die Tür offen. Plötzlich stürmte Sophie in die Wohnung. Sie war ein Wildfang mit blitzenden hellbraunen Augen und einem Nasenrücken voller Sommersprossen. Sophie kickte die Schuhe von den Füßen, wobei ein Sneaker gegen die Wand flog und dort die erste schwarze Schramme hinterließ.

»Hey, Mom«, sagte sie, denn seit Neuestem war es offiziell uncool, das Wort *Mama* zu benutzen. Jede Zehnjährige wusste das.

Sie riss den Kühlschrank auf, lugte hinein und verzog das Gesicht beim Anblick des Quinoasalats in einer Tupperdose.

»Was gibt's zum Mittagessen?«

Gute Frage.

Eva schaute auf ihre Armbanduhr und stellte fest, dass es bereits viel später war, als sie gedacht hatte. Den Einkauf konnte sie vergessen. »Chicken-Nuggets«, murmelte sie deshalb und Sophie klatschte freudig in die Hände.

»Seit wir hier wohnen, bist du viel cooler.«

Was als Kompliment gedacht war, traf Eva hart.

Sie lebten von Junkfood, Pizza und Konserven. Wenn diese Phase länger andauerte, würden ihre Kinder nicht größer als einen Meter sechzig werden. Damit war die Laufstegkarriere zu Ende, bevor sie überhaupt begonnen hatte.

Zwar wünschte sich Eva für ihre Kinder ohnehin eine andere Zukunft, allerdings wollte sie nicht dafür verantwortlich sein, dass man nicht nur Heidi Klum in Paris nicht kannte.

»Besser ist sowieso, du lernst etwas Gescheites.«

Sophie, die die Gedankensprünge ihrer Mutter kannte, nickte versonnen und sagte: »Ich werd sowieso Profi-Kickerin.«

Verdammt, das war es gewesen.

Heute Nachmittag hatte Sophie Fußballtraining und Eva hatte den Fahrdienst ausgefasst. Um zu vertuschen, dass sie es vergessen hatte, sagte sie: »Du wirst bestimmt der nächste Abra

Kadabra.« Das war der einzige Name, der ihr spontan eingefallen war.

»Geh Mama bitte, Zlatan Ibrahimovic hat doch längst aufgehört.«

Sophie lief plappernd durch die Wohnung und zählte die Stars des Weltfußballs auf. Bald galten ihre Worte nicht mehr Eva, sondern den Handwerkern, die ebenfalls eine klare Meinung zu Champions League und Starkickern hatten. Die Männer packten gerade ihr Werkzeug zusammen und machten sich zum Aufbruch bereit.

Ein schnelles Mittagessen später verließen Eva und Sophie ebenfalls die Wohnung. Sie nutzte die Fahrt zum Fußballplatz, um Lisbeth über ihren Aufenthaltsort zu informieren. Nicht dass es den Teenager sonderlich interessierte, wo sich die übrigen Familienmitglieder herumtrieben, aber Eva hatte noch keine Zeit gehabt, Abzüge vom Wohnungsschlüssel in Auftrag zu geben.

»Dann geh ich eben gleich zur Oma«, sagte Lisbeth bockig. »Du schiebst uns ja sowieso wieder dorthin ab.«

Eva schnappte nach Luft. Eine Rechtfertigung lag ihr auf der Zunge, aber Lisbeth hatte längst aufgelegt.

»Glaubt ihr das wirklich?« Sie wandte sich an Sophie, die am Beifahrersitz saß und sich nicht um eine Antwort drücken konnte. Ihre Kaugummiblase zerplatzte.

»Nein, Mama.« Sophie rutschte auf ihrer Sitzerhöhung hin und her. »Es ist gerade nicht alles super, aber wir wissen, dass du dich bemühst.«

Eva quetschte ihren Mini Cooper in die letzte freie Parklücke und borgte Sophies Lipgloss mit Fanta-Geschmack aus. Entgegen aller Erwartungen hatten sie es noch rechtzeitig zum Fußballtraining geschafft. Evas erster Termin als Soccer-Mom. Sophie hatte kürzlich das Hobby gewechselt und die Ballettschläppchen gegen Stoppelschuhe getauscht.

Eigentlich war es Bens Aufgabe, ihren Sprössling beim Sport abzuliefern, doch er war neuerdings immer öfter verhindert.

Mit einem Affenzahn rannte Sophie auf den Sportplatz zu und verschwand in der Mädchenumkleide.

Eva blickte sich um. Neben dem Spielfeld standen ein paar Bierbänke, auf denen bereits einige Eltern Platz genommen hatten. Auch sie würde die nächsten neunzig Minuten wohl oder übel hier verbringen müssen. Plötzlich löste sich ein Mann in royalblauen Sportklamotten aus einer Menschentraube und hielt auf sie zu.

Dem Aufdruck seiner Sweatjacke nach zu urteilen war er Sophies Trainer, der das neue Gesicht am Platz begrüßen wollte. Eva entging nicht seine überraschte Miene.

»Ist Sophies Vater verhindert?«

Eva hatte nicht vor, ihr Privatleben am Fußballplatz breitzutreten, weshalb sie etwas von Terminkollisionen stammelte und dass sie jetzt öfter Sophies Taxi sein würde.

»Meine Eltern sind geschieden und Papa verbringt den Tag lieber mit seiner Freundin«, erklärte Sophie, die sich unbemerkt genähert hatte. Sie steckte in den gleichen royalblauen Sportklamotten wie ihr Trainer. Er streckte ihr die Hand entgegen und Eva griff danach.

»Freut mich. Mein Name ist Armin.«

Eva stellte sich ebenfalls vor und betrachtete den blonden Mann vor sich genauer. Er war eine Handbreit größer als sie, mit strahlend blauen Augen und einem athletischen Körper. Armin grinste verschmitzt, zog seine Trillerpfeife hervor und eröffnete das Training. Während er mit seinen Schützlingen Aufwärmrunden um den Platz drehte, glaubte Eva zu bemerken, dass er ihr den einen oder anderen Blick zuwarf. Sie hatte nicht erwartet, dass ihr Auftritt als Ersatzchauffeur solche Aufmerksamkeit erregen könnte. Glücklicherweise hatte sie die Jogginghose gegen Jeans getauscht und das Tanktop mit dem Zahnpastafleck gewechselt.

Eva gesellte sich zu zwei anderen Müttern. Die beiden hielten braune Plastikbecher in den Händen, deren Inhalt zumindest halbwegs nach Kaffee aussah. »In der Trainerkabine gibt es einen Automaten.«

Eva nickte dankbar. Ein kurzer Ausflug zur braunen Quelle machte aus ihr ein Mitglied im Team Instantbrühe.

Sie setzte sich auf die Bierbank, beobachtete Sophie beim Kicken und lauschte den Wir-Gesprächen der beiden Frauen. »Wir haben morgen ein Playdate«, sagte die eine. »Wir sind bei der Logopädin«, erwiderte die andere.

Eva konnte hier ein Naturphänomen aus nächster Nähe beobachten.

Verheiratete Frauen wurden zu einem Wir, während den Ehemännern und Kindern das Ich erhalten blieb. Es war noch nicht lange her, da war Eva auch ein Wir gewesen, das Herz ihrer Familie, die, die alles zusammengehalten hatte. Nun war das Wir Geschichte und Eva saß da, mit ihrem leeren Ich, das es wieder mit Leben zu füllen galt.

»Wie bitte?« Sie blickte entschuldigend zu einer der Frauen. Die hatte ihr eine Frage gestellt, aber Eva war mit ihrer Bitterkeit beschäftigt gewesen.

»Bald ist das Herbstturnier und im Anschluss veranstalten wir ein kleines Fest. Wenn du und dein Mann helfen könntet, wäre das toll. Vielleicht könntet ihr ein paar Brote schmieren oder einen Kuchen backen?«

Eva sog die Luft ein. »Wir sind geschieden.«

Da war es, das einzige verdammte Wir, das ihr geblieben war. »Aber ich helfe gerne.«

»Oh, das tut mir leid«, hauchte die andere verlegen.

»Alles gut«, erwiderte Eva und setzte ein strahlendes Lächeln auf.

Sie zwang den letzten Tropfen aus ihrem leeren Plastikbecher und suchte nach einer Überleitung, um zum Small Talk zurückzukehren. Da kam ihr das Schicksal zu Hilfe und Sophie versenkte einen Treffer. Eva brach in frenetischen Jubel aus, dabei spürte sie abermals Armins Blicke auf sich.

Kapitel 8

Date mit MrRight

Das Training war vorüber und Mutter und Tochter wieder auf dem Heimweg. Sophie war nicht entgangen, dass Armin ihre Mutter interessant fand. »Wenn du ihn heiratest, könnte ich jederzeit auf den Fußballplatz«, sinnierte sie, ohne den Blick vom Smartphone zu nehmen. Deshalb entging ihr Evas pikierter Gesichtsausdruck.

Sie setzte den Blinker und bog in die Einfahrt des Herrenhauses am Küniglberg. Das Anwesen erinnerte mit seinen Giebeln, hohen Fenstern und dem Efeu, der sich an den Hauswänden emporrankte, an ein altes Jagdschlösschen. Es lag in Gehweite ihrer eigenen Wohnung, was praktisch war, weil Eva im Augenblick durchaus auf Unterstützung angewiesen war. Auch heute durften die Mädchen dort übernachten.

Lisbeth war bereits da. Sie hockte auf der Terrasse und streichelte die beiden Jagdhunde. Nun hielt Sophie nichts mehr auf ihrem Sitz. Sie sprang aus dem Auto und hastete zu ihrer Schwester und den Hunden.

Eva blieb zum Anstandskaffee und genoss die Baisertorte mit Himbeeren. Ihre Ex-Schwiegermutter schwärmte von ihrem chemischen Peeling und ihr Ex-Schwiegervater klagte über seinen Oldtimer, der in der Werkstatt stand und ihm neben einer Stange Geld auch noch unzählige Nerven kostete. Ben und seine neue Flamme erwähnte niemand. Sogar Sophie schwieg und Eva war dankbar dafür, denn sie beherrschte untergriffige Kommentare wie keine Zweite, sodass die Adressaten vor Blamage reihenweise im Erdboden versanken.

Bens Eltern missbilligten die Sinnkrise ihres Sohnes, aber ihre Strafpredigten hatten ihn nicht davon abhalten können, ihr aller Leben aus den Fugen zu heben.

»Sein Vater war genauso«, hatte Greta ihr einmal erzählt, als der Likör sie redselig gemacht hatte. »Das musst du einfach aussitzen. Solche Weiber halten sich nie lange.« Sie wusste, wovon sie sprach, denn Greta und Leopold hatten ihre eigene Krise überstanden. Die Klunker, die an Greta baumelten, machten dem Kristallluster am Plafond Konkurrenz und bezeugten, dass Leopold immer noch Strafzahlungen zu leisten hatte.

Als Eva wieder in ihrer eigenen Wohnung ankam, war es bereits achtzehn Uhr. Sie stand verschwitzt in ihrer Küche, kurz davor, das dritte Mal in dieser Woche Essen zu ordern. Vielleicht Avocado-Maki und Frühlingsrollen? Eva klappte ihren Laptop auf, als sie das geöffnete Chatfenster entdeckte.

Die Erkenntnis durchzuckte sie siedend heiß. Sie hatte das Dinner-Date mit David vergessen, dabei waren sie in einer Stunde verabredet. Das war eine verdammte Katastrophe!

Sich so kurzfristig aus einer Verabredung zu winden, ohne eine Krankheit oder einen Todesfall vorzuschieben, erschien ihr unmöglich. In weniger als einer Stunde präsentabel auszusehen aber ebenfalls. Weil Eva an die selbsterfüllende Prophezeiung glaubte, kamen Ausreden dieser Art ohnehin nicht in Frage.

Fluchend riss sie sich die Kleider vom Leib und sprang unter die Dusche. Eva drehte den Wasserstrahl auf, er war eiskalt, aber sie hatte nicht die Zeit, auf warmes Wasser zu warten. Sie shampoonierte ihre Haare und zweckentfremdete den Schaum auf ihrem Kopf, indem sie ihn unter die Achseln schmierte und den Rasierer darüber gleiten ließ.

Das Prozedere wiederholte sie an ihrem Bein und verpasste sich eine ordentliche Schnittwunde. Das Blut vermengte sich mit dem Wasser und schuf eine Splatter-Szene, die so manchem Horrorfilm Konkurrenz gemacht hätte. Als ihr das Shampoo auch noch in die Augen floss, pfefferte Eva den Rasierer in die Duschtasse. Dann eben nicht.

Das zweite Bein ließ sie stoppelig, glatte Haut wurde überbewertet. Außerdem war das ihr erstes Date und David alias MrRight sollte gefälligst seine Flossen bei sich behalten.

Eva stieg aus der Dusche, rubbelte sich trocken und klebte ein Stück Klopapier auf die Schnittwunde am Schienbein.

Sie klemmte das nasse Haar zu einem Messy Dutt und hoffte, dass es an französische Nonchalance erinnern würde und nicht an schlichte Schlampigkeit.

Das Make-up fiel ähnlich rudimentär aus: Wimperntusche, Rouge und roter Lippenstift, das musste genügen. Eva raste ins Schlafzimmer, wo ihre Kleider an der Gardinenstange hingen. Der Einbauschrank war zwar fertig, aber noch leer.

Sofort stach ihr das kleine Schwarze ins Auge. Es war perfekt für ein Date mit einem Wildfremden, weil es alle Blicke auf sich zog und hoffentlich vom Rest ablenkte. Leider war es ihr im Laufe der Jahre zu eng geworden, doch seit Bens Affäre war Eva die Lust am Essen vergangen. Einen Versuch war es wert.

Sie griff sich das Teil und zog es über die Hüften. Ein erster Erfolg, denn vor einem halben Jahr hatte ihr Hintern die Weiterreise des Kleids verhindert. Eine geschickte Verrenkung später schloss sich der Zipper. Er glitt geschmeidig nach oben, wie eine warme Klinge durch Butter.

Die passenden Schuhe zu finden, war das nächste Problem.

Eva wühlte sich durch Sneakers, Sandalen und Ballerinas, bis ihr das erste Paar High Heels in die Hände fiel. Schwarze Lackpumps mit roter Sohle, vollkommen übertrieben.

Sie hatte die Schuhe von Ben bekommen, dem allein der Anblick der Absätze einen Ständer verpasst hatte. Trotzig zog Eva die mörderischen Hacken an. Es war bereits 18:30 Uhr. Wenn sie halbwegs pünktlich ankommen wollte, dann musste sie jetzt los.

Eva stürmte aus der Wohnung und traf auf – wie konnte es anders sein – ihren unmöglichen Nachbarn. Er ging den Gang entlang, eine Jacke lässig über die Schulter geworfen. Als Evas Tür ins Schloss fiel, fuhr er herum und seine dunklen Augen musterten sie argwöhnisch. Er taxierte ihr feuchtes Haar, das rattenscharfe Outfit und – verdammt – das Klopapier, das immer noch an ihrem Schienbein klebte. Dabei seufzte er merklich. Eva riss es von ihrer Schnittwunde, erfreut, dass sie nicht wieder zu bluten begann.

»Haben Sie meine Rechnung bekommen?«

Augenblicklich stieg in Eva die Wut auf.

»Ja«, sagte sie, »und zerrissen!«

Sie hob ihr Kinn und ging aufrecht und mit eiskalter Miene an ihm vorüber, ohne ihn eines weiteren Blickes zu würdigen. Sowie sie aus seinem Sichtfeld verschwunden war, beschleunigte Eva das Tempo und preschte den Treppenabgang hinab.

Ihre Absätze hämmerten auf dem Stein und erzeugten einen hysterischen Morsecode. Ein leises Flappen mischte sich in das Geräusch. Die Ledersohlen ihres Nachbarn.

Auf halber Strecke holte er sie ein.

Nein, er versuchte sogar, sie zu überholen. Vermutlich, um sein Motorrad in Sicherheit zu bringen. Augenblicklich legte auch Eva einen Zahn zu, obwohl sie die erlaubte Höchstgeschwindigkeit für Louboutins längst überschritten hatte.

Etwa gleichzeitig erreichten sie das Treppenende, ein Satz, dann waren sie an der Tür angelangt.

Wie in einer Slapstickkomödie schnellten ihre Hände synchron nach vorne und ihre Schultern prallten wie in einem Anflug von Schunkellaune aneinander.

»Bitte schön. Ladies first«, knurrte Valentín Rodríguez und wich zurück. Vermutlich war ihm bewusst, dass Eva nicht gewillt war, klein beizugeben.

Schweigend schritt sie durch die Haustür und strauchelte. Sie konnte zwar in letzter Sekunde einen Sturz verhindern, aber ihr Schuh blieb im Gitter einer Regendrainage stecken. Konnte denn heute gar nichts funktionieren? Schnaubend zog Eva ihren Absatz aus der Falle, während ihr Nachbar mit einem hämischen Grinsen auf sein Motorrad stieg, den Helm aufsetzte und davonbrauste.

Kurz nach neunzehn Uhr erreichte Eva das Clementine. Eigentlich wäre sie pünktlich gewesen, allerdings hatte sie ein paar Minuten gebraucht, um zu Atem zu kommen, ihren Lippenstift nachzuziehen und den letzten Rest einer Parfümprobe aus dem Flakon zu quetschen, weil sie in der Hektik auf das Deodorant vergessen hatte. Die meiste Zeit aber hatte sie darauf verwendet, sich Mut zuzusprechen. Immerhin war dies ihr erstes Date seit einer halben Ewigkeit.

Nachdem sie sich gesammelt hatte, betrat sie mit einem strahlenden Lächeln das Restaurant und hoffte, dass man ihr nicht ansah, wie es tatsächlich um ihr Selbstbewusstsein bestellt war.

David alias MrRight saß bereits an dem Tisch, zu dem der Kellner sie führte. Als er sie kommen sah, schnellte er von seinem Platz hoch und trat ihr entgegen. Erleichtert stellte Eva fest, dass er nicht enttäuscht wirkte. Er trug einen grauen Anzug und sah aus wie auf seinem Profilfoto, auch wenn das Haar etwas schütterer und die Falten in seinem Gesicht ein wenig präsenter waren als bei seiner virtuellen Persona.

Das Restaurant befand sich in einem gläsernen Pavillon. Das Herzstück bildete eine Kuppel, in deren Mitte ein üppiger Kronleuchter hing, der eine glamouröse Atmosphäre schuf.

David passte perfekt in diese Umgebung – seriös, gediegen und sichtlich liquide. Doch dann begann er zu sprechen und der Zauber verblasste. David lispelte und das gewaltig.

»Bitte, setz dich«, sagte er und rückte den Stuhl für sie zurecht. Ein Gentleman mit ausgeprägtem Sprachfehler.

»Darf ich dir ein Glas Wasser einschenken?« Eva nickte. Sie musste sich auf die Zunge beißen, um nicht lauthals zu lachen, denn er klang wie Dagobert, das Krokodil beim Kasperltheater. Eva beschloss, das Date durchziehen, obwohl sie wusste, dass es nirgendwohin führen würde. Ihr Grinsen verkümmerte jedoch bald, denn David kompensierte seinen Makel mit Dominanz. Er war der Boss, daran ließ er keinen Zweifel aufkommen. Er überzeugte Eva, dass ein Cabernet Sauvignon die bessere Wahl zu rotem Fleisch war als ein Pinot Noir, und brachte sie dazu, ihre Entscheidung zu revidieren.

Der Kellner, ein verkniffen dreinblickender Lulatsch, kam zu ihrem Tisch und präsentierte die Flasche. Nachdem David genickt hatte, schenkte er mit einer gekonnten Handbewegung einen Schluck ein.

Gemeinsam beobachteten Eva und der Kellner, wie David sein Glas schwenkte, es observierte und beschnupperte. Eine schiere Ewigkeit rotierte der Rotwein im Glas, dann folgte der erlösende Moment, David kostete einen Schluck und stieß ein »Mhmm« aus, begleitet von einem winzigen Kopfnicken.

Halleluja. Der Abend war gerettet, die Trauben nicht umsonst gestorben. Die Verkostungszeremonie erinnerte Eva an einen Augenblick in ihrer Vergangenheit.

Sie und Ben hatten im Weinkeller seiner Eltern gestanden und nach einem Rotwein gesucht. »Wenn er mies ist, können wir ihn immer noch mit Cola mischen«, sagte Eva und er lachte herzlich. Da hatte er gerade sein Jurastudium abgeschlossen und seine Kokser-Karriere an den Nagel gehängt. Am Sprung zur Seriosität hatte es ein kurzes Zeitfenster gegeben, in dem er entspannt und lässig gewesen war.

»Wenn er mies ist, können wir ihn immer noch mit Cola mischen«, murmelte Eva und spürte die irritierten Blicke von David und dem Kellner.

Der Hauptgang wurde serviert. Eva aß Kalbsvögerl mit Champignons und Preiselbeeren, dazu trank sie ihr zweites Glas Cabernet Sauvignon. David gab den Alleinunterhalter und Eva begnügte sich damit, gelegentlich ein paar Worte einzustreuen. Er war komisch, wenngleich nicht immer freiwillig.

Der Abend war nett und plätscherte dahin.

»Nett ist der kleine Bruder von scheiße«, würde Sophie sagen und sie hätte recht. Würden von nun an alle ihre Dates so ablaufen? Bei dieser Vorstellung krampfte sich Evas Magen zusammen.

Draußen war es dunkel geworden und der Kellner hatte ihr Glas ein drittes Mal nachgefüllt.

»Ich genieße den Abend sehr«, sagte David. Eva lächelte und schwieg. Er strich sich fahrig über die Lippen, was bedeutete, dass er einen weiteren Blick auf ihre Louboutins riskiert hatte. Sie überschlug ihre Beine in die andere Richtung. Davids Hand hatte seinen Wunsch verraten, ihr Knie zu streicheln. Zwar wäre das beim ersten Date ein unerhörter Vorstoß gewesen, aber im

Zweifelsfall wollte Eva dennoch dem rasierten Bein den Vortritt lassen.

Eine köstliche Zitronentarte später verließen sie das Clementine.

David bot an, Eva nach Hause zu fahren. Sie willigte ein, erleichtert, dass sie sich eine weitere U-Bahn-Fahrt in diesem Aufzug ersparen konnte.

Zwanzig Minuten später standen sie vor dem Stadtpalais. Die Adresse und Optik des Gebäudes beeindruckten David sichtlich. Er machte Anspielungen, dass er gern das Innere erkunden würde, und Eva hoffte inständig, dass er die Wohnung meinte. Wobei das eigentlich egal war – keines von beidem würde er je zu Gesicht bekommen. Es war ein netter Abend gewesen, aber es würde definitiv keine nette Nacht werden.

Nun war er also da, der Schlüsselmoment ihres Dates.

Die Verabschiedung. Würde er einen Vorstoß wagen und sie küssen? Und wenn ja, würde das für David die Kohlen noch aus dem Feuer holen?

»Danke für den gelungenen Abend«, sagte er und zog ihr Kinn zu sich. Ein Abschiedsmoment im Schein der Straßenlaterne, dann krachten ihre Zähne aufeinander.

Eva spürte seine Zunge, die geduldig gegen ihre Schneidezähne klopfte und gab seinem Drängen nach. Wie eine Kobra flappte seine Zunge vor und machte es sich in ihrer Mundhöhle bequem. Gekommen, um zu bleiben.

Das war schlimmer, als sie erwartet hatte. Gab es einen Kussknigge? Wie lange dauerte ein Höflichkeitskuss und wann durfte man ihn abbrechen, ohne sein Gegenüber vor den Kopf zu stoßen? Eva beschloss, dass das Camping in ihrer Mundhöhle zu Ende war und zog sich zurück, ehe David einen weiteren Vorstoß wagen konnte.

»Danke für den Abend«, flötete sie und verschwand durch das

schmiedeeiserne Tor. Sie umschiffte das Gitter der Regendrainage mit einem großen Bogen und kramte ihren Schlüssel hervor.

Kurze Zeit später saß sie auf ihrer Couch und dachte über ihr Date nach. Wenn das MrRight gewesen war, dann war es besser, Mr. Wrong zu daten. Eva hielt einen Augenblick inne und überdachte diesen Gedanken. Vielleicht war das gar keine schlechte Idee?

Sie schnappte sich ihren Laptop, öffnete Lovematch und scrollte ans unterste Ende ihrer Vorschläge, zu einem Kerl, der sich *Endgegner* nannte. Ihr Matchingpotenzial lag bei mickrigen drei Prozent. Er war das letzte Mal vor über zwei Jahren online gewesen.

Eva war auf ein inaktives Profil gestoßen.

Ohne recht zu wissen wieso, schrieb sie ein ellenlanges E-Mail, in dem sie sich über MrRight und die Neunzig-Prozent-Übereinstimmung auskotzte. Ebenso über die Tatsache, dass sie bald vierzig wurde und vorgehabt hatte, in sechs Monaten die große Liebe zu finden, stattdessen aber eine saublöde Wette an der Backe hatte, die man unmöglich gewinnen konnte, weil die Bedingungen einfach zu pikant waren.

Die Worte flossen nur so aus ihr heraus. Zwar waren dies keinesfalls Dinge, die man einem Fremden über sich erzählte, aber das war egal, weil Endgegner ihre Nachricht ohnehin nicht lesen würde.

»Ich bin frisch von einem Scheidungsanwalt geschieden«, schrieb sie weiter. »Ich weiß, Ironie des Schicksals. Er hat alles behalten, unser Haus und sogar die Katze, ist das zu fassen?«

Kapitel 9

Akim, der Cocktailgott

Es war Freitagabend. Sophie und Lisbeth verbrachten das Wochenende bei ihrem Vater und Eva traf sich mit ihren Freundinnen. Als Treffpunkt hatte Marina ein italienisches Restaurant vorgeschlagen. In dem rustikalen Gewölbe erwartete sie dunkles Mobiliar, gedimmtes Licht und blütenweiße Tischdecken. An den Wänden hingen Renaissance-Gemälde und aus den Boxen tönte Adriano Celentano. Ein adrett gekleideter Kellner brachte Eva zu ihrem Tisch und sie bereute, dass sie sich nicht mehr umgezogen hatte. Sie steckte in Yogahosen, einem Tanktop und Turnschuhen. Um ihre Schulter hing eine Sporttasche und die Haare hatte sie zu einem Pferdeschwanz hochgebunden.

»Ciao, Bellezza«, sagte Marina und erhob sich, um sie zu begrüßen. Mit einem spöttischen Grinsen musterte sie Evas Outfit.

»Bist du hierher gejoggt?«

Marina trug ein schwarzes Etuikleid, das sie wie eine steinreiche Witwe aussehen ließ, die eine Affäre mit dem Poolboy hatte.

»Ich hoffe, dass Sport der Grund hierfür ist, und nicht eine mittelschwere Depression«, spottete Carmen, als sie Eva zwei Küsschen auf die Wange hauchte. Sie trug einen schmalen roten Hosenanzug und dazu passende Pumps. Keine Falte und kein Krümelchen verirrten sich auf ihre Kleidung, vermutlich, weil profaner Dreck sich erst gar nicht in ihre Nähe wagte.

»Ich komme gerade von einer Qigong-Einheit im Park«, murmelte Eva, während sie vom Kellner die Speisekarte entgegennahm.

»Also die Depression wäre mir lieber gewesen«, schnaubte Carmen. »Qigong? Machen das nicht diese Hippies mit den Dreadlocks und Batik-Shirts?« Sie verzog angewidert das Gesicht.

»Nicht nur«, erwiderte Eva und verschwieg, dass auch einige ältere Damen, Bobos und Baum-Umarmer dabei gewesen waren. Ihr Zugang zu der Gruppe war über Tante Uschi erfolgt, die Schwester ihres Vaters, die seit Jahren im Stadtpark das Chi fließen ließ. Heute hatte sie ausnahmsweise an der Einheit am späten Nachmittag teilgenommen, dem Termin der Berufstätigen, die auf diese Weise das Wochenende einläuteten. Eva hatte erstmals Bekanntschaft mit ihrem eigenen zähflüssigen Chi gemacht und der Grund war die vermaledeite Wette.

»Du weißt aber schon, dass du die falsche Liste abarbeitest?«, fragte Carmen spitzfindig.

»Stimmt nicht«, widersprach Eva und bestellte eine Calzone und ein Glas Rotwein. »Die ersten beiden Punkte auf der neuen Liste lauten Sport und Spiritualität.«

Carmen rollte mit den Augen. »Ich wusste, wir hätten diesen Scheiß rausstreichen sollen.«

Marina vollzog einen Themenwechsel.

»Sag mal, wie war dein erstes Onlinedate?«

Eva schnitt eine Grimasse.

»So schlimm?«

»Es war nett«, antwortete Eva und zeichnete Gänsefüßchen in die Luft. »Wir waren im Clementine. David hat mich danach nach Hause gefahren und geküsst.«

»Warte!« Carmen legte ihre Stirn in Falten, zumindest versuchte sie es, denn das Botox war stärker. »Ich habe jetzt nicht mitgekriegt, wo der Hund begraben liegt?«

Eva blickte in Carmens ratloses Gesicht und fügte hinzu: »Er ist wie Ben, selbstverliebt und dominant. Nur dass er noch schlechter küsst. Und lispelt.«

»Oh! Verstehe.«

Wie Ben zu sein, kam einem Dating-Todesstoß gleich und ihre Freundinnen ließen diese Begründung anstandslos gelten.

Mittlerweile war es acht Uhr geworden. Die Pizza war köstlich gewesen und eigentlich war Eva pappsatt, dennoch liebäugelte sie mit einem Tiramisu, denn wenn man schon dehnbare Hosen trug, musste man das auch zu seinem Vorteil nutzen.

Sie gab dem Kellner ein Zeichen, als ihr Handy piepste und den Eingang einer WhatsApp-Nachricht verkündete. Eva zog ihr Smartphone aus der Sporttasche und verdrehte die Augen.

»Ist es David?«

»Schlimmer!«

»Wer ist es?«, riefen Carmen und Marina gleichzeitig.

»Der Barkeeper aus dem VOGA«, murmelte Eva und wurde sogleich wieder verlegen, als sie an den verhängnisvollen Abend zurückdachte. *Cocktailgott*, unter dieser Bezeichnung hatte sie seine Nummer eingespeichert, wie sein richtiger Name lautete, hatte sie längst vergessen.

Lady in Red! Was machst du gerade?
Die drei Punkte tanzten.
Wollen wir uns treffen?
Komm!
Okay? Bitte. W8 4 U.

Die Kürzel benutzte Lisbeth ebenfalls, deshalb kannte Eva ihre Bedeutung. *Warte auf dich.*

Sie war im Begriff, eine Absage zu formulieren, als ihr Marina – die ihr über die Schulter linste – das Smartphone entriss. »Halt, nicht so schnell. Wäre das nicht die Gelegenheit, um dein träges Chi in Wallung zu bringen?«

Sofort sprang auch Carmen auf den Zug auf.

»Marina hat recht«, pflichtete sie ihr bei. »Du weißt doch, was wir besprochen haben. Das Leben passiert außerhalb deiner Komfortzone.«

»Selbst wenn ich gehen wollte – was ich nicht will – könnte ich unmöglich in diesem Aufzug dort auftauchen. Ihr habt doch gesehen, wie gut dieser Barkeeper ausgesehen hat.«

»Keine Sorge«, sagte Carmen und wuchtete ihre Handtasche auf den Tisch. »Ich habe immer das Nötigste dabei.«

»Und das hier ist Stretch.« Marina zupfte demonstrativ an ihrem Kleid, um seine Dehnbarkeit zu beweisen.

Carmen hatte nicht gelogen, ihr Kulturbeutel glich einem gut sortierten Drogeriemarkt in Miniaturgröße. Eva und Marina verschwanden im Waschraum der Pizzeria. Zwanzig Minuten später kehrten sie von der Toilette zurück. Evas Haar war nun offen und ihr Gesicht geschminkt. Sie trug Marinas Witwenkluft, das verdankte sie einem Elasthan-Anteil von fünf Prozent. Außerdem deren hochhackige Schuhe, die mindestens eine Nummer zu klein waren. Evas Zehen schmerzten jetzt schon, das konnte ja heiter werden. So in etwa mussten sich Schrottautos fühlen, ehe eine Maschine sie in Würfelform presste. Dafür hatte sich Marina in einen drittklassigen Rapper verwandelt, dem die Hosenbeine um die Füße wogten.

»Ich erwarte, dass du heute eine verdammt heiße Nacht durchlebst, Bellezza. Ich will dieses Opfer nicht umsonst erbracht haben.«

Carmen hatte in der Zwischenzeit die Rechnung beglichen.

Eva leerte ihr Rotweinglas. »Wenn ich gewusst hätte, dass ich heute noch so ein Kleid tragen muss, dann hätte ich mir einen Salat bestellt.«

»Salat am Abend ist keine gute Wahl«, belehrte sie Marina. »Außer du willst spätnachts die Trompeten rausholen und dem Cocktailgott ein Ständchen blasen.«

»Ich habe nicht vor ...«, protestierte Eva, doch Carmen schnitt ihr das Wort ab. »Doch, das hast du! Es ist höchste Zeit, mit der Enthaltsamkeit zu brechen. Du lässt dich heute Nacht ordentlich vögeln. Basta!« Gemeinsam verließen sie die Pizzeria: die schwarze Witwe, die Businesslady und der kleine, italienische Rapper.

Mit einem mulmigen Gefühl verabschiedete sich Eva von ihren Freundinnen und winkte sich ein Taxi heran. Nachdem sie einer Verabredung zugestimmt hatte, hatte der Barkeeper ihr im Gegenzug eine Adresse genannt. Ihr Treffpunkt lautete Ecke Berggasse/Wasagasse im neunten Bezirk. Zwar kannte Eva dort kein Lokal, aber das hieß nichts, denn sie hatte schon lange keinen Dunst mehr von der heimischen Lokalszene.

Das Taxi hielt vor einem Burger-Restaurant, vor dem eine Horde junger Männer herumlungerte und rauchte. Der Fahrer, ein schmächtiger Typ mit Halbglatze und Pickelnarben, warf einen skeptischen Blick in den Rückspiegel. »Sicher, dass Sie hier raus wollen?«.

Nein, Eva war sich alles andere als sicher, dennoch nickte sie und bezahlte die Rechnung. Der Taxifahrer bezog sich auf die Kerle, denn an der Gegend selbst war nichts auszusetzen. Wohnhäuser mit verblassten Fassaden, Lokale und kleine Geschäfte, von denen die meisten längst geschlossen hatten.

Als sie aus dem Wagen stieg, löste sich ein Mann aus der Gruppe und steuerte auf sie zu. Wie selbstverständlich legte er die Hände auf ihre Taille und hauchte Eva einen Kuss auf die Lippen.

»Lady in Red«, raunte er, obwohl sie heute eher nach schwarzer Witwe aussah. Er hatte wohl ebenfalls ihren Namen vergessen.

Er ergriff Evas Hand und zog sie mit sich die Straße hinunter.

»Du schaust Bombe aus«, raunte er und schickte seine Augen auf Wanderschaft. Sogleich zog Eva ihren Bauch ein Stückchen weiter ein. Eva betrachtete ihn ebenfalls. Er war mindestens zehn Jahre jünger als sie, gut aussehend, muskulös, sexy ... Was in aller Welt wollte er von ihr?

Eva hoffte inständig, dass er keine Bar-Rallye im Sinn hatte, denn ihre Fußballen brannten bereits höllisch. Weit und breit war kein Lokal zu sehen, dennoch hielten sie nach gut fünfzig Metern an.

»Warst schon mal im Krypt?«

Als Eva den Kopf schüttelte, lachte er und deutete auf eine nichtssagende graue Tür. »Dann wird's Zeit.«

Er drückte auf eine Klingel, ein Summton erklang und die Tür sprang auf. Dann wanderten sie drei Etagen nach unten.

Dort wartete eine der coolsten Undergroundbars, die Eva jemals gesehen hatte. Sie befand sich in einem ehemaligen Kohlenkeller, den man in ein Lokal umfunktioniert hatte. Nackte Backsteinwände und ein Bartresen aus Marmor und auf Hochglanz poliertem Nussholz schufen ein geschmackvolles Setting. An der Wand dahinter hing ein riesiges Gemälde, das Gräser in Großaufnahme zeigte. Die Grüntöne zauberten einen optischen Farbtupfer in das dunkle Gewölbe.

Sie setzten sich an die Bar und führten Small Talk, um die Eckpfeiler ihrer Bekanntschaft aufzufrischen. Aus der Lady in Red und dem Cocktailgott wurden Eva und Akim.

Akim erzählte ihr, dass dies seit langer Zeit sein erstes freies Wochenende war, und Eva fühlte sich geschmeichelt, dass er den Freitagabend mit ihr verbrachte – obwohl sie sich immer noch fragte, wieso. Ein Mann wie Akim musste ständig unmoralische

Angebote von Frauen erhalten. Hielt er sie gar für eine reiche Witwe, deren Millionen es zu verprassen galt? Hoffentlich nicht, denn das würde zu Enttäuschungen auf beiden Seiten führen.

Akim trug ein weißes Hemd, die Ärmel hochgerollt, an der Brust weit aufgeknöpft. Ein dunkler Typ mit einer sexy Ausstrahlung.

»Darf ich dir einen Drink aussuchen?«, fragte er.

»Ja, klar«, erwiderte Eva und beobachtete ihn, wie er mit Kennermiene die Getränkekarte studierte. Er schluckte, benetzte seine Lippen, strich sich mit der Fingerkuppe darüber.

Seine Augen wanderten wieder zu Eva, als würde er versuchen, ihre Vorlieben zu erraten. Er tippte siegessicher auf die Karte und beugte sich über die Bar, um dem Kellner ihre Bestellung mitzuteilen. Kurze Zeit später standen zwei Getränke vor ihnen. Ein kunstvoller Cocktail und ein Glas Mineralwasser.

Irritiert deutete Eva auf das Wasser.

»Ich bin trocken«, sagte Akim achselzuckend.

Er schob Eva den Drink hin und nickte auffordernd.

»Koste!«

Sie tat wie geheißen, führte das Glas an ihre Lippen und nahm einen Schluck. Akim ließ sie nicht aus den Augen. Es schmeckte köstlich. Ein sahniger Kuss mit einer fruchtigen Note und etwas Feurigem, das wie ein leidenschaftlicher Tanz ihre Kehle hinabfloss.

»Ich wusste, dass er dir schmeckt«, sagte er. Plötzlich beugte sich Akim vor und küsste sie, wohl um den Nachgeschmack des Cocktails zu erhaschen. Das Kerzenlicht spiegelte sich in seinen dunklen Augen, sodass es aussah, als würden sie vor Verlangen glühen. Seine Hand lag auf ihrem Knie, wanderte langsam höher. Eva sog kaum merklich Luft ein und genoss das Kribbeln, das seine Berührung in ihr auslöste. Dieses Treffen hatte keine Zukunft, vielleicht war das der Grund, warum es so aufregend war.

Drei Cocktails später stiegen Eva und Akim vor seiner Wohnung aus dem Taxi. Er wohnte am Gürtel, in einem der wuchtigen Volkswohnhäuser, die um die Jahrhundertwende gebaut worden waren. Seine Wohnung befand sich direkt an der mehrspurigen Straße, die eine Schneise durch die Stadt zog und von Nachtlokalen und einschlägigen Etablissements gesäumt wurde. Unzählige Menschen tummelten sich hier auf der Suche nach Vergnügen. Ein Kaleidoskop aus blinkenden Lichtern, lauter Musik, Stimmengewirr. Eine ganz eigene Synergie erfüllte die Luft, der Geruch eines Joints vermengt mit Frittiertem und Urin. Leere Bierflaschen am Gehsteig taten das ihre, um dem Ort eine heruntergekommene Note zu verpassen.

Die Sommerhitze hing drückend über allem und flirrte vor explosiver Energie. Auch in Evas Innerem prallten zwei Strömungen aufeinander. Lust und Angst.

Die Fahrt hierher hatte ihrem Geist die notwendige Abkühlung verschafft. Die Vernunft hatte die Oberhand gewonnen, doch nur eine Berührung von Akim genügte und das Prickeln kehrte zurück. Er kitzelte etwas in ihr wach, eine Versuchung, der sie schon lange nicht mehr nachgegeben hatte.

Die Vorstellung, was passieren könnte, raubte Eva den Atem und ließ ihr Herz schneller schlagen. Akim öffnete das Tor und schob sie ins Innere des heruntergekommenen Mietshauses. Eine ausrangierte Waschmaschine stand mitten im Durchgang, der zum Innenhof führte. Er griff nach ihrer Hand und hastete die Treppen ins Obergeschoss empor. Vermutlich hatte er Angst, dass Eva es sich beim Anblick dieses Durcheinanders anders überlegen könnte. Mit jeder Etage wurde es heißer, die Hitze staute sich unter dem Dach.

Akim schloss die Tür auf und führte sie in seine Wohnung, die er sich mit einem anderen jungen Mann teilte. Das verriet er ihr, als sie über die Schwelle trat.

»Ich weiß nicht, ob das klug ist. Vielleicht sollte ich wieder gehen?«

Akim küsste Eva und riss die Barrikaden ein, die sie mühevoll errichtet hatte. Sie ging nicht. Im Gegenteil, ihre Hände nestelten an den Knöpfen seines Hemds, während er den Zipper ihres Kleides aufzog.

Heute Nacht würde sie sich davontragen lassen. Ihr Kleid fiel zu Boden. Dann hob Akim sie hoch, trug sie zum Bett, um dort Zentimeter für Zentimeter ihren Körper zu erkunden. Es war dunkel im Zimmer, nur durch das offene Fenster fielen die Lichter der Stadt. Motorengeräusche vermischten sich mit den wummernden Beats eines Nachtclubs und Evas leisem Stöhnen.

Sie fühlte sich als Teil einer schamlosen Welt, in der Grenzen verschwammen und Leidenschaft die Regeln diktierte. Sein Atem ließ ihre Haut vor Erregung prickeln. Ihre Sinne wurden von der Hitze im Zimmer und dem pulsierenden Nachtleben ringsum angeheizt. Akim überraschte sie mit einer Sinnlichkeit, die sie noch nie kennengelernt hatte. Die Wogen ihrer Leidenschaft peitschten sie auf, bis etwas in Eva explodierte.

Später in dieser Nacht wachte Eva auf. Ein Geräusch hatte sie hochschrecken lassen. Erschrocken zuckte sie zusammen und begriff, dass eine Gestalt durch das dunkle Zimmer schlich.

Ein Mann. Nein, ein nackter Mann, offensichtlich erregt. Eva schoss hoch, Angst grub sich in ihren Magen.

»Bro«, zischte der Fremde. »Bro, ich brauch Gummis.«

Akim nuschelte irgendetwas Unverständliches und der Kerl kramte in einer Nachttischlade. Einen Augenblick später war er verschwunden.

Akim zog Eva wieder neben sich und vergrub seine Nase in ihrem Haar. Im Nebenzimmer tobte die Frivolität des Wiener Nachtlebens. Eva war hellwach. Die Hitze, die von Akims Körper

ausging, war unerträglich. Sie schälte sich aus der feuchten Umklammerung und trat zum Fenster.

Plötzlich sehnte sich Eva nach ihrem Zuhause. Nicht nach der
neuen Wohnung im Stadtpalais, sondern ihrem Daheim, dem
Ort, wo ihre Kinder aufgewachsen und sie glücklich gewesen war.

Sie sah sich nach ihrem Kleid um, war bereits im Begriff zu
gehen, als sie Arme spürte, die sie von hinten umschlangen.

»Komm wieder ins Bett«, flüsterte Akim und presste seinen
Körper gegen den ihren. Er küsste ihren Nacken. Ein wohliger
Schauder durchzuckte Eva und obwohl sie die Vernunft mahnte,
dass es besser wäre, zu gehen, folgte sie ihm.

Kapitel 10

Nudeln zum Frühstück

Eva öffnete die Augen und spürte sofort den pochenden Schmerz in ihrem Kopf. Sie war zu alt für solche Unternehmungen. Die Tatsache, dass neben ihr ein nackter Mann lag, verstärkte diese Erkenntnis.

Scheiße!

Mit fast vierzig hatte sie ihren ersten One-Night-Stand erlebt. Es war eine prickelnde Erfahrung gewesen, der Morgen danach zählte allerdings nicht dazu. Eva blickte sich im Zimmer um.

Die Einrichtung war schlicht und zweckmäßig, ohne unnötigen Schnickschnack. Eine einzelne Glühbirne baumelte von der Decke. Das Bettgestell war aus schwarzem Hochglanzlack, Polster und Bettdecke umhüllte orange gemusterte Baumwolle. Hässlich!

Abgesehen vom Bett gab es noch einen abgenutzten braunen Ledersessel und einen Holztisch, auf dem ein überquellender Aschenbecher stand. Ein Pirelli-Kalender hing an der Wand und zeigte eine spärlich bekleidete Frau vor einem tropischen Hintergrund.

Das einzig Ansprechende in diesem Zimmer war Akim.

Evas Augen wanderten über seine glatte karamellfarbene Haut. Er lag bäuchlings auf dem zerwühlten Laken. Seine Lider flackerten, er träumte. Ihr Blick glitt über die breiten Schultern den muskulösen Oberarm hinab und weiter zu dem Geflecht aus Adern, das seinen Unterarm überzog. Es war stickig im Zimmer und ein Schweißfilm überzog seine Stirn. Akim warf sich auf den Rücken, öffnete die Lippen und begann zu schnarchen. Eva verzog das Gesicht. Ohne die nächtliche Leidenschaft war er einfach nur ein Fremder, in dessen Wohnung sie sich verirrt hatte.

Sie verfluchte, dass sie nicht bereits in der Nacht das Weite gesucht hatte. Eva schlüpfte in ihr Höschen, streifte sich Marinas Witwenkleid über und zwängte sich in die hohen Pumps. Ihre Füße waren über Nacht gewachsen. Vielleicht waren es aber auch nur die unzähligen, mit Flüssigkeit gefüllten Blasen, die keinen Platz im Schuhwerk fanden. Dann schlich sie aus dem Zimmer.

Etwa hunderttausend Stufen später erreichte Eva das Erdgeschoss. Sie trat durch das Tor und stand am Gehsteig neben dem Gürtel. Weil es zeitig am Morgen war, brausten kaum Autos die Asphaltstreifen entlang. Das Wetter hatte sich geändert und von der drückenden Schwüle war nichts mehr zu spüren. In den frühen Morgenstunden war ein Gewitter niedergegangen und nun regnete es. Eva schnappte einen Mundvoll kühler Luft; wirklich erfrischend war das freilich nicht, aber der Regen hatte die schlimmsten Missgerüche fortgespült.

Sie griff in Marinas Handtasche und blickte auf ihr Smartphone. Darauf entdeckte sie eine Nachricht von Sophie.

Ich hasse Fiesabell. Ich komme jetzt schon nach Hause, Mama.

Oh nein! Ihre Tochter hatte die SMS vor einer Stunde verfasst. Sie würde wohl jeden Moment zu Hause ankommen, allerdings besaß sie noch keinen eigenen Schlüssel. Sophie würde im strömenden Regen vor der verschlossenen Haustür ausharren müssen.

Ich bin nicht zu Hause, aber schon unterwegs, tippte Eva und fühlte sich wie eine Rabenmutter. Es schüttete aus Kübeln. Wenigstes begegnete ihr bei diesem Sauwetter kaum jemand und ihr Walk of Shame fand ohne viele Zeugen statt. Wer allerdings unterwegs war, strafte sie mit verächtlichen Blicken. Dass sie die Nacht nicht im eigenen Bett verbracht hatte, stand ihr förmlich auf die Stirn geschrieben. Wer sonst stöckelte in knappem Kleid und High Heels ohne Jacke und Schirm durch den Regen?

Eine Frau, die mit ihrem Hund Gassi ging, musterte sie von Kopf bis Fuß und schnaubte verächtlich. Der Hund tat es ihr gleich, während er das Bein hob und gegen eine Laterne pinkelte. Eva ignorierte die Gaffer und hastete auf die nächstbeste U-Bahn-Station zu. Sie hatte Glück und ein Zug rumpelte gerade in die Haltestelle. Eva hechtete ins Innere, dann schlossen sich die Türen und die U6 tuckerte weiter. Dunstiger Mief erfüllte das Innere, wie immer an Regentagen roch der Zug nach nassem Hund.

Eva schickte eine weitere Nachricht an Sophie, um sie über ihre voraussichtliche Ankunftszeit zu informieren und sich bei ihr zu entschuldigen. Eigentlich war es zwar nicht ihre Schuld, denn Ben trug bis Sonntag die Verantwortung, aber dennoch kam sich Eva schrecklich vor.

Kein Ding, Mom. Ich warte.

Als Eva aus dem Zug stieg, waren dreißig Minuten vergangen. Der Regen hatte noch einen Gang höher geschaltet und Eva platschte im Laufschritt durch Pfützen. Jeder Schritt war eine Qual, die Blasen, die der gestrige Abend geschaffen hatte, platzten auf und scheuerten das darunterliegende Fleisch wund.

Als sie wie ein begossener Pudel das Stadtpalais erreichte, fehlte von Sophie jede Spur. Panik erfüllte Eva. Sie zückte abermals ihr Handy, fragte nach.

Ich bin schon da.

Eva schloss die Eingangstür auf und hastete in den oberen Stock. Sie hoffte inständig, dass das ältere Ehepaar oder das schwule Künstlerpärchen aus dem Erdgeschoss ihre Tochter eingelassen hatte, doch am Treppenabsatz des Obergeschosses wurde diese Hoffnung schlagartig zunichtegemacht.

Sophie hockte am Boden, ein Handtuch um die Schultern geschlungen. Valentín Rodríguez kauerte neben ihr, ein schwarz-weißes Kaninchen auf dem Arm, das sich von Sophie an den Ohren kraulen ließ. Sein Blick traf sie wie eine vorwurfsvolle Welle, die über ihr zusammenbrach. Eva wusste genau, was er dachte.

»Rabenmutter, lässt ihr Kind im Regen vor der Tür stehen.«

Sie fühlte sich schrecklich. Zwar war ihr so etwas noch nie zuvor passiert, aber dennoch war es unverzeihlich.

Pitschenass und mit schmerzverzerrter Miene humpelte Eva auf die beiden zu. Bei ihrem Anblick geriet das Kaninchen in Panik und scharrte mit den Hinterbeinen. Valentín ließ es los und es floh zurück in die Wohnung. »Sogar sein Haustier ist ein arroganter Arsch«, dachte Eva und rang sich zähneknirschend etwas ab, das man mit viel Fantasie als Lächeln bezeichnen konnte.

»Och, Mama, du hast es verscheucht«, sagte Sophie vorwurfsvoll. »Tut mir leid, Schätzchen«, brummte Eva, reichte ihrer Tochter die Hand und zog sie hoch. Sie umarmte Sophie, dann sperrte die Wohnungstür auf und schob sie ins Innere. Mit der anderen Hand zog sie das Handtuch von ihren Schultern. Ihr Nachbar hatte sich ebenfalls aufgerichtet und starrte Eva ausdruckslos an.

Sophie steckte noch einmal den Kopf zur Tür heraus und rief: »Danke Valentín. Karotte ist echt süß.«

»Los! Ab unter die Dusche.« Eva überzeugte sich, dass Sophie tatsächlich verschwunden war, ehe sie auf Valentín zusteuerte.

»Danke! Lieb von Ihnen, dass Sie Sophie ins Haus gelassen haben.« »Ich konnte sie kaum nass bis auf die Haut draußen stehen lassen«, gab er zurück. Eva schluckte. So ziemlich jedes Wort, das diesem Kerl über die Lippen kam, enthielt eine boshafte Spitze.

»Sie ist früher als ausgemacht von ihrem Vater aufgebrochen«, erklärte Eva. »Wir sind geschieden und Sophie hatte Streit mit ...«

Valentín wedelte ungeduldig mit der Hand.

»Hören Sie, Frau Schneider, Ihr Privatleben interessiert mich nicht. Sollten Sie aber wieder einmal länger außer Haus aufgehalten werden, kann Ihre Tochter gern bei mir klingeln. Ich lass sie rein.« So viel Ungesagtes schwang in seinen Worten mit und sie strotzten vor Vorwürfen.

»Keine Sorge, es wird nicht wieder vorkommen«, zischte Eva und pfefferte ihm das Handtuch entgegen. Was bildete sich dieser hochnäsige Gockel überhaupt ein? Eva kratzte das letzte bisschen Selbstachtung zusammen, reckte den Kopf und machte auf dem Absatz kehrt.

Sie wollte sich nicht einmal im Traum vorstellen, welche Meinung dieser Kerl von ihr hatte. Erst unterstellte er ihr, dass sie sein Motorrad vollgekotzt hatte, und nun musste er glauben, dass sie ihr Kind vernachlässigte. Eva schälte sich aus den Schuhen und betrachtete ihre malträtierten Füße, als ihr Handy klingelte.

Es war Ben.

»Hallo, Eva. Hör zu, ich bring Lisbeth nach Hause. Wir sind gleich da.« Das war zu viel.

»Verdammte Scheiße, Ben, so geht das nicht«, fuhr Eva ihn an.

»Du hast die Kinder bis Sonntagabend, du kannst sie nicht einfach abschieben, nur weil sie deinem kleinen Flittchen gerade nicht in den Kram passen.«

Bei ihren Worten steckte Sophie den Kopf um die Ecke und

reckte ihr zwei erhobene Daumen entgegen. Derbe Flüche waren etwas, das man von Eva höchst selten hörte. Sophie war sichtlich begeistert, Ben nicht. Er hatte aufgelegt.

Ben hatte das Fass zum Überlaufen gebracht und all die Wut und Enttäuschung hatten sich in dem Telefonat entladen.

Eva trat ans Fenster und blickte hinab auf die Straße vor ihrem Haus. Sein Wagen bog gerade um die Ecke. Er hatte kaum angehalten, da sprang Lisbeth bereits aus dem Auto und knallte die Beifahrertür zu. Ben steckte den Kopf aus dem Fenster, rief ihr etwas hinterher, doch Lisbeth ignorierte ihn.

Einem trotzigen Teenager fiel es nicht schwer, einem das Wochenende zu vermiesen, und Ben sah aus, als wäre genau das passiert. Eva trat zur Tür und drückte den Summer, damit Lisbeth wie eine Urgewalt hereinrauschen konnte. Sekunden später stürmte sie in die Wohnung. »Was gibt's zum Essen?«, fragte sie, ohne ein Wort des Grußes.

»Pasta?«

Man sah Lisbeth an, dass sie liebend gern etwas Negatives von sich gegeben hätte, aber dummerweise liebte sie die italienische Küche. Ihr Blick wanderte auf ihr Handgelenk. »Es ist Vormittag.«

»Dann gibt es eben Nudeln zum Frühstück.«

Eva zog sie an sich und drückte ihr einen Schmatzer auf die Wange. »War es so schrecklich?«

Lisbeth schnitt eine Grimasse. »Ich hasse Isabell! Fast so sehr wie Papa, weil er diese Frau angeschleppt hat.«

Eva strich ihr über das blonde Haar und seufzte bedrückt.

»Ich hasse sie auch! Es tut mir leid, dass ihr all das ertragen müsst.«

Eva setzte das Nudelwasser auf und ging ins Badezimmer. Dort zog sie ihr Kleid aus und stieg unter die Dusche. Als die

Wasserperlen auf sie niederprasselten, ließ sie sich auf die Duschtasse sinken und heulte wie ein Schlosshund. Das Rauschen über-
tönte ihren Kummer, ein bewährtes Mittel, das sie während ihrer
Scheidung kultiviert hatte, um den Kindern wenigstens den Anblick einer todunglücklichen Mutter zu ersparen.

Heute war dennoch eine Premiere. Zum ersten Mal heulte sie
nicht wegen Ben, sondern wegen Valentín Rodríguez und dem
furchtbaren Bild, das er von ihr hatte, von dem sie hoffte, dass
es nicht der Wahrheit entsprach.

Kapitel 11

Sport ist Mord

Erst ein Tag war seit dem desaströsen Zusammentreffen mit Valentín Rodríguez vergangen und Eva hatte kurzerhand ein Treffen mit ihren Freundinnen Carmen und Marina einberufen.

»Also? Was gibt es Neues?«, rief Marina ihr bereits von Weitem entgegen, als Eva das JOMA betrat, ein Lokal am Hohen Markt, wo die drei zum Brunch verabredet waren. Sie gierte nach Informationen darüber, wie das Date mit dem Cocktailgott gelaufen war, doch Eva war nicht in der Stimmung, ihnen vom – zugegebenermaßen großartigen – Sex und Akims anschließender Ghosting-Nummer zu erzählen. Vielleicht hatte sie ihn auch zuerst geghostet, als sie sich im Morgengrauen aus dem Haus gestohlen hatte. Der erste One-Night-Stand ihres Lebens lag hinter Eva und es würde wohl eine einmalige Erfahrung bleiben, denn ein paar Minuten Vergnügen waren die Konsequenzen nicht wert gewesen. Wenn Eva die Augen schloss, glaubte sie immer noch den vorwurfsvollen Blick von Valentín zu spüren. Sie schämte sich, vor allem aber ärgerte es sie, dass er sie in eine Schublade steckte, in der sie gar nichts verloren hatte.

»Ben ist heute mit den Kindern im Prater. Vermutlich um wiedergutzumachen, dass er sie gestern kurzerhand bei mir abgeladen hat.« Die Erklärung bezog sich auf die Frage, was es Neues gab. Das war natürlich nicht, was Marina wissen wollte, aber es tat gut, sich über den unsäglichen Ex-Mann auszukotzen. Sie berichtete von der überraschenden Heimkehr ihrer Töchter und welches unglückliche Licht das auf sie geworfen hatte.

In den frühen Morgenstunden hatte Ben plötzlich entschieden, nun doch seiner Rolle als Vater gerecht zu werden, und Sophie und Lisbeth wieder abgeholt. Deshalb war Eva kurzerhand ausgezogen, um ihre Freundinnen zu treffen, denn ihr konnte ein wenig Ablenkung nicht schaden.

Eva schälte sich aus der Jeansjacke, die sie über ihrem geblümten Kleid trug. In den Morgenstunden war es bereits kühl und der Herbst sandte erste kleine Vorboten aus.

»Ben ist wirklich ein Mistkerl«, pflichtete Marina ihr bei. »Aber könnten wir jetzt bitte zu den schmutzigen Details übergehen?«

Es gelang Eva, sich ein weiteres Mal vor einer Antwort zu drücken, denn just in diesem Augenblick servierte der Kellner ihr Frühstück. Eggs Benedict und ein Cappuccino mit hübscher Schaumkrone. Eva sog den Geruch von frisch gemahlenem Kaffee ein. »Ich komme übrigens gerade aus der Kirche«, sagte sie und blickte in zwei verdutzte Gesichter. Der Stephansdom war nicht weit entfernt, weshalb sie dem Wiener Wahrzeichen einen kurzen Besuch abgestattet hatte.

»Wieso?«, fragte Carmen abfällig. »Hast du dich verlaufen?«

Eva schnitt ein Stück von ihrem englischen Muffin ab, tunkte es in die Sauce Hollandaise und schob es sich in den Mund. Dabei dachte sie über Carmens spitzfindige Frage nach. »So könnte man es durchaus ausdrücken«, murmelte sie, während sie mit der Serviette ihre Mundwinkel abtupfte. »Ich habe das Gefühl, dass ich in den letzten Jahren irgendwie vom Pfad abgekommen bin. Lange Zeit war ich nur Ehefrau und Mutter, jetzt weiß ich gar nicht mehr, wer ich bin.«

Carmen beugte sich vor und blickte Eva fest in die Augen.

»Und warum glaubst du, dich ausgerechnet in einer Kirche wiederzufinden?«

Eva unterdrückte ein Lächeln. »Na ja, ich dachte, falls es einen Gott gibt, könnte ich ihm mal mein Anliegen vortragen.«

»Und wie war dieses Gespräch mit Gott?«

»Ziemlich einseitig«, gestand sie. »Das Christentum und ich haben wohl keinen guten Draht zueinander.«

Carmen schnaubte erleichtert. »Du hast mir gerade einen echten Schrecken eingejagt. Gottesfürchtigkeit ist nicht besonders sexy.« Eva zuckte mit den Schultern und trank einen Schluck Kaffee. Religion mochte vielleicht nicht die richtige Antwort für sie sein, aber es war ein Anfang – ein Schritt näher zur Erkenntnis, was sie fortan mit ihrem Leben anfangen wollte.

»Ich begrüße deine Sinnsuche, ganz ehrlich«, warf Marina ein. »Aber könntest du nun bitte näher auf die Geschichte mit dem heißen Sex eingehen? So wie ich das sehe, kannst du einen Punkt von der Liste abhaken. Wobei es erst zählt, sobald ich Details gehört habe.«

»Also gut«, brummte Eva und fügte sich ihrem Schicksal. »Es war eine wirklich heiße Nacht. Ich sag es mal so, Akim kann mehr als nur richtig gute Cocktails mixen.«

Natürlich ließen sich weder Carmen noch Marina mit dieser knappen Erklärung abspeisen. Es gab ein ungeschriebenes Gesetz, das besagte, dass ledige Freundinnen ihre erotischen Abenteuer mit ihren vergebenen Freundinnen zu teilen hatten. Auch Eva hielt sich an dieses elfte Gebot, das besagte: »Du sollst nicht geizen mit pikanten Details.«

Drei Stunden später verließen sie Arm in Arm das Lokal.

»Was hast du heute noch vor?«, fragte Carmen.

»Laufen«, antwortete Eva lakonisch. »Steht auch als Punkt auf meiner Liste.«

Carmen musterte sie resigniert. »Du drückst dich vor den anderen Punkten, habe ich recht?«

»Schon möglich.«

Eva umarmte Carmen und Marina zum Abschied und blickte ihnen hinterher. Sie blieb noch einen Augenblick am Hohen Markt stehen und genoss die Schönheit und die Nostalgie dieses geschichtsträchtigen Platzes, ehe sie den Heimweg antrat.

Die verhängnisvolle Nacht mit Akim hatte ihr die Augen geöffnet. Erstens wollte sie nicht mehr enthaltsam leben, dafür war das Leben eindeutig zu kurz. Die zweite Erkenntnis lautete, dass sie für One-Night-Stands nicht geschaffen war. Sex gehörte für sie zu einer Beziehung. Weil sie aber keine hatte, drängte sie dieser leidige Umstand wieder in Richtung Enthaltsamkeit.

Drittens, und das war die bitterste Pille, die es zu schlucken galt, konnte man sein optimales Gegenstück nur finden, wenn man die eigenen Bedürfnisse kannte. Deshalb passten auch die systemgenerierten Vorschläge nicht, die Lovematch ihr kredenzte, weil sie allesamt Abziehbilder ihres Ex-Mannes waren. Somit lautete Evas erklärtes Ziel, als Erstes wieder zu sich selbst zu finden. Das war in etwa so einfach, wie den Berg Sinai nach dem elften Gebot abzusuchen.

Als Eva nach Hause kam, tauschte sie das Blümchenkleid gegen Trainingskleidung und die Sandalen gegen Laufschuhe. In dieser Sportlerkluft ging sie zum nahegelegenen Schlosspark, um zu joggen. Die halbe Stadt drehte dort ihre Runden und Eva war auf dem besten Weg, eine von den Läufern zu werden.

Nach ein paar Aufwärmhopsern und der Auswahl der richtigen Playlist legte sie los. Eva lief und hasste es. Sogleich signalisierte ihr Körper Widerstand. Das Gesetz der Trägheit forderte konsequent, die Masse in Ruhe zu lassen, und Eva hatte nicht übel Lust, sich diesen physikalischen Gegebenheiten zu unterwerfen. Dennoch zwang sie sich dazu, weiterzumachen.

»Einfach immer ein Schritt nach dem anderen«, dachte sie.

Und das wenigstens dreitausend Mal, dann kann ich erhobenen Hauptes aufhören.

Eva war früher oft joggen gewesen. Nach Lisbeths Geburt hatte sie damit angefangen. Als sie mit Sophie schwanger wurde, hatte sie wieder aufgehört. Wenn sie nur lange genug durchhielt, würde sie in den Genuss des Runner's High kommen, eines Zustands, in dem sie die Bewegung gar nicht mehr bemerkte. Zumindest in der Theorie. Davon war Eva jedoch unendlich weit entfernt.

Sie schwitzte wie ein Schwein, in ihrer Seite stach es und zu den Blasen, die sie seit dem Vorabend hatte, gesellten sich ein paar neue. Außerdem waren heute nur Sportskanonen unterwegs, anders konnte sie es sich nicht erklären, dass sogar Senioren sie mit Leichtigkeit überholten. Nach ungefähr 500 Metern meldete sich ihr innerer Schweinehund zu Wort. »Es ist keine Schande aufzugeben«, flüsterte er. »Langsam steigern lautet die Devise. Für den Anfang sind 500 Meter genug.«

Gerade als Eva sich dazu entschieden hatte, seinen Verlockungen nachzugeben, entdeckte sie ihn. Valentín Rodríguez. Er trug Shorts und T-Shirt und war ähnlich durchgeschwitzt wie sie selbst, nur mit dem Unterschied, dass es an ihm sexy aussah, während sie selbst die Gesichtsfarbe von Miss Piggy angenommen hatte.

Er steuerte geradewegs auf sie zu. Dabei begnügte er sich nicht damit, wie ein normaler Mensch durch den Park zu joggen, nein, er legte Zwischensprints ein, um die Intensität des Workouts zu verstärken. Überhaupt sah er aus wie eine Wiener Version von Rocky Balboa am Höhepunkt seines Triumphzugs. Bestimmt würde er gleich mit einem Affentempo den Hang zur Gloriette hinaufpreschen. Wenn er es doch nur täte, dann würde er nämlich aus ihrem Blickfeld verschwinden.

»Warum?«, fluchte Eva leise, für mehr reichte ihre Puste nicht aus. Sie spürte, dass ihre Muskeln brannten und ihr Atem sich immer mehr nach Dampflok anhörte.

Gerade als sie unbemerkt das Weite suchen und ins Gebüsch abtauchen wollte, trafen sich ihre Blicke. Ein Grinsen trat auf Valentíns Lippen, als er wie ein junges Reh an Eva vorüberzog. Nun konnte sie nicht aufgeben. Aus blanker Sturheit drehte Eva noch ein paar Runden, dann begannen schwarze Punkte vor ihren Augen zu tanzen.

Um nicht in den grünstichigen Brunnen vor dem Schloss Schönbrunn zu kippen, steuerte Eva auf die nächstbeste Parkbank zu. Dort saß bereits eine ältere Dame und fütterte Tauben mit Brotkrumen. Augenblicklich kamen die Ratten der Lüfte aus allen Himmelsrichtungen angeflogen. Evas Beine waren schwer wie Blei. Ihr Geist konnte den Körper nicht dazu überreden, sich eine andere Sitzmöglichkeit zu suchen.

Dies war wohl ihr Tod. Sie würde auf dieser Parkbank sterben, umringt von Federvieh vor einer herrschaftlichen Kulisse. Irgendwann würde man eine goldene Plakette an der Bank anbringen, in Gedenken an die Frau, die hier in ihren Laufschuhen auf tragische Weise verreckt war.

Als Eva glaubte, dass es nicht noch schlimmer werden konnte, tauchte ein dunkelhaariger Kopf vor ihr auf und verfinsterte die Sonne. Valentín streckte ihr seine Trinkflasche entgegen.

»Hier, trinken Sie. Sie sehen aus, als könnten Sie einen Schluck gebrauchen.« Da war er wieder, dieser selbstgefällige Unterton, der Eva in den Wahnsinn trieb.

»Nein, danke. Mir geht es gut«, brummte sie und zwang sich auf die Beine. Was alles möglich war, wenn man eine Person aus ganzem Herzen hasste. Der Bereich unterhalb ihrer Knie war zu Wackelpudding geworden und so torkelte Eva wie eine Betrunkene auf den Ausgang des Schlossparks zu.

Mit federnden Schritten ging Valentín neben ihr her, als wolle er den Anblick ihrer Niederlage noch ein paar Momente länger auskosten. »Hören Sie, ich will mich ja nicht einmischen, aber Sie sehen nicht so aus, als würde es Ihnen gut gehen.«

Mit blitzenden Augen fuhr Eva herum und blinzelte ein paar Mal, um die Schlieren zu vertreiben, die sich in ihr Blickfeld stahlen.

»Sind Sie Arzt, oder was?«

»Man muss kein Doktor sein, um zu sehen, dass Sie es maßlos übertrieben haben.«

»Gehen Sie einfach weg!«, raunte Eva, dann waren die schwarzen Punkte wieder da. Diesmal waren sie gekommen, um zu bleiben.

Als Eva ihre Augen wieder öffnete, saß sie auf einer Parkbank. Immerhin auf einer ohne Taubeninvasion. Wie sie dort hingekommen war, wusste sie nicht, doch da Valentín immer noch neben ihr stand und sie anglotzte, drängte sich unweigerlich eine Vermutung auf. Ihr Mund, gerade noch staubtrocken, war es nun nicht mehr. Hatte er ihr gegen ihren Willen Wasser eingeflößt?

War so etwas überhaupt möglich? Und legal?

»Sind Sie immer so stur und eigensinnig?«, fragte Valentín.

»Nein, nur in Gesellschaft eines ignoranten Arschs.«

»Der ignorante Arsch hätte Sie auch einfach mitten am Weg liegen lassen können.«

»Wiederholen Sie eigentlich immer, was ich sage?«

»Sie sind wirklich unmöglich«, knurrte Valentín. »Gesegnet mit dem Talent, mir jedes Wort im Mund umzudrehen.«

»Sie werfen doch permanent mit Böswilligkeiten um sich, ich wüsste nicht, was man da missverstehen könnte.«

Mittlerweile hatte ihr Streit die Aufmerksamkeit anderer Spaziergänger erregt. Manche tuschelten oder kicherten und Eva war sich nicht sicher, ob die chinesische Reisegruppe Fotos von der

Gloriette knipste oder von ihnen.

Sie blickte zu Valentín auf und schüttelte den Kopf. Sich mit ihm zu streiten, brachte wirklich nichts.

Nachdem Eva kurz Rücksprache mit ihrem Körper gehalten hatte, zog sie sich auf die Beine. Kollabieren würde sie nicht mehr, das stand außer Frage, doch je länger sie hier saß, desto steifer wurden ihre Muskeln. Wenn sie nicht nach Hause kriechen wollte, dann musste sie jetzt aufbrechen.

Valentín rollte mit den Augen. Was er dachte, war ihm auf die Stirn geschrieben. »Lernen Sie eigentlich nie aus ihren Fehlern?«

»Da ich kaum auf Taubenschwingen heimfliegen kann, muss ich früher oder später losgehen.« Eva schob sich an ihm vorbei. »Ich bedanke mich für Ihre Hilfe, Herr Rodríguez, aber ich komme nun wirklich allein zurecht.«

Es war nicht weit bis zum Stadtpalais. In weniger als fünf Minuten konnte sie duschen und Magnesium und Elektrolyte in ihren Körper pulvern.

Hinter Eva knarzte der Kies, dann spürte sie eine Hand an ihrem Ellenbogen. Valentín stützte sie auf die gleiche Weise, wie Eva ihre klapprige Oma gestützt hatte.

Instinktiv wollte sie ihn abschütteln.

»Wir haben den gleichen Weg«, erwiderte Valentín knapp, ohne ihren Arm loszulassen. »Und nun tun Sie mir bitte den Gefallen und schweigen.«

Diesen Wunsch erfüllte ihm Eva nur zu gern. Sie presste ihre Zähne so fest aufeinander, dass ihr Kiefer schmerzte.

12 Aufgaben vor 40

1. ~~Mit dem Joggen beginnen~~
2. Selbstfindung
3. ~~Onlinedating~~
4. Speeddating
5. ~~One-Night-Stand~~
6. Vibrator kaufen
7. Brazilian Waxing + sexy Dessous
8. Flotter Dreier
9. Callboy
10. Burlesque-Workshop
11. Telefonsex
12. Tantra-Massage

Kapitel 12

Loveboat

Oktober

Es hatte Tage gedauert, bis Eva sich von ihrem Muskelkater erholt hatte. Seither standen ihre Laufschuhe als stummes Mahnmal in der Ecke und beäugten sie vorwurfsvoll. Ohne weitere sportliche Betätigung hatte der Herbst Einzug gehalten.

Ihr Handy klingelte.

Eva blickte auf das Display und sah den Namen ihrer Mutter. Sofort hob sie das Telefon an ihr Ohr. »Ist alles in Ordnung?«

Ihre Mutter rief nur in Notfällen an. Dazu zählten Todesfälle und gelegentlich auch Missgeschicke der näheren Verwandtschaft.

»Muss ich immer einen Grund haben, um mich bei dir zu melden?«

»Nein, natürlich nicht«, erwiderte Eva und verfluchte sich insgeheim dafür, dass sie den grünen Knopf gedrückt hatte. Solche Gespräche liefen nie gut. Ihre Beziehung glich einem Minenfeld, jedes Wort trug das Potenzial in sich, eine Bombe hochgehen zu lassen.

»Also, was machst du gerade?«

»Es ist Mittwochvormittag, Mutter, ich arbeite.«

»Ja, ja, wie du meinst.«

Natürlich sah Dagmar das anders. Ein Job musste körperliche Arbeit und Mühsal beinhalten, sonst war es kein richtiger Job. Man musste sich über die Jahre das Kreuz ruinieren,

Gesundheitsschuhe benötigen oder kurbewilligt werden, alles andere war Freizeitgestaltung.

Weil es immer einen Grund für einen Anruf gab, quälten sie sich durch den Small Talk, bis ihre Mutter bereit war, mit ihrem Anliegen herauszurücken. »Also gut, hör zu. Ich hab beim Preisausschreiben der Bezirkszeitung zwei Karten für eine Donau-Schifffahrt-Themennacht gewonnen. Diesen Freitag, um neunzehn Uhr. Möchtest mit mir dort hingehen?«

Wow, das kam tatsächlich unerwartet. Eva fühlte sich geschmeichelt, dass ihre Mutter an sie gedacht hatte.

»Und was ist mit Papa?«

»Was soll der bei einer ABBA-Themennacht anfangen?«

»Das weiß ich selbst, aber wer kümmert sich in der Zwischenzeit um ihn?«

»Tante Uschi. Die soll auch mal ihren fetten Arsch bewegen.«

Eva rollte mit den Augen. Dagmar war schnell mit dem Mund, wenn es um Bodyshaming und andere politisch inkorrekte Aussagen ging.

»Also kommst du mit?«

»Das ist doch keine Werbefahrt, wo wir gezwungen werden, Tupperdosen, Kerzen oder Matratzenschoner zu kaufen?«

»Wofür hältst du mich?«

Eva überlegte kurz. Vielleicht würde dieser Ausflug dazu beitragen, ihr angekratztes Verhältnis zu kitten? Eine Donau-Schifffahrt klang tatsächlich reizvoll.

»Okay! Ich bin dabei.«

»Gut, wir treffen uns diesen Freitag um halb sieben bei der Reichsbrücke.« Einen Augenblick später hatte Dagmar aufgelegt.

Freitagabend stand Eva pünktlich an der Anlegestelle, bereit für die Schifffahrt. Die Sonne strahlte vom Himmel und eine sanfte Brise strich über die Donau. Eva trug ein blau-weiß geringeltes

Oberteil, kombiniert mit einer weißen Hose. Außerdem hatte sie einen bordeauxfarbenen Blazer mitgebracht, der perfekt zu ihrem Outfit passte. Rote Lippen, dezenter Goldschmuck und sommerliche Wedges verliehen ihrem Look das gewisse Etwas. Sie fühlte sich wohl in ihrer Haut, was sich allerdings schlagartig änderte, als sie den Gesichtsausdruck ihrer Mutter sah.

»Das ist nicht das Traumschiff«, knurrte Dagmar. »Und du bist hier nicht bei Reich und Schön. Hättest ruhig etwas weniger dick auftragen können. Außerdem betont die weiße Hose deine Hüften.« Ein saures Gefühl machte sich in Eva breit. Die Gesellschaft ihrer Mutter war in etwa so vergnüglich wie ein rostiger Nagel, den man sich in die Fußsohle rammte.

Evas Blick wanderte an Dagmar hinab.

Ihre knochige Figur steckte in Capri-Hosen und silbernen Sandalen, dazu trug sie ein lila Twinset, das mit ihrem blaustichigen Lippenstift und dem violetten Schaumfestiger harmonierte, den sie sich in die silbergrauen Haare gepappt hatte. Jane Fonda aus dem Gemeindebau, ausgestattet vom Shopping-Kanal.

Eva würgte ihre Frustration hinunter und beschloss, sich von den kritischen Kommentaren ihrer Mutter nicht die Stimmung verderben zu lassen.

»Wollen wir?« Sie deutete auf die Schiffsbrücke, wo die ersten Passagiere an Bord gingen.

»Nein, noch nicht. Wir müssen noch auf Fred warten.«

»Fred, der Gärtner, begleitet uns auf einen Mutter-Tochter-Ausflug?«

»Mach den Mund zu«, rügte Dagmar. »Da kommt er. Ich will nicht, dass du mich blamierst.«

Der schlanke weißhaarige Mann steuerte auf sie zu. Fred lächelte liebenswürdig, griff nach Evas Hand und küsste sie galant. Dann trat er zu Dagmar und drückte ihr einen Kuss auf die Lippen.

Erschrocken wandte sich Eva ab. Er war immerhin die Affäre ihrer Mutter. Die beiden küssten sich in aller Öffentlichkeit, während Evas Vater irgendwo im zehnten Bezirk hockte und die Vögel vor dem Fenster beobachtete. Zumindest war im Augenblick jeder auf seine Weise glücklich.

Dagmar und Fred blickten sich tief in die Augen und hielten Händchen. Dabei funkelte am knochigen Finger ihrer Mutter immer noch ihr Ehering.

»Warum?«, wollte Eva rufen und ihre dürren Schultern rütteln. »Warum zur Hölle lädst du mich zu deinem Date ein?«

Sie würde an diesem Abend das fünfte Rad am Wagen sein, während Dagmar ein romantisches Dinner mit ihrem Verehrer genoss. Dann traf sie die Erkenntnis wie ein Keulenschlag: Eva war der Vorwand, damit Tante Uschi auf ihren dementen Bruder aufpasste.

Eva überlegte, ob sie kehrtmachen und dieser leidigen Situation den Rücken kehren sollte, aber sie wollte Fred nicht vor den Kopf stoßen. Ginge es hier nur um ihre Mutter, wäre sie längst weg.

Ein Tröten erklang und erinnerte die Passagiere daran, dass es bald losging. Matrosen lösten Taue und machten das Schiff startklar. Fred erfasste die allgemeine Aufregung und er entschuldigte sich, um die Toilette aufzusuchen, ehe das Donauschiff ablegte.

Dagmar nutzte den Moment der Ungestörtheit, um das Finanzielle zu regeln. Sie kramte in ihrer Handtasche und reichte Eva ihr Ticket.

»Du schuldest mir noch 79 Euro.«

»Wieso? Du hast gesagt, du hättest die Tickets gewonnen. Hast du das vergessen?«

»Hab ich auch. Aber soll etwa der Fred die Karten von seiner knappen Pension bezahlen, nur damit du es nicht tun musst?«

Eva presste ihr Kiefer so fest zusammen, dass die Zähne knirschten. »Es geht mir nicht ums Geld, Mama. Es geht darum, dass du mich bewusst getäuscht hast. Ich bin doch nur hier, um dir ein Alibi für deine amourösen Abenteuer zu verschaffen.«

»Amouröse Abenteuer«, ätzte Dagmar. »Du redest schon genauso wie deine Schickimicki-Freunde. Hast du vergessen, woher du kommst?«

Eva setzte zu einer Verteidigung an, da kam Fred aus dem Männerklo und schloss seinen Hosenschlitz. Sogleich puffte Dagmar sie in Seite, raunte »Pssst« und setzte ein strahlendes Lächeln auf. »Wollen wir, Fred?«, murmelte sie und hakte sich bei ihrem Verehrer unter. Gemeinsam gingen sie über die Planke, die die Anlegestelle mit dem Schiff verband.

Missmutig stapfte Eva hinterdrein.

Kurze Zeit später setzte sich das Donauschiff in Bewegung. Die Passagiere strömten nach oben an Deck und genossen einen atemberaubenden Blick auf die Wiener Skyline. Die Glasfronten der Hochhäuser funkelten im Sonnenlicht. Eva stand an der Reling und sah zu, wie sich der Anlegeplatz immer weiter entfernte. Sie überkam das absurde Bedürfnis zu springen. Wenn sie es nicht tat, war sie für die nächsten Stunden mit den beiden Turteltauben auf einem Loveboat gefangen, wobei sie diese fragwürdige Dreierkonstellation schlicht als demütigend empfand.

Eva entschied sich für die zweitbeste Lösung und winkte dem Kellner, der ihr einen Aperitif kredenzte. Der Aperol leuchtete herrlich orange mit der untergehenden Sonne um die Wette. So startete ihre Reise, Eva und ihr Drink beobachteten Dagmar und Fred, die ungeniert miteinander flirteten.

Als sie die Grenze zu Niederösterreich überquerten, wurden die Vorspeisen serviert. Gegessen wurde im Bauch des Schiffs im Speisesaal, wo man sich durch schwedische Köstlichkeiten probieren konnte.

Eva stand am Buffet und tat sich Räucherlachs, Essiggemüse, eingelegte Heringe und Knäckebrot auf. Mit ihrem Teller in der Hand steuerte sie auf ihre Begleiter zu und erschauderte, denn Dagmar und Fred ließen nichts anbrennen.

Fred tunkte seinen Finger in den Oberskren und streckte ihn Dagmar hin. Die ließ sich nicht lange bitten und leckte den weißen Tupfer von seiner Fingerkuppe. Eva bedeutete dem Kellner, ihr noch einen Aperol zu bringen, anders ließ sich dieses Schauspiel nicht verkraften.

»Getränke sind nicht inkludiert«, zischte Dagmar vorwurfsvoll. Deshalb nippten sie und Fred auch nur an ihrem Leitungswasser. Knausrig wie ihre Mutter war, würde es Eva kein bisschen wundern, wenn sie zu späterer Stunde zwei Stifterl aus ihrer Tasche zaubern und heimlich in die Gläser kippen würde.

Nachdem sich die Passagiere an Köttbullar, Janssons frestelse und Lachssteak gütlich getan hatten, begann das Showprogramm. Eine Liveband, bestehend aus vier mehr oder weniger gut gecasteten ABBA-Imitatoren heizte den Gästen ein. Sie trugen golden schimmernde Outfits und billige Perücken, während sie einen Gassenhauer nach dem anderen schmetterten.

Bald kochte die Stimmung am Loveboat über und etliche Tanzwütige fegten ausgelassen über das Parkett. Auch Dagmar und Fred stahlen sich davon, allerdings nicht um zu tanzen, sondern um in der Abgeschiedenheit heiße Küsse zu tauschen.

Dummerweise waren sie nicht sehr diskret und auf ihrem Weg zur Damentoilette traf Eva die beiden. Ein Schock der Extraklasse.

Zungenküsse mit fast siebzig, allein der Gedanke daran ließ Eva erschaudern. Allerdings brannte sich noch ein anderer Anblick für immer in ihre Netzhaut: die Hand ihrer Mutter an Freds Genital.

Zum Glück waren die beiden mit sich selbst beschäftigt und Eva konnte unbemerkt türmen. Nun wanderte sie ans andere Ende des Schiffes. Hätte sie ein Rettungsboot gefunden, sie hätte es ohne zu zögern bestiegen. Dieses Schiff war nicht groß genug für sie und die sexuellen Anwandlungen ihrer Mutter.

Eva fand sich ganz vorne wieder, in der Nähe der Steuerzentrale. Trotzdem drangen Gelächter und Musik bis zu ihr, ebenso wie das Stöhnen ihrer Mutter, wobei Letzteres auch Einbildung sein könnte.

»Bäh.« Eva schüttelte sich. Kein Kind sollte zum Augenzeugen der Zärtlichkeiten werden, die die eigene Mutter mit einem Fremden austauscht.

Eva setzte sich auf eine kleine Bank und starrte auf die Donau. Die Lichter des Festlands spiegelten sich in dem schwarzen Band, das die Landschaft zerteilte. Sie lauschte dem Gluckern des Wassers, das vom Bug verdrängt wurde und gegen die Bordwand klatschte. Mit der Dunkelheit war die Kühle gekommen und sie rieb sich die klammen Schultern. Dummerweise hing ihr Blazer immer noch auf der Lehne ihres Stuhls und schunkelte zu Chiquitita, doch sie fror lieber, statt sich der Gefahr auszusetzen, Dagmar und Fred – bei was auch immer – zu erwischen.

»Darf ich mich setzen?«

Eva blickte auf und sah einen Mann neben sich stehen. Er trug eine dunkelblaue Uniform mit vier goldenen Streifen an seinen Ärmeln.

»Von mir aus gern«, sagte sie und machte Platz. »Aber wer steuert dann das Schiff?«

Der Kapitän lachte auf und deutete auf das Glasfenster, das einen Blick in die Steuerzentrale gestattete. »Der Steuermann genießt mein vollstes Vertrauen.«

Eva betrachtete den Mann neben sich, der groß und

breitschultrig war, Vorzüge, die seine Uniform noch unterstrich. Er hatte einen akkurat getrimmten Bart, tief liegende braune Augen und dominante Augenbrauen. Eine winzige Falte dazwischen verlieh ihm einen Hauch von Strenge.

»Sind Sie ganz allein hier?«

»Wie man's nimmt«, brummte Eva.

»Ich heiße Marco«, sagte der Kapitän und streckte seine Hand aus.

»Eva«, antwortete sie und griff danach. Sie waren beide um die vierzig und saßen im gleichen Boot, weshalb sich das Du-Wort selbstverständlich anfühlte.

»Also ja oder nein? Bist du ohne Begleitung gekommen?«

Eva schilderte ihm den bisherigen Verlauf des Abends und Marco verzog in gespieltem Entsetzen das Gesicht.

»Ich denke, ich wär vor Schreck über Bord gesprungen.«

»Das war auch mein Plan. Ich suche nur noch eine Rettungsweste.«

»Dann darf ich dir nun nicht mehr von der Seite weichen«, erwiderte er. »Für den Fall, dass du einen Rettungsschwimmer benötigst.«

»Kapitän und Rettungsschwimmer. Ich hab wirklich das große Los gezogen«, scherzte Eva.

Ein kühler Wind fuhr über die Donau und Eva fröstelte. Einen Augenblick später spürte sie seine Jacke auf den Schultern, während seine Wärme und sein Geruch sie umhüllten.

Marco saß im weißen Hemd neben ihr. Der dünne Stoff verriet, dass er wohl ein Abo im Fitnessstudio abgeschlossen hatte. Keine schlechte Investition. Ohne es zu wollen, leckte sich Eva über die Lippen. Als sie es bemerkte, war es zu spät, Marco hatte es gesehen und die Zeichen verstanden.

»Was hast du heute noch vor?«, fragte er. »Ich meine, nachdem das Schiff angelegt hat?«

»Ich treffe mich mit dem Kapitän eines Donaudampfers.«

»Was für ein Glückspilz.«

Marco lächelte und Eva spürte ein Kribbeln in ihrer Magengegend. Sein Selbstbewusstsein war unglaublich sexy.

Eva konnte es kaum fassen, sie war mit niemand Geringerem als dem Kapitän verabredet. Sie verabschiedeten sich mit dem Versprechen, einander später an der Anlegestelle wiederzusehen. Eva hatte ihm seine Jacke zurückgegeben. Nun spazierte sie zurück zu ihrem Tisch, um ihre eigene zu holen.

Als sie ihren Platz erreichte, stimmte die Liveband einen weiteren Evergreen an. Gimme! Gimme! Gimme!

Der Song zauberte Eva ein breites Grinsen ins Gesicht. Genau das war es, was sie auch wollte, einen Mann nach Mitternacht. Sie konnte ihre Aufregung kaum verbergen, weshalb Dagmar sie misstrauisch beobachtete.

»Wo warst du so lange?«

Eva lächelte. »Das würdest du mir sowieso nicht glauben.«

Kapitel 13

Lug und Betrug

Das Donauschiff legte pünktlich in Wien an der Reichsbrücke an und die Passagiere verließen gut gelaunt das Schiff. Sogar Eva. Der Abend hatte eine überraschend positive Wendung genommen und sie war froh, dass sie ihren Plan, von Bord zu springen und ans Festland zu schwimmen, verworfen hatte.

Nun stand sie allein an der Anlegestelle und wartete. Ihre Verabschiedung von Dagmar und Fred war knapp ausgefallen, vermutlich, weil die beiden Turteltauben es nicht mehr erwarten konnten, zusammen in die Kiste zu hüpfen, wobei diese Phrase angesichts des fortgeschrittenen Alters der beiden nicht unbedingt etwas Gutes bedeuten musste.

Eva war mit ihren eigenen Gedanken beschäftigt. Würde er wirklich kommen? Mittlerweile glaubte sie kaum noch daran, doch dann sah sie ihn. Mit einem breiten Lächeln steuerte er auf sie zu.

Marco hatte die Kapitänskluft abgelegt und trug nur noch das weiße Hemd und Jeans. Den obersten Knopf hatte er geöffnet und die Ärmel hochgerollt, sodass eine Tätowierung an seinem Unterarm hervorblitzte. Ein Totenkopf, aus dessen Augenhöhle sich eine Schlange hervorwand. Geschmacklich fragwürdig. Mehrere Silberkettchen hingen um seinen Hals und verschwanden im Ausschnitt seines Hemdkragens. Die seriöse Aura des Kapitäns war der eines sexy Machos gewichen. Eine Ausstrahlung, die Eva noch mehr anturnte.

»Sieht so aus, als hätte dich dein Kapitän versetzt«, scherzte er, während er sich vor ihr aufbaute. »Gut für mich.«

Sie musste den Kopf heben, um ihm in die Augen zu sehen.

Marco strich ihr eine Haarsträhne aus dem Gesicht, dabei berührte er kurz ihre Unterlippe. Eva spürte die knisternde Spannung. Die Wucht dieses Gefühls machte sie befangen.

Nur um irgendwie zu reagieren, deutete sie in Richtung einer Bar.

»Wollen wir?«, fragte sie, doch Marco winkte ab.

»Ich weiß etwas Besseres«, sagte er.

Marco schob sie auf ein wartendes Taxi zu. Gemeinsam nahmen sie auf der Rückbank Platz. Er saß dicht neben ihr, sein Oberschenkel berührte den ihren. Marco war die Sorte Mann, vor der Eva ihre Töchter warnte. Es hatte etwas Animalisches an sich, wie er sie mit seinen dunklen stechenden Augen beobachtete. Seine Hand griff wie selbstverständlich nach der ihren. Für einen Fremden war er ihr unerhört nahe. Seine Lippen streiften Eva, wenn er sich vorbeugte und ihr ins Ohr wisperte. Über ihre Arme kroch Gänsehaut.

Der Fahrer beobachtete sie im Rückspiegel.

Es war Freitagnacht und Wien pulsierte vor Leben. Das Taxi brauste durch die beleuchteten Straßen und die Stadt zog an ihrem Fenster vorüber.

Kurze Zeit später hielten sie am Schwedenplatz, Marco bezahlte, stieg aus und reichte ihr die Hand. Die Hitze, die Geräusche der Großstadt, Neonlichter, die Musik, die aus den Bars drang und das Lachen der Passanten schlugen ihr entgegen. Eva atmete tief ein und spürte eine unbändige Energie.

Sie gingen den Rabensteig hinauf zu der Fortgehmeile, die sich zwischen verwinkelten Gassen der Altstadt angesiedelt hatte. Er lotste sie durch eine unscheinbare Tür in den zweiten Stock eines Gebäudes hinauf, wo sich ein Jazzclub befand, verrucht, geheimnisvoll und unglaublich cool.

Hinter dem Bartresen befand sich ein riesiges Aquarium, in dem Seegras wogte. Es wurde von unten beleuchtet. Keine Fische, nur Seegras, dessen neongrüner Schimmer die einzige Lichtquelle im Raum darstellte. Diffuses Zwielicht, das den Besuchern ringsum ihre Individualität stahl und sie in dunkle Gestalten verwandelte.

Trotz der weit geöffneten Fenster war es heiß. Die schwüle Luft drang herein, trug die Stimmung der Feierwütigen mit sich.

Eva fühlte sich wie in einer anderen Stadt, weit weg von Wien. Die Hitze, die Luft, die Stimmung – alles erschien elektrisierend und aufregend.

Sie setzten sich an die Bar und bestellten Drinks, Wein und einen Gin Tonic. Die Jazzklänge faszinierten Eva. Sie schloss die Augen und ließ sich von der Musik mitreißen. Marcos Hand glitt über ihren Oberschenkel. Er stellte keine banalen Fragen, wollte nicht wissen, was sie beruflich tat oder ob sie schon immer in Wien gelebt hatte. Nein, er fragte sie nach ihrem Musikgeschmack, ob sie schon einmal Single Malt Whisky getrunken habe oder was für sie Freiheit bedeutete. Ihre Antworten schienen ihm zu gefallen.

»Eine Frau wie dich trifft man nicht alle Tage.«

Die Zeit raste und bald waren sie die einzigen Gäste in der Bar. Der Kellner mixte ihnen ein letztes Getränk, dann bat er sie zu gehen. Die Gassen hatten sich geleert. Noch war es dunkel, aber die Morgenröte zeichnete sich bereits am Horizont ab.

Der Augenblick des Abschieds war gekommen. Würde er sie um ihre Nummer fragen? Eva hoffte es, denn sie waren definitiv auf einer Wellenlänge.

Plötzlich zog Marco sie an sich und sie spürte seine Lippen

auf den ihren. Eva erwiderte den Kuss, ließ es zu, dass er sie rückwärts in eine Betriebszufahrt drängte. Seine Hände wanderten über ihren Körper und sein Mund raunte ihr schmutzige Dinge zu.

»Lass uns zu dir gehen. Ich möchte dich von Kopf bis Fuß verwöhnen.« Seine Hand glitt unter Evas Oberteil, versuchte, den BH zu öffnen. Diese Aufdringlichkeit ging Eva zu weit. Glaubte er tatsächlich, dass sie es mit ihm in einer heruntergekommenen Ecke am Schwedenplatz treiben würde?

»Nein.« Eva schob ihn ein Stück von sich weg.

Ihr gefielen seine Berührungen, doch sie war nicht gewillt, es bis zum Äußersten kommen zu lassen. An ihr nagte immer noch der schale Nachgeschmack ihres One-Night-Stands mit Akim.

»Komm schon. Ein letzter Drink bei dir zu Hause. Ich verspreche, dass ich dich nicht anrühre, wenn du es nicht willst.«

Die Art und Weise, wie Marco sie dabei angrinste, enttarnte die Lüge sogleich.

»Nein!«, entgegnete Eva abermals, diesmal bestimmter. »Ich würde den Drink gern auf ein andermal verschieben. Für heute habe ich eindeutig genug.«

Marco ließ sie los, blickte zu Boden, als müsse er seine Strategie überdenken. »Hör zu«, sagte er. Der verführerische Tonfall war verschwunden. »Es wird kein Morgen geben. Ich bin verheiratet und hab eine Tochter. Deshalb können wir auch nicht zu mir.«

Eva riss entsetzt die Augen auf und versteifte ihren Körper.

Marco bemerkte ihre Reaktion und packte sie bei den Schultern, sodass sie nicht vor ihm zurückweichen konnte.

»Du spürst doch auch die Chemie zwischen uns?«, schmeichelte er. Er zog sie an sich, legte Evas Hand auf seinen Schritt, in der Hoffnung, dass sein Ständer sie vom Gegenteil überzeugen würde. Diese Geste brachte Eva endgültig zur Besinnung. Der Typ hatte keine Badass-Ausstrahlung, der Typ war ein Arschloch.

»Fass mich nicht an!« Eva stieß ihn von sich. »Wie kannst du deiner Frau und deinem Kind nur so etwas antun?«

Ernüchtert blickte sie sich um. Sie sah die Ecke mit den Glasscherben, den leeren Flaschen und Zigarettenkippen plötzlich mit anderen Augen. Versifft war es hier. Ekelerregend und übelriechend, genauso wie Marcos Geständnis.

»Was soll die Scheiße?«, knurrte er. »Den ganzen Abend über flirtest du mit mir und jetzt das? Das kannst du nicht bringen.«

Eva schüttelte angewidert den Kopf, schob ihn beiseite und ging.

»Was glaubst du überhaupt, wer du bist?«, brüllte er ihr hinterher. »Sei froh, dass ich mich überhaupt mit dir abgegeben hab. Wer steht schon auf alte, fette Weiber?«

Eva sog die Luft ein.

Sie wusste, dass er sie nur kränken wollte, aber seine Worte schmerzten deshalb nicht weniger.

»Verpiss dich, du Schlampe. Hätt ich früher gewusst, was mich bei Tageslicht erwartet, hätt ich mir die Zeit gespart.«

Seine Beleidigungen brannten sich in ihre Seele.

Eva rannte davon, während er seine Schimpftirade fortsetzte. Seine Worte schallten hinter ihr her, bis sie um eine Straßenecke bog und die Rotenturmstraße hinauflief, in erster Linie, um aus seinem Blickfeld zu verschwinden. Ihr Puls raste. Die letzten Minuten waren wie eine Ohrfeige gewesen, die ihr die Realität verpasst hatte, weil sie offensichtlich immer noch nichts dazugelernt hatte.

Mittlerweile war es sechs Uhr morgens, der Himmel färbte sich pink. Ein glutroter Feuerball blitzte zwischen den Häuserfronten hindurch und spiegelte sich in den Glasfronten der Geschäfte. Eigentlich hätte Eva müde sein sollen, doch sie war es nicht. Sie war aufgekratzt, ihre gute Laune war verflogen und einer

Melancholie gewichen.

Eva flanierte durch die engen Gassen des ersten Bezirks. Die Stadt schlief, nur hin und wieder begegneten ihr ein paar Menschen. Hauptsächlich Touristen, die der Jetlag zu dieser gottlosen Zeit aus dem Bett geholt hatte.

Sie trug so viele Gefühle in sich, willens, sie mit jemandem zu teilen, doch niemand schien sich dafür zu interessieren. »Das ist wohl die Kehrseite des Neuanfangs«, dachte sie, kramte in ihrer Handtasche und zog ihre riesige Sonnenbrille hervor. Sie verspürte das jähe Bedürfnis, sich vor der Welt zu verstecken. Weil ihr der rote Lippenstift in die Hände fiel, griff sie danach, lugte in den Innenspiegel ihrer Tasche und zog die Lippen nach.

Am Stephansplatz entdeckte sie eine Bäckerei, die bereits geöffnet hatte, und kaufte sich einen Cappuccino und ein Croissant. Kurze Zeit später stand sie auf der Kärntner Straße, ihr Frühstück in Händen, und betrachtete die Auslage eines Schmuckhändlers. Eva sah ihr Spiegelbild: Sonnenbrille, weiße Hose, gestreiftes Shirt und roter Blazer. Nichts hatte sich an ihrem Outfit geändert. Gestern hatte sie es gefühlt und sich unwiderstehlich gefunden. Nun sah sie nur noch ihre breiten Hüften, ihre birnenförmige Statur, mit den viel zu schmalen Schultern und der flachen Brust. Ihre Problemzonen sprangen ihr förmlich entgegen.

»Nicht gut genug!«, brüllten sie und griffen die Worte auf, die Marco zu ihr gesagt hatte. »Alt und fett!«

Eva stopfte ihr Croissant zurück in die Papiertüte. Ihr war der Appetit vergangen. Dabei waren es nicht nur Marcos Beleidigungen, die sie triggerten, sondern auch die Tatsache, dass er seine Frau mit ihr betrügen wollte. Ohne es zu wollen, war sie die andere geworden, ein Gedanke, der ihr bitter aufstieß.

Wegen einer solchen Affäre war sie nun geschieden, dabei

schien es beinahe schon salonfähig zu sein, seinen Partner zu hintergehen. Sogar ihre eigene Mutter tat es. Und alle hatten sie nett klingende Ausreden parat, die rechtfertigen sollten, warum man einen anderen Menschen mit Füßen trat.

Eva wandte sich zum Gehen, ihr kurzer Energieschub war verebbt.

Sie wollte nur noch nach Hause und die furchtbare Begegnung mit Marco vergessen.

Als sie frisch geduscht und abgeschminkt in ihr Bett kroch, war die Sonne bereits aufgegangen und blinzelte hinter den zugezogenen Vorhängen hervor. Weil die Nacht ohnehin schon verstrichen war, beschloss Eva, dass eine letzte kurze Verzögerung auch nicht mehr ins Gewicht fiel. Ihr Schlaf würde jedoch besser ausfallen, wenn sie sich vorher den Frust von der Seele schrieb. Auf ihren Oberschenkeln lag der Laptop. Eva hatte sich die neuesten Partnervorschläge angesehen und Nachrichten beantwortet, dabei war sie bei Endgegner hängengeblieben.

Lieber Endgegner!

Ich möchte dir von meinem Mutter-Tochter-Date erzählen, wobei schon die Bezeichnung falsch ist. Eigentlich müsste es lauten: meine Mutter, ihre Affäre und ich. Was für ein herrliches Dreiergespann wir doch waren (Sarkasmus Ende!).

Kannst du dir vorstellen, wie es ist, einen ganzen Abend lang dem Balzgehabe der eigenen Mutter zuzusehen? Mein persönlicher Tiefpunkt war, als ich sie bei der Suche nach dem Schlauch des Gärtners erwischt habe. Beim Gedanken an diese Peinlichkeit verschlägt es mir immer noch den Atem. Ich habe getan, was vermutlich jeder erwachsene Mensch in diesem Moment getan hätte: Ich bin weggerannt, um mich vor diesem grauenhaften Anblick zu verstecken. Dabei lief ich dem Kapitän des Schiffes in die Arme. Klingt das nicht wie der Start einer romantischen Liebesgeschichte? Ja? Nein!

Ich hätte meiner ursprünglichen Intention, nämlich vom Schiff zu springen und ans Ufer zu schwimmen, nachgeben sollen, dann hätte ich mir eine gewaltige Kränkung erspart …

Evas Hände flogen förmlich über die Tastatur, als sie ihm in allen Facetten ihre Schmach schilderte. Sie schaute noch einmal prüfend auf ihren Bildschirm, dann drückte sie Enter und klappte den Laptop zu. Eva fühlte sich besser, nachdem sie ihren Kummer ins Nirgendwo geschickt hatte. Das hatte auch beim letzten Mal funktioniert.

Kapitel 14

Der beste Freund der Single-Frau

Eva war mit Carmen in der Nähe des Westbahnhofs verabredet. Burggasse-Stadthalle hieß die U-Bahn-Station, die sich zwischen den Fahrstreifen des mehrspurigen Gürtels befand. Eine Armada aus Tauben suchte am weiß und rauchblau gekachelten Boden nach Essensresten. Auf den Bänken daneben hockten Menschen und starrten trübsinnig ins Leere.

Es war Montagnachmittag und es herrschte Ruhe vor dem Sturm, denn bald würde die Rushhour Straßen und Öffis gleichermaßen verstopfen.

Eine Durchsage, die vor Taschendieben warnte, schallte aus den Lautsprechern, wurde aber vom Donnern des Zuges übertönt, der gerade in die Station einfuhr. Die Türen öffneten sich und unzählige Personen quollen aus dem Inneren hervor. Unter ihnen entdeckte Eva ihre Freundin. Carmen trug einen pinken Blazer, Jeans und knallgrüne Pumps. Sie war wie immer top gestylt und stach aus der Masse hervor wie ein bunter Hund.

Sie passte überhaupt nicht in diese Gegend, dabei hatte Carmen diesen Treffpunkt vorgeschlagen. Eine ältere Dame, die ihre Habe in zwei Plastiktüten mit sich schleppte, dachte offenbar das Gleiche und beäugte Carmen von Kopf bis Fuß.

Eva begrüßte ihre Freundin, dann erklommen sie die lange Treppe hinauf zum Ausgang. Zwar gab es einen Fahrstuhl, doch dort stank es bestialisch nach Urin und zwei Obdachlose hatten sich in dem Winkel daneben wohnlich eingerichtet.

Oben angekommen, rang Eva nach Atem und blickte sich skeptisch um. »Also, raus mit der Sprache. Wo willst du hier shoppen gehen?«

Diese Gegend zählte nicht unbedingt zu Carmens Revier. Normalerweise fand man sie in exklusiven Shoppingmeilen wie der Kärntner Straße oder dem Kohlmarkt, nicht in den heruntergekommenen Läden, die im Kaufhaustempel hinter ihnen angesiedelt waren.

»Wirst du schon sehen«, murmelte Carmen kryptisch, hakte sich bei ihr unter und zog sie auf eine Rolltreppe, die sie geradewegs ins Innere des Einkaufszentrums beförderte.

Das Gebäude hatte seine besten Tage längst hinter sich gelassen. Sie sahen Geschäfte mit aggressiven Sale-Schildern in den Auslagen, die um Kundschaft buhlten. Über allem hing der süßliche Duft von Softeis, der sich mit Dönergeruch zu einem fragwürdigen Aroma vermengte.

»Ich verstehe wirklich nicht, was wir hier sollen«, sagte Eva, dann blieb ihr die Spucke weg. Sie standen vor einem Erotikshop. Carmen grinste über das ganze Gesicht und weidete sich an Evas Schock. In der Auslage räkelten sich Schaufensterpuppen, denen man billige Polyester-Outfits übergezogen hatte. Rote Spitze mit Federbesatz und Lackleder, das ähnlich schimmerte wie ein Ölteppich nach einem Tankerunglück.

Eva rang um Fassung und tat so, als würde sie auf ihr Smartphone starren. »Bist du irre?«, zischte sie, ohne ihren Blick von dem schwarzen Display abzuwenden. »Ich würde einen Vi… solche Dinge lieber online kaufen.«

»Ach was, wo bleibt da der Spaß? Du wolltest doch aus deiner Komfortzone ausbrechen«, sagte Carmen und schob Eva ins Innere des Geschäfts.

Sie durchquerten eine FSK-18-Schleuse und fanden sich in der Erotikhölle wieder. Lack und Leder, Peitschen und Handschellen,

Gummipuppen und Nachbildungen menschlicher Körperteile, wohin man auch sah. Der Anblick war alles andere als stimulierend.

»Grüß Gott, die Damen«, sagte eine Verkäuferin um die sechzig, die gerade eine Regalwand mit Sextoys und Accessoires bestückte. Sie hielt in ihrer Tätigkeit inne und steuerte zielstrebig auf die Kundschaft zu. Eva sah pechschwarze Haare, aufgemalte Augenbrauen, eine Helmfrisur und bunt tätowierte Arme.

»Wie kann ich Ihnen behilflich sein?«

Glücklicherweise übernahm Carmen das Reden, denn Eva wurde knallrot und brachte keinen Ton heraus.

»Meine Freundin ist frisch geschieden«, sagte Carmen und die Verkäuferin nickte, als wäre das ein Klassiker, den sie immer wieder zu hören bekam.

»Verstehe, dann sind Sie wohl auf der Suche nach einem guten Vibrator?«

Ohne Evas Zustimmung abzuwarten, marschierten sie quer durch das Geschäft, bis sie bei einer Vitrine mit Ausstellungsstücken angelangt waren.

Die Frau sah in ihrem Lederoutfit und den hochhackigen Stiefeln aus wie eine Domina, auch wenn sie dazu eine Strickweste und eine Lesebrille trug. »Jedenfalls liebt sie ihren Job«, dachte Eva und lauschte der enthusiastischen Stimme, mit der die Verkäuferin die Vorzüge verschiedener Massagegeräte anpries. Während Carmen und die Verkäuferin über Intensitätsstufen, Summgeräusche und Verwendungsmöglichkeiten debattierten, versuchte Eva verzweifelt, die Fassung wiederzufinden. Jedes Wort verstärkte ihren Wunsch, wegzurennen und dem peinlichen Szenario zu entkommen.

Für Eva gingen Romantik und Sinnlichkeit Hand in Hand. Sie wollte Kerzenlicht und Kuschelrock, Erdbeeren, Sekt und sanfte Küsse, um in Stimmung zu kommen. Eva lebte nach der

80:20-Regel. Den Großteil der Zeit wollte sie Blümchensex, hin und wieder durfte es schmutzig sein, wild und hemmungslos. Doch niemals, wirklich niemals sollte Sex nach Plastik riechen, aussehen wie ein billiger Porno und die Geräuschkulisse eines erregten Gorillas beinhalten. Kurzum, dies war der letzte Ort, an dem Eva Lust und Erregung finden würde. Doch eines war klar, Carmen würde erst Ruhe geben, wenn Eva einen Vibrator besaß.

Also fasste sie sich ein Herz und linste in den Glaskasten, in dem die Modelle ausgestellt waren. Es gab täuschend echt aussehende Nachbildungen, Glasdildos mit bunten Mustern, pinke Penisse aus Silikon sowie ausgefallenere Versionen, die an Schaltknüppel, Zäpfchen oder Perlenketten erinnerten.

»Ich nehme an, Sie planen eine vaginale Penetration?«

Eva nickte. Die Verkäuferin zog einen Schlüssel aus ihrer Strickweste und öffnete die Vitrine. Einen Augenblick später hielt Eva zwei Anschauungsobjekte in der Hand.

»Der Dildo links erfordert Handarbeit. Der Vibrator in Ihrer rechten Hand ist batteriebetrieben.« Sie nahm ihr den Dildo weg und ersetzte ihn durch ein kleines pinkes Häschen.

»Ah, der Rammler«, warf Carmen ein.

»Ja, unser Verkaufsschlager«, erklärte die Verkäuferin. »Dieses Modell ist zu Masturbationszwecken geeignet und ebenso zur Luststeigerung beim Sex.«

Sie blickte Eva erwartungsvoll an und wartete auf ihre Reaktion. Weil Eva aber beharrlich schwieg, fuhr sie mit ihrem Monolog fort.

»Möchten Sie mir vielleicht verraten, was Ihnen gefällt? Dann könnte ich gezielt auf Ihre Wünsche eingehen?«

»Klassisch. Standardprogramm«, stieß Eva hervor. »Und jetzt möchte ich bitte gern zügig zum Ende kommen.«

»Ich versteh schon, was Sie für eine sind«, erwiderte die Verkäuferin lächelnd und wedelte mit einem Silikon-Phallus vor

Evas Gesicht herum.

»Kommen Sie. Jetzt weiß ich, was Sie suchen.«

Minuten später entschied sich Eva für einen eleganten silbernen Vibrator von moderater Größe in einer gehobenen Preisklasse. Im Prinzip kaufte sie Altbewährtes, nämlich Bens bestes Stück in Silber.

Als sie Carmen diesen Gedanken mitteilte, lachte diese hellauf und musterte das Vergleichsstück kritisch.

»Glaub mir, da ist definitiv noch Luft nach oben.«

Als sich die Tür hinter ihnen schloss, atmete Eva erleichtert aus. Solange nicht der unwahrscheinliche Fall eintrat und ein Securitymitarbeiter ihre Handtasche filzte, würde nie jemand erfahren, dass sie einen Vibrator spazieren trug.

»Lass uns so etwas bitte nie wieder machen.«

Carmen hakte sich bei ihr unter.

»Meinetwegen. Wobei ich mir sicher bin, dass du den winzigen ›Benis‹ bald gegen einen größeren Pe…« Der Rest des Satzes ging in Gelächter unter.

Die zwei verließen das Einkaufszentrum und schlenderten ein Stück den Gürtel entlang bis zu einem Coffee-Shop, wo sie sich einen Latte Macchiato genehmigten.

Während sie nebeneinander an der Stehbar lehnten und auf die vorbeifahrenden Autos blickten, griff Carmen das Thema noch einmal auf. »Du hast dich wacker geschlagen. Um ehrlich zu sein, ich war mir bis zum Schluss nicht sicher, ob du nicht doch die Flucht ergreifst.«

Eva schmunzelte. »Ich habe auch bis zum Schluss mit dem Gedanken gespielt.«

Einen Kaffee und einen Schokomuffin später standen sie wieder auf der Straße.

»Ich muss noch einmal zurück ins Büro«, sagte Carmen. »Aber es war mir echt wichtig, dass du nun stolze Besitzerin eines

Vibrators bist.«

»Pssst!«

Carmen schüttelte den Kopf, hob die Hand und winkte ein Taxi heran. Sie stieg ein und warf Eva eine Kusshand zu.

»Ich rufe dich später an, dann kannst du mir von eurem Kennenlernen berichten.«

Auch Eva machte sich auf den Weg nach Hause. Sie ging bis zum Westbahnhof, dort stieg sie in die Straßenbahnlinie 60 und fuhr bis zum Schloss Schönbrunn. Weil es ein herrlicher Tag war, schlenderte Eva entspannt durch die Nachbarschaft, anstatt den direkten Weg zu ihrer Wohnung im Stadtpalais zu wählen. Bei ihrem Spaziergang entdeckte sie einen kleinen Bauernmarkt. Eva kaufte einen Bund Gladiolen und erfreute sich an den herrlich pinken Blüten. Sie würden sich wundervoll auf ihrem Küchentisch machen. Ein frisches Blumenarrangement symbolisierte für Eva einen Sieg über das Chaos, das immer noch in ihrer Wohnung, aber auch in ihrem Herzen herrschte.

Sie fand einen Stand mit frischem Obst und Gemüse und tauchte in die Fülle der Farben ein. Der Geruch von frischem Basilikum stieg ihr in die Nase. Ein paar Schritte weiter verkaufte jemand Käse, Oliven, hausgemachte Chutneys und frisches Gebäck.

Vollbeladen mit einer braunen Tüte voll Leckereien, Gemüse und duftendem Brot machte sich Eva auf den Weg zum Stadtpalais.

Sie träumte von Ciabatta und Bruschetta anstelle von Junkfood und Take-away und einem netten Abend mit ihren Töchtern. Es war an der Zeit, ihr Leben wieder in ordentliche Bahnen zu lenken, den Kindern ein Vorbild zu sein und ihnen die liebevolle und wohlwollende Mutter von früher zurückzugeben. Vollends mit diesem Vorhaben beschäftigt, achtete sie nicht auf ihre Schritte.

Einen Augenblick später prallte sie gegen eine Gestalt und stürzte auf den Gehsteig. Evas Tasche flog durch die Luft und ihre Einkäufe verteilten sich auf dem Boden. Ihre Geldbörse, Schlüssel, Handy und der silberne Vibrator kullerten über den Asphalt.

Eva rappelte sich hoch und erblickte das Gesicht von Valentín Rodríguez. Er trug zwei riesige braune Kartons im Arm, die ihm die Sicht versperrt hatten.

Benis rumpelte über den Asphalt und gab brummende Geräusche von sich, die an eine wildgewordene Hummel erinnerten. Es war unmöglich, das Geräusch zu überhören. Carmen hatte darauf bestanden, dass die Verkäuferin den Vibrator gleich mit Batterien bestückte.

Entsetzt wanderte ihr Blick von Benis zum Gesicht ihres verhassten Nachbarn, der heute, wie sollte es auch anders sein, unverschämt gut aussah. Gott verschwendete Schönheit immer an die größten Ärsche.

Seine Mundwinkel zuckten verdächtig, während Eva einen Satz nach vorne tat, den Vibrator packte und ihn in ihre Tasche pfefferte, zusammen mit ihren übrigen Besitztümern. In rekordverdächtiger Geschwindigkeit packte Eva ihre Habe zusammen und lief davon, ohne Valentín noch einmal anzusehen. Die Genugtuung des Anblicks ihrer feuerroten Wangen wollte sie ihm nicht auch noch gönnen. Insgeheim verfluchte sie Carmen und die verdammte Wette, die ihr nichts als Ärger einbrachte.

Zehn Minuten später saß Eva in ihrem Schlafzimmer auf ihrem Bett. Ihr Puls raste und sie war hin- und hergerissen zwischen dem Bedürfnis zu weinen und dem Drang, hysterisch zu lachen. Ihr Leben war zu einer tragischen Satire verkommen. Es war zum Aus-der-Haut-Fahren. Vor ihrem geistigen Auge sah Eva die zuckenden Mundwinkel von Valentín Rodríguez und fühlte abermals den Zorn in sich auflodern. Wäre dieses Missgeschick jemand anderem widerfahren, würde Eva sich lachend am Boden wälzen, aber das war ja das gottverdammte Problem: Das Universum hatte sich gegen sie verschworen, anders konnte sie sich nicht erklären, warum immer nur ihr solche Dummheiten passierten.

Eva blickte auf die Uhr. Es würde noch dauern, bis ihre Töchter nach Hause kamen. Sophie war bei einer Freundin, um eine Präsentation vorzubereiten, und Lisbeth noch in der Schule.

Eigentlich hatte Eva ihren neuen Schrank einräumen wollen, doch nun starrte sie schon seit fünfzehn Minuten auf ihre Kleidung, ohne ins Tun zu kommen. Ihr stand nicht der Sinn danach, Pullover zu sortieren und Socken in Schubladen zu räumen. Sie wollte abschalten und vergessen. Eva langte in ihre Tasche und zog Benis hervor. Er blitzte im Sonnenlicht und sandte eindeutige Signale in ihre Richtung. Eva griff nach ihrem Handy und wählte eine Playlist aus. Eine von der erotischen Sorte. Ein trotziges Lächeln huschte über ihr Gesicht. Nun, da die ganze Welt wusste, dass sie einen Vibrator besaß, konnte sie ihn genauso gut ausprobieren. Eva drückte den Knopf und spürte die kraftvollen Vibrationen in ihrer Hand. Sie war bereit, ihn auf Wanderschaft zu schicken.

Dabei dachte sie an ihren Nachbarn, diesen unmöglichen Arsch. Gott, wie sie diesen Kerl verabscheute. Seine arrogante Art, der gelangweilte Blick. Wie sehr war ihr dieser Mann zuwider, auch wenn sie nicht leugnen konnte, dass sein kantiges Gesicht und sein trainierter Körper eine gewisse Anziehungskraft auf sie ausübten. Er bot genug Inspiration für schmutzige Gedanken.

Sie legte sich hin, lauschte der Musik, während Benis langsam tiefer glitt. Eva schob ihn zwischen ihre Beine und stöhnte leise auf. Sie stellte sich Valentíns Hände vor, die über ihre Haut glitten. Dachte an seine sinnlichen Lippen, die nie lächelten, und fragte sich, wie es wohl wäre, wenn sie ihren Körper erkunden würden. In ihrer Vorstellung beugte er sich über sie, sodass sie seinen heißen Atem fühlte. Da waren seine Haarspitzen, die sie kitzelten, und der Dreitagebart. Der Gedanke, wie er es ihr besorgte, brachte sie an den Rand des Wahnsinns.

Weil sie ihn so sehr hasste, fiel es Eva leicht, sich Dinge vorzustellen, die sie in einer Beziehung nie getan hatte. Seinen Kopf nach unten zu dirigieren, ihm Befehle zu erteilen, die sie im echten Leben nie und nimmer laut aussprechen würde.

Ihr Höhepunkt überrollte sie. Gott, was hatte sie in all den Jahren ihrer Ehe nur versäumt?

Mit einem schuldbewussten Grinsen ließ Eva Benis in ihrer Schublade verschwinden. Er war gekommen, um zu bleiben.

Der Nachteil an einer einsamen Nummer war, dass man im Anschluss niemanden hatte, an den man sich kuscheln und mit dem man sich unterhalten konnte.

Kapitel 15

Der Nächste bitte

»Hey, sorry, dass ich zu spät bin«, sagte Eva, als sie völlig außer Atem auf Carmen zusteuerte. »Ich bin dreimal daran vorbeigelaufen.«

Eva musterte das Lokal mit einem kritischen Blick. Eine unscheinbare kleine Hipsterbar mit Stencils an den Fassaden. Auf der Klapptafel davor stand mit Kreide geschrieben: *Vegane Biocurrywurst und Fritz Kola.*

»Bist du sicher, dass wir hier richtig sind?« Eva nahm das Plakat, das auf dem Eingang klebte, in Augenschein.

Jeden Donnerstag Speeddating. Beginn: 19 Uhr.

Augenblicklich war der Groschen gefallen und sie drehte sich schnaubend zu ihrer Freundin um.

»Du sagtest Running Sushi.«

»Nein. Ich sagte Running Muschi«, erwiderte Carmen grinsend. »Ich hab uns beide angemeldet.«

Weil Evas Gesicht langsam an Farbe verlor, legte Carmen ihr den Arm um die Schultern und schob sie ins Innere des Lokals.

»Ich wusste, dass du Panik kriegen würdest, deshalb sind wir eine Stunde früher hier. Dann können wir in Ruhe etwas trinken.«

Sie zwinkerte Eva zu. »Und ich meine nicht Fritz Kola.«

Zwei Hugo und eine vegane Bosna später war Eva zwar immer noch nicht happy, doch zumindest hatte sich ihre Panik in skeptische Erwartung gewandelt.

Die Bar war dunkel, das Mobiliar abgenutzt. Überall erblickte sie Brandlöcher und Kerben, die Spuren feuchtfröhlicher Party-nächte. An den Wänden klebten Bandplakate und Grafikposter und auf den Tischen standen Blumentöpfe, in denen Basilikum und Petersilie wuchsen, als schmückendes Beiwerk zu Salz und Pfeffer. Im Hintergrund lief Indie-Musik. Eva beobachtete die Kellner, die mit routinierten Bewegungen das Setting für das Speeddating aufbauten. Sie rückten die Tische auseinander und schufen kleine Inseln, an denen sich bald jeweils zwei Personen gegenüber sitzen sollten. Carmen, die bereits Erfahrung hatte, klärte Eva auf. Man plauderte fünf Minuten, danach wechsel-ten die Männer zum nächsten Tisch, während die Frauen sitzen blieben. Nach dreißig Minuten war das Spektakel vorüber. »Jeder bekommt einen Zettel, auf dem die Teilnehmer aufgelistet sind«, erklärte sie. »Du bewertest dein Gegenüber mit Ja oder Nein. Wenn beide Seiten Interesse bekunden, werden vom Organisator die Kontaktdaten ausgetauscht.«

Kurz vor sieben Uhr füllte sich das kleine Lokal. Eva und Car-men nahmen zusammen mit vier anderen Frauen ihre Plätze ein.

Rechts neben Eva saß eine Mitzwanzigerin mit Mireille-Mat-hieu-Gedächtnisfrisur und himbeerroten Lippen. Sie war eben-falls mit einer Freundin gekommen, einer fülligen Brünetten mit wilden Locken.

Trotz Hugos beharrlichem Zuflüstern hatte Eva von Anfang an ein schlechtes Gefühl bei der Sache. Sie fand die Vorstellung, auf Befehl mit Wildfremden quatschen zu müssen, unbehaglich.

Sie starrte auf ihre bordeauxroten Fingernägel, um sich die Peinlichkeit zu ersparen, die Männer vorab zu sondieren.

»Es geht los«, rief der Organisator und drückte auf eine Tisch-klingel.

Der Stuhl scharrte und der erste Bewerber setzte sich zu ihr.

Eva hob ihre Lider. Es war Antipathie auf den ersten Blick.

»Der Typ sieht aus wie ein Elvis-Imitator, der inkognito unterwegs ist«, dachte sie beim Anblick seiner Koteletten und des Zahnstochers, der zwischen seinen Lippen klemmte.

»Hey, wie geht's?«, fragte er lässig, ohne Carmen dabei aus den Augen zu lassen. Er konnte es nicht erwarten, an den Nachbartisch zu wechseln. Als ob Carmen sich für so einen Wicht hergeben würde. Eva lernte, wie verdammt lange sich fünf Minuten anfühlen konnten. In Ermangelung eines Gesprächsthemas arbeitete sie sich durch die Fragen, die auf der Rückseite der Teilnehmerliste abgedruckt waren.

»Was machst du beruflich?«

»Elektriker«, antwortete er einsilbig.

»Wie lange bist du schon Single?«

»Drei Wochen.«

»Wie definierst du Erfolg?«

Elvis zuckte die Achseln. Eva glaubte dennoch zu wissen, wie die Antwort lauten würde: Erfolg war, die Platinblonde vom Nachbartisch flachzulegen.

Das Glöckchen erklang und Eva war erleichtert, allerdings nur kurz, denn Kandidat Nummer zwei war auch nicht besser.

»Du hast da was Grünes zwischen den Zähnen.«

»Wirklich?«

Entsetzt fuhr Eva mit der Hand an den Mund, doch ihr Gegenüber lachte nur.

»Nein, alles gut. Ich wollte nur das Eis brechen. Ich hab manchmal einen etwas eigenwilligen Sinn für Humor«, sagte er und nippte an seinem Bier.

»Witzig«, erwiderte Eva, leckte aber sicherheitshalber mit der Zunge über ihre Schneidezähne. Mit einem leisen Seufzen ging sie zum Small Talk über. »Du kommst aus Wien? Ach, aus dem Waldviertel. Verstehe. Hast du besondere Hobbys? Kabarett?

Nein, ich habe keinen Lieblingswitz.« Dann erklang das Glöckchen und abermals scharrten die Stühle. Zehn Minuten waren vorbei und Eva hoffte inständig, dass die nächsten Kandidaten besser sein würden.

»Hi.« Ein massiger Mann ließ sich auf dem Holz-Klappstuhl nieder, der unter seinem Gewicht ächzte. Seine Arme waren mit zierlichen Tattoos übersät. Filigrane Weisheiten in Courier Alt. Wenigstes würde dieses Date nicht langweilig werden, der Herr hatte dankenswerterweise Lesestoff mitgebracht.

Fuck Patriarchat stand da und *schön wild.*

Eva schüttelte kaum merklich den Kopf.

Sie würde die Hipster wohl nie verstehen.

Arie hieß der Typ, seine Haare waren grau meliert und er trug einen üppigen Bart. Am besten gefiel Eva das winzige tätowierte Herz, das auf seinem Wangenknochen prangte wie ein Muttermal im Barock. Er war Schriftsteller und Redakteur eines Indie-Magazins. Das passte wie die Faust aufs Auge oder wie das Herzchen-Patch auf die Syphilis-Narbe, um im Barock zu bleiben.

Das nächste Nein.

Abermals erklang das Bimmeln, Stühle scharrten und Männer wechselten. Eva warf Carmen einen verstohlenen Blick zu.

Sie reckte die Daumen nach oben, um ihr zu verdeutlichen, dass ihr nächster Kandidat ein guter war. Eva kam nicht mehr zu einer Reaktion, denn Kandidat Nummer vier grinste sie bereits an.

Er sah gut aus, Marke Ricky Martin, möglicherweise mit ähnlicher sexueller Neigung. Doch Eva verwarf den Gedanken schnell wieder, immerhin war er bei einem Speeddating für Männer und Frauen. »Außer«, wisperte eine Stimme in ihrem Kopf, »es gab nicht genügend Bewerber und der schwule Bruder des Lokalbesitzers musste aushelfen.« Ob er wohl etwas dafür bekam? Eine kleine Aufwandsentschädigung fürs Schöne-Augen-Machen? Vielleicht verdiente er auch an jedem Match, wie ein Speed-dating-Callboy?

»Hmm?«

Erschrocken stellte Eva fest, dass ihr Gegenüber eine Frage gestellt hatte.

»Hast du schon Erfahrung?«

Eva entschlüpfte ein winziges Lachen.

Der sprach genauso wie Antonio Banderas als gestiefelter Kater. Das hatte schon etwas.

»Nein.« Sie schüttelte den Kopf. »Meine Freundin hat mich angemeldet. Die scharfe Blonde.« Carmen hörte es und schickte ihr eine Kusshand vom Nachbartisch.

Eva und Cruz führten Small Talk, wie es von ihnen erwartet wurde. Cruz war Spanier, lebte seit einigen Jahren in Wien und arbeitete als Tanzlehrer. Er fragte Eva, ob sie selbst tanze, was sie verneinte. Sie beteuerte, der untalentierteste Mensch auf Gottes Erdboden zu sein. Sie und Ben hatten sogar ihren Hochzeitstanz ausfallen lassen, so verhasst war ihnen beiden das exponierte Schautanzen gewesen, doch diese Anekdote behielt sie für sich.

»Perfekt«, schnurrte Cruz. »Ich liebe Herausforderungen.«

Beim nächsten Klingeln markierte Eva verstohlen ein Ja auf ihrer Karte. Beziehungspotenzial sah sie keines, doch möglicherweise brachte Kater Cruz die Pussy zum Schnurren.

Gott, waren das ihre Gedanken gewesen?

Eva schüttelte den Kopf, um ihre Flausen zu vertreiben. Sie verbrachte eindeutig zu viel Zeit mit Carmen.

Kandidat Nummer fünf war nett. Mehr gab es dazu nicht zu sagen. Er war weder ihr Typ noch sonderlich interessant. Ihre gemeinsame Zeit plätscherte dahin und Eva bemühte sich, nicht zu gähnen. Dann wartete noch ein letzter Wechsel, ehe sie einen Haken unter diese Episode setzen und es als weitere leidige Erfahrung verbuchen konnte. Der großen Liebe hatte es sie jedenfalls kein Stückchen nähergebracht.

Plötzlich tauchte ein bekanntes Gesicht vor ihr auf.

Armin, der Fußballtrainer von Sophie. Eva war überrascht und gleichzeitig peinlich berührt, ihn hier zu sehen.

»Damit hätte ich jetzt nicht gerechnet«, sagte Armin und prostete ihr zu. »Bei dir müssen doch die Kerle Schlange stehen.«

»Ja, was soll ich sagen, ich bin heiß begehrt«, antwortete Eva. »Vor dir waren tatsächlich schon fünf andere Typen an meinem Tisch.«

Armin lachte und Eva wurde lockerer. Die Anspannung, die sie bei ihren vorherigen Datingpartnern gespürt hatte, verflog. Sie führten ein zwangloses Gespräch und Armin erheiterte Eva mit Anekdoten aus dem Fußballtraineralltag. Sie empfand seine Gesellschaft als durchaus angenehm, auch wenn keine romantischen Funken übersprangen.

Dennoch war er mit Abstand der vielversprechendste Kandidat.

»Ich hoffe, du kreuzt Ja an«, sagte Armin mit leisem Spott. »Sonst könnte es beim nächsten Training peinlich werden.«

Eva schmunzelte. »Willst du mich unter Druck setzen?«

Armin riss die Hände hoch, wie ein Spieler nach einem Foul im gegnerischen Strafraum. »Niemals«, sagte er betont unschuldig. »Obwohl wir bald die neuen Trikots bekommen. Falls du willst, dass Sophie ihres eher kriegt, lass es mich wissen.« Er zwinkerte ihr verschwörerisch zu. »Du weißt ja, eine Hand wäscht die andere.«

Dann erklang zum letzten Mal das Glöckchen.

Der Kellner sammelte ihre Bewertungen ein und erklärte ihnen den weiteren Ablauf. Bei beidseitigem Interesse würden in den nächsten Tagen E-Mails mit den Kontaktdaten ausgeschickt werden. Wer noch Lust und Laune verspürte, könne den Abend gemeinsam ausklingen lassen.

Das taten Eva und Carmen in Gesellschaft von Armin und Cruz. Sie waren eine bunt zusammengewürfelte Truppe, dennoch wurde es ein erstaunlich lustiger Abend. Eva, Carmen und Cruz schlürften Cocktails, Armin Bier, und das in beeindruckendem Tempo.

Obwohl Eva keine Schmetterlinge im Bauch verspürte, weckte Armins witzige Art ihr Interesse. Sie ergänzten sich erstaunlich gut, er machte ihr Komplimente und Eva sog diese auf. Es war ein schönes Gefühl, nach all den Jahren wieder als Frau wahrgenommen zu werden.

Auch zwischen Cruz und Carmen stimmte die Chemie. Die beiden flirteten heftig. Die Luft zwischen ihnen brannte förmlich. Manchmal beneidete Eva ihre Freundin um deren unbedarften Umgang mit ihrer Sexualität. Sie wusste, was ihr gefiel, und hatte keine Hemmungen, das einzufordern. Carmen wandte sich Cruz zu, überschlug die Beine und gewährte ihm einen kurzen Einblick, was Eva an Basic Instinct denken ließ.

Als sich die Gruppe auflöste, zog Armin Eva ein Stück beiseite und fragte: »Wollen wir morgen Abend etwas zusammen unternehmen?« Eingelullt von der Leichtigkeit des Augenblicks nickte Eva. Sie verabschiedeten sich mit der Gewissheit, einander in weniger als 24 Stunden wiederzusehen. Nach der stocksteifen Verabredung mit MrRight erschien Eva die Sache herrlich unkompliziert.

»Man muss alles kosten, ehe man weiß, ob es schmeckt«, hatte sie erst gestern ihren Töchtern vorgepredigt, als sie ihre kalte Gurkensuppe verweigert hatten. Vielleicht traf diese Aussage auch auf Armin zu?

Kapitel 16

Rote Karte

Eva amtete tief ein und aus. Dabei schüttelte sie ihre Hände, um den innerlichen Stress loszuwerden. Der Tag hatte es in sich gehabt. Sie hatte bis dreizehn Uhr Scheidungsanträge bearbeitet, danach mit ihren Kindern zu Mittag gegessen, Frittatensuppe und Palatschinken, weil das in einem Aufwasch ging. Im Anschluss hatte sie Sophie Englisch-Vokabeln abgefragt und sich mit Lisbeth durch Bruchgleichungen gequält. Jetzt waren ihre Töchter bei den Großeltern und Eva mit Armin verabredet, aber diese Info hatte sie Sophie vorerst verschwiegen. Eva warf einen letzten prüfenden Blick in den Spiegel, als es unten an der Haustür klingelte.

Pünktlich um sechs stand Armin parat, um sie abzuholen. Er war sichtlich beeindruckt von der historischen Fassade des Palais, dann wanderte sein Blick zu Eva und er zog die Augenbrauen zusammen. Die Reaktion irritierte Eva, sie hatte ihr geblümtes Maxikleid recht hübsch gefunden. Weil Armin ihr nicht gesagt hatte, was er mit ihr unternehmen wollte, hatte sie sich für diesen Allrounder entschieden.

»Ich glaub nicht, dass du dich in dem Fetzen gut bewegen kannst«, sagte er und betrachtete den zarten Chiffonstoff skeptisch. Was er so lapidar als Fetzen verunglimpfte, hatte bei P&C zweihundert Euro gekostet. Eva biss sich auf die Lippen und schluckte den schnippischen Kommentar hinunter, der ihr auf der Zunge lag. Stattdessen deutete sie auf ihre Espadrilles und murmelte: »Täusch dich nicht, ich bin schon in viel ärgeren Outfits einen Marathon gelaufen.«

Das war freilich gelogen, aber Eva verspürte plötzlich das Bedürfnis, ihre lässige Seite zu betonen. Sie setzten sich in Bewegung und so mancher Passant musterte sie mit schiefem Blick. Eva sah in ihrem flatternden Sommerkleid und der großen Sonnenbrille ungleich schicker aus als der Typ neben ihr in Cargoshorts und Zipperweste. Befangenheit hatte sich zwischen sie geschlichen und die entspannte Atmosphäre des gestrigen Abends war wie weggeblasen.

»Also, was machen wir?«, fragte Eva, als sie auf die U-Bahn-Station Hietzing zusteuerten. Die Vorstellung, zum ersten Date gemeinsam mit den Öffis anzureisen, fand sie ein wenig befremdlich. Doch Armin stoppte und deutete auf den Fahrradstellplatz davor, wo man City-Bikes ausleihen konnte.

»Ich dachte mir, wir machen eine Fahrradtour.«

»Wie nett!« Das war es auch, allerdings hätte er Eva vorher davon erzählen sollen, dann hätte sie nämlich ein anderes Outfit gewählt.

Kurze Zeit später radelten sie am Ufer des Wienflusses entlang. In der Mitte floss ein Rinnsal in ein gepflastertes Becken. Daneben befand sich ein asphaltierter Weg, eingefasst von einer Backsteinwand, die mit Efeu und Graffiti bedeckt war.

Der Ausflug hätte schön sein können, das Wetter war herrlich und Eva genoss den Wind im Haar und die Sonne auf ihrem Gesicht, allerdings hätten flache Schuhe, Jeans, T-Shirt und ein Pferdeschwanz den Spaßfaktor deutlich erhöht. Immer wieder musste sie am Ausschnitt ihres Kleides nesteln, um keinen Busenblitzer zu riskieren.

Gelegentlich tauschten sie und Armin ein Lächeln aus, aber

Eva spürte, dass das mit ihnen nichts werden konnte. Diese Ahnung wurde zur Gewissheit, als Eva nach sechzig Minuten aufhören wollte, Armin sie aber nötigte, noch dreißig weitere durchzuhalten.

Als sie endlich vom Drahtesel stiegen, befanden sie sich in einer ganz anderen Ecke Wiens, in einer Querstraße zum Gürtel. Evas Hinterteil schmerzte und sie war überzeugt, jeden gottverdammten Radweg dieser Stadt abgefahren zu sein. Zwar war ihr schleierhaft, warum sie ausgerechnet in dieser nichtssagenden Gegend ihre Tour beendeten, doch Armin löste das Rätsel, indem er verkündete: »Ich wohne ein paar Straßen weiter.«

Gemeinsam steuerten sie auf ein Lokal zu. Eine schmucklose Bar im Erdgeschoss eines farblosen Wohnhauses. Es trug den glanzlosen Namen »Wirt am Eck« und lockte mit honiggoldenen Holzmöbeln, vergilbter Wandvertäfelung und Bierdeckeln auf den Tischen.

Eine Handvoll Kerle saß am Tresen, die Blicke gebannt auf einen Plasmabildschirm gerichtet, wo ein Fußballspiel übertragen wurde. Sie grüßten Armin wie einen alten Bekannten, prosteten ihm zu und widmeten sich dann wieder dem Spiel. Eva folgte Armin zu einem Tisch mit Blick auf den Fernseher. Gerade lief das österreichische Nationalteam zum EM-Qualifikationsmatch gegen Schweden ein.

Die Bedienung kam und strahlte Armin an wie ein Groupie den Popstar, dann wandte sie sich Eva zu und ihr Strahlen verebbte.

Armin grüßte sie mit einem vertrauten »Servus Peppi!«.

Bei der Angesprochenen handelte es sich um eine rundliche Frau mittleren Alters in einem schwarzen Jersey-Shirt mit Strassapplikationen. Sie trug ihre Kellnerinnenbörse in einer Art Holster am Oberschenkel und sah damit aus wie eine übergewichtige Lara Croft.

Peppi beugte sich vor, damit Armin einen Blick in ihren Ausschnitt werfen konnte, und flötete: »Servus Armin. Wie immer?« Er nickte und schälte sich aus seiner Weste, unter der ein rotes Fußballtrikot zum Vorschein kam.

Bald standen ein großes Bier, ein Schälchen Nüsse und ein weißer Spritzer vor ihnen. Letzteres war die einzig akzeptable Alternative zu Bier, hatte Armin ihr erklärt, als Eva einen Blick in die Karte werfen wollte. »Nur Schwuchteln trinken Cocktails«, ätzte er und imitierte Cruz' Akzent. Er prostete ihr zu, trank einen ordentlichen Schluck und stopfte sich eine Handvoll Erdnüsse in den Mund. Eva war schockiert von der saloppen Homophobie, die er an den Tag legte.

»Magst einen Käsetoast oder Frankfurter?«, fragte Armin. Als Eva verneinte, zuckte er mit den Achseln und bestellte sich eine Gulaschsuppe. In Eva wuchs das Verlangen, aufzustehen und zu gehen.

Während er aß, vertiefte er sich in das Match und antwortete nur noch einsilbig auf Evas Fragen. Sogar eine Fleischfliege krabbelte über seine Hand, ohne dass er es bemerkte. Und dass, obwohl ein Fliegenköder in Form eines Marienkäfers auf der Glasscheibe klebte, der dem Geschmeiß den Garaus machen sollte. Plötzlich erschien Eva das Date mit MrRight nicht mehr ganz so grauenhaft. Zumindest war dort das Essen gut gewesen und David hatte die Höflichkeit besessen, ihr beim Sprechen in die Augen zu sehen.

Eva fühlte eine Mischung aus Langeweile und Enttäuschung. Sie fischte nach ihrem Handy und textete Carmen.

SOS! Horrordate! Fußball, Bier, Proletentum.

Carmens Antwort kam postwendend. Sie schickte Eva ein GIF mit einer Katze, die genüsslich ihre Pfoten leckte. Eva wusste sofort, in wessen Gesellschaft sie sich befand.

Sie schnaubte und wandte sich wieder Armin zu.

»Ist der deppert?«, brüllte der gerade den Fernseher an. »Hat der Schiedsrichter was auf den Augen? Das war a Schwalbe, du Sautrottel!«

Eva fühlte sich auf unangenehme Weise in ihre Jugend zurückversetzt. Ihr Vater war ein glühender Rapidfan gewesen. Bei jedem Spiel hatte er sich einen grün-weißen Schal umgehängt und für die nächsten Stunden die Wohnzimmercouch nicht mehr verlassen. Dann hatte sie Ben kennengelernt und eine seiner besseren Eigenschaften war, dass er dem runden Leder rein gar nichts abgewinnen konnte.

Das restliche Date verlief schweigend, von Jubelgeschrei und Ausrufen der Empörung abgesehen. Kurz vor Ende der zweiten Halbzeit wurde einem Schweden die Rote Karte gezeigt und einem Elfer stattgegeben. Das wusste Eva, weil Armin ihr auf die Schulter klopfte und sie aufforderte, hinzusehen.

Lustlos beobachtete sie den Stürmer, der auf den Ball zuhielt und ihn ins Kreuzeck versenkte. Im Freudentaumel sprang Armin auf und kippte das Bier um, geradewegs in Evas Schoß. Er murmelte eine halbherzige Entschuldigung, ohne jedoch die Augen vom Bildschirm abzuwenden. Wütend erhob sich Eva und rauschte in Richtung der Damentoilette davon. Sie hörte gerade noch, wie die Kellnerin sagte: »Was für eine Tussi.«

Eva stand vor dem Spiegel der Damentoilette. Ihre Frisur war vom Fahrtwind zerzaust und das Kleid versaut. Nachdem sie erfolglos versucht hatte, den Fleck mit einem Papiertaschentuch trocken zu reiben, fasste sie einen Entschluss. Sie würde nicht länger auf diesem schrecklichen Date bleiben. Sie hatte genug!

Als Eva vom Waschraum zurückkehrte, war Armins Platz leer. Er stand an der Bar neben den anderen Kerlen, wo sie dem Interview des Trainers lauschten und grölende Laute ausstießen.

Eine weitere Runde Bier stand vor ihnen.

»Armin?«

»Pssst!«

Er wedelte mit der Hand vor ihrem Gesicht.

Nun reichte es Eva endgültig. Sie schnappte sich ihre Tasche und ging, schneller als Armin das Wort »Abseitsfalle« aussprechen konnte. Es war eine Sache, ein Date unprätentiös zu gestalten, doch Respektlosigkeit war etwas, das Eva niemals hinnehmen würde.

Auf dem Heimweg spazierte sie durch einen kleinen Park. Die Sonne war bereits untergegangen und der Himmel glühte im Abendrot. Die Wolken waren rosa eingefärbt und erinnerten an Zuckerwatte. Das war mit Abstand das grauenhafteste Date ihres Lebens gewesen und das musste sie erst einmal verarbeiten. Das ging am besten mit einem süßen Trostpflaster.

Eva leckte an ihrem Eis, das sie sich bei einem Straßencafé gegönnt hatte, und dachte darüber nach, wie unterschiedlich ihre letzten Verabredungen gewesen waren. David war zu steif und Armin zu unverschämt gewesen. Doch gab es überhaupt jemanden, der zu ihr passte? Wo war der Mann, der ihr Herz zum Schmelzen bringen würde?

Eva setzte sich auf eine Parkbank. Sie hörte Gelächter und leise Musik und plötzlich überkam sie eine Welle der Sehnsucht. Wie gern würde sie diesen Augenblick mit jemandem teilen. Eva liebte ihre Töchter abgöttisch und lange Zeit waren sie ihr genug gewesen. Wenn Ben spätnachts nach Hause gekommen war, hatte die bedingungslose Liebe zu ihren Kindern Eva getröstet. Doch mittlerweile spielten deren Freunde die erste Geige und Eva fühlte sich einsam. Sie wünschte sich eine Schulter zum Anlehnen, so sehr, dass es schmerzte.

Just in diesem Augenblick vibrierte es in Evas Tasche. Eine

Nachricht von Armin. »Tut mir leid, aber ich glaub nicht, dass das mit uns funktionieren wird. Ich brauche eine lockere Frau und keine Prinzessin.«

Eva klappte der Mund auf.

Ohne auf seine Nachricht zu antworten, löschte sie seine Nummer. Was für ein Arsch. Sie starrte auf das Eis in ihrer Hand, die klebrige Süße erschien ihr plötzlich unerträglich. Eva warf es in den Mülleimer, stellvertretend für Armin. Der Typ konnte ihr gestohlen bleiben.

Zurück im Stadtpalais ging Eva durch das Treppenhaus. Über ihr flackerte die Beleuchtung, fiel kurz aus, sprang wieder an, nur um kurz darauf erneut zu flackern. Das war der Nachteil an alten Gemäuern, die Leitungen waren allesamt desolat. Sie schloss die Tür und trat in ihr Vorzimmer. Dabei blätterte sie durch einen Stapel Briefe, den sie im Vorbeigehen aus dem Postkasten gefischt hatte. Evas Post war der Inbegriff von Langeweile und ein Spiegelbild ihres Lebens.

Den Großteil bildeten Rechnungen, eine leidige Bürde, die das Erwachsenenleben mit sich brachte. Sie ging in die Küche und zog ein Messer aus der Lade, um die Kuverts zu öffnen. Das erste enthielt ein Infoschreiben ihrer privaten Altersvorsorge. Der Sollbetrag bewegte sich im überschaubaren Bereich, allerdings blieben ihr noch wenigstens zwanzig Jahre, um diesen Fonds zu befüllen. Eva ächzte, als ihr ein Brief ihrer Frauenärztin in die Hände fiel. Eine Erinnerung an den jährlichen Check-up. In lockerem Ton verfasst, legte ihr das Schreiben nahe, an eine Mammografie zu denken und sich mit dem Thema Wechseljahre zu beschäftigen.

Ab vierzig können sich erste Veränderungen in deinen Hormonhaushalt einschleichen, stand da, gepaart mit der Info, dass sie ihren Hormonstatus gern in der Praxis bestimmen lassen könne. Wie umsichtig. Das war genau die Art von sexy Würze, die sie sich in ihrem Leben wünschte. Pensionsvorsorge und der Hinweis, dass ihre Vulva einem natürlichen Alterungsprozess unterworfen war.

Eva hielt überrascht inne.

Ein unauffälliges Kuvert hatte sich unter die anderen geschummelt. Ein Brief ohne Absender. Eva riss den Umschlag auf und zog eine Karte hervor. Mattschwarzes festes Papier mit einer weißen Schleife umhüllt, was sie an Chanel erinnerte. Es roch auch danach, so als hätte jemand einen Spritzer *Gabrielle* darauf verteilt.

Darin befand sich ein Gutschein für eine Yoni-Massage.

Befreie die Venus in dir, stand in weißen Lettern auf dem dunklen Untergrund. Auch ohne Begleitschreiben wusste Eva, wem sie dieses schlüpfrige Geschenk verdankte.

»Marina«, murmelte sie und schüttelte den Kopf, hin- und hergerissen zwischen Amüsement und Verärgerung.

Eva holte die Reste der Lasagne, die sie gestern für sich und die Kinder gemacht hatte, aus dem Kühlschrank und stellte sie in den Ofen. Während sie darauf wartete, dass das Essen warm wurde, schenkte sie sich ein Glas Rotwein ein und griff nach ihrem Handy und wählte eine Nummer. Es klingelte geraume Zeit. Als Eva bereits auflegen wollte, meldete sich Marina.

»Ich wollte mich für dein großzügiges Geschenk bedanken«, sagte sie, nicht ohne Ironie.

»Ich weiß nicht, wovon du redest«, konterte Marina im gleichen Tonfall. »Aber vertrau mir, wenn ich dir sage, dass du es lieben wirst.« Eva zog die Augenbrauen hoch. Eine Geste, die Marina natürlich nicht sah. Sie murmelte: »Und du weißt das aus eigener Erfahrung, nehme ich an?«

»Natürlich!« Diese Antwort kam wie aus der Pistole geschossen. Eva klappte die Kinnlade hinunter, als Marina ihr von den

Paarmassagen erzählte, die sie und Winzi senior dort gelegentlich genossen.

»Es ist der ultimative Orgasmus auf tantrischer Ebene«, schwärmte sie und es klang, als würde sie sich dabei selbst umarmen. »Du wolltest doch an deiner Spiritualität arbeiten. Das ist der Weg!«

»Wenn du das sagst.«

Sie plauderten noch ein paar Minuten, Eva berichtete ihr von dem ernüchternden Date, danach legte sie auf und schwang sich unter die Dusche, um den Biergeruch von ihrem Körper zu waschen, gemeinsam mit der Erinnerung an diesen furchtbaren Abend.

Während sie die Lasagne aß, sinnierte Eva über Marinas Geschenk. Winzi senior war Evas männliches Pendant, brav, angepasst und unauffällig. Die Vorstellung, dass er und Marina auszogen, um sich in lustvolle Sphären streicheln zu lassen, sprengte eindeutig die Grenzen ihrer Vorstellungskraft.

Konnte es sein, dass sie der einzige Mensch war, der noch nie etwas Außergewöhnliches ausprobiert hatte? Vor ihr lag die schwarze Karte, wie eine Einladung in eine verbotene Welt. So musste sich Neo gefühlt haben, als Morpheus ihm eine rote und eine blaue Pille angeboten hatte. Diesen Termin zu ignorieren, bedeutete, die blaue Pille zu schlucken und die Realität mit all ihrer Langeweile anzunehmen. Doch der Grund für ihre Wette mit Carmen war ja gewesen, die leidige Komfortzone zu verlassen und etwas Neues auszuprobieren. Es würde also die rote Pille werden oder in ihrem Fall: der schwarze Umschlag.

Eva griff nach dem Laptop und verfasste eine dritte Nachricht an Endgegner. Darin schilderte sie ihm ihr frustrierendes Date. Plötzlich fuhr Eva aus ihren Gedanken hoch und lauschte.

Ein Klopfen ertönte.

Eva ging zur Wohnungstür und öffnete. Im Flur stand eine hübsche fremde Frau, die eine Flasche Wein in der einen und ein Bündel Karotten in der anderen Hand hielt. Bei Evas Anblick huschte ein irritierter Ausdruck über ihr Gesicht.

»Oh!«, sagte die Fremde. »Das ist wohl nicht Valentíns Wohnung?« Ihr Blick wanderte an Eva hinab, die in einem Kaschmir-Hausanzug und Kuschelsocken dastand, das feuchte Haar hochgesteckt. Eva schüttelte den Kopf und deutete auf die andere Seite des Ganges, wo Valentín im Türrahmen erschien.

Sein Blick fiel auf seinen Gast und ein breites Grinsen stahl sich in sein Gesicht. Es war wie ein Lichtstrahl, der seine düstere Miene aufhellte. Das störte Eva gewaltig. Nicht das Lächeln an sich, sondern dass es einer Frau galt, die in Jeans einen bewundernswerten Knackarsch hatte.

»Sorry!«, murmelte die Fremde.

»Kein Problem«, antwortete Eva. »Jeder kann sich mal an der Tür irren.« Die Frau nickte, wandte sich ab und warf sich in Valentíns Arme. Während er sie fest an sich zog, trafen sich Evas und Valentíns Blicke. Sie wusste genau, dass er ihre Anspielung verstanden hatte. Voller Genugtuung über ihre verbale Spitzfindigkeit schloss Eva die Tür und sonnte sich im Licht ihrer Schlagfertigkeit. Für gewöhnlich fielen ihr solche Kommentare immer erst dann ein, wenn der andere die Bühne längst verlassen hatte.

Ein ungewöhnlich schrilles Frauenlachen drang an ihr Ohr, das mit Leichtigkeit zwei Holzwände und den Gang überwand. Würde sie sich an dieses Geräusch gewöhnen müssen?

Die Vorstellung, dass Valentín Rodríguez eine Freundin hatte, missfiel ihr gewaltig.

Kapitel 17

Vom Teufel besessen

Der erste Schritt war getan, Eva hatte sich für das Wintersemester inskribiert. In wenigen Wochen würde sie still und heimlich ihr Wirtschaft-und-Recht-Studium wieder aufnehmen. Ein berufsbegleitender Fernlehrgang. Nach der Geburt ihrer Töchter hatte sie ihre beruflichen Ambitionen hintangestellt, um sich auf ihre Rolle als Ehefrau und Mutter zu konzentrieren. Eva war zufrieden gewesen, hatte das Feuer erloschen geglaubt, doch irgendwo tief in ihrem Inneren hatte die Glut weiter geglommen. Nun war sie im Begriff, heller denn je aufzulodern. Neben Carmen und Marina wussten nur zwei Menschen von ihren Ambitionen, Lisbeth und Sophie. Letztlich waren es ihre Töchter gewesen, die Eva bestärkt hatten, diesen Traum endlich in Angriff zu nehmen.

Eva visierte den Schottenring an, wo sie mit Marina verabredet war. Sie musste sich auf die Zunge beißen, um ihrer Freundin die Neuigkeiten nicht von Weitem entgegenzubrüllen.

»Ciao Bellezza!«, rief Marina, sowie Eva in ihrem Blickfeld auftauchte. »Hast du es getan?«

Eva nickte und Marina fiel ihr kreischend um den Hals. »Fantastico! Das müssen wir nach der Behandlung feiern!«

Ein Waxingtermin, zu dem ihre Freundinnen sie überredet hatten, stand heute an. Ein weiterer Punkt auf ihrer Liste.

»Busch trägt schon lange keiner mehr«, hatte Carmen erörtert. Daraufhin hatte sich Marina bereit erklärt, Eva zur Rupferin ihres

Vertrauens mitzunehmen. »Dort bekommt längst nicht jede einen Termin«, hatte sie gesagt und sich aufgeführt wie ein Mafiapate, der Gefälligkeiten verteilte.

Sie gingen den Schottenring entlang, eine schicke Ecke Wiens, in der Tradition auf Luxus traf. Bimmelnde Straßenbahnen rumpelten an ihnen vorüber und wohin man auch blickte, sah man Touristengruppen und quirliges Treiben. So mancher Kopf verrenkte sich nach ihnen und Eva genoss die Aufmerksamkeit. »Vielleicht hatte Armin ja recht«, dachte sie trotzig und ging besonders aufrecht, damit ihr imaginäres Krönchen nicht verrutschte.

Sie trug einen cremefarbenen Trenchcoat, eine übergroße Sonnenbrille und Reiterstiefel. Marina präsentierte sich von Kopf bis Fuß in Schwarz, der einzige Farbtupfer war ein karierter Burberry-Schal, den sie um ihre Schultern geschlungen hatte.

»Wir sind da«, rief Marina und deutete auf ein imposantes Gebäude. Lediglich ein winziges Schild an der Tür verriet, was sich im dritten Stockwerk verbarg. Diese Diskretion war kaum verwunderlich, immerhin hatte die italienische Mafia bei der Terminvergabe ihre Finger im Spiel. *Beauty Haven* war in schnörkelloser Serifenschrift auf die goldene Platte graviert. Kitsch war billig, Understatement teuer und diese Aufmachung versprach eine kostspielige Dienstleistung.

»Wenn du dich erst einmal daran gewöhnt hast, willst du es nie wieder anders haben«, erklärte Marina enthusiastisch. »Es ist die Instantlösung, um sich sexy zu fühlen.«

Eva konnte eine gewisse Neugier nicht leugnen. Mehr Sexappeal klang durchaus verlockend.

»Nach dir«, sagte Marina und zog die Tür auf.

Das in Weiß und Cremetönen gehaltene Studio punktete mit

Minimalismus, ganz im Gegensatz zu den Damen, die dort beschäftigt waren. Die fühlten sich eindeutig dem Maximalismus verpflichtet. Aufgespritzte Lippen, zierliche Figuren und Wimpern, die beim Blinzeln wie Schmetterlingsflügel flatterten.

Sie erinnerten Eva an Isabell. Junge Venusfallen, die von Reichtum und Luxus träumten, während sie einer liquiden Käuferschaft die Fingernägel manikürten, Schamhaare ausrupften und Körper in Frischhaltefolie einwickelten. Hinter jeder Kundin verbarg sich ein potenzieller Gönner.

Eva machte es sich im Wartezimmer in einem bequemen Ledersessel gemütlich und dachte über diesen Vergleich nach.

Ja, sie war ungerecht, doch die Kränkung wegen Isabell saß immer noch tief. Und wenigstens auf diese traf das Klischee zu. Sie war eine Tretmine gewesen, getarnt als hübsches Dummchen, und Ben war in die Falle getappt. Danach war ihnen ihr aller Leben mit einem Knall um die Ohren geflogen.

»Hallo? Frau Schneider? Darf ich bitten?«

Ertappt kehrte Eva in die Wirklichkeit zurück und wandte sich Olga, der Kosmetikerin, zu. Sie lächelte liebenswürdig und Eva erwiderte ihre Freundlichkeit. Sie hatte nichts mehr zu verlieren, längst hatte eine andere Venusfalle die Fliege verschluckt, die einmal ihr Ehemann gewesen war.

Eva folgte Olga in eines der Behandlungszimmer. Marina blieb im Wartezimmer, sie war als Nächstes an der Reihe.

Nachdem Olga ihr mehrere Frisurenvorschläge gezeigt hatte, entschied sich Eva für den American Cut, bei dem ein kleines Dreieck stehen blieb. Die Kosmetikerin forderte sie auf, sich untenrum freizumachen. Eva beschlich das gleiche Unbehagen, das sie auch von ihren Gynäkologen-Terminen her kannte, doch die Professionalität, mit der die Waxinglady zur Tat schritt, ließ sie ihre Hemmungen vergessen.

Eva streckte sich auf der Liege aus und spreizte die Beine. Olga trug das Wachs auf. Es war angenehm warm auf der Haut. Auch das Anbringen der Vliesstreifen war keine große Sache, dafür aber das Abreißen danach.

»Heilige Scheiße!«, hauchte Eva und blinzelte die Tränen fort, die ihr in die Augen gestiegen waren.

»Es wird mit jedem Mal weniger schlimm«, säuselte Olga, während sie sich bereit machte, um den nächsten Streifen abzureißen. Sie lächelte, allerdings war sich Eva nicht sicher, ob aufmunternd oder sadistisch.

Als Marina und Eva ein Gläschen Sekt später das Kosmetikstudio verließen, hatten sie Busch gegen Kahlschlag getauscht. »So nackt war ich das letzte Mal vor dreißig Jahren«, raunte Eva. Marina grinste verschwörerisch. »Willkommen im Club!«

Ein weiterer pikanter Termin befand sich auf ihrer Agenda: Dessous-Shopping. Sie brachen auf zu einem Einkaufszentrum in der Kärntner Straße, wo sich ein Lingeriestore befand. Es war höchste Zeit, die bequemen Schlüpfer gegen etwas Aufreizenderes zu tauschen, das zu Evas neuer Intimfrisur passte.

Eva schnappte sich ein Körbchen und schlenderte durch die Reihen. Ein Meer aus Spitze, Satin und Chiffon wogte ihr entgegen und sie wurde schnell fündig. Ein roséfarbener BH und das dazu passende Höschen, die durch und durch ihrem Charakter entsprachen. Auf einer Erotikskala von eins bis zehn war die neue Unterwäsche höchstens eine Zwei, gerade einmal eine Stufe über Sloggi und Formunterwäsche.

Plötzlich hielt Eva inne und starrte auf eine schwarze Korsage, die eine der Modepuppen trug. Das Ding war praktisch durchsichtig, abgesehen von den schwarzen Satinstreifen, die auf subtile Weise an Bondage erinnerten.

Eva warf einen verstohlenen Blick über die Schulter, doch alle

Anwesenden waren mit sich selbst beschäftigt. »Jetzt entspann dich mal!«, sprach sie sich Mut zu. Du willst das Teil nicht stehlen, sondern anprobieren. Mit betont gelassener Miene trat Eva zu dem Tisch neben dem Mannequin, wo verschiedene Größen lagen. Sie suchte nach der ihren und steuerte auf die Umkleidekabinen zu. Einen Versuch war es wert.

Eva entkleidete sich im warmen Licht der Kabine und schlüpfte in die Korsage. Sie passte wie angegossen. Die Cups hoben ihre Brüste und ließen sie voller erscheinen. Ihre Brustwarzen schimmerten rosa durch den zarten Stoff hindurch, subtil und doch weit erotischer als alles, was sie jemals zuvor getragen hatte.

Die Korsage zauberte eine verführerische Figur und setzte Evas Kurven in Szene. Nur der graue Baumwollslip passte nicht ins Bild. Er schuf eine absurde Kombination aus Femme fatale und Großmutti.

Eva streifte kurzerhand ihr eigenes Höschen ab und tauschte es gegen den passenden Slip und Strumpfhalter. Ihre glatte Vulva schimmerte durch die Spitze, ein Anblick, der Eva gefiel. Sie bewegte sich im Takt der leisen Musik, die aus den Boxen drang. Ihre Hände glitten über ihren Körper, streichelten ihre Nippel und wanderten tiefer bis zu ihren Hüften. Eva fühlte die Haptik der Spitze, die Häkchen der Korsage und die Schnürungen unter ihren Fingerkuppen. Sie fand sich sexy und verrucht. Sie beobachtete die Frau im Spiegel, die lasziv und verführerisch tanzte. Ihre Hand wanderte tiefer, tauchte ein in die feuchte, warme Höhle, dabei entwich ihren Lippen ein gedämpftes Keuchen.

»Alles in Ordnung bei Ihnen?«

Als hätte man die Nadel von einer Schallplatte gezogen, verebbte Evas Trance. »Äh, ja. Danke«, stammelte sie verlegen. »Die schwarze Korsage passt. Ich nehme sie.«

»Schön«, erwiderte die Frau in fröhlichem Singsang. »Wir

haben sie auch noch in Rot. Soll ich sie Ihnen bringen?«

»Bitte!« Eva nannte ihre Maße, nur damit die Verkäuferin verschwand. Schnell schlüpfte sie aus dem Textil, pfefferte es in eine Ecke und zerrte stattdessen den Baumwollschlüpfer über ihren Hintern. Eva linste misstrauisch auf die Reizwäsche, die unschuldig vor ihr lag, doch der Schein trog. Dieses Ding war vom Teufel besessen, anders konnte sich Eva nicht erklären, was eben passiert war. Außer, und dieser Gedanke war noch schlimmer, dieser lüsterne Dämon schlummerte seit jeher in ihr. Hatte sie ihn versehentlich aus seinem Dornröschenschlaf geweckt?

Als die Verkäuferin zurückkehrte, trat Eva vollständig angekleidet aus der Kabine. »Danke, ich nehme beide Korsagen«, sagte sie. Eva hatte ein schlechtes Gewissen wegen ihrer Entgleisung und war bereit, dafür Strafzahlungen zu leisten.

Das Chilirot sah nicht minder scharf aus und bettelte förmlich danach, nicht von seinem schwarzen Zwilling getrennt zu werden. Und wer war sie schon, Familienbande zu kappen?

Eva ging in Richtung Kasse. Sie beobachtete die Verkäuferin, wie sie Stück für Stück scannte. Als das schwarze Höschen an der Reihe war, hielt Eva kurz den Atem an.

Würde der Scanner Alarm schlagen und sie einen Versautheitsaufpreis zahlen müssen? Eine Schlampengebühr?

Nichts dergleichen geschah und Eva war erleichtert, als sie die elegante Papiertüte entgegennahm und ihre Kreditkarte wieder wegsteckte.

»Ich wünsche Ihnen viel Freude mit den neuen Stücken«, sagte die Verkäuferin und lächelte wissend. Augenblicklich schoss Eva die Röte in die Wangen und sie bemühte sich, nicht allzu ertappt dreinzublicken.

Kapitel 18

Fressen oder gefressen werden

Es war Halloween und Eva verbrachte den Nachmittag mit Lisbeth drei ihrer Freundinnen. Eine spontane kleine Gruselsoiree. »Näher zusammen«, rief Eva und positionierte die Truppe vor einer Wand, die sie zuvor mit Halloweendeko aufgepeppt hatten. Ihr Finger tippte nonstop auf den Auslöser des Smartphones, während sich die vier Jugendlichen vor der Linse ordentlich ins Zeug legten. Sie warfen ihr Kussmünder zu, schnitten Grimassen oder versteckten sich hinter allerhand Requisiten wie Schnurrbärten und Masken. Die Freundinnen hatten einen Heidenspaß und Eva freute sich über die lachenden Gesichter.

Sie betrachtete die Mädchen, dann blieb ihr Blick an Lisbeth hängen. Sie war das Ebenbild ihres Vaters: die Nase lang und gerade und das Gesicht schmal, mit Wangenknochen, um die man sie nur beneiden konnte. Sie war im Begriff, zu einer Schönheit heranzuwachsen, ein Gedanke, der Eva ächzen ließ. Ihr erstgeborenes Baby, das sich mittlerweile heimlich ihren Push-up-BH ausborgte.

Zu dem Vierergespann gehörten noch Mel, Elli und Louisa.

Mel war die Tochter von Alex, Bens Kanzleipartner. Die Mädchen kannten einander seit Kindertagen und waren unzertrennlich. *Besties for Life* nannten sie sich und planten ein Freundschaftstattoo am Knöchel mit ebendiesen Worten. Eva hoffte inständig, dass diese Idee bis zur Volljährigkeit verkümmern würde. Ihr Blick wanderte weiter zu Elli. Ein dralles Mädchen, das aus einer schwerreichen Keksdynastie stammte. Sie war frühreif bis in die Haarspitzen und seit diesem Sommer wirkte sie, als hätte man den Geist einer Vierzehnjährigen in den Körper einer Zwanzigjährigen gesperrt. Ihr Busen war über Nacht förmlich explodiert, was Lisbeth vor Neid erblassen ließ.

Louisa war das Küken der Truppe. Sie war klein und zierlich, hatte aber die größte Klappe und immer einen anrüchigen Kommentar oder derben Witz auf den Lippen. In früheren Zeiten hätte man diesem Kind wenigstens zweimal am Tag den Mund mit Seife ausgewaschen, möglicherweise sogar noch öfter.

Die Wohnung war erfüllt von jugendlicher Energie, lauter Musik und Gelächter. Auf dem Wohnzimmertisch lagen die letzten Pizzastücke in den Kartons, dazwischen Süßigkeiten und die Reste ihrer Glückskekse. Die Pseudoweisheiten hatten für einige Lacher gesorgt, da sie mit Tipp- und Übersetzungsfehlern gespickt waren.

Die grosze Liebe wartet um die Korner – halt die Auge offen, war etwa auf Evas Zettelchen gestanden.

Eva ging ins Badezimmer, um das Chaos zu beseitigen, das die Mädchen dort hinterlassen hatten. Wie eine Heimsuchung hatten sie sich durch ihre Schminksachen gewühlt und sich in vier sexy Hexen verwandelt. Eva schnaubte nachdenklich, als sie Pinsel und Lidschattenpaletten wegräumte. Früher war Mutters Make-up ein Farbtiegel gewesen, in den man gegriffen hatte, um sich in ein lebendes Picassogemälde zu verwandeln. Heute langten die Mädels zwar ebenso beherzt zu, sahen dank Social Media und Beauty-Influencern aber danach aus wie Topmodels.

Allerdings konnte sich Eva nicht beklagen, denn auch sie hatte ein Glow-up bekommen. Weil die Mädels wussten, dass sie am späteren Abend noch mit Carmen und Marina ins El Rincón del Toro gehen würde, hatte Elli ihre Contouring-Künste unter Beweis gestellt. Eva hatte das volle Programm bekommen: hervorstechende Wangenknochen, eine schmale Nase, Smokey Eyes und übermalte Lippen, die einen Schmollmund zauberten. Sie sah gut aus, zwar nicht mehr wie sie selbst, aber zweifelsohne verführerisch und sexy. Ihr Gesicht war perfekt, der Rest noch nicht.

Wie zum Beweis zog Eva den Bademantel aus und betrachtete sich im Spiegel. Sie trug fleischfarbene Formunterwäsche, die sie an den richtigen Stellen einschnürte und an anderen Stellen anhob. Ein Ungetüm, das ihr beinahe bis an die Knie reichte und Oberschenkel und Hintern in die Schranken wies. Das Tüpfelchen auf dem i war eindeutig das aufklappbare Dreieck im Schritt, damit man pinkeln konnte, ohne sich komplett aus diesem Ding schälen zu müssen. Das war die Unterlage, nun kam der Überzug.

Eva griff sich ihr schwarzes Raubkatzen-Kostüm. Glücklicherweise hatte der Einteiler einen Zipper an der Vorderseite. Am Hintern befand sich ein langer Schwanz, wie es sich für einen Panther gehörte. Katzenohren komplettierten den Look.

Sowie der Zipper geschlossen war, entfaltete Spanx Shapewear seine Magie, zauberte Eva eine schmale Taille und hammermäßige Kurven. Das eigentliche Dilemma an diesem Outfit war, dass man damit niemanden aufreißen durfte, denn sobald man den Catsuit abstreifte, kam die fleischfarbene Pellwurst zum Vorschein.

»Holy Shit, Eva«, brummte Louisa, das Schandmaul der Clique, anerkennend, als Eva aus dem Bad kam. »Echt das schärfste Outfit ever!«

Eva grinste übers ganze Gesicht, sie fühlte sich in der Tat rattenscharf.

Draußen wurde es langsam dunkel und es wurde Zeit, Lisbeth und ihre Freundinnen bei Ellis Eltern abzuliefern. Geplant waren eine Pyjama-Party und ein Harry-Potter-Marathon. Den Weg dorthin würden sie nutzen, um an ein paar Haustüren zu klingeln.

Sophie war bei Ben, der sie zum Fußballtraining kutschierte. Seit dem desaströsen Date mit Armin war Eva nämlich alles andere als interessiert daran, dem Trainer der Mädchenmannschaft zu begegnen. Außerdem hatte sie andere Pläne – sie würde zu Xaviers Halloween-Party gehen, eine Tradition, die Eva und ihre Freundinnen bereits seit Jahren zelebrierten. Ganz der findige Barbesitzer lud Xavier einmal jährlich seine Freunde zu einer geschlossenen Veranstaltung in die Tapas-Bar. All das war freilich nur möglich, weil Carmen und Xavier freundschaftlich verbunden geblieben waren und ein solches Aufeinandertreffen keinerlei Peinlichkeiten heraufbeschwor.

Eva machte einen letzten Kontrollgang durch die Wohnung, um sicherzustellen, dass alle Lichter aus waren und nirgendwo Kerzen brannten. Die Mädchen, die vorausgegangen waren, warteten im Gang. Von dort erklang auch verlegenes Lachen. Valentín Rodríguez lehnte an seinem Türrahmen, umringt von Mel, Elli und Louisa, die ihn anhimmelten. Nur Lisbeth stand peinlich berührt daneben. Am schlimmsten trieb es Elli, das frühreife Ding, das Valentín ihr Körbchen entgegenstreckte und säuselte: »Süßes oder es gibt Saures.« Ihr Tonfall war wie das Schnurren eines Kätzchens, äußerst unpassend für eine Vierzehnjährige.

Valentín wand sich förmlich vor Unbehagen, sichtlich überfordert von der geballten Ladung an Teenagerhormonen. Als Elli sich vorbeugte, damit ihre Brüste besser zur Geltung kamen, verließ Eva ihren Beobachterposten. Sie schnappte sich ihrem Mantel und trat nach draußen.

»Zunge einrollen, wir gehen«, sagte sie streng und erntete genervtes Schnauben. Es war natürlich peinlich, wenn man sich als sexy Lolita gab und dann von der Mutter einer Freundin zurechtgewiesen wurde.

Sowohl Lisbeth als auch Valentín wirkten erleichtert.

Er wandte sich an Eva und riss die Augen auf.

»Wow!«, stammelte er beim Anblick ihres Pantherkostüms. Eva sah ihn schlucken, dabei tanzte sein Adamsapfel.

Ihr Ego tat einen Satz. Sie bemühte sich, die Schultern nach hinten zu ziehen und noch einen Zacken aufrechter dazustehen. Er konnte ja nicht wissen, welches fleischfarbene Ungetüm für ihre Hammerfigur verantwortlich war.

Die Blicke der Mädchen wanderten zwischen ihr und Valentín hin und her und Louisa stieß ein vielsagendes »Oh, oh« aus. Ehe Eva sie zurechtweisen konnte, sagte Elli: »Was stand noch mal auf deinem Glückskeks? ›Die große Liebe wartet um die Ecke.‹ Na, wenn das nicht passt!?«

Unter hysterischem Gewieher setzten sich die Mädchen in Bewegung und polterten die Treppe hinab. »Wir warten unten«, rief Lisbeth, dann waren sie verschwunden.

Sogleich breitete sich peinliches Schweigen zwischen ihnen aus. »Sie gehen also noch aus?« Valentín schüttelte verlegen den Kopf, vermutlich, weil er die Absurdität dieser Aussage begriff. Es war offensichtlich, dass Eva in diesem Kostüm keinen Abend auf der Couch verbringen würde.

»Ja«, erwiderte sie knapp. »Aber keine Sorge, mittlerweile weiß ich, wo meine Tür ist.«

»Nein, so hatte ich das nicht gemeint.« Er öffnete den Mund, dann schloss er ihn wieder. »Ich wünsche Ihnen einen schönen Abend.«

Eva war neugierig, was er eigentlich hatte sagen wollen, allerdings war sie zu stolz, um nachzufragen. Stattdessen nickte sie knapp und setzte sich in Bewegung. Kurz vor dem Treppenabsatz riskierte sie einen Blick über die Schulter. Er stand immer noch da und blickte ihr hinterher.

Eva und der kichernde Hühnerhaufen brachen zu Fuß auf. Am Ende ihrer Reise wartete Ellis Elternhaus, davor klingelten sie bei jeder Tür, die gruselig geschmückt worden war. Damit es nicht zu sehr nach einem Überfallkommando aussah, hatten Eva und die Mädchen am Nachmittag Muffins gebacken und sie mit gruseligen Motiven verziert, die sie nun unter die Leute brachten. Den vorletzten Stopp bildete das Haus ihrer Ex-Schwiegereltern.

Greta und Leopold waren so vernarrt in ihre Enkelkinder, dass sie, ohne mit der Wimper zu zucken, die fremden Gepflogenheiten rund um Halloween akzeptierten. Etwas, das sie sonst unter allen Umständen vermieden. Leopold meckerte zwar, ließ sich jedoch alle Jahre wieder anstandslos seinen Draculaumhang um die Schultern legen. Eva und die Mädchen wurden daher von einem erzbiederen Graf Dracula und seinem perlenbehangenen Blutopfer im Tweedkostüm empfangen.

»Kommt herein«, rief Greta und winkte sie ins Haus. »Es gibt Blutorangen-Punsch.«

Dann fuhr sie die harten Geschütze auf und rief: »Außerdem haben wir das Herz einer Jungfrau herausgeschnitten und daraus Kanapees gemacht.« Eva prustete. Wenn jemand Blutrünstigkeit und Stil vereinen konnte, dann ihre Ex-Schwiegermutter.

Als die Mädchen ins Wohnzimmer pilgerten, um von der Jungfrau zu naschen, wandte sich Greta an Eva. »Und? Wie war ich?«

»Sehr authentisch«, erwiderte Eva schmunzelnd.

»Lass dich ansehen«, rief Greta, als Eva den Mantel ablegte. »Du sieht richtig gut aus, hast du abgenommen?«

»Schwarz macht schlank«, antwortete Eva und dachte an das röllchenfressende fleischfarbene Geheimnis, das sich darunter verbarg.

Sie folgten den Mädchen in das geräumige Wohnzimmer, das an den Salon eines Jagdschlosses erinnerte. Eva probierte ihre erste

Jungfrau, ein Lachsstreifen auf einem Weißbrot, als es an der Tür klingelte. Greta und Leopold tauschten einen verblüfften Blick und gingen nachsehen, als schon Sophies ausgelassene Stimme erklang. »Hallo, Oma. Hallo, Opa«, flötete sie. Alarmiert wanderten Evas Augen in Richtung Tür, denn wenn ihre jüngere Tochter hier war, obwohl sie eigentlich in der Obhut ihres Vaters sein sollte, war das kein gutes Zeichen.

Sophie stürmte ins Zimmer und fiel ihrer Mutter um den Hals. Sie drückte Eva einen Kuss auf die Wange und setzte sich zu ihr auf den Fauteuil.

»Mama, stell dir vor, wir haben gegen die Mädchenmannschaft aus der Josefstadt gewonnen«, rief sie und vollführte einen Siegestanz. »Wunderbar«, erwiderte Eva. »Aber wie bist du hergekommen? Wo ist dein ...« Der Rest des Satzes verkümmerte, denn nun hatte das Böse seinen großen Auftritt. Ben trat ins Vorzimmer, dicht gefolgt von seinem Püppchen Isabell. Eva konnte sie durch die Glastür sehen. Sie wandte sich mit einem entsetzten Blick an Greta, die mit angesäuerter Miene den Kopf schüttelte.

Eva erhob sich, ging zum Kamin und verschanzte sich dahinter. Sie hatte keine Lust auf diese Begegnung.

»Hallo, Mutter«, sagte Ben, der zeitgleich das Wohnzimmer betrat. »Ich wollte dich bitten, dass du Sophie bei euch übernachten lässt. Isabell und ich gehen auf eine Party.«

Eva spitzte in ihrem Versteck die Ohren. Plötzlich war das Verlangen, sich durch das nächste Fenster zu stürzen und schreiend wegzulaufen, verschwunden. Stattdessen machte sich Wut in ihr breit. Sie und Ben hatten vereinbart, dass er auf Sophie aufpasste, dass er sie nun bei den Großeltern ablud, ärgerte Eva.

»Eine Party?«, fragte sie und trat aus ihrem Winkel. Ihre Stimme klang schneidend und scharf. Ben fuhr herum. Er hatte sichtlich nicht damit gerechnet, seine Ex-Frau hier anzutreffen.

Kurz verschlug es ihm die Sprache, was äußerst selten vorkam.

Als Eva glaubte, dass die Situation nicht noch unangenehmer werden konnte, fiel ihr Blick auf Isabell. Die trug das exakt gleiche Kostüm wie sie selbst. Offensichtlich hatten sie beide beim gleichen Versandriesen bestellt. Wollte das Schicksal sie verhöhnen, indem es Eva eine jüngere und schlankere Version ihrer selbst vor die Nase setzte?

Sie und Fiesabell observierten einander wie die Panther, als die sie sich verkleidet hatten. Mit jeder anderen Frau wäre diese Situation lustig gewesen, doch bei Isabell spürte Eva das absurde Verlangen, sich auf sie zu stürzen und ihr die Schneidezähne in den Hals zu schlagen.

»Ja, eine Party«, erwiderte Ben grimmig. »Xavier hat mich eingeladen. Uns! Entschuldige.« Der letzte Teil galt Isabell, deren Augen sich zu Schlitzen verengt hatten.

»Ich gehe dorthin!«, fuhr Eva auf. »Xavier ist mein Freund, du hast dort nichts verloren.«

Nun stellte Ben die Stacheln auf. »Ich kann tun, was ich will, außerdem hat er hat mir eine Einladung per E-Mail geschickt.«

»Er hat bestimmt nur vergessen, dich aus dem Verteiler zu nehmen«, giftete Eva. »Du hast im Umfeld meiner Freunde nichts mehr zu suchen.«

Ehe Ben kontern konnte, drängte sich Greta ins Gespräch. »Du bist ja nicht einmal verkleidet«, warf sie ein und deutete auf Ben, der im schwarzen Anzug dastand.

Sie drehte sich so, dass Isabell ihr Tweedkostüm von hinten betrachten musste. Eva war Greta dankbar, dass sie so eindeutig Stellung bezog.

»Ich hatte gehofft, dass du mir deinen Draculaumhang leihen könntest«, sagte Ben zu seinem Vater über den Kopf seiner Mutter hinweg. Sofort schwang sich Leopold aus dem Kostüm. Ein monumentaler Augenblick, Dracula senior trat die Kluft an

Dracula junior ab.

»Ich weiß nicht, was du meinst, Mutter? Hier ist mein Kostüm«, sagte Ben und grinste spitzfindig.

»Willst du mit uns hinfahren?«, fragte Isabell, die bisher geschwiegen und dümmlich gelächelt hatte. »So wie es aussieht, haben wir denselben Weg.« Es war vermutlich als Deeskalationstaktik gedacht, doch nach ihrer Aussage schienen alle im Raum mit den Augen zu rollen.

Offensichtlich war dem Herrgott bei der Erschaffung dieses Menschleins die Hand ausgerutscht und ein Übermaß an Schönheit war in der Form gelandet. Um dieses Missgeschick wieder auszugleichen, hatte er eindeutig an Hirn gespart, anders konnte es nicht sein, dass diese Person so selten dämlich war.

»Nein, ich werde nicht mit euch hinfahren, weil ihr nämlich nicht hingeht«, zischte Eva und baute sich vor Ben auf.

»Mag sein, dass du eine Einladung bekommen hast, aber das bedeutet noch lange nicht, dass du dort willkommen bist!«

Sie wandte sich ab, um Sophie zu umarmen und den Hühnerhaufen zum Aufbruch zu bewegen. Eva musste die Mädchenschar so rasch wie möglich bei Ellis Eltern abliefern. Außerdem wollte sie keine Minute länger im Dunstkreis von Mr. Arroganz und Mrs. Dummheit verweilen. Sie verabschiedete sich von Greta und Leopold und ging, ohne Ben und sein Püppchen eines Blickes zu würdigen.

Das letzte Wegstück bis zu Ellis Keksdynastie-Anwesen verbrachte Eva damit, Flüche vor sich hin zu murmeln. Wie konnte es sein, dass es Ben immer noch gelang, ihr binnen Sekunden den Tag zu vermiesen?

Eva klingelte. Ellis Mutter öffnete die Tür und die vier Teenager schoben sich über die Schwelle, geradewegs in ihren

Zuständigkeitsbereich. Eva hatte Ellis Mutter insgeheim den Spitznamen Cookie verpasst, einerseits weil sie die gleiche dralle Figur hatte wie ihre Tochter und andererseits, weil sie eine Naschkatze der ganz besonderen Art war. Sie hatte eine Schwäche für reiche Männer.

»Alles in Ordnung?«, fragte Cookie, als sie Evas verkniffene Miene erblickte.

»Natürlich«, log Eva und zwang sich zu einem Lächeln.

»Wir haben gerade Lisbeths Vater und seine neue Freundin getroffen«, benannte Elli die unschöne Wahrheit.

»Wie unangenehm!« Cookie schüttelte sich. »Ex-Ehemänner, meine ich.« Sie selbst hatte zwei und wusste vermutlich besser als Eva, welche Scherereien sie einem bereiten konnten.

Als alle minderjährigen Ohren außer Hörweite waren, beugte sich Cookie vor. »Wenn ich du wäre, würde ich es ihm auf gleiche Weise heimzahlen. Angle dir einen seiner Freunde. Bei mir hat das immer funktioniert.«

Kapitel 19

Süßes oder Saures?

Bei der Station Herrengasse stieg Eva aus der U-Bahn und hastete im Stechschritt die Rolltreppe empor. Ihre Absätze hämmerten auf den metallischen Untergrund und jagten schrille Geräusche durch den Schacht. »Miau«, raunte ein Mann und grinste schelmisch, als sie ins Freie trat. Eva strafte ihn mit einem bitterbösen Blick, sodass er schnell den Kopf einzog und tat, als würde er die Tauben beobachten. Evas Stimmung war hochexplosiv. Dabei übte das Pantherkostüm einen nachhaltigen Einfluss auf sie aus und Eva sah im Geiste, wie sie Ben das Gesicht zerkratzte.

Knapp fünfhundert Meter trennten sie vom El Rincón del Toro. Der Weg dorthin führte sie durch die schönsten Gassen Wiens, doch heute hatte Eva keinen Sinn für Architektur und Geschichte.

Trotzig hielt sie auf die kleine Tapas-Bar zu, obwohl sie wusste, dass sie dort wohl oder übel ein weiteres Mal auf Ben und sein Püppchen treffen würde. Zu lange hatte sie sich auf dieses Event gefreut, um es sich von Ben ruinieren zu lassen.

Geschlossene Gesellschaft, stand auf dem Schild, das an der Tür hing. Eva atmete tief durch, trat ein und mischte sich unter die Kostümierten. Sie legte ihren Mantel an der Garderobe ab und sah sich um. Hexen, Zauberer und andere Gruselgestalten, wohin man auch blickte, doch glücklicherweise war das furchteinflößendste Wesen von allen, der Scheidungsanwalt, nirgends zu sehen.

Hinter der Theke stand Xavier, verkleidet als blutbespritzte Biene, deren Drahtfühler fröhlich wackelten. Als er Eva entdeckte, winkte er ihr zu. Sie erwiderte seinen Gruß mit einem knappen Kopfnicken. Das war eigentlich nicht ihre Art und Xavier wusste das. Er ließ die Cocktails stehen, die er gerade vorbereitete, und kam auf sie zu. Einen Augenblick später, spürte Eva zwei Hände an ihren Hüften und zwei Küsschen auf ihren Wangen. »Hallo, Black Beauty«, säuselte er mit seinem spanischen Akzent. »Warum so mürrisch?«

»Hmm, keine Ahnung, vielleicht weil du meinen Ex-Mann zu deiner kleinen Soiree eingeladen hast, und er im Begriff ist, zusammen mit dem Scheidungsgrund hier aufzutauchen?«

»Scheiße, echt?« Xavier biss sich auf die Unterlippe. »Das tut mir leid!« Das tat es nicht und sie wussten es beide. Wer eine Bar am Laufen halten wollte, konnte keine Rücksicht auf den Beziehungsstatus der Gäste nehmen. Außerdem war Ben jemand, den man gern zu seiner Stammkundschaft zählte. Er war erfolgreich, wohlhabend und alles andere als knausrig. Unter anderen Umständen wäre Eva auch nicht sauer gewesen, aber das Aufeinandertreffen mit Isabell steckte ihr immer noch in den Knochen.

»Ich mach dir einen Aperol, okay? Der geht aufs Haus.«

Eva nickte versöhnt und wartete, während Xavier seine Mojitos vollendete und ihr dann ihren Drink kredenzte. Sie trank einen Schluck und schaute sich nach ihren Freundinnen um. Es war nicht schwierig, sie in der kleinen Bar ausfindig zu machen.

Carmen trug eine schwarze Perücke und ein weißes Hemd im Stil von Mia Wallace aus Pulp Fiction. Marina und Winzi senior hatten sich in Partnerkostüme geworfen – sie war ein sexy Teufelchen, er ein rubensförmiges Engelchen. Erleichtert steuerte Eva auf sie zu. In Gesellschaft lieber Menschen war alles leichter zu ertragen. Nachdem sie einander reihum begrüßt und begutachtet hatten, berichtete Eva von den jüngsten Geschehnissen und ein Chor empörter Stimmen schwoll an.

»Dieser Schuft!«, rief Carmen und sah sich nach einem groß-gewachsenen, grau melierten Graf Dracula mit Hornbrille um. »Aber du scheinst Glück zu haben, er ist nirgendwo zu sehen.« Marinas Blicke wanderten ebenfalls durch den Raum. »Vielleicht hat er doch ein winziges Fünkchen Anstand und hat eingesehen, dass es völlig unpassend wäre, hier mit seiner Affäre aufzutau-chen?« Eva zog eine Augenbraue hoch.

»Nein!«, riefen die drei Freundinnen wie aus einem Mund und lachten los. »Das hat er nicht.« Lediglich Winzi senior war das Gespräch sichtlich unangenehm. In Evas fünfzehn Ehejahren hatte es sich nicht vermeiden lassen, dass auch er und Ben Freun-de geworden waren, doch Trennungen stellten Beziehungen in Frage, zwangen Unbeteiligte, Stellung zu beziehen und Fehlver-halten zu verurteilen, wenn man es sich mit der eigenen Gattin nicht verscherzen wollte.

Eva entspannte sich. So wie es aussah, würde Ben wohl doch nicht auftauchen. »Darauf müssen wir anstoßen«, wollte sie ge-rade sagen, doch dazu kam es nicht mehr, denn die Tür schwang auf und Ben und sein Schoßhündchen betraten die Bar. Wie im-mer, wenn sie ihm einen Funken Anstand attestierte, entpuppte sich dieses Zugeständnis als Fehler. Er drehte eine Ehrenrunde durch das Lokal, um alte Bekannte zu begrüßen, und genoss sichtlich die Bewunderung, die seiner jungen Freundin entgegen-schlug. Dabei ließ sich nicht vermeiden, dass er auch an ihnen vorüberging. Ihre Blicke trafen sich. Eva fühlte Hass, Wut und Eifersucht, garniert mit verletztem Stolz und einem winzigen Rest Zuneigung, den Ben noch nicht zerstört hatte. Achtzehn Jahre Beziehung ließen sich nicht einfach ausradieren und Eva glaubte, auch in seinen Augen eine bunte Palette verschiedenster Regungen zu entdecken.

»Trägt das Miststück das gleiche Kostüm wie du?«, flüsterte Marina empört.

Eva sparte sich die Antwort. Isabell glich einem zurechtgestutzten Pudel, der sein Herrchen mit Stolz erfüllte. Zwar tätschelte Ben ihr nicht den Schädel, sondern den Hintern, doch die Bedeutung hinter dieser Geste war die gleiche. Jede seiner arroganten Poren dünstete Selbstgefälligkeit aus. Die Hand, an der früher ein Ehering gesteckt hatte und die plötzlich seltsam nackt aussah, streichelte die Pobacke des Panthers.

Bittere Erinnerungen durchfluteten Evas Geist. Sie dachte an den Moment, als Ben die Affäre gebeichtet hatte. Er hatte nie um Verzeihung gebeten oder gar versucht, die Beziehung zu retten. Im Gegenteil, er hatte ihr gestanden, dass er sich verliebt hatte und bei der Neuen bleiben würde, bis Eva aus dem gemeinsamen Haus verschwunden war. Seither gärte in Eva ein Gefühl der Minderwertigkeit. Sie konnte nicht mit einer so jungen und attraktiven Frau konkurrieren und dass sie nun im gleichen Outfit dastanden, verstärkte ihre Gewissheit.

Eva verteufelte ihren Trotz. Es war ein Fehler gewesen herzukommen und zur Strafe musste sie nun Höllenqualen leiden. Sie fühlte sich klein und unsichtbar, während ihr Ex-Mann die Show genoss und sich in der Menge suhlte. Gerade als Eva den Ort der Erniedrigung verlassen wollte, steuerte ein unbekannter Mann auf sie zu. In der Hand hielt er zwei Aperol Spritz. Er lächelte ihr entgegen, doch Eva reagierte nicht. Sie war felsenfest davon überzeugt, dass er nie und nimmer sie meinen konnte, doch zu ihrer Überraschung hielt er vor ihr an.

»Den soll ich dir von Xavier bringen«, sagte er und drückte ihr den Drink in die Hand. »Ich bin Ulli.«

Eva blickte zur Bar, wo Xavier seine Künste demonstrierte. Als würde er ihren Blick spüren, sah er auf und nickte vielsagend. Das war also seine Art, sich zu entschuldigen.

»Ich heiße Eva«, sagte sie und wandte sich wieder ihrem persönlichen Kellner zu. Ulli war braungebrannt, mit blitzenden blauen Augen und ausgebleichtem Haar, das ihm australische Surferboy-Vibes verlieh. Seine Füße steckten in Sneakers, die Hosenbeine seiner Chino hatte er nach oben gerollt und überhaupt war er lässig bis in die Haarspitzen. Zweifelsohne ein interessanter Typ, doch was zählte das schon, wenn er nur hier war, weil er seinem Kumpel einen Gefallen tat?

»Also? Wie geht es dir?«

»Du musst mir nicht aus Höflichkeit Gesellschaft leisten«, sagte Eva. »Glaubst du, ich wäre hier, wenn ich nicht mit dir reden wollte?« Nun war Eva verdutzt. »Ich habe angenommen, dass Xavier dich darum gebeten hat.« Ulli grinste neckisch.

»Er hat gesagt, ich soll dir den Drink bringen. Der Rest ist mir ganz allein eingefallen.«

Er war Werbefachmann, siebenunddreißig Jahre alt und gerade erst aus Bali zurückgekehrt. Außerdem war er der einzige Anwesende, der nicht verkleidet war, sondern nur ein buntes Hawaiihemd trug.

»Das ist das gruseligste Teil, das ich besitze«, erklärte Ulli todernst, als Eva ihn darauf ansprach. Er war witzig, charmant und flirtete unverhohlen mit ihr. Obwohl Eva es bis vor wenigen Minuten nicht für möglich gehalten hatte, begann sie, den Abend zu genießen. In guter Gesellschaft ließ sich die Unverfrorenheit ihres Ex-Mannes viel leichter ertragen.

Carmen, Marina und Winzi senior hatten sich diskret zurückgezogen, sodass Eva und Ulli ungestört waren. Sie saßen an der Bar und unterhielten sich. Plötzlich ließ Ulli seinen Blick durch den Raum wandern und sagte: »Siehst du den Kerl da? Den steifen Schnösel mit der blonden Puppe? Wenn da nicht die Midlife-Crisis grüßen lässt, dann weiß ich auch nicht.«

Eva verschluckte sich beinahe an ihrem Cocktail.

»Du kannst ruhig zugeben, dass du sie attraktiv findest«, sagte sie mit einem Augenzwinkern. »Du wärst hier bestimmt nicht der Einzige.« Ulli verzog das Gesicht zu einer Grimasse.

»Nein, sorry! Aber ich hab es nicht so mit charakterlosen Barbies.«

»Wirklich?« Evas Herz machte einen kleinen Hüpfer.

»In meinen Zwanzigern wäre ich auf so etwas abgefahren«, gestand Ulli. »Aber mittlerweile suche ich bei einer Frau nach anderen Qualitäten.«

»Und welche Qualitäten sind das?«

Eva bekam keine Antwort, stattdessen spürte sie seine warmen Lippen auf den ihren. Ulli zog sich zurück, um ihre Reaktion abzuwarten. Als Eva keinerlei Einwände vorbrachte, intensivierte er ihre nonverbale Kommunikation. Seine Küsse schmeckten süß und verheißungsvoll und ließen Eva alles rings um sich vergessen. Sollte Ben Pobacken kneifen, solange er wollte, sie hatte Besseres zu tun.

Als es auf Mitternacht zuging, besorgte Ulli ihnen einen letzten Drink.

»Da hast du's«, sagte er, als er das Glas vor Eva abstellte. »Die blonde Barbie ist ihm schon zu langweilig geworden.«

»Was?«

»Der Schnösel mit seinem Püppchen, der starrt dich die ganze Zeit an.« Eva wollte widersprechen, doch Ulli erstickte ihren Einwand im Keim. »Glaub mir, ich weiß, wie ein Kerl aussieht, der ein Auge auf eine Frau geworfen hat.«

Während er ihr ins Ohr flüsterte, jagte sein Atem Eva einen leichten Schauder über den Hals. Unauffällig wanderten ihre Augen über Ullis Schulter. Eine Gruppe Männer umringte Isabell und buhlte um ihre Aufmerksamkeit, Ben stand achtlos daneben und taxierte stattdessen seine Ex-Frau mit grimmigem Blick. Ein süßes Gefühl von Schadenfreude breitete sich in Eva aus. Zum ersten Mal war sie die Siegerin. Sie wandte sich demonstrativ wieder Ulli zu. »Du magst keine Barbies, ich mag keine Schnösel«, sagte sie und hob ihren Kopf, damit er sie ein weiteres Mal küsste.

Als Eva sich von Ulli verabschiedete, verspürte sie ein seltsames Gefühl von Aufbruch in sich. Vielleicht war das Leben nach einer Scheidung nicht so düster, wie sie befürchtet hatte. Es gab noch so viele Kapitel in ihrer Geschichte zu schreiben und Eva fühlte sich bereit für ein neues Abenteuer.

Am nächsten Morgen hielt dieses Hochgefühl immer noch an. Das lag vermutlich auch an der SMS von Ulli, die sie nach dem Aufwachen auf ihrem Smartphone entdeckt hatte.

Beflügelt von der Aufmerksamkeit des Surferboys arbeitete sich Eva schwungvoll durch Mahnklagen und Exekutionsanträge, als ihr Firmentelefon klingelte. Eva erwartete, dass Alex ihr weitere Aufgaben delegieren wollte, und zog das Headset über den Kopf. Doch auf dem Display prangte ein anderer Name. Der von Ben. Zwar war es seine Kanzlei, aber er und Eva hatten so gut wie keine beruflichen Überschneidungspunkte. Das letzte Mal, als er sie mit dieser Nummer angerufen hatte, wollte er während eines Meetings wissen, ob sie die Dessous trug, die er ihr tags zuvor geschenkt hatte.

Dieses Gespräch lag Jahre zurück.

Eva biss die Zähne zusammen und hob ab.

»Hallo, Ben. Was kann ich für dich tun?«

Das war die freundlichste Anrede, zu der Eva sich durchringen konnte. Am anderen Ende der Leitung war nichts zu hören. Gerade als Eva auflegen wollte, begann er zu sprechen.

»Du kannst dich nicht so benehmen und glauben, dass es keine Konsequenzen hat«, blaffte er sie an. »Das ist unangemessen und unter deiner Würde!«

»Aha, und du hast natürlich das Recht, mir zu sagen, wie ich mich zu verhalten habe?«

»Wirst du den Kerl wiedersehen?«

»Was geht dich das an? Hast du vergessen, dass wir geschieden sind?«

»Und was sollen die Kinder denken?«, insistierte Ben. Er war ein erfolgreicher Anwalt, doch privat gelang es ihm äußerst selten, seinen Unmut für sich zu behalten. Eine Schwäche, die Eva nach achtzehn Jahren Beziehung nur zu gut kannte, und nun presste sie ihren Finger in die Wunde.

»Wie schön zu hören, dass du dir jetzt Gedanken über das Seelenheil unserer Kinder machst, nachdem du ihnen letztes Jahr ein strohdummes Flittchen vor die Nase gesetzt hast. Das war wirklich ein meisterhaftes Beispiel für verantwortungsvolles Verhalten!«

Bens Stimme wurde schneidend. »Wusste nicht, dass du ein verbittertes Miststück geworden bist.«

»Ich hab vom Besten gelernt«, konterte Eva und drückte ihn weg.

Sie war stolz, dass sie ihm die Meinung gegeigt hatte. Es war eine Sache, selbst die Regeln zu brechen, aber eine ganz andere, der Ex-Frau dabei zuzusehen. Eva hätte nicht gedacht, dass dieser Morgen noch besser werden könnte.

12 Aufgaben vor 40

1. ~~Mit dem Joggen beginnen~~
2. Selbstfindung
3. ~~Onlinedating~~
4. ~~Speeddating~~
5. ~~One-Night-Stand~~
6. ~~Vibrator kaufen~~
7. ~~Brazilian Waxing + sexy Dessous~~
8. Flotter Dreier
9. Callboy
10. Burlesque-Workshop
11. Telefonsex
12. Tantra-Massage

Kapitel 20

Ulli und das schwarze Loch

November

In diesem Jahr war ihnen ein ausgesprochen schöner Herbst vergönnt und sogar jetzt, Anfang November, kletterten die Temperaturen tagsüber in den zweistelligen Bereich. Um diese Jahreszeit liebte Eva ausgedehnte Spaziergänge, auf denen man den Wandel der Natur beobachten konnte.

Es war Samstagnachmittag, die Kinder verbrachten das Wochenende bei ihrem Vater und sie war mit Ulli verabredet. Es war ihr drittes Date. Eva hatte zum ersten Mal seit ihrer Scheidung das Gefühl, dass sich eine Bekanntschaft in die richtige Richtung entwickelte. Am Tag nach Xaviers Halloweenparty hatte sich Ulli mit einer erfrischenden Selbstverständlichkeit bei ihr gemeldet und sie zum Essen ausgeführt. Sie waren ins DOTS Vienna gegangen, wo sie sich durch Sushi- und Maki-Variationen gekostet hatten. Bei ihrem zweiten Treffen ein paar Tage später waren sie im Stadtkino des Künstlerhauses gewesen und hatten einen österreichischen Film gesehen.

Nun steuerte sie auf ihren heutigen Treffpunkt, den Schlosspark Schönbrunn, zu. Sie waren beim Hietzinger Tor verabredet.

Eva trug einen camelfarbenen Mantel, einen Pullover im gleichen Farbton, schmale schwarze Hosen und weiße Sneakers. Ulli stand vor dem schmiedeeisernen Tor und wartete bereits auf sie. Er kam ihr mit einem breiten Lächeln entgegen und drückte Eva einen Kuss auf die Lippen. »Wollen wir?«

Und wie Eva wollte.

Gemeinsam flanierten sie am Palmenhaus vorüber, die Kastanienallee entlang und plauderten über Gott und die Welt. Die verfärbten Baumkronen, das knisternde Laub und die herabfallenden Blätter schufen eine romantische Szenerie, die an eine Filmkulisse erinnerte. Diese Verabredung war ganz nach ihrem Geschmack. Die entspannte Atmosphäre und Ullis saukomische Art machten es einfach, den Tag zu genießen.

Eva betrachtete ihn verstohlen von der Seite. Winzige Falten um seine Augen verrieten, dass er gerne lachte. Weil seine Haut gebräunt war, stachen sie wie feine weiße Linien hervor. Immer wieder strich er sich seine halblangen Haare aus dem Gesicht, doch sofort stahlen sich wieder einzelne Strähnen auf seine Stirn. Es gab nichts an Ulli auszusetzen, er war gut aussehend, charmant und lustig. War das zu schön, um wahr zu sein?

»Wir könnten nächste Woche das Thai-Restaurant ausprobieren, von dem ich dir erzählt hab«, sagte Ulli und griff nach ihrer Hand. »Du magst doch scharfes Essen, oder?«

»Ja klar! Klingt gut!«

Eva war schon so lange kein *Wir* mehr gewesen und genoss das Gefühl von Geborgenheit, das diese Anrede in ihr auslöste.

Als die Sonne unterging und es spürbar abkühlte, näherte sich ihr Spaziergang seinem Ende. Die Gewissheit, dass sie den nächsten Schritt wagen würden, lag als unausgesprochene Tatsache zwischen ihnen. Sie wollten gemeinsam kochen, Wein trinken und vermutlich miteinander schlafen. Zumindest hoffte Eva, dass es passieren würde. Sie war es leid, Benis und ihren unmöglichen Nachbarn für ihre Befriedigung missbrauchen zu müssen. In freudiger Erwartung hatte Eva ihre beste Unterwäsche angezogen: die rote Korsage; die Schwester der vom Teufel besessenen.

Gemeinsam steuerten sie auf den Ausgang des Schlossparks zu, als Ulli plötzlich anhielt. Seine blauen Augen suchten die ihren.

»Ich finde, die Chemie zwischen uns stimmt total.«

Evas Körper reagierte auf seine Worte mit einem leichten Kribbeln.

»Es gibt da eine Sache, über die du Bescheid wissen solltest«, begann er. Er ließ ihre Hand los, um seine eigene zu kneten. Die Schmetterlinge in Evas Bauch erstarrten. Ulli blickte zu Boden.

»Ich hab eine bestimmte sexuelle Vorliebe. Eine, die nicht jedem gefällt.«

Er holte tief Luft und ließ die Bombe platzen: »Also, ich stehe total auf Analsex. Für mich gehört das zu einer Beziehung einfach dazu.« Eva erstarrte für einen Moment, unsicher, ob sie das richtig verstanden hatte. Sie wartete auf eine Erklärung, ein »April, April!« oder irgendetwas, das der Aussage ihre Schärfe nehmen würde.

»Du meinst immer? Also jedes Mal? Ausschließlich?«

Ulli zuckte mit den Achseln, doch die Botschaft kam auch so bei ihr an.

»Pfuh, äh … das kommt doch etwas unerwartet«, stammelte Eva und fragte sich, wie es möglich war, dass sich die Schmetterlinge in ihrem Bauch innerhalb von Sekunden in Steine verwandelt hatten.

»Ich meine, das ist doch etwas, das Vertrauen erfordert und …«

»Du findest mich abartig«, brummte Ulli genervt. »Ich hätte nicht gedacht, dass du so prüde bist. Ich habe erwartet, dass eine Frau mit deiner Lebenserfahrung etwas aufgeschlossener ist.«

Eva bleckte die Zähne.

»Ich sage ja nicht, dass man nicht darüber nachdenken kann«, hörte sie sich selbst antworten. Im Geiste ohrfeigte sie sich bereits für ihre Worte. Nachdenken konnte man über vieles, etwa darüber, beim Friseur vier Zentimeter mehr abzuschneiden oder anstatt der Avocado-Maki lieber Lachs-Sushi zu bestellen, aber nicht über schwarze Löcher und Fremde, die darin abtauchen wollten.

Plötzlich änderte sich Ullis Miene, wurde zu einer starren Maske.

»Vergiss es!«, knurrte er. Ihre Vertrautheit war wie fortgeblasen und eine Distanz, größer als der Grand Canyon, hatte sich zwischen ihnen aufgetan. »Das mit uns wird nichts. Ich brauch eine Frau, die weniger bieder ist.« Er blickte sich suchend um. Der Ausgang des Parks war in greifbarer Nähe und er machte einen Schritt rückwärts. »Sorry, ich glaub, wir sind hier fertig. Ich hab keinen Bock mehr auf das hier.« Kaum hatte er es gesagt, stob er davon, um rettende Meter zwischen sie zu bringen.

Eva blickte ihm verstört hinterher.

Sie konnte nicht fassen, was gerade geschehen war.

War sie gerade tatsächlich von einem Typen abserviert worden, weil sie nicht freudestrahlend auf seine Höhlenforscher-Ambitionen reagiert hatte? Das war er also gewesen, der große Fehler, nach dem sie gesucht hatte. Gab es in dieser Stadt wirklich keine normalen Singlemänner mehr?

Eva hatte den Abend bis ins letzte Detail geplant. Nun kehrte sie alleine ins Stadtpalais zurück, um zu tun, was sie an frustrierenden Abenden so tat, nämlich Schokolade naschen und ihrem imaginären E-Mail-Freund das Herz ausschütten. Eva hatte längst vergessen, dass sich hinter der Mailadresse eine andere Person verbarg, weil Endgegner bereits seit Jahren nicht mehr online gewesen war.

Ihr Blick fiel auf den Briefkasten neben der Eingangstür. Das Postfach von Valentín Rodríguez quoll über. Das war ungewöhnlich, aber was kümmerte sie das?

Eva schloss auf und ging ins Foyer. So wie es aussah, hatte er jetzt eine Freundin, sollte die sich um sein Wohlergehen sorgen. Eva war es nur recht, wenn sie so wenig wie möglich von Valentín zu Gesicht bekam. Sie tappte durch das dunkle Entree.

Die störanfälligen Lampen im Treppenhaus waren endgültig kaputt und nur die Notbeleuchtung erhellte spärlich ihren Weg.

Im Obergeschoss angekommen, fiel ihr Blick auf die Türschwelle ihres Nachbars. Dort stapelten sich mehrere Pakete.

Nun, da Eva darüber nachdachte, wurde ihr bewusst, dass sie bereits einige Tage dort lagen.

Augenblicklich poppten Horrorszenarien in ihrem Kopf auf.

War er krank oder lag er bewusstlos in seiner Wohnung? Vielleicht brauchte er Hilfe?

Eva lauschte. Aus dem Inneren drangen leise Kratzgeräusche.

Nun ging die Fantasie endgültig mit Eva durch.

Vielleicht lag er bewegungsunfähig am Boden und versuchte, auf sich aufmerksam zu machen? Gut, er war ein junger, kräftiger Mann, doch auch solche ereilte gelegentlich ein Herzinfarkt. Männer wie Valentín, der es mit seinen Sporteinheiten so übertreiben musste, waren ihrer Meinung nach besonders gefährdet.

»Besser einmal zu viel nachfragen als einmal zu wenig«, murmelte sie. Nicht dass er so viel Fürsorge verdient hätte, aber im Gegensatz zu ihm bemühte sich Eva darum, eine gute Nachbarin zu sein.

Sie klopfte an die Wohnungstür und wartete.

Nach ein paar Sekunden drückte sie die Klingel. Nichts.

Sie war bereits im Begriff zu gehen, als Schritte erklangen und die Tür endlich aufgerissen wurde. Valentín stand vor ihr. Er hatte sein Kaninchen auf dem Arm, das wahrscheinlich für die Kratzgeräusche verantwortlich gewesen war. Körperlich schien er in Ordnung zu sein, für seinen Geisteszustand galt das definitiv nicht. Seine Augen waren leer, eine dunkle Fläche ohne jede Regung.

»Was willst du?«

»Ich wollte nur nachsehen, ob bei dir alles in Ordnung ist.« Wenn er sie duzen konnte, dann konnte Eva das auch.

»Du hast seit Tagen deine Post nicht abgeholt.«

Valentín hätte sich für ihre Aufmerksamkeit bedanken können und jeder wäre seines Weges gegangen, doch nichts dergleichen geschah. Sein Blick klebte an ihr, bohrte sich tief in sie hinein, ohne dass Eva seine Intentionen hätte deuten können.

»Ich wüsste nicht, was dich das angeht.«

Er drehte sich um und schlug die Tür zu.

Eva schüttelte fassungslos den Kopf, während sie auf ihre Wohnung zusteuerte. Wie konnte man nur so unverschämt sein? Ihre Hand ruhte bereits auf dem Türknauf, als sie begriff: Er war traurig. Eine dunkle Aura hatte ihn umhüllt und Schwermut hatte in der Luft gehangen.

Kapitel 21

Rotkäppchen und der böse Wolf

Stunden später fuhr Eva aus dem Schlaf hoch.

Hämmernde Beats drangen durch die Wände. Jemand hatte seine Anlage bis zum Anschlag aufgedreht und ohrenbetäubender Lärm dröhnte durch ihr Schlafzimmer.

Es war unwahrscheinlich, dass die Bewohner im Erdgeschoss diesen Radau veranstalteten, also blieb nur Valentín Rodríguez als Übeltäter übrig.

Eva wälzte sich unruhig hin und her. Ihr Herz raste. Wie konnten die anderen Mieter diese Lärmorgie stillschweigend ertragen? Nur altersbedingte Taubheit konnte der Grund sein.

Dreißig quälende Minuten vergingen, in denen Eva versuchte, sich mit der Situation zu arrangieren, doch der Lärm war unerbittlich. Schließlich hatte sie genug. Sie konnte diesen Zustand nicht länger ertragen.

Entschlossen sprang Eva aus dem Bett und stürmte aus ihrer Wohnung hinaus auf den Gang. Sie trat zu seiner Tür, hinter der die Musik wummerte, und klopfte, doch das Geräusch wurde vom Lärm verschluckt, genauso wie der Ton der Klingel.

Eva klopfte ein weiteres Mal, dann noch einmal. Irgendwann hämmerten ihre Fäuste auf das Holz, um sich Gehör zu verschaffen. Plötzlich wurde die Tür aufgerissen und Valentín stierte sie grimmig an. Die dunklen Haare standen ihm wirr vom Kopf ab, so als hätte er sie Momente zuvor gerauft. Sein

Gesicht wirkte noch kantiger als sonst. Die Augen verschwanden in tiefen Höhlen.

Gott, wie sie diesen Mann verabscheute.

Er brachte das Schlimmste in ihr zum Vorschein.

»Dreh die Musik leiser!«, schrie sie und kämpfte gegen die derben Beats an, die sich in die Magengrube bohrten.

Seine Augen waren pechschwarz. Eva roch den scharfen Geruch von Alkohol.

Valentín trug eine Pyjamahose, die gefährlich tief auf seinen Hüften hing. Das Pyjamahemd war offen und gab den Blick auf seine nackte Haut frei. Ohne es zu wollen, glitt Evas Blick zu seinem Waschbrettbauch und dem schmalen Haarstreifen, der sich von seinem Bauchnabel abwärts zog. Sie zwang sich, wieder in sein Gesicht zu schauen, zu diesen verdammt sinnlichen Lippen, die er mit der Zunge befeuchtete.

»Die Musik, sie stört mich«, stieß Eva hervor, längst nicht mehr so mutig, wie sie sich noch Sekunden zuvor gefühlt hatte.

»Sie stört dich«, wiederholte er und lachte zynisch. »Ich geb einen Scheiß darauf, was dich stört.«

Eva schnappte nach Luft. »Ich kann nicht schlafen!«

»Ich auch nicht«, antwortete Valentín und machte einen Schritt auf sie zu. Eva wich zurück, bis sie die kalte Mauer des Ganges in ihrem Rücken spürte.

Er musterte ihr ausgeleiertes Shirt. Darunter war sie nackt und er wusste es. Ein Schauder fuhr durch Evas Körper, ein Gänsehautmoment. Die Notbeleuchtung war schwach, weshalb diffuses grünes Licht sie umgab. Sein Gesicht wirkte gequält, als würde sich seine Seele vor Schmerzen winden. Instinktiv streckte Eva ihre Hand aus und berührte seine Wange. Das war in etwa so klug, als würde man sich einem zähnefletschenden Tier nähern. Valentín wich ihrer Berührung aus, schnellte nach vorn und stützte sich neben ihr ab. Er war ihr gefährlich nahe. Zu nahe. Eva roch etwas Animalisches, spürte seinen heißen Atem, der Hochprozentiges in sich trug.

»Ich meine es ernst«, raunte Valentín mit tiefer Stimme. »Verschwinde Rotkäppchen. Der Wolf will nicht spielen.« Gänsehaut. Evas Sinne waren bis aufs Äußerste angespannt, seine Nähe jagte ihr ein Prickeln über die Wirbelsäule. Ein Spiel mit dem Feuer.

Er sah verdammt gut aus – und er war ein verdammtes Arschloch.

»Ich lass mich von dir nicht einschüchtern«, presste Eva hervor und schlug seinen Arm fort. Er lachte, packte sie und zog sie an sich.

»Lauf weg oder ich verschlinge dich mit Haut und Haaren.«

Eva wollte widersprechen, doch er kam ihr zuvor. Seine Hand wanderte unter ihr Shirt. Eva schnappte nach Luft, als er sie gegen die Wand presste und sie seinen harten Schwanz durch den dünnen Stoff der Pyjamahose spürte.

»Ich warne dich ein letztes Mal«, flüsterte er ihr heiser ins Ohr. »Geh oder ich fick dich!«

Eva verharrte regungslos und die Frist verstrich. Valentín hob sie hoch und trug sie in seine Wohnung. Es war dunkel, nur die Lichter der Großstadt erhellten das Wohnzimmer. Die Musik wummerte aus dem Boxen der Stereoanlage.

Er kramte in einer Lade, suchte fluchend nach Kondomen. Dann war er wieder bei ihr, drängte sich an sie und riss ihr das Shirt vom Körper. Eva streifte ihm das Hemd von den Schultern und berührte seinen Körper. Ihre Finger wanderten über seinen muskulösen Rücken und krallten sich in seine Haut.

Sie sollte verschwinden, solange sie es noch konnte, doch seine Anziehungskraft war übermächtig.

Was zur Hölle war mit ihr los? Eva brannte innerlich, das Feuer floss durch ihre Adern und entzündete das Fleisch bis in die äußersten Kapillaren. Sie stand in Flammen, wahnsinnig vor

Lust und voller Verlangen. Sie war hungrig nach etwas, das sie noch nie gekostet hatte, das sie aber dennoch lockte.

Das Gewicht seines Körpers lastete auf ihr. Sie wand sich, konnte sich nicht bewegen. Dann glitt er in sie. Fuck, wie konnte etwas so falsch sein und sich doch so richtig anfühlen? Wie konnte sie jemanden hassen und trotzdem mit ihm verschmelzen? Und es gleichzeitig so sehr genießen?

Sie und Valentín erreichten den Gipfel der Ekstase gleichzeitig und blickten sich dabei tief in die Augen. Die Musik war verstummt, die Playlist zu Ende. Ihre Hand, die sie eben noch in seinem Haar vergraben hatte, erschlaffte. Eva begriff, was sie gerade getan hatte, und rannte weg.

Hals über Kopf stürzte sie aus der Wohnung, rannte in ihre und schlug die Tür hinter sich zu.

Was hatte sie sich nur dabei gedacht, mit ihrem Nachbarn zu schlafen? Ihre Lust hatte jede Vernunft ausgehebelt.

Eva ging in die dunkle Küche und tastete nach dem Wasserhahn. Kaltes Wasser floss über ihre Finger. Sie beugte sich vor, trank, klatschte sich Wasser ins Gesicht, über die Brüste, ihre glühende Haut. In Evas Fantasie hatte sie bereits öfter Sex mit Valentín gehabt, doch die Vorstellung konnte der Wirklichkeit nicht das Wasser reichen. Nichts, das sie in ihrem bisherigen Leben erlebt hatte, konnte diesem Erlebnis das Wasser reichen.

Eva stieg unter die Dusche. Danach warf sie sich aufs Bett, genoss die Kühle ihrer Bettwäsche und schlief ein. In ihren Träumen verschmolzen die Grenzen zwischen Erlebtem und Erträumtem. Erst das Tageslicht brachte Klarheit in dieses Verwirrspiel. Es war tatsächlich geschehen.

Eva zückte ihr Smartphone und rief Marina an. Eltern kleiner Kinder waren auch an einem Sonntagmorgen bei Tagesanbruch erreichbar.

»Ciao Bellezza«, rief ihre Freundin Sekunden später.

»Du glaubst nicht, was passiert ist«, stieß Eva hervor und erzählte Marina die Geschichte. Am anderen Ende der Leitung herrschte Schweigen. Es klang, als hätte Marina das Handy beiseitegelegt, um Winzi junior mit einem fadenscheinigen Auftrag zu seinem Vater zu schicken.

Dann war sie wieder da.

»Okay, hör zu! Du schwingst jetzt deinen Arsch ins Auto und kommst hierher. Verstanden? Ich möchte alle Details hören, aber nicht über das Telefon.«

»Ich soll jetzt zu dir ins Burgenland fahren?«

»Ganz genau.« Eva überlegte. Das war genau die Art von Ablenkung, nach der sie gesucht hatte.

Nachdem sie sich zurechtgemacht hatte, huschte sie zu ihrer Wohnungstür und lauschte. Kein Mucks war zu hören. Eva zog die Tür einen Spalt breit auf und lugte nach draußen. Niemand war zu sehen. Sie fasste sich ein Herz und trat hinaus.

Ihre Füße berührten etwas Weiches, und sie zuckte erschrocken zusammen. Vor ihr auf dem Boden lag das Schlafshirt, dass Valentín ihr vom Leib gerissen hatte. Fein säuberlich zusammengefaltet. Darauf lag ein Zettel. Sie griff danach und las die vier Wörter, die darauf standen:

Es war ein Fehler.

Eva war wütend, doch das war allemal besser, als enttäuscht zu sein. Ein winziger Teil in ihr hatte gehofft, dass sie ihre Feindschaft aus der Welt geschafft hatten, doch so wie es schien, hatte diese gerade erst Fahrt aufgenommen. Eva stopfte das Shirt und seine Nachricht in ihre Handtasche und stapfte durch das Treppenhaus.

Das sah diesem Arsch ähnlich, dass er ihr die Schuld an ihrem

Aufeinandertreffen gab, als würde sie nachts klammheimlich durch Treppenhäuser schleichen, auf der Suche nach Kerlen, die sie zum Sex nötigen konnte. Erschrocken hielt Eva inne. Dachte er wirklich so von ihr?

Plötzlich war sie heilfroh, einen Grund zu haben, für die nächsten Stunden nicht nur das Stadtpalais, sondern auch die Stadt hinter sich zu lassen. An den Stellen wo er sie geküsst hatte, kribbelte ihre Haut noch immer. Allerdings konnte sie nicht sagen, ob sie mit Gift in Berührung gekommen war oder mit einem Aphrodisiakum.

Wie hatte sie sich selbst nur so verlieren können?

Als Eva das Weingut erreicht hatte, sprang sie aus dem Wagen und stürzte sich in Marinas Arme. Nach einem Augenblick inniger Wiedersehensfreude musterte Eva ihre Freundin skeptisch. Etwas an ihr war anders. Dann fiel es ihr wie Schuppen von den Augen. Die sonst so gestylte Marina trug eine Yogahose, die verdächtig nach ihrer eigenen aussah. »Du hast mir den Teufel ins Haus gebracht«, sagte Marina scherzhaft. »Wenn man einmal anfängt mit bequemer Kleidung, dann kann man nie wieder damit aufhören.«

Sie griff nach Evas Hand und zog sie hinter sich her auf das Haus zu. Das Anwesen lag eingebettet zwischen Weinreben. Ein architektonisches Meisterwerk aus sandfarbenem Naturstein, das an eine toskanische Villa erinnerte.

Kurze Zeit später saß Eva beim Frühstück und schilderte Marina haargenau, was sich in der letzten Nacht zugetragen hatte.

»Wow«, raunte Marina und fächerte sich Luft zu. »Plötzlich ist mir ganz heiß! Aber jetzt Hand aufs Herz, empfindest du etwas für Valentín?«

Eva schüttelte den Kopf.

»Das war pure Lust«, murmelte sie. »Ich dachte nur, dass das eher Carmens Ding ist.«

Marina nickte. Sie vertrat die Auffassung, dass es einem Menschen nicht vergönnt sei, Liebe und Leidenschaft gleichzeitig zu besitzen, langfristig müsse man sich immer für eines von beiden entscheiden. Sie hatte die Liebe gewählt.

Als wäre das sein Stichwort gewesen, betrat Marinas Mann den Raum, um Eva zu begrüßen. Rein optisch waren die zwei ein äußerst ungleiches Paar. Marina war eine glatte Zehn, während ihr Gatte höchstens eine Fünf auf der Attraktivitätsskala erreichte. Doch was ihm an Sexappeal fehlte, machte er mit Kameradschaftlichkeit und einem Sinn für Geschäftliches wett. Was er anfasste, wurde zu Gold, und so kam es, dass Marina sich einen überschwänglichen Lebensstil erlauben konnte.

Winzi senior zog Eva in eine herzliche Umarmung.

Er hatte rosige Wangen, schütteres Haar und einen Bauchansatz. Er punktete zwar nicht mit Maskulinität, dafür besaß er Charme und ein freundliches Wesen, weshalb sich Menschen in seiner Nähe wohlfühlten. Eva war da keine Ausnahme.

Winzi senior verkündete, dass er mit dem Junior einen Ausflug unternehmen würde, damit Marina und Eva ungestört plaudern konnten. Er trat zu seiner Frau, legte ihr den Arm auf die Schulter und hauchte ihr einen Kuss aufs Haar.

Kurze Zeit später sahen sie die Männer des Hauses in die Familienkutsche steigen und davonbrausen.

»Ich will das, was du hast«, murmelte Eva und lächelte ihrer Freundin wehmütig zu. »Einen Partner, der mich versteht. Alltag. Eine Heimat.«

»Ach, Eva«, seufzte Marina. »Du warst doch selbst lange genug verheiratet. Du solltest am besten wissen, dass nicht immer alles so perfekt ist, wie es scheint.«

Augenblicklich spitzte Eva die Ohren, denn sie hatte den seltsamen Unterton in der Stimme der Freundin bemerkt.

»Ist bei euch alles in Ordnung? Tut mir leid, ich rede hier nur von mir und hab gar nicht gefragt, wie es dir geht.«

Sie griff nach der Hand ihrer Freundin, doch Marina winkte ab. Ihr strahlendes Lächeln war wieder da.

»Ach, Bellezza, es ist alles wunderbar. Ich könnte nicht glücklicher sein.« Sie lenkte das Gespräch wieder auf Valentín. »Warum glaubst du, dass dein Nachbar so traurig war?«

Eva zuckte mit den Achseln. »Ich habe keine Ahnung.«

Bei nettem Geplauder verflogen die nächsten Stunden.

»Gute Freundschaften sind etwas Wunderbares«, dachte Eva, als sie Marina ein letztes Mal umarmte, bevor sie ins Auto stieg. Es war eine willkommene Auszeit gewesen, doch nun musste sie nach Wien zurückkehren und ihre Kinder abholen.

Kapitel 22

Endgegner

Eva bog in die Einfahrt ihres ehemaligen Hauses und parkte das Auto, um ihre Töchter abzuholen. Sie hatte ihre Ankunft per SMS angekündigt, dennoch würden Lisbeth und Sophie erst jetzt damit beginnen, ihre Habseligkeiten zusammenzusuchen. Manches änderte sich nie. Die Haustür schwang auf und Ben kam heraus, um die Details für die kommende Woche zu besprechen – das gemeinsame Sorgerecht verband sie trotz Trennung bombenfest miteinander. Es war offensichtlich, dass keiner von ihnen Lust auf die Gesellschaft des anderen verspürte, dennoch mussten sie sich miteinander arrangieren, ihren Kindern zuliebe.

Im ersten Stock öffnete sich die Terrassentür und Isabell nahm ihre Position als Galionsfigur ein. Als stumme Zeugin überwachte sie jedes ihrer Gespräche, doch heute wurde sie von Ben mit einer unwirschen Handbewegung zurück ins Haus geschickt.

Ein eisiger Zug zuckte um seine Lippen. Er war sichtlich genervt, ein Anblick, der Eva mit grimmiger Schadenfreude erfüllte. Offensichtlich wurde ihm sein Püppchen langsam lästig. Hinter Isabells sexy Fassade verbarg sich ein unsicheres, junges Ding, das fürchtete, ihren spendablen Gönner zu verlieren.

»Wenn er aufhört, mit seinem Schwanz zu denken, und wieder sein Gehirn einschaltet, wird er ganz schön enttäuscht sein«, dachte Eva mit einem zynischen Lächeln auf den Lippen.

Ben musterte sie über den Rand seiner schwarzen Hornbrille. Eva trug eine schwarze Hose, ein weißes Top und einen pinken

Mantel. Nichts, das er noch nie an ihr gesehen hätte, dennoch betrachtete Ben sie mit Interesse. Das spürte Eva, denn achtzehn Jahre Beziehung ließen sich nicht einfach fortwischen, egal, wie viele Gören er in der Zwischenzeit gevögelt hatte.

Plötzlich dachte Eva an etwas, das Carmen einmal gesagt hatte. »Man muss sexuell aktiv sein, um Männern ins Auge zu stechen.« Eva hatte lauthals aufgelacht, doch Carmen hatte beteuert: »Doch, es stimmt! Eine befriedigte Frau strahlt Lebenslust und Selbstsicherheit aus.« Sie war wohl der lebende Beweis für diese These.

»Also was läuft mit dir und diesem Typ?«, fragte Ben und brach damit das Schweigen.

»Welcher Typ?«, antwortete Eva, obwohl sie genau wusste, auf wen er anspielte.

»Der Kerl aus der Bar«, knurrte Ben und seine Stimme triefte vor Eifersucht. »Der seine Finger nicht von dir lassen konnte.«

»Ich wüsste nicht, was dich das angeht?«, erwiderte Eva, damit sie nicht zugeben musste, dass Ulli in einem schwarzen Loch verschwunden war. Es fühlte sich einfach zu gut an, ihren Ex-Mann leiden zu sehen. Ben knirschte mit den Zähnen. Er öffnete den Mund, kam aber nicht mehr dazu, etwas zu sagen, weil die Mädchen zu ihnen traten. »Tschüss, Papa«, rief Sophie und schlang ihre Arme um ihn. »Wir sehen uns am Dienstag zum Fußballtraining.«

Lisbeth blickte entnervt zwischen ihren Eltern hin und her und rollte mit den Augen. Sie nickte ihrem Vater knapp zu und brummte: »Ich warte im Auto.«

Ehe Ben den Gesprächsfaden wieder aufgreifen konnte, schloss Eva sich ihren Töchtern an. Während sie den Wagen wendete, blickte er ihr immer noch stirnrunzelnd hinterher.

Zu Hause angekommen, kochte Eva mit Sophies Unterstützung Tortellini mit Käsesauce. Die Zehnjährige schnippelte bereitwillig die Zutaten klein. Das war ungewöhnlich, denn normalerweise drückte sich Sophie vor jeder Art von Hausarbeit. Eva beobachtete sie und wurde das Gefühl nicht los, dass ihr etwas auf dem Herzen lag. Als die Sauce im Topf köchelte, zog sie ihr kleines Mädchen beiseite und fragte: »Okay, also schieß los! Du siehst aus, als ob du mir etwas sagen möchtest.«

»Papa und Isabell streiten ständig«, erklärte Sophie betont beiläufig. »Und ich habe das Gefühl, dass Papa sie nicht mehr mag.«

»Aha.« Eva spürte einen Stich in ihrem Herzen, denn sie ahnte, in welche Richtung sich dieses Gespräch entwickeln würde, dennoch ließ sie Sophie ihre Gedanken zu Ende formulieren.

»Und weißt du, was Papa mich neulich gefragt hat? Er wollte wissen, ob du einen neuen Kerl hast. Dabei hat ihn das doch nie interessiert.«

Eva sog scharf die Luft ein. Genau das war immer schon der Kern des Problems gewesen: Bens mangelndes Interesse.

»Und du wünscht dir jetzt, dass Mama und Papa wieder zusammenkommen?« Sophie nickte. Es war noch nicht lange her, da hatte sich Eva das Gleiche gewünscht.

»Ich weiß, dass Papa dich echt scheiße behandelt hat, aber ... wenn er seine Fehler einsieht? Könnte dann nicht alles wieder so werden wie früher?« Eva schlang die Arme um ihre Tochter und zog sie fest an sich. Sie wusste, wie sehr sich ihre Kinder nach einer intakten Familie sehnten. Dann dachte sie an Greta, die ihr geraten hatte, abzuwarten, bis dieses Strohfeuer erloschen war, doch Eva wollte Ben nicht vergeben. Trotzdem fiel es ihr wahnsinnig schwer, die Hoffnungen ihrer Jüngsten zu zerschlagen.

»Liebling, so leid es mir tut, das mit deinem Vater und mir ist vorbei. Es sind ein paar wirklich schlimme Dinge geschehen, die ich nicht vergessen kann und will.«

Sophie nickte, dann füllten sich ihre Augen mit Tränen und sie vergrub ihr Gesicht an Evas Brust. Das war gut, denn so sah sie nicht, dass auch Eva lautlos weinte. Es zerriss sie, ihre Kinder leiden zu sehen. Die rasende Wut in ihrem Inneren mochte zwar abgeflaut sein, aber der Hass brodelte leise vor sich hin.

Als Lisbeth und Sophie längst in ihren Betten lagen, saß Eva immer noch in der Küche und dachte über das Gespräch nach. Ihre Gedanken flatterten wie aufgeschreckte Vögel durch ihren Schädel und es gelang ihr nicht, sie zu kanalisieren.

Sie nahm einen Schluck Tee, dann klappte sie den Laptop neben sich auf. Es war längst zur Routine geworden, dass sie Endgegner eine Nachricht hinterließ, wenn es ihr wieder einmal nicht gelang, ihren Geist zu sortieren. Außerdem war das der ideale Weg, um Dampf abzulassen und sich den Frust von der Seele zu schreiben. Heute gab es wieder viel zu erzählen. Von ihrer nächtlichen Begegnung mit Valentín, Bens Eifersucht und dem Wunsch ihrer Tochter nach einer intakten Familie.

»Scheiße!«, entfuhr es Eva, als sie Lovematch öffnete, um zu ihren Nachrichten zu gelangen. Ihr imaginärer Freund war online und hatte jede einzelne ihrer Nachrichten gelesen.

»Oh Gott, das darf nicht wahr sein.«

Sie hatte diesen Fremden tief in ihre Seele blicken lassen und ihm tiefe Einsichten in ihr Privatleben gewährt. Er musste sie für eine Verrückte halten!

Eva klickte auf sein Profilbild, welches er nun für sie freigegeben hatte. Endgegner war alles andere als attraktiv. Sie sah einen Mann mittleren Alters mit schütterem Haar und ersten Falten auf der Stirn. Eine kreisrunde Brille verunzierte sein Gesicht.

Er erinnerte Eva ein wenig an Willie Tanner, den Familienvater aus Alf. Doch in gewisser Weise beruhigte sie sein Aussehen auch, ihre Blamage erschien ihr mit einem Mal ein Stückchen weniger dramatisch. Wäre der Typ heiß gewesen, hätte Eva auf der Stelle vor Scham tot umfallen müssen. Sowie sie diesen Gedanken zu Ende gedacht hatte, poppte das Chatfenster auf. Drei Herzchen tanzten. Endgegner tippte eine Nachricht.

[Endgegner:] Hey, BellaDonna, ich muss dir etwas gestehen:
Du bist auf einem Fakeprofil gelandet.
Ich bin der Programmierer dieser App.
Das Profil hab ich nur, um gelegentlich die
Funktionalität der Plattform zu überprüfen.
Ich bin nicht auf der Suche nach einer Beziehung.
Ich wünsche dir viel Glück bei deiner Datingreise.

Eva schnaubte. Sie hatte sich unwissentlich den Godfather von Lovematch herausgepickt, den einzigen Typen, der nicht hier war, um Liebe zu finden. Dummerweise sah Endgegner, dass sie gerade online war, also fühlte sich Eva verpflichtet, ihm zu antworten.

[BellaDonna:] Oh Gott!
Du musst mich für eine Irre halten.
Ich dachte nicht, dass die Nachrichten gelesen
werden. Sorry!!! Ich wollte nur Dampf ablassen.

Endgegner schickte ihr als Antwort einen Emoji, der Tränen lachte. Wenigstens nahm er die Sache mit Humor.

[Endgegner:] Hey, was ist aus Analsex-Ulli geworden?
Ich frage natürlich nur aus beruflichem Interesse.
Nein, vergiss es, ich frage gar nicht.
Obwohl es mich schon interessieren würde.
Okay, ich glaube, ich frage doch!?

[BellaDonna:] Er ist in den Annalen der Geschichte verschwunden.

Endgegner schickte einen Smiley, der sich vor Lachen kringelte.

[Endgegner:] Too bad! Aus Programmierer-Sicht kann ich das
bestätigen: Oft ist die Analogie zwischen Dating-
Partnern nicht gegeben.

Eva grinste, während ihre Hände über die Tastatur flogen. Diese
Antwort verlangte nach einem ebenso gewieften Konter.

So begann ihr verbaler Schlagabtausch. Ein sinnloses Geplänkel zweier Fremder, dennoch genoss Eva die Konversation.

[Endgegner:] Ich muss sagen, du hast Sinn für Humor. Ich habe
beim Lesen deiner Nachrichten einige Male laut
gelacht.

[BellaDonna:] Na ja, ich hatte dankbare Gehilfen. Die Geschichten
schreiben sich quasi von ganz allein.
Ich hab mir wohl die furchtbarsten Frösche aus
dem Teich geangelt.

Weil sie es angesprochen hatte, erkundigte sich Endgegner nach
ihren übrigen misslungenen Dates. Er wusste von MrRight,
Akim, dem Cocktailgott, dem Loveboat-Kapitän und dem
Fußballtrainer. Von ihrem nächtlichen Intermezzo mit Valentín
wusste er nichts, weil Eva noch keine Zeit gehabt hatte, sich den
Frust von der Seele zu schreiben. Das war gut, denn der Kerl
musste sie auch so für eine wahnsinnig umtriebige Person halten.

Insgeheim befürchtete Eva bei jeder Antwort, dass Endgegner
das Gespräch beendete, doch er blieb. Noch niemals zuvor war

sie bei einem Kerl so ungefiltert sie selbst gewesen. Bisher hatte sie immer den Druck verspürt, sich im besten Licht zu präsentieren, doch nach all ihren Nachrichten musste er sie ohnehin für eine Irre halten. Die Stunden verstrichen, ohne dass Eva es bemerkte. Die Außenwelt verschwamm und es gab nur noch dieses unsichtbare Band zwischen ihnen, das sich mit jedem Wort verstärkte. Es war weit nach Mitternacht, als ein einziges Wort auf ihrem Bildschirm auftauchte.

[Endgegner:] Danke!

[BellaDonna:] Wofür?

[Endgegner:] Für unser Gespräch. Das hat mir mehr geholfen, als du dir vorstellen kannst.
Ich weiß, du suchst die Liebe und ich nicht …
Aber ich würde mich freuen, wenn wir diese Plauderei bei Gelegenheit fortsetzen könnten?

Evas dämliches Herz tat einen Satz.

[BellaDonna:] Ich würde mich auch freuen! Es ist schön, sich jemandem anvertrauen zu können.

Mit einem seligen Gefühl schlief Eva in dieser Nacht ein, auch wenn ihr nur noch wenige Stunden Schlaf blieben, ehe der Wecker klingelte.

Kapitel 23

Dreckige Eva

Eva parkte ihren Mini Cooper vor einem Wohnblock im zehnten Bezirk. Es war früher Nachmittag. Während sie wartete, blickte sie auf die Temperaturanzeige auf ihrem Armaturenbrett. Zehn Grad Celsius, wobei es sich in der Sonne durchaus wärmer anfühlte. Nicht schlecht für Mitte November.

Sogleich steuerte Tante Uschi auf sie zu. Sie vereinte eine einzigartige Mischung aus Biederkeit und schrillem Aussehen. Üblicherweise hatte sie graues Haar, das ihr in krausen Locken um den Kopf wogte. Heute trug sie es jedoch unter einem scheußlich bunten Turban verborgen.

Um ihren faltigen Hals hing eine Muschelkette, von der sie behauptete, dass sie aus Goa stammte. Eva tippte allerdings eher auf den Cent-Shop, der am Ende der Straße eröffnet hatte.

Nach dem Krebstod ihres Mannes hatte Uschi die Spiritualität entdeckt. Seit sie Eva für eine weitere Sinnsuchende hielt, ließ sie es sich nicht nehmen, ihre Erfahrungen mit ihrer Nichte zu teilen.

Nach Qigong hatte sie Eva nun zu einem weiteren Experiment überredet: Waldbaden mit ihrem lieben Bekannten Herbert. Herbert war ein selbsternannter Naturtherapeut, der Shinrin-Yoku praktizierte, also Baden in Waldluft.

Zwar befürchtete Eva eine ähnlich fragwürdige Unternehmung wie die Qigong-Einheit im Park, allerdings wollte sie Tante Uschi nicht vor den Kopf stoßen, denn die alte Dame war freundlich und weltoffen, im Gegensatz zur menschenverachtenden

Grundhaltung ihrer eigenen Mutter. Nun riss sie energisch die Beifahrertür auf und wuchtete ihren ausladenden Hintern – ein familiäres Merkmal – in den Mini.

Augenblicke später brausten sie los, aus der Stadt hinaus Richtung Wienerwald, wo sie Uschis Bekannten treffen wollten.

»Na, wie geht es dem alten Drachen?«

»Keine Ahnung.«

Das war nicht gelogen, denn seit der ABBA-Themenfahrt hatte Eva nichts mehr von ihrer Mutter gehört. Eva schmollte immer noch ein wenig, weil Dagmar sie hintergangen hatte.

»Wie war euer Ausflug?«

»Ganz nett.«

Eva gab sich wortkarg, denn obwohl sie ihrer Mutter noch böse war, wollte sie nicht deren Affäre auffliegen lassen.

»Du kannst ruhig mit der Sprache rausrücken. Ich weiß ohnehin, dass sie es mit dem Gärtner treibt.«

Tante Uschi zeichnete Gänsefüßchen in die Luft, um Freds vermeintliche Berufsbezeichnung zu markieren.

Eva sog scharf die Luft ein. »Ich weiß nicht, was du meinst.«

Uschi lachte schallend, sodass ihr wogender Busen auf und ab hüpfte. »Dann wärst du allerdings die Einzige in ganz Favoriten. Wobei, bis nach Hietzing dringen solche Gerüchte vielleicht wirklich nicht?«

»Stört dich das nicht? Ich meine, Harry ist dein Bruder!«

Tante Uschi zuckte mit den Achseln.

»Ich glaube nicht«, sagte sie, nachdem sie kurz darüber nachgedacht hatte. »Ich kann es ihr nicht verübeln. Im Prinzip ist ihr Mann genauso tot wie meiner. Du weißt doch selbst, dass Harry nur noch Matsch im Hirn hat.«

Sie fuhren eine Zeitlang schweigend durch den zähen Nachmittagsverkehr, dann nahm Tante Uschi den Faden wieder auf.

»Ich hätte ihr schon längst meinen Segen gegeben, wenn Dagmar mir nicht immer irgendwelche absurden Lügen auftischen würde. Dieser verstockte, alte Knochen.«

Eva lächelte wissend. Tante Uschi war der einzige Mensch, den Dagmar noch leidenschaftlicher kritisierte als ihre eigene Tochter.

Die eine war ihr zu sehr Prinzessin, die andere zu sehr Hippie, nichts davon passte in ihr kleingeistiges Weltbild.

Nach einer guten Stunde gelangten sie zu dem Treffpunkt im Wienerwald, einem vermeintlichen Kraftort. Auf dem Parkplatz stand ein orangefarbener VW Käfer und direkt davor ein älterer Mann gleichen Baujahres. Zweifelsohne ihr Guru. Er trug seine eigene Version einer Vokuhila-Frisur, vorne kurz, oben kahl und unten lang. Dazu eine John-Lennon-Brille und einen gelbsträhnigen Rauschebart. Das war also Herbert, ein in die Jahre gekommenes Original, das eine kuriose Mischung aus Hippie und Alm-Öhi darstellte.

»Ah, do schau her, die dreckige Eva«, sagte er, als sie aus dem Wagen stiegen und auf ihn zugingen.

»Wie bitte?« Eva hoffte inständig, dass sie sich verhört hatte.

»Nix für ungut! Ich mein ja nur, weil du noch nie Waldbaden warst«, erklärte Herbert grinsend. »Bei mir kriegt jeder einen Spitznamen.«

Er streckte ihr seine Prankenhand entgegen und drückte sie eine Spur zu fest. Ein sonderbarer Kauz.

Tante Uschi strahlte über das ganze Gesicht, offensichtlich korrelierte in ihrem Weltbild Eigenbrötlerei mit Spiritualität.

Nach und nach trudelten auch die übrigen Teilnehmer ein. Allesamt Mitglieder von Tante Uschis Seniorenclub.

Während sie durch den Herbstwald stapften, erzählte ihnen Guru Herbert von einem seiner Trips, auf dem er von einem japanischen Weisen das Shinrin-Yoku erlernt hatte.

Die Gruppe kam nur langsam voran, weil eines der Mitglieder eine neue Hüfte hatte, die noch nicht voll belastbar war. Dennoch genoss Eva den Spaziergang durch den Herbstwald. Die Natur präsentierte ihr leuchtendes Farbenspiel und die Ruhe des Waldes umhüllte sie. Ihr Führer, Guru Herbert, hielt immer wieder an, ließ sie bewusst atmen, Stämme berühren, Erde in die Hand nehmen und Blätter liebkosen. Es war reinigend für die Seele, so viel stand fest, und wenn man Herberts schräges Erscheinungsbild ausblendete, dann konnte man ihm eine gewisse Kompetenz nicht absprechen.

»Dreckige Eva, komm her!«

Herbert griff nach ihrer Hand und zog sie hinter sich her zu einem Baum, der zu ihrer spirituellen Reise passen sollte: einer Schwarzkiefer.

»Was genau soll ich jetzt machen?«

Der Guru grinste und zeigte seine gelbfleckigen Zähne.

»Da fällt dir bestimmt etwas ein. Berühr ihn, rede mit ihm, gaff ihn an, reib dich an ihm, was auch immer – das weißt eh selbst am besten.«

Er sah sie einen Augenblick durchdringend an und plötzlich beschlich Eva das Gefühl, dass hinter dieser Urgewalt an Idiotie vielleicht doch ein Fünkchen Weisheit steckte.

»Deine Leitung ist gekappt«, sagte er kryptisch und deutete auf ihre Brust. »Dein Herz-Chakra ist blockiert, Kopf und Herz finden nicht zueinander.«

Ohne weitere Erklärung ließ er sie stehen und machte Tante Uschi mit ihrem Gebüsch bekannt. Die Gruppe verteilte sich, sodass jeder über ein großzügiges Maß an Privatsphäre verfügte.

Eva gab sich einen Ruck und setzte sich zu ihrem Baum, ungefähr mit dem gleichen Gefühl, als würde sie einen Typen an der Bar anquatschen, nämlich mit gewaltiger Verlegenheit. Ihr Baum war ein optisch durchaus ansprechendes Exemplar.

Kräftiger Stamm, breite Krone, hochgewachsen, ohne sichtbare Einkerbungen. Sie hätte es schlechter treffen können.

Da Guru Herbert offensichtlich ein Auge für Matches hatte, überlegte Eva, ob sie ihn im Anschluss an dieses Waldbad einen Blick auf ihre Lovematch-Vorschläge werfen lassen sollte. Doch für den Augenblick wandte sie ihre Aufmerksamkeit wieder der Schwarzkiefer zu.

Eva strich über den rauen Stamm, betrachtete seine Textur und die Rinde, während sie sich der Lächerlichkeit ihres Tuns bewusst war. Sie hoffte inständig, dass keine Wanderer des Weges kamen und sie in kompromittierender Pose mit einem Baum vorfanden. Sie rutschte näher, presste ihre Wange gegen den Stamm und versuchte, an nichts zu denken. Dann dachte sie an mehr Dinge als jemals zuvor. Daran, dass sie an nichts mehr denken sollte, außerdem an den nächsten Wocheneinkauf, ob sie den Wäschetrockner eingeschaltet hatte und dass sie vorher noch aufs Klo hätte gehen sollen.

Eng an den mächtigen Baumstamm gekuschelt, tauchte wieder der vermaledeite Valentín Rodríguez in ihren Gedanken auf; ein äußerst unpassender Moment, um scharf zu werden.

»Wenigstens kannst du mir nachher nicht vorwerfen, dass es ein Fehler war«, murmelte Eva zynisch. Sie warf den Kopf in den Nacken und blickte zu ihrem neuen Freund auf. »Ist dir schon einmal so etwas passiert?« Vermutlich wurde man auch als Schwarzkiefer nicht allzu oft von einem Menschen auf diese Weise genötigt.

Eine Stunde später hatte Eva ihre Verlegenheit und der Baum sein Laub abgeschüttelt. Herbert tippte ihr auf die Schulter und winkte sie zu sich. Die Gruppe setzte ihre Wanderung fort und lauschte den Weisheiten ihres Gurus.

So verstrich der Nachmittag.

Als sie später zum Parkplatz zurückkehrten, fühlte sich Eva wie ein praller Pfirsich. Vielleicht mochte das Waldbad nicht ihre Seele gereinigt haben, ihr Äußeres fühlte sich jedoch eindeutig verjüngt an. Guru Herbert verabschiedete sich von jedem Teilnehmer.

Als er bei Eva angelangt war, betrachtete er sie durchdringend.

»Du wirst erst dann glücklich werden, wenn du alles in Einklang gebracht hast.« Er zeigte dabei auf ihren Kopf, ihr Herz und ihre Scham. Eigentlich hätte Eva empört sein sollen, dass er ihre Genitalien ins Spiel brachte, allerdings nannte er sie seit Stunden »dreckige Eva«, sie war also nicht wirklich überrascht.

Auf eine absurde Weise hatte er sogar recht. Seit Sophie sie gebeten hatte, der Beziehung mit Ben noch eine Chance zu geben, hatte sich ihr Ex wieder in ihre Gedanken gestohlen. Zwar war Eva nach wie vor nicht bereit, ihm zu vergeben, doch den Wunsch nach einer intakten Familie und einer heilen Welt konnte sie nicht leugnen. Wem ihre Genitalien huldigten, wusste Eva ganz genau, aber neu war das Herzklopfen, wenn sie an ihr nächtliches Gespräch mit Endgegner dachte. Somit hatte Guru Herbert recht, wenn sie diese drei Aspekte nicht in Einklang brachte, dann war Chaos vorprogrammiert.

Nachdem Eva Tante Uschi zu Hause abgesetzt hatte, kehrte auch sie nach Hause zurück. Es dämmerte bereits, als sie die Haustür aufschloss. Im Foyer war es dunkel, die Lampen waren noch immer nicht montiert worden und das Stadtpalais versank in diffusem Zwielicht.

Ich muss dringend der Hausverwaltung schreiben, dachte Eva, als sie durch das Treppenhaus ging. Sie lauschte. Eigenwillige Geräusche ließen sie alarmiert aufhorchen. Offensichtlich war sie nicht die einzige Person, die sich hier aufhielt. Falsch, Personen, denn für das, was sie zu hören bekam, benötigte man mindestens zwei Menschen. Von oben erklang gedämpftes Lachen, vermengt mit leisem Stöhnen. Konnte es sein, dass Valentín Rodríguez Gefallen an der Kopulation im Treppenhaus gefunden hatte und diese Nummer mit seiner Freundin wiederholte? Ein absurdes Gefühl der Eifersucht stieg in Eva auf, als sie sich lautlos die Treppe hinaufschob.

Sie wollte ihn auf frischer Tat ertappen, um ihm das arrogante Grinsen ein für alle Mal aus dem Gesicht zu wischen.

Ein ungewöhnlicher Geruch stieg ihr in die Nase. Es roch nach Zigarettenrauch und einem penetranten Deodorant, beides passte nicht zu ihrem Nachbarn.

Eva sah zwei engumschlungene Gestalten. Nur noch ein paar Schritte, dann würde sie sich aus dem Schatten lösen, doch das hämische »Tada« verkümmerte in ihrem Mund. Sie sah Lisbeth in den Armen eines wildfremden Jungen. Sie küssten sich leidenschaftlich, Lisbeths hochgeschobenes T-Shirt gab den Blick auf Evas roten Spitzen-BH frei. Der Bursche war einen Kopf größer und vermutlich auch ein paar Jahre älter. Evas Blick fiel auf seine Hosentasche, aus der etwas hervorlugte, das verdächtig an ein Kondom erinnerte. Dieser Anblick brachte das Fass zum Überlaufen.

»Lisbeth!« Die beiden schnellten auseinander und blickten sie panisch an. Ihre Mienen erinnerten an Rehe im Scheinwerferlicht. Es hätte komisch sein können, wenn es das Kind von jemand anderem gewesen wäre, aber so war Eva kein bisschen zum Lachen zumute.

»Bist du verrückt? Du bist vierzehn, um Gottes willen!«

Der Bursche riss die Hände hoch, als ob er bei einem Ladendiebstahl erwischt worden wäre. Der Schreck wich aus Lisbeths Gesicht und wurde zu Trotz. Ein rebellisches Funkeln trat in ihre Augen, das Eva mit ihren eigenen Giftpfeilen quittierte. Der Bursche, der zwischen die Fronten des Mutter-Tochter-Konflikts geraten war, machte einen Schritt rückwärts, die Hände immer noch erhoben. Zwar war Eva unbewaffnet, im Augenblick aber verspürte sie nicht übel Lust, die beiden Teenager mit bloßen Händen zu erwürgen.

»Ich geh besser«, raunte er.

Ohne Lisbeths Antwort abzuwarten, machte er kehrt und preschte die Stufen hinab. Die Tür flog ins Schloss.

»Verdammte Scheiße, Mama! Wie kannst du mich so blamieren?«

Eva klappte die Kinnlade runter. Nicht nur wegen Lisbeths Wortwahl, sondern auch, weil dieses Kind es wagte, ihr Vorwürfe zu machen.

»Ich? Was zur Hölle hast du dir dabei gedacht, Lisbeth?«, fuhr Eva ihre Tochter an. »Du bist viel zu jung für solche Dinge! Ich will mir gar nicht vorstellen, was passiert wäre, wenn ich zehn Minuten später gekommen wäre.«

Lisbeth rollte genervt mit den Augen, eine Geste, die Evas Wut nur noch mehr befeuerte.

»Ich hab keine Straftat begangen, Mama. Andere Mädchen in meinem Alter haben auch Freunde und küssen sich. Das ist normal!«

Eva schnaubte wie ein wildgewordenes Nashorn und linste auf den roten Spitzen-BH, der immer noch unter dem hochgeschobenen T-Shirt hervorlugte.

»Und was ist das? Das geht wohl eindeutig über Knutschen hinaus. Trägst du meine Unterwäsche? Tickst du noch richtig?«

Eva starrte auf ihre Armbanduhr. »Ihr solltet doch mit Oma Greta im Kino sein?« Im selben Moment weiteten sich Lisbeths Augen und die Fassade aus Trotz begann zu bröckeln.

»Du hast mich angelogen.« Lisbeth musste nicht antworten, die Beweise lagen auf der Hand. »Was hast du deiner Oma erzählt, mit wem du den Nachmittag verbringst? Mel, Elli oder Louisa?«

»Bitte verrat es nicht Papa«, flehte ihre Tochter. »Und Oma

auch nicht. Es ist ja gar nichts passiert!«

»Und es wird auch nichts mehr passieren, weil du Hausarrest hast, bis du dreißig bist«, zischte Eva. »Geh in dein Zimmer! Wir zwei sind noch lange nicht fertig, aber im Gegensatz zu dir halte ich den Gang nicht für den richtigen Ort für ein Intermezzo.« Zum Glück war es dunkel und Lisbeth sah nicht ihre Wangen, die in Flammen standen.

Ihre Älteste stürmte in die Wohnung, drei Sekunden später knallte ihre Zimmertür zu und weitere vier Sekunden später erklang laute Musik. Evas Augen observierten den Tatort. Eine halb gerauchte Zigarette lag dort.

Eva hoffte insgeheim, dass der Bursche der alleinige Übeltäter gewesen war. »Verdammte Scheiße!«, wiederholte sie Lisbeths Worte. Das traf es gut. Wenn dieses Gör mit vierzehn schon so eine Aktion abzog, dann graute Eva regelrecht davor, was der sechzehnte Geburtstag mit sich bringen würde. Sie musste schleunigst die Reißleine ziehen, ein ernstes Gespräch mit Ben führen und ein noch ernsteres mit ihrer Tochter.

Eva hatte ihren Kindern immer Vertrauen entgegengebracht. Nun fragte sie sich, ob es an der Zeit war, diesen Vorschuss radikal einzuschränken.

In Gedanken ging sie bereits ihre nächsten Schritte durch. Sie machte am Absatz kehrt, als sie gegen jemanden prallte. Es war Valentín, der unbemerkt hinter ihr aufgetaucht war. Auch er besaß das Talent, sich unbemerkt anzuschleichen.

»Alles in Ordnung?«

»Ja!«, stieß Eva hervor. »Alles gut. Abgesehen davon, dass meine Tochter gerade im Begriff war, ihr erstes Mal im Gang eines Wohnhauses zu erleben. Mit vierzehn!«

Ihre Stimme triefte vor Sarkasmus.

Valentín grinste. »Irgendetwas hat dieser Gang wohl an sich.« Er hatte es als Scherz gemeint, dennoch starrte Eva ihn fassungslos an. Sogleich erstarb das Grinsen auf seinen Lippen und er hob abwehrend die Hände.

»Du verstehst das falsch. Ich meinte nicht …«

»Ich weiß genau, was du gemeint hast«, zischte Eva. »Wie die Mutter, so die Tochter, nicht wahr?«

Sie machte einen drohenden Schritt nach vorne und baute sich vor ihm auf. Dummerweise war Valentín ein gutes Stück größer.

»Jetzt hör mir mal gut zu, das zwischen uns war ein verdammter Fehler und es wird nie, nie, nie wieder so weit kommen. Und jetzt geh mir aus dem Weg!«

Kapitel 24

Burlesque, Baby!

»Achtung, Türen schließen!«, erklang die Durchsage.

Eva saß in der U-Bahn und blickte aus dem Fenster, während sich der Zug in Bewegung setzte. Es war Sonntagmorgen und kaum Menschen waren unterwegs.

Sie gähnte herzhaft. Eva hatte bis spät in die Nacht für ihre erste Prüfung gepaukt. Einführung in Wirtschaft und Recht. Aus Angst vor dem Scheitern hatte sie Alex Steindl nicht von der Wiederaufnahme ihres Studiums erzählt. Lieber ächzte sie unter der Dreifachbelastung aus Kindererziehung, Beruf und Fortbildung, als sich die Blöße zu geben, vor Ben zu versagen. Denn eines war klar, wenn sie Alex über ihre Pläne in Kenntnis setzte, würde auch sein Kanzleipartner unweigerlich davon erfahren. Und auf dessen spöttische Kommentare konnte sie getrost verzichten. Eva würde vorerst ihr Geheimnis wahren, wenigstes, bis sie die ersten positiven Prüfungsergebnisse eingeheimst hatte.

Sie schüttelte den Kopf und holte ihre Gedanken zurück in die Gegenwart. Eva hatte Carmen in der Leitung. Sie hatte Dampf abgelassen, über Lisbeth, die ihr Zuhause in eine Schlangengrube verwandelte. Das Mädchen hatte eine Woche Hausarrest ausgefasst und verbrachte nun seine Zeit damit, die Menschen in seinem Umfeld in den Wahnsinn zu treiben. Allen voran Eva, die Lisbeth aktuell als Inbegriff des Bösen ansah. Dennoch war Eva zufrieden mit ihrer Entscheidung. Lisbeths vorsätzlicher Betrug wurde mit Hausarrest bestraft, aber der Austausch von Körperflüssigkeiten im Treppenhaus war nicht sanktioniert worden. Es war für Lisbeth Strafe genug gewesen, mit Eva ein weiteres Mal das Thema Verhütung und Sex durchkauen zu müssen. Das Sahnehäubchen war ein Besuch beim Frauenarzt gewesen, woraufhin ihre Tochter beteuert hatte, noch ein Weilchen länger im Lager der Jungfrauen verweilen zu wollen.

»Gott sei Dank ist sie das Wochenende über bei Ben«, brummte Eva und schüttelte sich beim Gedanken an die frostige Kälte im Stadtpalais. »Das Zusammenleben mit einem Teenager ist alles andere als ein Zuckerschlecken.«

»Sei nicht zu streng«, erwiderte Carmen. »So waren wir doch alle mal.«

»Du vielleicht«, korrigierte sie Eva. »Ich war ganz sicher nicht so.« Carmen lachte auf und es klang, als würde sie in Erinnerungen schwelgen. Es war einfach, mit verklärtem Blick die Vergangenheit zu betrachten, wenn man keinen außer Kontrolle geratenen Teenie zu Hause hatte. Wobei Eva von Carmen ohnehin kein Verständnis erwartet hatte, es gab einen anderen Grund, warum sie mit ihrer Freundin hatte sprechen wollen.

»Hör zu, mir ist etwas absolut Sonderbares passiert!« Sie erzählte Carmen von Endgegner, dem Programmierer von Lovematch, mit dem sie stundenlang über Gott und die Welt gechattet hatte. Seither schrieben sie sich witzige Nachrichten, in denen sie ihre Gedanken miteinander teilten.

»Kennst du ihn? Ihr macht doch das Marketing für Lovematch.« Carmen stieß ein genervtes Geräusch aus.

»Warte kurz, Eva!«

Es raschelte in der Leitung, dann hörte man Carmens nackte Füße über den Boden trippeln. »Er macht mich wahnsinnig«, zischte sie, nachdem sie sich dem Klang nach zu urteilen im Badezimmer versteckt hatte. »Was Cruz an Hirn fehlt, macht er mit seinem Schwanz wieder wett, aber schön langsam sehne ich mich nach jemandem, mit dem ich reden kann, ohne ihm vor Langeweile einen zu blasen.«

Carmen hatte immer schon körperlicher Anziehung den Vorrang gegeben. »Aber um deine Frage zu beantworten, nein, ich kenne den Programmierer nicht. Ich könnte mich aber umhören. Wie heißt er?«

»Keine Ahnung«, gestand Eva. »Wir erzählen uns nur sehr wenig aus unserem Privatleben. Unsere Gespräche sind tiefgründiger.«

»Aha! Wie sieht er denn aus?«

Eva seufzte. »Höchst durchschnittlich. Halbglatze, Brille. Wirklich nicht sonderlich attraktiv.«

»Und warum führen wir diese Unterhaltung dann?«

»Weil mir das Hirn eines Mannes wichtiger ist als der Inhalt seiner Hose.«

»Tja, jeder nach seiner Fasson«, konterte Carmen.

»Es war wirklich erstaunlich«, fuhr Eva fort. »Wir haben eine Verbindung, die ich noch nie zuvor erlebt habe.«

»Na ja, von dir aus gesehen mag das ja etwas Wundervolles sein«, spottete Carmen. »Wirst du dich mit ihm treffen?«

»Nein. Er will keine Beziehung.«

»Warum verschwendest du deine Zeit an einen Kerl, der dir nicht gefällt und der sich nicht binden will?«

Eva zuckte mit den Achseln, obwohl Carmen das nicht sehen konnte. »Ich genieße unsere Gespräche.«

»Das klingt wirklich verlockend.« Carmen prustete. »Dabei könnte sich ein hässlicher Typ doch alle zehn Finger abschlecken bei einer Frau wie dir.«

»Er weiß gar nicht, wie ich aussehe«, murmelte Eva. Sie hatte ihr Foto nie für Endgegner freigegeben.

»Na, dann weißt du ja, was du zu tun hast.«

Plötzlich erklang ein lautes Ächzen der U-Bahn-Garnitur.

»Wohin bist du um diese Zeit schon unterwegs?«

»Zu einem Burlesque-Workshop.«

»Das, Schatzerl, ist das erste Mal in all den Jahren unserer Freundschaft, dass du mich tatsächlich überraschst«, sagte Carmen lachend. Sie plauderten noch ein wenig, dann war es für Eva Zeit auszusteigen. Sie verabschiedete sich von Carmen und verließ den Zug.

Kagran hieß die Haltestelle, die sich im Bezirk Donaustadt befand. Eva hatte ihr Ziel erreicht. Sie ging einen leeren Bahnsteig entlang, fuhr die Rolltreppe nach oben und sah Marina, die sie bereits in der Tickethalle erwartete.

»Ciao, Bellezza!« Sie umarmte Eva und küsste sie auf beide Wangen. »Du wirst sehen, es wird unglaublich lustig.«

»Mhm.« Eva versuchte erst gar nicht, ihre Skepsis zu verbergen. Marina hatte sie zu diesem Burlesque-Workshop angemeldet.

Sie hatte die genaue Bedeutung des Wortes zuvor gegoogelt, es galt als eine künstlerische Form des Striptease.

»Denk an deine Wette mit Carmen.«

Eva knuffte ihre Freundin in die Seite. »Glaubst du, ich weiß nicht, wer diesen Punkt auf die Liste gesetzt hat?«

Marina grinste hämisch. Sie sah aus wie Monica Bellucci mit ihren schwarzen langen Haaren, dem sinnlichen Schmollmund und ihrem kurvigen Körper. Marina trug schwarze Hosen und Turnschuhe. Darüber ein enges Jäckchen, dessen Zipper sie so weit geöffnet hatte, dass man die Einkerbung zwischen ihren Brüsten sehen konnte. Sie konnte sich diesen Aufzug erlauben: Marina war mit ihrem Land Rover aus dem Burgenland angereist und hatte nicht mit den öffentlichen Verkehrsmitteln quer durch Wien tuckern müssen. Eva musterte sie verstohlen und fragte sich, warum Marina plötzlich daran gelegen war, erotisch tanzen zu lernen. Winzi senior schien nicht die Sorte Mann zu sein, die auf verruchten Striptease abfuhr, doch stille Wasser waren bekanntlich tief.

Einen kurzen Fußweg später betraten sie das Tanzstudio. Ein moderner Bau mit geräumigen Sälen und einem ästhetischen Empfangsbereich, wo man Smoothies, Energydrinks, Wasser, Kaffee oder Sekt kaufen konnte.

Die Besitzerin des Tanzstudios war eine Travestie-Künstlerin und eine schillernde Erscheinung. Sie stöckelte hinter ihrem Tresen hervor und begrüßte die Neuankömmlinge.

»Herzlich willkommen, mein Name ist Tony«, sagte sie und zeigte ihre strahlend weißen Zähne. In ihren High Heels war sie knapp zwei Meter groß. Tony trug einen hautengen Einteiler, den sich Beyoncé wohl liebend gern für ihre Bühnenshows leihen würde. Mit ihren stark geschminkten Augen und der extravaganten Perücke war sie nicht zu übersehen. Im ersten Moment fühlte sich Eva überrumpelt von so viel Präsenz. So ging es wohl auch den anderen Teilnehmerinnen, allesamt Frauen jedweder Couleur, doch ein Gläschen Sekt und ein herzliches Pläuschchen später waren sie ein schnatternder, leicht beschwipster Hühnerhaufen mit einer schillernden Oberglucke als Anführerin. Tonys tiefe Stimme und ihr derber Wiener Dialekt brachte alle zum Lachen. Ein Wiener Original in origineller Verpackung.

Eva ließ ihren Blick über die Anwesenden schweifen. Nach einer kurzen Vorstellrunde kannte sie die Beweggründe der Teilnehmerinnen. Marie und Helga waren die ältesten Semester, zwei Büroangestellte, die ihrer baldigen Pensionierung entgegensahen und sich einen Jux erlaubten. Cheyenne und Jaqueline waren die Küken. Beide kamen sie aus einem der Wohnblöcke in der Nachbarschaft und träumten von einer Karriere an der Pole-Stange. Kaugummikauend hatten sie erklärt, dass ein klassischer

Nine-to-five-Job sie nicht erfüllen würde. Mit von der Partie war auch Barbara, eine Hausfrau, die die Reste vom Geburtstagskuchen ihres Mannes dabeihatte. Der Kuchen sei Teil eins seines Geschenks gewesen, erzählte sie. Der Striptease am Abend Teil zwei. Komplettiert wurde die Truppe von zwei Jungmüttern, die ihren gebeutelten Partnerschaften ein wenig Schwung einhauchen wollten, sowie einer Unternehmerin, deren Handy unentwegt klingelte. Sie alle einte der Wunsch nach Abenteuer.

»Na, meine Damen, seid ihr bereit für eine Reise in die Welt des sinnlichen Ausdruckstanzes?«, rief Tony und alle klatschten.

»Na dann, folgt mir.«

Sie begannen mit einer kurzen Führung durch das Tanzstudio. In einer Ecke stapelten sich Stühle. Entweder wurden hier drinnen auch Vorträge gehalten oder sie dienten den Teilnehmerinnen dazu, sich in Lapdance zu üben. Daneben standen ein überdimensionales Cocktailglas, das mit pinken Schaumstoff-Kügelchen gefüllt war, und ein mechanischer Bulle, auf dem man Rodeo reiten konnte. Tony, die ihre Überraschung bemerkte, strich sich kokett über die Taille und rief: »Burlesque, Baby! Oder glaubt ihr, nur die Dita von Teese kann in einem Glaserl voll Schampus baden oder einen Bullen zähmen?« Sie positionierte sich in der Mitte des Raums, wo ein einzelner Spot hinstrahlte, und schlüpfte in ihre Bühnenrolle. Eine Begrüßungsansprache über Selbstliebe und Sinnlichkeit später ging es ans Eingemachte, entgegen der allgemeinen Erwartung begannen sie mit schnödem Aufwärmtraining.

Als die Teilnehmerinnen verschwitzt und gedehnt waren, bekamen sie ihre Pole-Stange zugewiesen. Tony zeigte ihnen die Grundlagen des Poledance, die richtige Körperhaltung, Handpositionierung und Schrittfolgen. Ihre Anweisungen klangen zackig, als sie ihnen den einfachen Spin erklärte: »Rechte Hand an die Stange, linker Unterarm fixiert. Linke Kniekehle hakt sich an der Pole ein. Rechter Fuß gestreckt. Po raus, Brust wegdrücken. Körperspannung halten und Spin!«

Im Kopf hatte sich Eva ihre eigene Anleitung zurechtgebastelt.

Greifen, halten, schwingen, landen, Schlusspose. Sie griff sich die Stange, wickelte ihr Bein um das Metall, das andere streckte sie durch. Sie schwang. Zwar zitterte ihr Arm vor Anstrengung, doch sie gab alles für die Kunst. Verstohlen blickte sich Eva in dem Saal um, keiner der Anwesenden ging es besser. Das, was sie fabrizierten, hatte rein gar nichts mit erotischem Ausdruckstanz zu tun, dafür war es saukomisch.

»Lächeln, Trixie!«, mahnte Tony.

»Ich heiße Helga.«

»Na, dann stell dir vor, dass du Trixie bist. Dann schwingt der Arsch gleich doppelt so gut.« Tony hatte für eine jede von ihnen passende Strippernamen parat. Aus Eva wurde Daisy und Marina taufte sie kurzerhand in Lola um.

Nachdem die Teilnehmerinnen das Arme-Beine-Po-Training ihres Lebens abgeschlossen hatten, gingen sie zum sinnlicheren Teil des Workshops über. Alltagserotik, die ohne Poledance-Stange auskam. Tony verriet ihnen allerhand Kniffe, um sich möglichst ästhetisch aus der Kleidung zu schälen. Dieser Teil war besonders für Cheyenne und Jaqueline interessant. »Angehende Stripperinnen«, raunte Marina spöttisch. »Um was wetten wir?«

Eva nickte zustimmend. »Glaub ich auch, aber erst, wenn sie die Pflichtschule absolviert haben.«

Fünf ereignisreiche Stunden später nestelte Tony an der Steuerzentrale. Sofort wurden die Lichter gedimmt, pinke Spots flammten auf und verwandelten den Tanzsaal in einen Club.

»Das ist jetzt eure Belohnung, Ladys«, sagte Tony. Mit einer ausladenden Handbewegung deutete sie um sich und erfasste

Pole-Stangen, Stühle, den mechanischen Bullen und das Cocktail-glas. Tony applaudierte ihnen und forderte sie auf, ihre erlernten Fähigkeiten auszuprobieren.

»The stage is yours!«

Böse Geister ergriffen von Eva Besitz, denn als Tony fragte, wer den Bullen reiten wollte, schnellte ihre Hand nach oben. »Sehr gut, Daisy«, lobte sie und zwinkerte ihr zu.

Mit einem mechanischen Ruck setzte sich der Bulle in Bewegung.

Sein Herz surrte und seine Gelenke ächzten blechern, doch er erfüllte tapfer seinen Dienst. Er wand sich nach links, nur um dann einen Schlenker nach rechts zu machen, ehe er wieder nach links ausscherte. Gott, war das gut, die Bewegung fuhr in sie und zwang ihren Körper, sich dem Schwung anzuschließen. Ihre Hüften kreisten im Takt von Black Velvet. Eva krallte sich in das Leder, ihr Blick wanderte durch den Saal. Neben ihr stand Barbara vor dem Spiegel und probte ihre Choreografie. Sie hatte sich blutrote Tassels auf ihren Sport-BH geklebt und schwang diese nun rhyth-misch zum Klang der Musik. Soweit Eva es beurteilen konnte, würde die Geburtstagsüberraschung ihres Mannes ein Spektakel werden. Helga alias Trixie versuchte sich im Lapdance, sehr zum Vergnügen ihrer Bürokollegin Marie, die sie begeistert anfeuerte.

Cheyenne und Jaqueline badeten im Cocktailglas, knipsten tausende Fotos für Social Media und schmiedeten Pläne für die eigene Karriere. Die Geschäftsfrau der Runde entpuppte sich als Freizeitdomina. Zumindest wirkte sie ziemlich vertraut im Um-gang mit Peitsche und Reitgerte, die sie aus der Requisitenkiste ge-holt hatte. Am wildesten trieben es die beiden Jungmütter an den Pole-Stangen, doch wer konnte es ihnen verübeln? Eva kannte das Bedürfnis, die wenigen sexy Momente zwischen Kindererziehung, schlaflosen Nächten und entfremdeten Partnerschaften in vollen Zügen auszukosten.

Die Teilnehmerinnen des Workshops waren sichtlich auf ihre Kosten gekommen, nur Marina stand abseits und betrachtete das Geschehen teilnahmslos. Sie war es gewesen, die Eva zu diesem Termin genötigt hatte, nun schien sie diejenige zu sein, die am wenigsten Spaß dabei empfand.

Eva überlegte, ob sie das Zureiten ihres Bullen einer anderen überlassen sollte, als Tony sich zu ihrer Freundin gesellte. Sie flüsterte Marina etwas ins Ohr, trat hinter sie und legte ihr die Hände auf die Beckenknochen. Lollipop schallte aus den Boxen. Tonys Hände dirigierten Marinas Hüften im Rhythmus.

Die Farbe der Spots änderte sich und wurde zu einem tiefen Rot, das dem Setting etwas unerhört Unanständiges verlieh. Eva stellte sich vor, wie sich dieser Tanz für Marina anfühlen musste, wie es war, Tonys Muskeln und die Haptik der Pailletten auf der Haut zu spüren.

Die Strafe für ihre Unachtsamkeit folgte sofort und Eva wurde in hohem Bogen von ihrem Bullen geschleudert. Lachend rappelte sie sich wieder auf. Ihre Augen suchten nach Marina, die gerade aus dem Saal stürmte. Sofort war Eva auf den Beinen und wollte ihrer Freundin folgen.

»Gib ihr ein paar Minuten«, sagte Tony. Sie hatte Eva auf halber Strecke abgefangen. »Die meisten Frauen kommen her, um ihren Alltag aufzupeppen. Aber bei manchen ist es der Alltag selbst, den sie nicht ertragen.«

Der Burlesque-Workshop war zu Ende. Der Tag war wie im Flug vergangen. Die ungewöhnliche Truppe löste sich auf und alle machten sich auf den Nachhauseweg, nur Eva und Marina blieben. Marina hatte einen kurzen Spaziergang vorgeschlagen, also schlenderten sie die Schanze entlang. Das Areal war im preußisch- österreichischen Krieg angelegt worden und Teil eines Befestigungsringes um Wien gewesen. Ein Friedensabkommen hatte es seiner militärischen Funktion beraubt. Seither war es ein riesiges brachliegendes Gelände, das wohl auf kurz oder lang mit Immobilien bestückt werden würde. Ein eigenwilliger Flecken Wiens. Die Ränder säumten schmucklose Wohnklötze und Einfamilienhäuser. Hinter Gestrüpp und Stauden ragten die Wolkenkratzer der Donau City auf. Stadt und Land prallten hier förmlich aufeinander, ein Sinnbild für das Schlachtfeld, als welches das Areal ursprünglich errichtet worden war.

Es war kühl und Eva und Marina hatten sich in ihre Jacken eingewickelt. Sie folgten einem Feldweg, der die Schanze durchschnitt. Der Winter hatte dem Gras den Garaus gemacht, nur noch einzelne grüne Büschel sträubten sich gegen das Unausweichliche. Frost überzog die Halme und weiße Atemwölkchen quollen aus ihren Mündern. Das Wetter war ungemütlich, der Wind pfiff über die freie Fläche. In wenigen Minuten würde die Sonne untergehen. Noch spiegelte sie sich in den entfernten Fassaden der Hochhäuser. Erste Nebelfetzen stiegen von der Donau auf und waberten über das Areal. Eva musste nach Hause, schon bald würde ihr Ben die Kinder bringen, doch vorher wollte sie herausfinden, was Marina so bekümmerte.

»Also gut, sag es mir. Ich will wissen, was dich bedrückt.«

Marina murmelte ihre üblichen Beteuerungen, doch diesmal ließ Eva sich nicht einlullen. »Nichts ist in Ordnung«, entgegnete sie unwirsch. »Ich kenne dich viel zu gut, um dir diese faulen Ausreden abzukaufen. Ich will jetzt die Wahrheit hören!«

Marinas Augen flatterten, doch Eva zwang sie dazu, sie anzusehen. Sie spielten das Anstarrspiel, bis Marinas Widerstand brach. »Es ist meine Ehe«, gestand sie nach einer Weile.

»Ich fühle es nicht mehr, verstehst du? Das Feuer ist erloschen. Oliver ist so gut zu mir, aber ich weiß nicht, ob mir das reicht.«

Kapitel 25

Comic Con

»Warte, ich muss das für die Nachwelt festhalten.«

Eva zückte ihr Handy und knipste ein Selfie von sich und Sophie. Sie befanden sich vor dem Eingang der Comic Con, einer Messe rund um die Themen Comics, Fantasy, Science-Fiction, Anime, Videospiele und Cosplay. Die beiden trugen ein von Pokémon inspiriertes Partnerkostüm. Das Ende dieser Tradition war in Sichtweite. Es würde nicht mehr lange dauern, bis sich jenes Monster, das sich Pubertät schimpfte, auch ihr zweites Kind krallte, doch bis es so weit war, schwor sich Eva, jede Sekunde auszukosten.

Sophies sommersprossiges Gesicht lugte aus einem flauschigen rosa Einteiler hervor. Sie war Pummeluff, ein niedliches Kugelpokémon. Eva ging als Pikachu und versank in einem riesigen gelben Plüschungetüm. Das Gesicht hatte sie mit gelber Theaterschminke bemalt, auf ihren Wangen prangten rote Flecken. Ein krasser Unterschied zu dem sexy Pantherkostüm, das sie zwei Wochen zuvor an Halloween getragen hatte. Doch hätte Eva für diesen verbindenden Moment mit ihrer Tochter auch viel Schlimmeres in Kauf genommen.

Begleitet wurden sie von Marina und ihrem Sohn Winzi junior, die Hermine Granger und Harry Potter verkörperten. Außerdem waren Lisbeth und ihr neuerdings fester Freund Henrik mit von der Partie. Evas und Henriks zweifelhafte Bekanntschaft hatte im Treppenhaus des Stadtpalais begonnen, weshalb sie dem

Burschen mit einer gewissen Skepsis begegnete, auch wenn Eva sich eingestehen musste, dass der Anblick der beiden Turteltauben entzückend war. Ihre Tochter war verliebt und strahlte wie ein Atomreaktor.

Gemeinsam durchquerten sie die Eintrittsschleusen und fanden sich im Inneren der Halle wieder. Hier war es laut und es wuselte wie in einem Ameisenbau. Eva und Marina hatten alle Hände voll zu tun, niemanden aus den Augen zu verlieren. Unzählige Besucher, etliche von ihnen verkleidet, drängten sich durch die Halle, hielten an den Ständen an und genossen das Unterhaltungsangebot.

»Schwitzt du etwa, Mama?«, fragte Lisbeth spöttisch und schnupperte an ihr. In der Halle war es wirklich unangenehm heiß. Das lag vermutlich an den Hunderten Menschen, die sich an ihnen vorbeischoben und mit ihrer Körperwärme das Areal in einen Brutkasten verwandelten.

»Geht schon«, log Eva und war froh, dass sie das extrastarke Deodorant aufgelegt hatte. Das Innere ihres Polyesterungetüms war längst zur Sauna geworden. Neidvoll blickte sie auf Lisbeth, deren Sailor-Moon-Kostüm viel luftiger war.

»Wo ist Henrik?«

»Er holt mir ein Eis.«

Evas Blick glitt über das Gesicht ihrer Tochter und sie spürte, wie sich ein versonnenes Lächeln auf ihre Lippen stahl. »Ich hab dich lieb«, flüsterte sie.

»Mama, bitte«, brummte Lisbeth, fügte dann aber leiser hinzu: »Ich dich auch.«

Eva strich ihr eine Strähne aus dem Gesicht und schob sie auf Henrik zu, der mit zwei Eistüten in der Hand dastand. »Na los, geh schon.«

Nachdem sich die Wogen geglättet und Eva und Lisbeth ein

ernstes Gespräch über die drei Vs – Vertrauen, Verhütung und Vernunft – geführt hatten, war Henrik zu einem Spieleabend vorbeigekommen. Die beiden gingen auf die gleiche Privatschule und er stammte, wenig überraschend, aus einem guten Elternhaus. Für Ben war das genug Information, zumal sich herausgestellt hatte, dass er und Henriks Vater sich sogar flüchtig kannten. Die nächsten Schritte waren klar, sie würden irgendwann gemeinsam Tennis spielen, sich lukrative »Gefallen« arrangieren und die Verlobung ihrer Kinder planen. Für Eva zählten freilich andere Marker, sie hatte Henrik auf Herz und Nieren geprüft und ihre eigenen Beobachtungen angestellt. Der Bursche hatte den Test bestanden, wenn auch nur knapp, und Eva hatte beschlossen, ihn weiter im Auge zu behalten.

Nachdem sie einem japanischen Manga-Künstler ein Autogramm abgeluchst und den Game-Corner erkundet hatten, war Eva bereit für eine Pause. Sie brauchte dringend einen Kaffee oder besser gleich zwei, um die nächsten Stunden zu überstehen.

In einer Ecke der Halle reihten sich mehrere Foodtrucks aneinander und bedienten die unterschiedlichen Gelüste der Besucher. Kurze Zeit später hielt Eva einen Espresso in der Hand. Während sie das Aroma der gemahlenen Bohnen aufsog und die Wirkung der schwarzen Brühe genoss, ließ sie ihren Blick über den Trubel schweifen. Henrik und Lisbeth waren längst wieder auf Wolke sieben davongeschwebt und Sophie wartete vor einem Donut-Stand auf ihre Bestellung. Marina und Winzi junior waren abgetaucht, weil Harry Potter dringend pinkeln musste. Angesichts der langen Schlangen vor den Toiletten würden sie wohl eine Weile fort sein. Das bedeutete für Eva eine willkommene Auszeit, um Kraft zu tanken.

Neben ihr erklang ein schrilles Lachen. Eva drehte den Kopf

und sah Prinzessin Leia in weißem Gewand, begleitet von Luke Skywalker und Yoda. Nicht ungewöhnlich für eine Comic Con, verwunderlich war jedoch, dass Eva diese Version der Star-Wars-Prinzessin kannte. Es war jene Frau, die Valentín Rodríguez einen Besuch abgestattet und sich in der Tür geirrt hatte.

Eva ächzte. Ausgerechnet die musste hier sein, gewandet wie ein schimmernder Engel in Seide, während Eva aussah wie ein Küken, das in den Wäschetrockner geraten war.

War Valentín Rodríguez ebenfalls in der Nähe? Eva observierte die kleine Gruppe, doch unter keinem der Kostüme verbarg sich ein großer dunkelhaariger Argentinier. War sie erleichtert oder enttäuscht? Während Eva noch ihre Gefühlsregungen überdachte, schob sich Darth Vader durch die Menschenmenge. Instinktiv wichen die Leute vor ihm zurück. Keine schlechte Idee, denn auf seinem Tablett stapelten sich mehrere Kaffeebecher und Donuts. Bei seinem Anblick tat Evas verflixtes Herz einen Satz. Es hätte jeder sein können, nur dass Eva insgeheim wusste, dass er es war. Umspült vom bunten Comic-Gedöns wirkte er tatsächlich wie ein Wesen aus einer anderen Welt und daneben stand sie, ein dämliches quietschgelbes Pokémon, das ihn angaffte.

Hatte das Leben denn niemals Mitleid mit ihr?

Darth Vader hatte seine Freunde erreicht und schob seine Maske hoch, da selbst ein Bösewicht manchmal einen Koffeinschub benötigte. Eva sah sein kantiges Gesicht mit dem Dreitagebart und den sinnlichen Lippen. Sie hatte sich nicht geirrt. Sogleich erwachte die Erinnerung an all die Dinge, die sie zu vergessen geschworen hatte. Seine Berührungen, seine Nähe, die Begierde, mit der er sie gefickt hatte. Himmel, was waren das nur für Gedanken?

Valentíns Erscheinung erregte nicht nur Evas Aufmerksamkeit, auch Prinzessin Leia wandte sich von Luke Skywalker ab und umschwirrte das schwarze Wesen. Sie hob sich auf die Zehenspitzen und flüsterte ihm etwas zu. Dabei legte sie ihre Hand um seine Taille. Die beiden waren sich verdammt nahe und Eva spürte die Eifersucht in sich aufsteigen.

Getarnt als riesiger Plüschball schob sie sich unauffällig näher.

Die fremde Frau sagte etwas und Valentín lachte. Eva hatte ihn bisher immer nur mit ernster Miene gesehen. Im besten Fall hatte er ihr ein zynisches Grinsen gezeigt.

Plötzlich löste sich ein rosa Pummeluff aus der Menge und steuerte geradewegs auf ihn zu. »Hallo, Valentín«, flötete Sophie und zog sich die Kapuze vom Kopf, damit er sie erkennen konnte.

»Hi, Sophie«, erwiderte er freundlich und schenkte auch ihr ein strahlendes Lächeln. »Willst du einen Donut?«

Sie hob die Hand und präsentierte ihm ihr eigenes glasiertes Teil. »Danke, bin versorgt.«

»Heute wirft er förmlich mit Charme um sich«, dachte Eva bitter. Valentín stellte Sophie seinen Freunden vor, dann plauderten sie kurz über Karotte und Möhrchen, seine Kaninchen, ehe er fragte: »Bist du etwa allein hier?«

Evas Herz stockte. Sie musste sich verstecken, keine einfache Aufgabe in diesem Kostüm. Während sie noch überlegte, wie sie sich am besten in Luft auflösen sollte, zeigte Sophie auf sie und rief: »Da ist meine Mama. Man kann sie nicht übersehen.«

Sofort wanderten alle Augen in ihre Richtung und Eva spürte, wie sich ihr Gesicht unter der gelben Theaterschminke knallrot färbte. Warum zum Teufel hatte sie gedacht, dass es eine niedliche Idee sein könnte, wie ein überdimensionales Küken herumzulaufen?

»Valentín? Was für ein Zufall!«, presste sie hervor und fabrizierte etwas, das man mit viel Fantasie als Lächeln deuten konnte. Valentíns Augenbrauen hoben sich in einem Anflug von amüsiertem Erstaunen. Plötzlich schnellte Prinzessin Leia vor, packte Eva am Handgelenk und zog sie in ihre Runde.

»Komm, stell dich zu uns«, sagte sie. »Schön, dich wiederzusehen. Tolles Kostüm!« Ihre Stimme triefte vor Sarkasmus.

»Danke!«

Valentín war diese unerwartete Begegnung sichtlich unangenehm. Weil es aber die Höflichkeit verlangte, stellte er Eva seinen Freunden Yoda und Luke Skywalker vor. Prinzessin Leia hieß im echten Leben Natascha und entpuppte sich als ausgesprochen neugierig. »Seid ihr allein hier?«

Eva blickte sich um, aber Marina und Winzi waren noch nicht aus Hogwarts zurückgekehrt. »Nein. Meine Tochter Lisbeth und ihr neuer Freund sind hier irgendwo.«

»Ihr neuer Freund? Doch nicht etwa der Strolch, den du zwischen …« Valentíns Augenbrauen zogen sich merklich zusammen. Er sah sich grimmig um, als könnte er die beiden in irgendeinem Winkel erspähen, so wie es erst unlängst im Gang passiert war. »Henrik ist ein netter Junge«, sagte Eva. »Wir hatten nur einen schlechten Start.« Sie hatte noch kein abschließendes Urteil über Henrik gefällt, doch das ging Valentín rein gar nichts an.

»Du musst den Kerl genau unter die Lupe nehmen. Lisbeth ist ein nettes Mädchen, es wäre schade, wenn sie an einen Falschen gerät.«

»Er ist fünfzehn. Was soll er denn groß auf dem Kerbholz haben?«, widersprach Eva. Luke Skywalker und Yoda lachten auf, offensichtlich erinnerten sie sich an ihre eigenen Schandtaten.

»Da hat Valentín nicht unrecht«, mischte sich Yoda ins Gespräch. »Burschen in diesem Alter sind tickende Zeitbomben.«

Eva blies ihre Nasenlöcher auf und nickte. »Ich hab verstanden. Teenagerjungs sind das personifizierte Böse, ich werde die Augen offen halten.«

»Lustig, dass ihr so viel zu besprechen habt«, sagte Natascha. »Ich wusste gar nicht, dass ihr euch überhaupt kennt. Valentín hat noch nie von dir erzählt.«

Sie drängte sich näher an ihn heran.

Eva ließ ihren Blick zwischen den beiden hin- und herwandern.

»Und wie lange seid ihr schon ein Paar?« Sie hatte gehofft, dass es locker und beiläufig klingen würde, allerdings tat es das nicht. Ein Lächeln erblühte auf Nataschas Lippen, das jedoch wieder erstarb, als Valentín sagte: »Wir sind nicht zusammen.«

Er blickte Eva streng an. »Denkst du, sonst würde ich …?«

Valentín stockte und Eva lachte bitter auf. »Ich weiß nicht, was du tun würdest und was nicht. Ich kenne dich nicht. Bisher hab ich von dir nur Anschuldigungen und Vorwürfe gehört.«

Natascha klatschte in die Hände.

»Ach, jetzt hab ich's. Du bist die Frau, die auf sein Motorrad gekotzt hat!« Sie grinste Eva breit an. »Endlich hab ich ein Bild im Kopf. Ein reiherndes Pikachu, herrliche Vorstellung.«

Aus ihren Augen schossen Giftpfeile. Das war wohl die Retourkutsche, weil Eva sich nach ihrem Beziehungsstatus erkundigt hatte.

»Schönen Tag noch!« Eva nickte Sophie zu, ein stummes Zeichen, an anderer Stelle auf Marina und Winzi zu warten. Sie würde bestimmt nicht hier stehen bleiben und sich beleidigen lassen.

»Du kannst nicht vor jedem Konflikt weglaufen«, sagte Valentín und verstellte ihr den Weg.

»Ich? Hast du sie noch alle? Du bist doch derjenige, der es einen Fehler genannt hat und seither abgetaucht ist.«

»Aber doch nur, weil …« Valentín machte einen Schritt auf sie zu. »Es ist schwer mit dir zu diskutieren, wenn du aussiehst wie ein riesiger Teddybär.«

Yoda, Luke Skywalker und Prinzessin Leia blickten überrascht zwischen ihnen hin und her. Eva öffnete den Mund, weil aber ihr Gehirn vollkommen leer war, schloss sie ihn wieder. Es knisterte zwischen ihnen, doch diesmal war es nicht der billige Polyester.

Bewegte sich Valentín etwa auch auf sie zu? Das konnte unmöglich sein, ihr Unterbewusstsein musste ihr einen Streich spielen.

»Hey, da seid ihr ja. Bereit für die Cosplayshow?« Marina und Winzi junior waren zu ihnen getreten.

Eine imaginäre Hand kappte das Seil zwischen Eva und Valentín und sie schnellten auseinander. Eva drehte sich zu ihrer Tochter um. »Du hast es gehört, Sophie. Das sollten wir uns nicht entgehen lassen.« Sie schnappte ihr Kind an der Hand, nickte dem Grüppchen knapp zu und machte sich aus dem Staub. Was zur Hölle war nur mit ihr los? Die dunkle Seite der Macht zog Eva magisch an. Wenn das so weiterging, musste sie sich bald einen Exorzisten besorgen.

»Und wie lange wollt ihr dieses seltsame Spiel noch spielen?«, fragte Marina, als Eva zielstrebig das andere Ende der Comic Con anvisierte.

»Ich weiß nicht, was du meinst.« Zu Evas Leidwesen klang ihre Stimme schrill und unnatürlich, so wie immer, wenn sie von Valentín sprach.

»Ihr könntet einfach wie zwei erwachsene Menschen darüber reden.«

Eva hielt an und wandte sich Marina zu. »Ein für alle Mal, es gibt nichts zu bereden und ich habe auch überhaupt kein Problem mit der Situation, okay?«

»Tante Eva?« Winzi junior hatte Eva sein mit Zuckerglasur verschmiertes Gesicht zugewandt und streckte ihr eine schwarze Kugel entgegen: seinen Magic 8 Ball, eine Wahrsage-Billardkugel, auf der eine weiße Acht abgebildet war. Der Klassiker unter den Orakeln.

»Ja, Schätzchen?«

»Wir könnten die Zauberkugel wegen deines Problems befragen.«

»Ach, wie lieb von dir, aber ich habe wirklich kein ...«

Weiter kam sie nicht, weil Marina sie unterbrach. »Das ist eine fantastische Idee.« Sie nahm ihrem Sohn die Kugel aus der Hand und schüttelte sie kräftig. Dazu stellte sie ihre Frage: »Soll Eva mit ihm reden?«

Wie von Zauberhand erschien eine Nachricht im Sichtfenster. »Wie es aussieht, ja.«

Sophie nahm als Nächste die Kugel und schüttelte sie.

»Ist Valentín in Mama verliebt?«

»Kannst du davon ausgehen.«

Alle lachten, außer Eva, die verzog angesäuert das Gesicht. »Hört auf damit!«, knurrte sie und blickte sich um, um sich zu vergewissern, dass auch niemand ihre Worte hören konnte. Doch natürlich ging der Spaß auf ihre Kosten weiter.

»Soll Eva gleich jetzt zu ihm gehen?«

Die Antwort lautete: »Meinen Quellen zufolge schon.«

Marina bog sich vor Lachen.

»Das ist doch Unfug«, maulte Eva. »Selbst wenn ich mit ihm reden wollen würde – was ich nicht will – würde ich ihn in diesem Gewusel niemals wiederfinden.«

Marinas Zeigefinger glitt an ihrer Nase vorbei und wies hinter sie. »Dort drüben ist er. Pech gehabt, dein Darth Vader sticht aus der Menge hervor.«

So grimmig, wie man als Pikachu eben sein konnte, stapfte Eva in seine Richtung. In der Hand hielt sie den Magic 8 Ball, weil sie verhindern wollte, dass Marina der Billardkugel noch weitere unpassende Antworten entlockte. Konnte man überhaupt eine Aussprache führen, wenn man in einem gelben Plüschkostüm steckte? Und was genau wollte sie ihm überhaupt sagen? Unausgesprochenes aus der Welt schaffen, erinnerte sich Eva und feilte weiter an ihrem Text. Für Klarheit sorgen. Spannungen bereinigen.

Dann hatte sie Valentín erreicht. Er führte ein Gespräch mit Luke Skywalker, dazu hatten sie sich in eine verhältnismäßig ruhige Ecke zurückgezogen. Sie standen neben einem Messestand, der Superhelden-Merchandise wie T-Shirts und Tassen verkaufte. Um eine größere Menschentraube zu umgehen, zwängte sich Eva zwischen zwei Ständen hindurch, vor denen ein Pappaufsteller von Lara Croft und eine lebensgetreue Nachbildung von Hulk standen. Sie wollte sich gerade zu erkennen geben, als sie einen Gesprächsfetzen der beiden aufschnappte.

»Also raus mit der Sprache«, sagte Luke Skywalker. »Läuft etwas zwischen dir und deiner Nachbarin?«

Augenblicklich duckte sich Eva und spähte hinter Hulks Hintern hervor. In der Gesellschaft dieser Superhelden fiel sie kein bisschen auf. Gespannt wartete Eva auf seine Antwort, während ihr dummes Herz verräterisch laut klopfte.

Valentín schüttelte genervt den Kopf. »Nein! Die Frau ist vollkommen neurotisch und eigenartig. Sie treibt mich in den Wahnsinn! Das ist so ziemlich die letzte Frau auf Erden, mit der ich zusammen sein möchte.«

Entsetzt klammerte sich Eva an Hulks Hüften. Es war sadistisch, noch länger hier zu verweilen, dennoch bewegte sie sich keinen Zentimeter.

»Warte, ich kenne doch diesen Blick. Gibt es etwa eine andere?«, fragte sein Freund plötzlich. »Raus mit der Sprache.«

»Möglicherweise«, gab Valentín zu.

»Kenne ich sie?«

»Ich kenne sie ja selbst kaum«, sagte Valentín mit einem Hauch Verlegenheit in der Stimme. »Aber in ihrer Gegenwart bin ich zum ersten Mal seit Langem wieder glücklich.«

Luke Skywalker klopfte ihm freudig auf die Schultern.

»Das ist toll! Keiner hat Glück so verdient wie du!«

Eva hatte genug gehört. Sie taumelte rückwärts, stolperte und fiel, dabei riss sie Lara Croft mit sich zu Boden. Etwas zerbrach scheppernd. Zuerst war Eva davon überzeugt, dass es ihr Stolz gewesen sein musste, tatsächlich aber war Winzis Wahrsagekugel zu Bruch gegangen. Sie lag in Trümmern, blutete blaue Farbe und versaute Eva das Kostüm.

Sie kämpfte sich hoch und humpelte fort. Eva wollte nicht, dass er mitbekam, dass sie seine Worte gehört hatte, und schon gar nicht, wie sehr sie sie kränkten.

Aufgelöst lief sie mehrere Runden durch die Comic Con und rang um Fassung. Sie hasste Valentín, seine Meinung sollte ihr also schlicht egal sein. Nur dass sie das aus unerfindlichem Grund nicht war. Als Eva schließlich zu den anderen zurückkehrte, hatte sie sich wieder unter Kontrolle.

»Und, wie ist gelaufen?«, fragte Marina.

»Hab ihn nicht gefunden«, log Eva und wandte sich an Winzi junior. »Ich schulde dir eine neue Wahrsagekugel. Aber nicht traurig sein, Schätzchen, deine war ohnehin defekt.«

Am Abend, als Pikachu eine Runde in der Waschmaschine drehte und Lisbeth und Sophie in ihren Betten schlummerten, klappte Eva ihren Laptop auf. Sie wusste, dass Endgegner online sein würde, weil sie mittlerweile jeden Abend miteinander verbrachten.

Sie dachte an Carmens Worte. Würde es etwas ändern, wenn Endgegner wusste, wie sie aussah? Es waren die falschen Beweggründe, das wusste Eva, aber nach Valentíns Kränkung sehnte sie sich nach etwas Zuspruch.

Ihr Cursor wanderte über den Bildschirm.

Eva fasste sich ein Herz, klickte und gab ihr Foto frei. Zumindest spielten sie nun beide mit offenen Karten. In diesem Augenblick erhielt Endgegner einen Hinweis, dass BellaDonna ihr Profilbild dechiffriert hatte. Es dauerte ungefähr drei Sekunden, dann erschien er online. Eva hielt den Atem an.

Drei tanzende Punkte in ihrem Chatfenster zeigten, dass er gerade eine Nachricht tippte.

[Endgegner:] Fuck!

Eva schüttelte den Kopf. Das war nicht die Reaktion, die sie erwartet hatte. Abermals tanzten die Punkte.

[Endgegner:] Damit habe ich nicht gerechnet.
　　　　　　Ich dachte, es hat einen Grund, warum du dich
　　　　　　verbirgst. Du bist sehr schön!

Eva atmete erleichtert aus und begriff, dass sie die Luft angehalten hatte. Nun schrieb sie ebenfalls.

[BellaDonna:] Dachte, wir sollten mit offenen Karten spielen.

Ein Daumen hoch.

[Endgegner:] Was hast du heute gemacht?

[BellaDonna:] Das willst du nicht wissen …

[Endgegner:] Wieso habe ich dann das Gefühl, dass ich es doch
　　　　　　wissen will?

[BellaDonna:] Ich war auf der Comic Con.

Dann erzählte sie ihm von ihrem verhassten Nachbarn, der ihr wieder einmal den Tag versaut hatte.

»Kennst du das Gefühl?«, schrieb sie. »Wenn du jemanden aus tiefstem Herzen verabscheust und trotzdem begegnet ihr euch permanent, so als wäre es seine Lebensaufgabe, dir jeden verdammten Tag zu vermiesen?«

Die drei Punkte tanzten abermals.

[Endgegner:] Ich kann verstehen, dass dir der Typ zuwider ist.

12 Aufgaben vor 40

1. ~~Mit dem Joggen beginnen~~
2. ~~Selbstfindung~~
3. ~~Onlinedating~~
4. ~~Speeddating~~
5. ~~One-Night-Stand~~
6. ~~Vibrator kaufen~~
7. ~~Brazilian Waxing + sexy Dessous~~
8. Flotter Dreier
9. Callboy
10. ~~Burlesque-Workshop~~
11. Telefonsex
12. Tantra-Massage

Kapitel 26

In geheimer Mission

Dezember

Mit dem Dezember war die Kälte gekommen und Eva wehte ein kalter Wind entgegen. Sie schlang sich den Schal fester um den Hals. Die Tage, an denen man leicht bekleidet das Haus verlassen konnte, waren eindeutig gezählt.

Eva trug einen langen Mantel und kniehohe Stiefel, dazu eine dicke Strumpfhose und ein bordeauxrotes Strickkleid. Auf dem Kopf thronte eine dicke Mütze, auch wenn das vermutlich den Tod ihrer Locken bedeutete, die sie sich früher an diesem Abend mit dem Glätteisen gedreht hatte.

Allerorts begannen die ersten Weihnachtsdekorationen zu leuchten und Punschstände schossen wie Schwammerl aus dem Boden. Eva kam von einem Date auf dem Christkindlmarkt am Karlsplatz. Der erste Glühwein der Saison schmeckte immer himmlisch, besonders vor der hell erleuchteten Karlskirche. Doch auch dieses einladende Setting hatte nicht dazu beigetragen, dass der Funke zwischen ihnen übergesprungen war. Eva hatte einen Musiker gedatet, dessen Lovematch-Profil vielversprechend geklungen hatte, allerdings hatte er sie im echten Leben nicht überzeugen können. Marcel war durch und durch Künstler, ein Gitarrist mit ausgeprägtem Zupfbedürfnis, denn nur so konnte sich Eva erklären, wieso er seine Hände nicht von seinem eigenen Sack lassen konnte. Sie schüttelte sich beim

Gedanken daran und richtete ihren Kopf zielstrebig nach vorne. Glücklicherweise hatte Eva noch eine Verabredung mit Carmen und Marina in der Onyx Bar.

Sie schlenderte die Kärntner Straße entlang. Die Weihnachtsbeleuchtungen tauchten die Einkaufsmeile in warmes, goldenes Licht. Die geschmückten Auslagen schürten die Vorfreude auf die besinnliche Zeit und auch ein Straßenmusiker trug das Seine dazu bei, indem er die Straße mit seinem Geigenspiel erfüllte. Der Duft von gebrannten Mandeln hing in der Luft und der Glühwein wärmte Eva immer noch von innen heraus. Vor ihr ragte der majestätische Stephansdom in den Nachthimmel empor. Es waren immer noch Touristen unterwegs und bewunderten das historische Wahrzeichen. Schließlich erreichte sie die Onyx Bar, eine schicke Adresse im Herzen Wiens.

Eva legte ihren Mantel an der Garderobe ab und betrat die Bar. Im Inneren war es dunkel. Reduziertes Design, weiße Ledermöbel und große Glasflächen zeichneten das Lokal aus, ein gewollter Kontrast zum angrenzenden Stephansdom. Das Licht- und Schattenspiel der gotischen Fassaden vermengte sich mit dem mondänen Flair der Bar und schuf ein optisches Gesamtkunstwerk. Eva konnte verstehen, warum Carmen ausgerechnet diesen Ort ausgewählt hatte, um zu feiern. Ihre Agentur hatte einen Großauftrag an Land gezogen und wenn Carmen in Feierlaune war, dann war das Beste gerade gut genug.

Es war nicht schwierig, ihre Freundinnen zu finden, denn Carmens platinblonder Schopf stach aus der Menge hervor. Als Eva zu ihnen trat, schnellten beide hoch und zogen sie in eine herzliche Umarmung. »Schatzerl« rief die eine, »Bellezza« die andere.

»Na, sag schon, wie war dein Date?«, wollte Carmen von ihr wissen.

»Onlinedating ist scheiße.«

Sofort bekamen ihre Freundinnen glitzernde Augen. Solche Ansagen versprachen enormes Unterhaltungspotenzial.

»In dieser Stadt gibt es keine normalen Singlemänner mehr«, fügte Eva genervt hinzu. »Erst letzte Woche hat mir einer geschrieben, der behauptete, geschieden zu sein. Fette Lüge! Nach ein paar E-Mails schlug er vor, dass wir uns persönlich treffen sollten. Er, ich und seine Frau, um festzustellen, ob die Chemie zwischen uns stimmt, denn die beiden fantasieren von einem flotten Dreier.«

Carmen klatschte in die Hände.

»Fantastisch! Dann könntest du diesen Punkt auf der Liste ebenfalls abhaken. Du wirst die Wette tatsächlich noch gewinnen.«

Eva rollte mit den Augen. Nie und nimmer würde sie sich auf so etwas einlassen.

»Aber was war mit dem Musiker?«, fragte Marina. »Der gibt mir Rockstar-Vibes und so etwas kann doch nur gut sein, oder?«

»Nur wenn du auf Typen stehst, die sich minütlich davon überzeugen, dass ihr Sack noch an Ort und Stelle ist. Wisst ihr eigentlich, wie unangenehm es war, als er mir zum Abschied die Hand gegeben hat?«

Hysterisches Gelächter quittierte ihre Schilderung.

»Wenn man dir so zuhört, könnte man glauben, dass man es doch gut getroffen hat«, sagte Marina, griff sich ihr Glas Whiskey Sour und trank es leer. Mit der anderen Hand bedeutete sie dem Kellner, ihr Nachschub zu bringen.

Eva musterte ihre Freundin nachdenklich. Da war er wieder, dieser eigenwillige Unterton. Sie wusste mittlerweile, worauf ihre Freundin anspielte. Die Flaute, die ihre Ehe erfasst hatte.

Normalerweise war Marina die Vernunft in Person, doch an diesem Abend kippte sie sich einen Drink nach dem anderen hinter die Binde. Auch ihre Kleidung war auffällig freizügig, dennoch nestelte sie immer wieder an ihrem Ausschnitt, um ihren Busen noch besser zur Geltung zu bringen. Carmen schien von alldem nichts zu bemerken, sie war mit ihren Gedanken immer noch voll und ganz bei Evas Liebesleben.

»Sag mal, was wurde aus deinem virtuellen Love-Interest, das so sehr auf seine Privatsphäre besteht, dass es dir nicht einmal seinen echten Namen verraten kann?«

»Wir sind Freunde. Und seinen Namen kenne ich immer noch nicht.«

»Mhm.« Ein simpler kehliger Laut voller subtiler Anspielungen, denn Carmen war die Meisterin der unterschwelligen Kritik.

»Du verstehst das nicht, es ist kompliziert.«

»Schatzerl, gar nichts ist kompliziert«, antwortete Carmen trocken. »Du hast ein Fick-Ding mit Nachbar Knackarsch, versteckst dich aber vor ihm, um es nicht tun zu müssen. Auf der anderen Seite schwärmst du für ein Phantom, willst den Typen aber nicht treffen, aus Angst, dass er deinen hohen Erwartungen nicht gerecht wird. Glaub mir, die Dinge sind einfach, wenn man sie beim Namen nennt.«

Carmens Worte waren brutal, unromantisch und vermutlich wahr. Dieses eine perfekte Gesamtpaket gab es nicht und je eher man das akzeptierte, desto schneller fand man seinen Frieden. Doch Eva wollte keinen Frieden, sie wollte Liebe und war noch nicht bereit, die Hoffnung darauf aufzugeben. Sie feilte gerade an ihrem Konter, als Marina ein seltsam gekünsteltes Lachen ausstieß. Es galt einem unbekannten Mann an der Bar, der sie bereits seit geraumer Zeit taxierte.

»Darf ich dich daran erinnern, dass du verheiratet bist?«, murmelte Eva. Marina setzte eine unschuldige Miene auf und zuckte die Schultern. »Ich weiß nicht, was du meinst? Tutto innocuo.«

Immer wenn sie zu viel getrunken hatte, kam das Wienerische zum Vorschein und vermengte sich mit dem Italienischen zu einem eigenwilligen Lokalkolorit.

»Scusatemi. Entschuldigt ihr mich kurz?« Ohne eine Antwort abzuwarten, erhob sich Marina und stöckelte leicht wankend auf die Bar zu, wo der Mann im Anzug saß. Für Evas Geschmack war der Typ zu herb, ein zerknitterter Daniel Craig, doch Marina schien er zu gefallen.

»Wer ist das?«, fragte Carmen.

»Jedenfalls nicht ihr Ehemann«, gab Eva zurück, ohne den Blick von den beiden abzuwenden. James Bond orderte zwei Drinks, die verdächtig nach Hochprozentigem aussahen. Während sie an der honigbraunen Flüssigkeit nippten, flirteten Marina und 007 unverhohlen miteinander. Zwar war noch nichts geschehen, das man Marina als Seitensprung auslegen konnte, doch sie tanzte eindeutig auf Messers Schneide.

»Ich glaube, wir sollten eingreifen«, zischte Eva, doch Carmen machte eine wegwerfende Handbewegung.

»Ach, lass sie. Es ist doch alles ganz harmlos. Möglicherweise braucht ihre Beziehung ein wenig Starthilfe von außen.« Eva warf ihr einen skeptischen Seitenblick zu.

Solche Ratschläge konnte nur ein notorischer Single verteilen. »Was ist eigentlich mit Cruz passiert?«

Carmen nippte an ihrem Champagner und machte ein übertrieben genießerisches Gesicht. »Er hat mich verlassen, um eine feste Beziehung mit seiner Tanzpartnerin anzufangen.«

Sie lachte über seine vermeintliche Dummheit, ehe sie verschmitzt hinzufügte: »Perfektes Timing, ich fing gerade an, mich zu langweilen.«

»Du bist unverbesserlich!«, brummte Eva und schüttelte den Kopf. »Und dieser Kellner dort drüben ist unwiderstehlich«, gab Carmen zurück und deutete auf einen attraktiven Mann hinter der Bar.

»Nein, danke! Ich hab ein für alle Mal genug von zu jungen

Barkeepern«, erwiderte Eva und dachte an Akim.

»Gut für mich«, raunte Carmen und warf sich in Pose. Noch ehe die Nacht um war, würde der Kerl in ihrem Bett landen, er wusste es nur noch nicht.

Der Abend plätscherte dahin, ebenso wie der Alkohol, den Carmen immer wieder orderte. Dennoch wollte sich bei Eva keine Feierlaune einstellen. Sie wäre längst nach Hause gefahren, allerdings wollte sie parat stehen, wenn zwischen Marina und 007 die Funken übersprangen und ein Strohfeuer entfachten.

Im Augenblick war die Gefahr jedoch überschaubar. James Bond ergoss sich in Komplimenten und Marina war wie ein Schwamm, der sie begierig aufsog. Eva kannte dieses Gefühl nur allzu gut, wenn die eigene Sinnlichkeit in einer langjährigen Ehe immer mehr verblasste. Sie gönnte Marina die Streicheleinheiten für ihr Ego, fühlte sich aber auch dazu verpflichtet, sie von größeren Fehltritten abzuhalten.

Eva schnappte sich ihre Handtasche und ging zur Toilette. Den Gang zwischen Bar und Waschraum erfüllte sanftes Licht. Es gab kleine Nischen, in denen Stehtische für Empfänge gelagert wurden. Allerdings stand dort noch etwas anderes. Zwei Personen hatten sich in einen solchen Winkel zurückgezogen, um wild zu knutschen. Der Mann war groß und muskulös. Er umschlang seine Eroberung, die in seiner Umklammerung förmlich verschwand. Dabei rieb er sich an ihr, stieß brunftige Laute aus und keuchte in ihren Mund. »Abstoßend«, dachte Eva. Dann fiel ihr Blick auf seinen Arm, wo ein Totenkopf prangte, aus dessen Augenhöhle sich eine Schlange wand. Dieses Tattoo war so außergewöhnlich hässlich, dass eine Verwechslung ausgeschlossen war. Es war Marco, der Kapitän.

Das Letzte, das Eva wollte, war abermals diesem Arschloch

zu begegnen, weshalb sie flugs an dem Pärchen vorüberhuschte. Seine Eroberung würde noch früh genug erfahren, aus welchem Holz der Kerl geschnitzt war.

Just als Eva diesen Gedanken zu Ende gedacht hatte, löste sich die Frau aus den Fängen des Kapitäns, um nach Atem zu ringen. Sie hatte langes weizenblondes Haar und einen schmalgliedrigen Körper, genau wie Isabell.

Nein! Es war Isabell.

Die Frau, wegen der Ben sie verlassen hatte, in Marcos Armen – das sprengte beinahe die Grenzen von Evas Vorstellungskraft.

Plötzlich weiteten sich Isabells Augen vor blankem Entsetzen.

»Eva? Scheiße! Es ist nicht, wie du denkst.«

Kapitel 27

Marinas Geheimnis

Isabell wischte sich über die Lippen, als wolle sie verräterische Spuren beseitigen. »Ich kann das erklären«, stammelte sie, obwohl man ihr ansah, dass sie es eindeutig nicht konnte.

Nun wurde auch Marco auf Eva aufmerksam.

Er musterte sie, dann schien der Groschen zu fallen.

»Verfolgst du mich etwa?«

Eva prustete. »Sicher nicht.« Das Gegenteil war der Fall. Sie wünschte sich ans andere Ende der Stadt.

Marcos Augen wanderten über das bordeauxrote Kleid, das Evas Vorzüge betonte. »Bevor du noch länger da stehen bleibst und gaffst, kannst du auch gleich mitmachen«, brummte er heiser.

Es sollte wohl ein Scherz sein, doch Eva rollte nur mit den Augen und machte kehrt. Sie steuerte wieder auf die Bar zu, als sie auf halber Strecke ihren Namen hörte.

Eva blieb stehen, drehte sich aber nicht um.

»Du wirst es doch nicht Ben verraten?«, wisperte Isabell.

»Nein. Das überlasse ich ganz dir.«

Mit hoch erhobenem Haupt stöckelte Eva davon.

Es erfüllte sie mit Genugtuung, dass Ben seine eigene bittere Medizin zu kosten bekommen würde. Es geschah ihm recht.

Just als Eva um die Ecke bog, stürzte Marina vom Barhocker und kippte ihrem Begleiter den Drink in den Schoß. Als sie sich aufrappelte und begann, den Schritt von James Bond mit einer Papierserviette abzutupfen, reichte es Eva endgültig.

»Okay, das war's für heute«, flüsterte sie und zog ihre Freundin aus der Bar hinaus. Carmen, die Marinas Abgang ebenfalls bemerkt hatte, kam angerauscht. Auf dem Weg nach draußen linste Eva verstohlen in die Nische bei den Toiletten. Der Winkel war leer.

Gemeinsam bugsierten sie Marina hinunter auf die Straße, wo mehrere Taxis standen. Eva ignorierte ihren Prostest und sagte: »Du wirst heute bei mir schlafen, damit ich ein Auge auf dich haben kann.«

Marina beteuerte, dass sie durchaus in der Lage sei, auf sich aufzupassen, doch ihre tapsigen Schritte bewiesen das Gegenteil. In diesem Zustand konnte sie nie und nimmer allein nach Hause gehen, geschweige denn ihrem Ehemann unter die Augen treten. Der wartete nämlich in der Stadtwohnung auf sie. Wer wusste schon, welche Dummheiten dann aus ihrem Mund kullern würden? Eva half Marina dabei, eine SMS an Winzi senior zu tippen, danach kassierte sie das Handy ein. Sie wusste aus Erfahrung, dass Betrunkene nicht unbedingt die klügsten Ideen hatten.

Sie verabschiedete sich von Carmen und half Marina auf die Rückbank eines bereitstehenden Taxis. Ihre Freundin war kreidebleich, kein gutes Zeichen. »Alles in Ordnung?«

Marina nickte stumm. Der Taxifahrer musterte sie eindringlich im Rückspiegel, er hatte begründete Angst um sein Vehikel.

Eva ging es ähnlich. Sie sandte ein Stoßgebet gen Himmel und hoffte, dass sie es ohne Zwischenfälle bis nach Hause schaffen würden. Es dauerte nicht lange und Marinas Kopf sank auf Evas Schulter. Sie schnarchte leise.

»Was quält dich nur so?« Eva beobachtete ihre Freundin, als es in ihrer Tasche vibrierte. Sie zog Marinas Telefon hervor und sah eine Nachricht von Winzi senior aufleuchten.

Du kannst nicht vor jedem Problem davonlaufen.

Mehr konnte Eva nicht erkennen, da die Tastensperre aktiv war. Außerdem stand es ihr nicht zu, in Marinas Privatnachrichten zu schnüffeln. Allerdings bestätigte die Nachricht einmal mehr, was Eva ohnehin vermutet hatte. Marina quälte ein Problem und es hatte mit ihrem Mann zu tun.

»Endstation«, sagte der Taxler. »Wir sind da.«

Sie hatten das Stadtpalais erreicht. Eva bezahlte gerade die Rechnung, als Marina die Augen aufriss. Ein würgendes Geräusch ließ erahnen, was gleich passieren würde. In Panik stieß Eva die Tür auf, sprang hinaus und zerrte ihre Freundin ins Freie, wo diese sich sofort in einem Schwall erbrach. Wie durch ein Wunder blieb der Innenraum des Wagens unbefleckt, doch Evas Mantel hatte es erwischt, und zwar ordentlich.

»Oiwei nur saufen und dann speiben«, knurrte der Taxler, während er rückwärts aus der Ausfahrt schob, auf der Suche nach besserer Kundschaft. Er hatte es auf den Punkt gebracht.

Sowie die Lichter seines Wagens verschwunden waren, riss sich Eva den Mantel vom Leib. Die Kälte war ihr allemal lieber, als der Gedanke, mit Kotze besudelt zu sein.

»Es tut mir so leid, Bel-lez-za«, stöhnte Marina, deren Körper nun endgültig versagte. Sie wankte und stolperte.

»Komm, wir haben es gleich geschafft«, flüsterte Eva und verfluchte sich innerlich, dass sie Marina nicht Carmens Obsorge überlassen hatte. Sie lehnte die Freundin neben die Eingangstür und suchte den Schlüssel. »Also gut, hör zu«, sagte Eva und blickte Marina streng ins Gesicht. »Wir sind gleich oben, bitte versprich mir, im Stiegenhaus keinen Mucks von dir zu geben. Ich will nicht, dass mein Nachbar uns bemerkt. Du weißt ja, was für eine Meinung er von mir hat.«

Marina nickte und tat, als wären ihre Lippen versiegelt.

Eva zog sich Marinas Arm über die Schulter, während sie mit der anderen Hand versuchte, den kontaminierten Mantel möglichst weit von sich zu strecken.

So arbeiteten sie sich durch das Treppenhaus.

»Siehst du, ich bin ganz pssst!«, krächzte Marina und blies Eva ihren üblen Atem entgegen.

»Super! Immer weiter so.«

Mit Schieben und Zerren erreichten sie das Obergeschoss, nun mussten sie es nur noch unbemerkt durch den Gang schaffen. Marina war so dezent wie ein Elefant im Porzellanladen. Sie krachte gegen Wände und strauchelte, sodass sie Eva beinahe von den Füßen riss. Dabei kicherte sie unentwegt.

»Pssst!« Eva hoffte inständig, dass Valentín nichts mitbekam. Sie konnte sich nichts Schlimmeres vorstellen, als diese Peinlichkeit ein zweites Mal durchleben zu müssen.

Gerade als Eva dachte, dass sie es geschafft hätten, stürzte Marina und riss sie mit sich. Sie landeten mit einem wenig damenhaften Plumps am Boden. Sofort war Eva wieder auf den Beinen, zerrte an Marina, doch diese blieb wie ein Käfer auf dem Rücken liegen.

»Bitte Marina, du musst mithelfen, sonst krieg ich dich nicht vom Boden hoch«, flüsterte Eva. Sie zog und zerrte, während ihre Freundin hysterisch lachend am Boden lag. Sie kicherte auf eine irre Weise, die Sekunden später in Weinen umschlug.

»Wir versuchen es schon so lange mit einem zweiten Kind«, stieß sie hervor. »Aber es geht nicht. Ich bin zu alt«, brach es aus ihr hervor. »Verstehst du? Zu alt! Verdorrt. Tot.«

»Oh Shit, Marina, warum hast du mir nicht eher etwas davon gesagt?«, murmelte Eva. »Dafür sind doch Freundinnen da, um dich aufzufangen, wenn es dir schlecht geht.«

Auffangen war vielleicht nicht das richtige Wort, immerhin hatte sie ihre Freundin gerade auf den Boden knallen lassen. »Ich steh immer hinter dir. Zu dir!«, korrigierte sie sich. Marina verdrehte die Augen und für einen Augenblick glaubte Eva, dass sie bewusstlos war. Sie lag immer noch der Länge nach am Boden. Dies war weder der richtige Ort noch der richtige Zeitpunkt für punktierte Formulierungen und schon gar nicht, um dieses heikle Thema zu besprechen. Morgen würde Eva ihrer Freundin auf den Zahn fühlen, doch für den Augenblick hatte es Priorität, sie ins Bett zu verfrachten.

Eva bemühte sich ein weiteres Mal, ihre Freundin hochzuziehen. »Bitte Marina, hilf mit, allein kann ich dich nicht aufheben.«

Während sie Marina anflehte, tauchte ein Arm in ihrem Blickfeld auf. Ein leicht behaarter Unterarm, der in einen muskulösen Oberarm überging.

»Oh nein!« Sie schnellte herum.

In Valentíns dunklen Augen blitzte es. »Ich freu mich auch, dich zu sehen.« Er griff beherzt zu und half, Marina aufzurichten.

»Ich weiß gar nicht, warum du ihn so hasst? So übel wirkt er gar nicht«, lallte diese und blickte den neuen Helfer mit zusammengekniffenen Augen an. »Wenn ich du wär, hätt ich ihn öfter …« Sie machte einen obszönen Laut. »Du weißt schon.«

»Hier muss jemand dringend ins Bett«, murmelte Valentín und hob Marina hoch. »Schließ auf, ich trage sie hinein.«

Marina grinste und vergrub ihren Kopf an seinem Hals wie ein Kätzchen. Augenblicklich regte sich in Eva Eifersucht und das ungute Gefühl, gerade bis auf die Knochen blamiert worden zu sein.

Sie eilte voraus, öffnete die Tür und führte Valentín in ihr Schlafzimmer. Er trug Marina zum Bett und ließ sie vorsichtig hineinsinken.

Der Anblick ließ Eva beinahe gelb vor Neid werden.

Zwar wusste sie insgeheim, dass er ihr nur einen Gefallen getan hatte, dennoch empfand sie es als ausgesprochen ungerecht, dass Marina in diesen starken Armen lag und nicht sie selbst.

Verdammt? Hatte sie das gerade tatsächlich gedacht?

Grimmig machte Eva kehrt, pfefferte ihren Mantel ins Badezimmer und kramte in einem der Einbauschränke nach einem Kübel.

»Alles in Ordnung?«

Valentín war ihr gefolgt.

Er musterte sie durchdringend.

»Ja! Wie kommst du darauf, dass etwas nicht in Ordnung sein könnte?«, entgegnete Eva.

Es ärgerte sie, dass er sie abermals in einer so peinlichen Situation vorgefunden hatte. Er musste sie für eine unglaublich umtriebige Person halten, denn der Zustand ihrer Freundin färbte unweigerlich auf sie ab. Um ihren, aber auch Marinas Ruf zu retten, fügte sie hinzu: »Sie hat gerade ein paar persönliche Schwierigkeiten.«

Dann erinnerte sich Eva daran, dass Valentín sie ganz am Anfang ihrer Bekanntschaft dazu aufgefordert hatte, ihr Privatleben für sich zu behalten. Das galt wohl auch für das ihrer Freundinnen.

»Sorry, ich vergaß. Das interessiert dich ja nicht.«

Valentín betrachtete sie amüsiert und eine seiner Augenbrauen zuckte spöttisch. Offensichtlich hatte er ein schlichtes Danke erwartet und nicht eine weitere Kriegserklärung.

»Ich wollte dir nur behilflich sein«, sagte er. »Aber ich kann es dir sowieso nie recht machen.«

Eva kniff die Lippen zusammen. »Ich kann mich ehrlich an keinen einzigen Moment erinnern, an dem du mir etwas recht machen wolltest«, brummte sie.

»Tatsächlich? Ich erinnere mich an eine Begebenheit, in der

dir mehr als recht war, was ich mit dir gemacht habe.«

Eva klappte der Mund auf.

»Raus! Verschwinde aus meiner Wohnung«, fauchte sie. Sie ging auf Valentín zu, der im Türstock stand, um ihn nach draußen zu drängen. Einen kurzen Augenblick waren sie sich nahe. Eva beschlich das Gefühl, als würde sie in die Umlaufbahn eines anderen Planeten eintauchen und augenblicklich seiner Anziehungskraft unterworfen werden. Valentín blickte sie an. Mit der Selbstverständlichkeit einer Urgewalt bewegten sie sich aufeinander zu.

Was war es nur, dass dieser Mann an sich hatte?

Valentín vergrub die Hand in ihrem Haar und zog sie an sich. »Du bist unmöglich, weißt du das eigentlich?«

»Weil ich dich so verabscheue«, stieß Eva hervor, dann trafen ihre Lippen aufeinander. Sie küssten sich wild und ungehemmt. Eva spürte seine Hände, die ihren Rücken hinab wanderten bis zu ihren Pobacken. Er drängte sich zwischen ihre Beine und ließ sie seinen Schwanz spüren. Valentín war mehr als bereit und Eva war es nicht minder. Gerade als sie ihm das Shirt vom Leib reißen wollte, erklang aus ihrem Schlafzimmer ein Würgen.

Ein schauriges Geräusch, das jede Stimmung zunichtemachte.

»Scheiße!«, fluchte Eva, stieß ihren Nachbarn von sich und raste mitsamt ihrem Putzkübel zu Marina, die sich Momente später die Seele aus dem Leib kotzte. Hatte ihre Freundin gerade alles ruiniert oder sie vor einem weiteren Fehler bewahrt?

Eva hockte neben Marina und hielt ihr die Haare aus dem Gesicht, während sie für ihre Sünden büßte. Ein Stück entfernt hörte sie die Tür, die ins Schloss fiel.

Eva seufzte. Ihre Lippen kribbelten und sie konnte seine Berührungen immer noch spüren. Wohin sollte diese seltsame Feindschaft nur führen?

Eva übernachtete in Sophies Zimmer. Mütterliche Instinkte und die Sorge um den cremefarbenen Teppich, der noch nicht allzu lange am Schlafzimmerboden lag, bescherten ihr eine Nacht in steter Alarmbereitschaft.

Der Morgen danach. Eva erwachte zeitig.

Katerstimmung hing in der Luft, gepaart mit einem Hauch von Kotze. Eva riss die Fenster auf und ließ die kalte Dezemberluft ins Innere. Sie linste ins Schlafzimmer, wo Marina tief und fest schlief.

Beruhigt ging sie ins Badezimmer und genehmigte sich eine lange Dusche. Das Reinigungsöl schäumte leicht auf ihrer Haut. Es roch nach weißem Tee, Lotusblüten und gutem Karma, Letzteres versprach zumindest der Werbetext am jadegrünen Spender. Eine halbe Stunde später schlüpfte Eva erfrischt in ihren Bademantel und schlang sich ein Handtuch um das nasse Haar. Dampf erfüllte den kleinen Raum, der Spiegel war beschlagen. In der Waschmaschine rotierte ihr Mantel und am Waschbeckenrand glomm ein Räucherstäbchen in einer Schale. Eva putzte sich die Zähne und rekapitulierte den gestrigen Abend. Grimmige Schadenfreude erfasste sie beim Gedanken daran, dass Ben nun der Betrogene war. Isabell hatte ihm die Hörner aufgesetzt. Vielleicht war an der Sache mit dem Karma doch etwas dran? Zumindest war es dem Schicksal gelungen, die meistgehassten Menschen ihres Lebens in die Arme des jeweils anderen zu treiben. Würden sie sich fortpflanzen, wäre das Ergebnis kein Geringerer als der Antichrist.

Als Eva aus dem Bad trat, war Marina bereits auf den Beinen, verkatert bis in die Haarspitzen. Eva lächelte beim Anblick ihrer Freundin milde. Es war noch nicht lange her, dass sie ähnlich innig die Kloschüssel umarmt hatte.

»Magst du ein Aspirin?«

»Bitte«, krächzte Marina. Sie blickte sich voll gespielter Abscheu um. »Hast du zufällig meine Würde hier irgendwo gesehen? Sie ist mir abhandengekommen.«

Ein Schmerzmittel später quälte sich Marina unter die Dusche.

Eva nutzte die Zeit, zog das Bett ab, riss die Schlafzimmerfenster auf und beseitigte die Spuren der vergangenen Nacht. Sie war gerade fertig geworden, als Marina mit feuchten Haaren und in einem geborgten Hausanzug hinter sie trat. Dass sich ihre Freundin langsam besser fühlte, verriet die schlichte Tatsache, dass sie das Oberteil in die Hose gesteckt und die Ärmel hochgerollt hatte. Wenn Marina nicht gerade sterbenskrank war, legte sie viel Wert auf ihr Äußeres; einen Tupfer Lipgloss deutete Eva als lebensbejahendes Zeichen.

»Ich hab uns Frühstück gemacht«, sagte Eva, der bereits der Magen knurrte.

»Danke, Bellezza«, antwortete Marina und streckte die Hand aus. Eva griff danach und drückte sie aufmunternd. Sie lächelten sich einige Augenblicke stumm an, dann gingen sie in die Küche. Marina aß zwar wie ein Vögelchen, doch zumindest der schwarze Kaffee zeigte Wirkung.

Nachdem Eva den Tisch abgeräumt hatte, wandte sie sich ihrer Freundin zu. »Du weißt sicher, dass ich mit dir darüber reden möchte?«

Marina nickte. Nach ein paar Momenten der Stille begann sie zu sprechen und hörte die nächsten Stunden nicht mehr auf. Nachdem sie die Schleuse geöffnet hatte, sprudelte es aus ihr hervor und sie schüttete Eva ihr Herz aus. Diese lauschte stumm, als Marina von dem zweiten Kind berichtete, das sie sich so sehr wünschte, das aber trotz aller Bemühungen nicht passieren wollte.

Kapitel 28

Call me Jan

Weihnachtliche Vorfreude hatte die Wohnung im Stadtpalais erfasst. Eva hatte den Donnerstagnachmittag genutzt, um gemeinsam mit ihren Töchtern Vanillekipferl und Linzeraugen zu backen. Last Christmas in Endlosschleife, Kuschelsocken und Bratapfeltee inklusive. Nun duftete es in der ganzen Wohnung nach Weihnachtsgebäck. Draußen war es dunkel geworden. Ihre Mädchen waren mit Greta und Leopold am Christkindlmarkt vor dem Schloss Schönbrunn unterwegs. Im Anschluss würden sie bei ihren Großeltern übernachten, weil Eva eine Verabredung hatte.

Sie drehte sich vor dem Spiegel. Eva trug ein elegantes schwarzes Kleid, das ihre Sanduhrfigur raffiniert in Szene setzte. Wie von Carmen gefordert, hatte sie sich in Schale geworfen. Zwar hatte es Eva verwundert, dass ausgerechnet sie Carmens Plus-Eins bei einer Firmengala sein sollte, doch wer war sie schon, köstliches Essen und einen Abend in exklusivem Ambiente auszuschlagen?

Eva griff nach ihrem besten Parfüm und verteilte ein paar Spritzer auf den Pulsstellen ihres Körpers. Die Haare hatte sie hochgesteckt und das Gesicht dezent geschminkt. Nudefarbener Lippenstift, ein Hauch von Rouge und schwarzer Eyeliner, der für die nötige Dramatik sorgte.

Sie war mit dem Ergebnis zufrieden und fühlte sich gut in ihrer Haut. Das lag nicht zuletzt an der schwarzen Korsage, die sie unter ihrem Kleid trug, und den Spitzenstrümpfen. Marina hatte recht gehabt, sexy Unterwäsche war ein Booster für das Selbstbewusstsein. Zwar würde diese Aufmachung niemand zu Gesicht bekommen, doch allein das Wissen darum genügte, dass Evas Hüften ein klein wenig mehr wogten.

Sie packte ihre Handtasche, als es unten an der Haustür klingelte. Das war ungewöhnlich, denn ihr vereinbarter Treffpunkt war in der Stadt, aber Carmen war immer für eine Überraschung gut. Durchaus denkbar wäre, dass sie mit einer Flasche Champagner angerauscht kam, weil sie kurzerhand ihre Pläne über den Haufen geworfen hatte.

Eva drückte den Summer und ging zur Wohnungstür. Ein fremder Mann stand auf ihrer Schwelle und streckte ihr eine langstielige Rose entgegen. Er trug ein weißes Hemd, dessen Kragen leicht geöffnet war, und einen grauen Anzug, wobei er das Jackett lässig über seine Schulter geschwungen hatte. Der Typ war groß, mindestens ein Meter neunzig, und auffallend gut gebaut. Und verdammt attraktiv! Marke Männermodel mit leicht ergrautem Haar und einem akkurat getrimmten Ziegenbärtchen. Er hatte stahlblaue Augen, eine selbstbewusste Ausstrahlung und ein charmantes Lächeln. Kurzum, ein Traummann, der sich aus unerfindlichem Grund ins Stadtpalais verirrt hatte.

Er schien allerdings kein bisschen überrascht, sie zu sehen. Seine Augen wanderten ihren Körper hinab und er raunte: »Hallo, Eva. Du siehst wunderschön aus.«

Eva schüttelte den Kopf, wie um sich zur Besinnung zu bringen und das Trugbild zu vertreiben. »Ich denke nicht, dass wir uns kennen«, stammelte sie. Er streckte seine Hand aus und Eva griff instinktiv danach. Es folgte ein fester und vertrauenerweckender Händedruck.

»Mein Name ist Jan. Carmen hat mich gebeten, dich heute Abend auszuführen.« Seine Augen hatten ihre schwarzen High

Heels erreicht und kehrten wieder zu ihrem Gesicht zurück. »Es wird mir ein Vergnügen sein, wenn ich das so sagen darf.«

»Carmen kommt nicht? Aber was ist mit der Gala und ...«

Eva blickte ihn misstrauisch an. »Sie hat das von Anfang an so geplant, nicht wahr? Du sollst also mit mir den Abend verbringen, aber warum? Ich kenne dich doch gar nicht.«

Plötzlich keimte ein erschreckender Verdacht in Eva auf und sie dachte an die vermaledeite Wette, die sie mit Carmen abgeschlossen hatte. »Sind Sie etwa ein ... Callboy?« Das letzte Wort wagte sie nur zu wispern.

»Ich bevorzuge den Begriff ›professioneller Begleiter‹«, sagte Jan kein bisschen verlegen. Eva sog scharf die Luft ein, während ihre Eingeweide sich verknoteten. Nie und nimmer würde sie mit einem bezahlten Date ausgehen.

Während sie an einer höflichen Abfuhr feilte, blickte ihr Jan tief in die Augen. »Schau, Eva, der Tisch ist reserviert. Ebenso die Karten im Burgtheater. Wär doch schade, wenn die verfallen würden, oder? Lass uns einen schönen Abend verbringen, plaudern, Spaß haben, mehr nicht. Ich verspreche dir, ich bin eine wunderbare Gesellschaft.«

Er sagte es mit einer solchen Aufrichtigkeit, dass Eva ihm gerne geglaubt hätte, doch er war ein Callboy, und wie es aussah, auch noch ein verdammt guter.

Eva biss sich auf die Lippen, überlegte, wie sie sich möglichst elegant aus der Affäre ziehen konnte, als hinter Jan die Tür aufschwang und Valentín in den Gang trat. Natürlich! Dieser Kerl hatte ein eingebautes Radar für beschissenes Timing.

Valentín erblickte Jan und musterte dessen stattliche Erscheinung, die Rose in Evas Hand und ihre sexy Aufmachung. Für einen winzigen Augenblick glaubte Eva, Eifersucht in seinen schwarzen Augen aufblitzen zu sehen. Ein Anblick, der sie mit grimmiger Genugtuung erfüllte.

»Also gut, Jan, lass uns gehen«, sagte sie und griff nach ihrem Mantel. Für diese Aktion würde sie Carmen gewaltig den Marsch blasen, doch vorher musste sie dieses winzige Fitzelchen an Genugtuung auskosten. Sollte Valentín ruhig glauben, dass sie heiß genug war, so einen Kerl abzugreifen, den Laufpass konnte sie dem Gigolo auch unten an der Haustür noch verpassen.

Entweder deutete Valentín ein Lächeln an oder er fletschte die Zähne, es hätte beides sein können. Er knallte die Tür hinter sich zu und schob sich an ihnen vorbei durch den Gang und die Treppe hinab. Unter den Arm hatte er seinen Helm geklemmt.

Eva schmunzelte und stolzierte hoch erhobenen Hauptes neben Jan die Wendeltreppe hinunter. Zwar war all das nur Schein, doch für den Augenblick genügte ihr das allemal.

Nur noch wenige Stufen, dann hatten sie das Entree erreicht, bis dahin brauchte sie eine hieb- und stichfeste Ausrede, um das Date vorzeitig abzublasen, doch wie üblich machte Valentín diesen Plan zunichte. Er stand an der Haustür und wartete auf sie.

»Ihr Wagen blockiert die Einfahrt«, brummte er und musterte Jan. Eva lugte zur Tür hinaus und sah den schwarzen SUV, der so wuchtig war, dass Valentíns Motorrad nicht mehr durch die Ausfahrt passte. Eine greifbare Spannung hing in der Luft, vermutlich, weil Valentín in diesem symbolischen Schwanzvergleich eindeutig den Kürzeren zog. Jan schien das Gleiche zu denken. Er grinste und zeigte eine Reihe perlmuttweißer Zähne.

»Tut mir leid, Sportsfreund. Wir sind schon weg.«

Er war höflich, aber auch distanziert. Man sah ihm an, dass dieser Kerl und sein Anliegen ihm schnurzegal waren.

Valentín wich ein Stück zurück, damit Eva an ihm vorbeigehen konnte. Sie roch seinen Duft, ein Hauch von Parfum vermengt mit dem Geruch nach Leder und Maskulinität. Der Aromamix stieg ihr in die Nase und sie atmete tief ein. Er war nicht grundlos Teil ihrer schmutzigen Fantasien, auch jetzt erzeugte seine Nähe einen prickelnden Schauder, der ihr über den Rücken kroch. Im Moment war seine Gegenwart aber vor allem eines, nämlich ärgerlich.

Jan trat zum Auto und öffnete die Beifahrertür.

Wie sollte Eva den Callboy loswerden, ohne die Maskerade auffliegen zu lassen? Die Antwort war einfach – gar nicht.

Mit einem eisigen Lächeln auf den Lippen hielt Eva auf Jans Wagen zu und ergriff seine Hand, die er ihr entgegenstreckte. Verdammte Scheiße, war ihr Stolz wirklich so groß, dass sie lieber mit einem wildfremden Kerl vom Begleitservice abzog, als vor Valentín das Gesicht zu verlieren?

Jan schloss die Tür, schwang sich auf den Fahrersitz und setzte den Wagen zurück. Sie sah Valentín, der sich seinen Helm über den Kopf stülpte und das Visier zuschlug. Wenigstens war sie nicht die einzige Person mit schlechter Laune. Dann bog ihr Wagen aus der Auffahrt und reihte sich in den Verkehr. Im Seitenspiegel sah Eva, dass ihnen ein Motorrad folgte. »Dieser verdammte Idiot«, dachte sie wütend. Von allen Himmelsrichtungen musste er ausgerechnet ihre einschlagen. Evas Plan, an der nächsten U-Bahn-Haltestelle auszusteigen, war somit ebenfalls gestorben.

Sie saß stocksteif da, angespannt bis in die Zehenspitzen. Jan bemerkte es und lächelte aufmunternd.

»Entspann dich, Eva. Ich habe es ernst gemeint. Essen, Theater, mehr nicht. Ein schöner Abend, danach bringe ich dich wieder nach Hause, wenn du das möchtest.«

Eva rieb sich die Nasenwurzel. »Warum?«, brummte sie. »Warum glaubt Carmen, dass sie mir einen Gigolo spendieren muss? Wirke ich so verzweifelt?«

Vor ihnen sprang die Ampel auf Rot und zwang Jan, sein Tempo zu verringern. »Du wirkst auf mich alles andere als verzweifelt«, sagte er und wandte ihr den Kopf zu. »Genauso wenig wie Carmen. Sie ist schon seit Jahren meine Stammkundin. Wir sehen uns hin und wieder und verbringen eine gute Zeit zusammen. Ich vermute, das Gleiche wünscht sie sich auch für dich.«

Plötzlich erklang ein lautes Geräusch neben Evas Fenster. Sie wandte den Kopf und sah Valentín, der auf seinem Motorrad kauerte. Die Maschine heulte auf wie eine Harley-Davidson und Valentín taxierte sie mit der Grimmigkeit eines Hells Angels. Durch das schwarze Visier konnte man seine Augen nicht sehen, dennoch spürte Eva seine Blicke und erwiderte diese nicht minder giftig. Dann sprang die Ampel auf Grün und das Motorrad machte einen Satz nach vorne. Einen Schlenker später war Valentín in den zähflüssigen Abendverkehr abgetaucht.

Mit Jans riesiger Karre ging es deutlich langsamer voran.

»Läuft etwas zwischen dir und dem Kerl?«, fragte Jan, dem die seltsame Szene nicht entgangen war.

»Nein!« Eva schüttelte eine Spur zu vehement den Kopf. »Warum fragst du?«

Jan zuckte mit den Achseln. »Nun, wenn ein Typ sich so verhält, dann ist er meistens eifersüchtig.«

»Wenn ein Typ sich so verhält, ist er meistens ein Idiot«, fügte Eva in Gedanken hinzu, zog es aber vor, zu schweigen.

Eine halbe Stunde später saßen sie im Fabios, einem noblen italienischen Restaurant im Herzen Wiens. In diesem Gebäude hatte einst Mozart gewohnt, nun umgaben es die teuersten Marken der Welt. Wie zum Beweis wanderte Evas Blick durch das Fenster zur Auslage auf der anderen Straßenseite, wo Miu Miu seine Waren präsentierte. Als der Kellner zu ihnen trat, bestellte sie eine Weinschaumsuppe und Gnocchi und Jan das Carpaccio und den Fisch. Den Preisen auf der Karte nach zu urteilen, wurde ihr Dinner im Privatjet aus Dubai eingeflogen.

Eva verdrängte ihr aufkeimendes schlechtes Gewissen,

immerhin hatte Carmens perfider Plan sie hierhergebracht, in die Gesellschaft eines gut gebauten Gigolos, dessen Hauptaufgabe darin bestand, ihr jeden Wunsch von den Augen abzulesen. »So wie es aussieht, hat Carmen das Full-Service-Prinzessinnen-Programm für mich gebucht«, dachte Eva zynisch, auch wenn sie nicht leugnen konnte, dass sie die Aufmerksamkeit durchaus genoss.

Jan war der perfekte Gentleman, er hatte ihr die Tür aufgehalten und den Stuhl zurechtgerückt.

Er hob sein Weinglas.

»Salute«, sagte er und beobachtete, wie Eva das Glas an die Lippen hob und trank. Er hatte den Wein ausgewählt, nun überprüfte er, ob er ihren Geschmack getroffen hatte. Das hatte er.

Das Bouquet war vollmundig und schwer und hinterließ ein samtiges Gefühl in Evas Kehle.

Optisch mussten sie ein äußerst attraktives Pärchen abgeben, denn immer wieder wanderten die Blicke anderer Besucher in ihre Richtung. Jan schien die Aufmerksamkeit nicht zu bemerken, denn seine stahlblauen Augen ruhten unentwegt auf Eva. Was nach hingebungsvoller Zuneigung aussah, resultierte in Wirklichkeit aus einem Stundenlohn, der sich gewaschen hat. Vermutlich hätte Eva auch verlangen können, dass er sie den ganzen Abend auf Händen trug.

»Hör zu«, sagte sie und beugte sich leicht vor, damit niemand ihre Worte hören konnte. »Ich will nur vorab die Rahmenbedingungen klären, okay? Ein Essen und ein Theaterbesuch, das ist alles. Mehr wird das hier nicht, egal, wofür Carmen dich angeheuert haben mag.«

Jans Mundwinkel zuckten, während er sich um eine ernste Miene bemühte und nickte. »Ganz wie du willst!«

Eva schnaubte erleichtert, als sie das unangenehme Thema hinter sich gebracht hatte. Sie griff nach dem Weinglas und trank einen weiteren Schluck. Sie hatte die Karten auf den Tisch gelegt, nun konnten sie das Dinner ohne falsche Erwartungen genießen.

Als wäre das ihr Stichwort gewesen, kam der Kellner angerauscht und servierte ihre Vorspeise.

»Wie kommt es, dass du Single bist?«

»Das liegt daran, dass mein Mann eine Schwäche für Frauen entwickelt hat, die halb so alt sind wie ich«, erwiderte Eva sarkastisch. Der Wein lockerte ihre Zunge ebenso wie die Gewissheit, dass dieses Treffen nirgendwohin führen konnte. Sie begriff, wie sehr sie andere Dates als Verkaufsgespräch empfunden hatte, aber hier und jetzt war es egal, was sie sagte, denn Jan würde nirgendwohin gehen, immerhin hatte Carmen ihn gebucht.

»Und seit deiner Scheidung hast du dich nicht wieder verliebt?«

»Tatsächlich geistert mir ein Phantom durch den Kopf«, gestand Eva, nachdem sie sich mit der Serviette die Lippen abgetupft hatte. »Ich schreibe mit einem Mann, der mir rein optisch überhaupt nicht gefällt, aber dessen Worte meine Seele berühren. Aber das ist egal, denn er will sowieso nichts von mir.«

Jan zog eine Augenbraue hoch. »Das musst du mir jetzt aber genauer erklären.«

Eva nahm einen weiteren Schluck Rotwein und fügte hinzu: »Er ist der Programmierer der Dating-App, bei der ich mich registriert hab. Stell dir vor, mir ist es gelungen, dort den einzigen Mann aufzugabeln, der keine Beziehung will.«

Sie hob die Arme, um die Irrsinnigkeit dieser Aussage zu unterstreichen. »Aber das ist längst noch nicht das Schlimmste. Denn in meinen erotischen Fantasien dümpelt ein anderer Kerl herum. Mein Nachbar, der Typ, den du heute im Gang gesehen hast. Dabei ist er der größte Arsch, den du dir vorstellen kannst.«

»Wieso? Hat er dir etwas getan?«

Eva lächelte grimmig. »Ja, mit mir geschlafen und es dann als

Fehler bezeichnet, dabei war es der beste Sex meines Lebens.«

»Dein Leben ist wirklich kompliziert«, raunte Jan und bedeutete dem Kellner, ihnen noch zwei Gläser Wein zu bringen. »Ich glaube, ich weiß, warum Carmen es für nötig hielt, dir eine kleine Auszeit zu spendieren.«

»Du hast recht, ich bin ihr wirklich zu großem Dank verpflichtet«, sagte Eva zynisch. Sie genoss den Abend in vollen Zügen, auch wenn sie noch nicht bereit war, es zuzugeben. Jan war ein geistreicher und äußerst humorvoller Gesprächspartner und in seiner Gesellschaft verging die Zeit wie im Flug.

»Mich würde interessieren, wie du zu deinem Beruf gekommen bist«, sagte Eva und vermied es tunlichst, bei dem Wort *Beruf* Gänsefüßchen in die Luft zu zeichnen.

»In meiner Jugend hab ich gemodelt«, antwortete Jan und bestätigte, was Eva bereits geahnt hatte. »Danach habe ich als Werbefotograf gearbeitet, aber als ich von meiner Frau verlassen worden bin, habe ich mir ein zweites Standbein gesucht. Eines, das mir mehr Vergnügen bereitet und mehr Abwechslung bietet.«

Eva verschluckte sich beinahe an ihrem Wein.

»Du bist verlassen worden?«

»Ich war ihr nicht genug«, erwiderte Jan achselzuckend. »Sie hat mich für einen anderen verlassen.«

Eva prustete. Diese Ex musste gewaltige Ansprüche haben.

»Für mich ist es genauso unvorstellbar, dass ein Mann dich verlässt«, gab Jan freimütig zu. »Das würdest du verstehen, wenn du dich durch meine Augen betrachten könntest. Du hast alles, was man sich wünschen kann. Du bist schön und sexy, klug und humorvoll und ich verspreche dir, dein Ex wird sein Glück nicht dauerhaft im Schoß eines Mädchens finden, nachdem er einmal eine Frau wie dich genossen hat.«

Ein winziges Seufzen entschlüpfte Evas Lippen ob dieses unerwarteten und vor allem charmanten Kompliments. Langsam begriff sie, was Carmen an ihm fand. Er war wie eine Gesichtspackung von La Mer, völlig überteuert, aber wenn man sie abnahm, fühlte man sich besser als zuvor.

»Wenn ich dir doch glauben könnte.«

»Ich lüge nicht, Eva. Ich sage jeder Frau nur das, was ich wirklich in ihr sehe und was ich glaube, dass sie hören sollte. Nicht mehr.« Er griff nach ihrer Hand. Seine Fingerkuppen glitten über ihre Fingerknöchel und verwandelten sie in eine erogene Zone, von deren Existenz Eva noch nichts gewusst hatte.

Eva unterdrückte das Verlangen, sich mit der Speisekarte Luft zuzufächeln. Er hatte einen Gang zugelegt und von der Friendzone in die Sexy Mood geschaltet. Das war nicht Teil ihrer Abmachung gewesen, doch so wie es aussah, konnte man einem Gigolo nicht vertrauen.

Just in diesem Augenblick wurde ihr Hauptgang serviert und Jan ließ von ihr ab. War sie noch einmal von Messers Schneide gehüpft oder war sie ein Fisch, der längst am Haken zappelte?

Kapitel 29

Burgtheater

Nach einem köstlichen und vor allem kostspieligen Essen waren Eva und Jan zum Burgtheater aufgebrochen. Es war nur einen kurzen Fußmarsch entfernt und Eva genoss es, sich die Beine zu vertreten, auch wenn ein Spaziergang in High Heels nie wirklich vergnüglich war. Sie fühlte sich satt und sicher. Satt, weil sie zum Abschluss noch eine Mousse au Chocolat verdrückt hatte, und sicher, weil es in ihrem Leben eine unausgesprochene Regel gab, die besagte, dass man nur ein Dessert pro Tag genießen durfte. Eva hatte ihres bereits gehabt, egal, wie verlockend sich ihr Begleiter auch präsentieren würde.

Sie traten durch die Flügeltüren des Burgtheaters und die Feststiege tat sich majestätisch vor ihnen auf. Ein Anblick, der Eva jedes Mal den Atem raubte. Sie legte den Kopf in den Nacken und ließ die Deckenmalereien und die prächtigen Verzierungen auf sich wirken. Prunkvoll wie ein Ballsaal beherbergte dieser Raum lediglich den Treppenaufgang, der zu den Logen und Rängen des Theaters führte. Der Ort versprühte Opulenz und Dekadenz und einen Hauch des alten Wiens, der sich in historischen Gebäuden wie diesem erhalten hatte.

»Wollen wir?«, fragte Jan und bot ihr seinen Arm an.

Als Eva nickte, führte er sie die Stufen empor bis zu ihrer Loge.

»Dies hätte eine Szene aus einem Liebesfilm sein können«, dachte Eva, während sie den Augenblick voll und ganz auskostete.

Eine Mischung aus Cinderella und Pretty Woman, wobei sie und Richard Gere die Rollen getauscht hatten.

Oben angelangt prüfte ein Concierge die Karten und erklärte ihnen den Weg zur Loge. Sie bestand aus einem kleinen Vorraum, in dem ein Samtsofa stand, und der eigentlichen Theaterloge, die sich hinter einem roten Samtvorhang verbarg. Wenn das Stück begann, schlossen sich die Vorhänge wie von Zauberhand, um die Magie der Aufführung nicht zu stören.

Ein Klingeln ertönte und ermahnte die Besucher, ihre Plätze einzunehmen, dann erloschen die Lichter und das Stück begann. Eva und Jan saßen allein in der Loge. War es Zufall, dass im ausgebuchten Theater ausgerechnet die zwei Plätze neben ihnen frei blieben?

Die Atmosphäre im Saal war elektrisierend. Das lag an dem Stück, das gegeben wurde: Reigen von Arthur Schnitzler, ein skandalöses Bühnenstück, das Trieb, Sexualität und Doppelmoral im Wien um die Jahrhundertwende porträtierte. Gezeigt wurden zehn erotische Begegnungen. Die Paare entstammten unterschiedlichen sozialen Schichten und plötzlich fragte sich Eva, ob sie wohl die elfte Paarung darstellten.

Sie bemühte sich, der Darbietung auf der Bühne zu folgen, doch es wollte ihr nicht so recht gelingen. Ihre Sinne waren geschärft, sie roch Jans Aftershave und spürte seinen Oberschenkel, der sich gegen den ihren drückte. Beobachtete er sie? Eva wagte nicht, ihren Kopf zu wenden, aus Angst, dass er diese Geste als Einladung verstehen könnte. Essen und Burgtheater, das hatten sie vereinbart, ein netter Abend in charmanter Gesellschaft, nicht mehr.

Eva selbst hatte diese Regel aufgestellt, also warum verschwand die subtile Erotik nicht, die sich zwischen ihnen breitgemacht hatte? Oder lag es an der Diskrepanz zwischen Verlockung und selbst auferlegtem Verbot? Hitze und unbefriedigte Sehnsucht erfüllten die Luft und speisten das Gefühl, das ihre Loge vom Rest der Welt entkoppelt war.

Plötzlich legte sich seine Hand auf ihr Knie und streichelte es. Eva riss sich vom Bühnengeschehen los und wandte sich Jan zu. Er lächelte auf eine Weise, die ihr einen Schauder über den Rücken jagte. Als Eva sein Lächeln erwiderte, wanderte die Hand langsam höher, ihren Oberschenkel hinauf. Jan schob den Saum ihres Kleides beiseite, bis das Strumpfband sichtbar wurde.

Er spitzte die Lippen, hielt kurz inne, taxierte sie aus seinen blauen Augen. »Stille Wasser sind tief«, schien sein Blick zu sagen, als er seine Expedition fortsetzte. Sein Finger glitt über die Spitzenborte und folgte dem Band, das den Strumpf mit dem Halter verband. Stromstöße durchfuhren Eva, als er bei ihrem Höschen angelangt war, es geschickt beiseiteschob und seinen Finger in sie tauchte. Sie stieß ein leises Stöhnen aus. Jan zog den Finger zurück, musterte sie streng.

»Ich will, dass du still bist.«

Eva nickte.

Lautlos wie ein Panther glitt er von seinem Stuhl zu Boden. »W-was machst du?«, hauchte Eva, bekam aber keine Antwort. Er kniete vor ihr und drängte sich zwischen ihre Schenkel. Eva hörte das Knistern, das seine Handflächen auf den Nylonstrümpfen erzeugten.

Sein Blick streichelte sie, in seinen Augen funkelte die Lust. Er führte den Finger, der sie zuvor verwöhnt hatte, an seine Lippen und leckte genüsslich daran, wissend, dass sie diese schamlose Geste beobachtete. »Ich werde es dir besorgen, bis du um Erlösung winselst.«

»Das ist doch verrückt«, dachte Eva, doch gleichzeitig wünschte sie sich, dass er dieses Versprechen auch erfüllte. Seine Hände umfassten ihren Hintern, ehe er sie mit einem kräftigen Ruck zu sich zog.

Ehe Eva wusste, wie ihr geschah, tauchte er in ihrem Schoß ab, verwöhnte sie mit dem Mund auf eine Weise, die sie schon viel zu lange nicht mehr genossen hatte.

Seine Zunge kreiste um ihre intimsten Stellen, machte sie wahnsinnig, doch gleichzeitig durfte sie sich ihre Erregung nicht anmerken lassen. Der Balkon der Loge verbarg Jan vor Beobachtern, sie selbst allerdings nicht. Ringsum sah sie die Gesichter der Besucher, die auf die Bühne gerichtet waren. »Wenn ihr wüsstet«, dachte sie und genoss den verbotenen Moment. Eva vergrub ihre Hand in seinem vollen Haar, hob ihr Becken und kam ihm entgegen. Wer war diese schamlose Frau nur, die sich hier vor den Augen aller verwöhnen ließ?

Dann warf sie den Kopf in den Nacken, sie näherte sich unweigerlich ihrem Höhepunkt.

Jan bemerkte es und hörte auf. Er spielte mit ihr, hatte schnell gelernt, was ihr gefiel, und ließ sie zappeln. Er zog sich zurück, nur um sie gleich darauf wieder vorwärts zu peitschen.

»Willst du, dass ich dich erlöse?«, raunte er. Eva nickte.

»Bettle!«

Sein Bart kratzte sie, dann biss er zu, gerade so fest, dass sie den Schmerz nicht von Lust unterscheiden konnte.

»Bitte«, hauchte Eva.

»Sag es. Was willst du?«

»Mach weiter.«

»Womit?«

»Leck mich.« Eva spürte, wie ihr die Röte in die Wangen kroch, doch für Schüchternheit war es längst zu spät. Es war eine ganz eigene Art von Kick, um Erlösung zu bitten. Von der Dominanz eines Fremden gequält zu werden, der sich ihre Lust zunutze machte und sie dirigierte, ganz wie es ihm gefiel.

»Bitte! Erlöse mich«, stieß Eva nach einer Weile hervor, als sie glaubte, keine Sekunde länger durchhalten zu können. Dann erfüllte er ihr diesen Wunsch, trieb sie auf die Spitze und beobachtete, wie sie von Kopf bis Fuß erzitterte.

Das Opernglas einer Frau wanderte in ihre Richtung, doch Eva war es egal. Sie war der Phönix, verbrannt und zu Asche zerfallen. Sie würde sich wieder erheben, doch nun brauchte sie noch einen Augenblick oder zwei, um sich von ihrer eigenen Zerstörung zu erholen.

»Lass uns gehen«, raunte Jan, als er wieder neben ihr auftauchte. »Ich weiß etwas Besseres.«

Eva fiel nicht viel ein, das besser sein könnte, dennoch erhob sie sich anstandslos, schob ihren Rock nach unten und folgte ihm. Da die Vorstellung noch nicht zu Ende war, begegnete ihnen keine Menschenseele in den Gängen. Die Geräusche des Bühnenstücks drangen leise zu ihnen, ebenso wie verhaltenes Gelächter. Eva blickte zu Jan, fragte sich, was er mit ihr vorhatte. Hand in Hand gingen sie die imposanten Treppen hinab, während der rote Teppich ihre Schritte verschluckte.

Draußen empfing sie schmuddeliges Dezemberwetter. Nieselregen und zäher Nebel hatten sich über die Stadt gesenkt.

»Wo gehen wir hin?«, fragte Eva.

»Vertraust du mir?«

Der Unterton in seiner Stimme verhieß, dass sie es besser nicht tun sollte, dennoch nickte Eva.

»Warte kurz. Ich komme gleich wieder.«

Eva stand unter dem Vordach des Burgtheaters und ließ ihren Blick schweifen. Der Weihnachtsmarkt vor dem Rathaus hatte längst geschlossen, lediglich die bunten Lichterketten in den Bäumen schimmerten schwach durch die Tristesse. Sie sah das Universitätsgebäude, eine Straßenbahn tuckerte vorüber, in ihrem

Inneren befanden sich nur wenige Fahrgäste. Kaum jemanden trieb es bei diesem Wetter nach draußen. Kurze Zeit später war Jan zurück, in der einen Hand einen Regenschirm, in der anderen eine schwarze Ledertasche.

Er hielt den Schirm über Eva und bot ihr galant seinen Arm, dann gingen sie durch das nächtliche Wien. Die Sicht war schlecht, die historischen Bauwerke versanken in diffusem Grau und die Straßenlaternen durchbrachen wie leuchtende Inseln die zähe Melasse.

Sie betrieben Konversation, Jan stellte ihr Fragen und lauschte aufmerksam ihren Antworten, sodass zu keiner Zeit ein verlegenes Schweigen aufkam. Gemeinsam gingen sie am Schottenkloster vorüber und hielten auf den Tiefen Graben zu.

Eva holte tief Luft, denn wie jeder Wiener wusste sie, was sich am Ende der Gasse befand. Das Hotel Orient, ein berüchtigtes Stundenhotel, von dem es hieß, dass sogar Kaiser Franz Josef dort schon seine Mätressen getroffen hatte.

»Wir müssen das nicht tun«, sagte Jan, der ihre plötzliche Anspannung bemerkt hatte. »Wir können auch einfach an der Hotelbar sitzen, etwas trinken und plaudern. Ich genieße deine Gesellschaft sehr.« Eva schüttelte den Kopf. Nein, sie wollte nichts trinken, das Ziehen zwischen ihren Beinen verriet ihr deutlich, wonach ihr der Sinn stand. Zwar hätte sie diese Worte nie und nimmer in den Mund genommen, doch das musste sie auch nicht. Jan verstand auch so. Er selbst hatte die Lunte in Brand gesteckt, nun ließ sich das Glimmen nicht mehr stoppen.

»Nach dir«, raunte er und zog die Tür auf.

Das triste Wetter spielte Eva in die Karten, niemand war zu sehen, doch selbst wenn, hätte der Nebel ihre Absichten verschleiert. Eva trat ein und blickte sich in der Hotellobby um. Sie war noch nie hier gewesen. Es empfing sie ein imperiales Setting, dunkles Holz, hohe Räume, goldene Bilderrahmen, Kristallluster und rote Läufer, wohin man auch blickte.

Der Nachtportier sah desinteressiert von seiner Zeitung auf. In ihm vereinten sich Diskretion und Wiener Grant. Man sah es sofort, es juckte ihn kein bisschen, wer seine Gäste waren, solange sie für ihre Zimmer bezahlten und ihm keine Scherereien bereiteten.

Eva hielt sich abseits, während Jan mit ihm die Details klärte. Sie stand im Entree, ließ ihre Blicke schweifen.

An der Hotelbar saßen Pärchen, tuschelten und genossen die Zweisamkeit. Niemand hatte Augen für die anderen Gäste, sie alle einten ihre amourösen Absichten.

»Komm.«

Eva spürte eine Hand in ihrem Rücken. Gemeinsam traten sie in einen Aufzug, der besorgniserregend ruckelte. Jan stand vor ihr und sie spürte die Hitze, die von ihm ausging. Die Enge und Nähe des Fahrstuhls machten Eva nervös, ebenso wie das Gefühl, gefangen und ausgeliefert zu sein, wobei sie durchaus wusste, dass sie sich selbst in diese Situation gebracht hatte. Wie zur Hölle hatte es so weit kommen können?

Sie sollte immer noch im Burgtheater sitzen oder allein zu Hause in ihrem Bett liegen, stattdessen folgte sie einem Fremden in ein Hotelzimmer.

Mit einem leisen Klicken sprang die Tür auf.

Jan half ihr aus dem Mantel und hängte ihn an die Garderobe. Einen Wimpernschlag später war er wieder bei ihr, strich ihr eine Haarsträhne aus dem Gesicht und lächelte beruhigend.

»Vertrau mir, Eva, du bist der Boss. Ich tue nichts, was du nicht willst. Du bestimmst, wie wir die gemeinsame Zeit verbringen.«

Eva nickte dankbar, kam aber nicht mehr zu einer Antwort, weil es an der Tür klopfte.

Das Zimmermädchen brachte die georderte Flasche Sekt. Ein kleines Trinkgeld später war sie wieder verschwunden. Was mochten diese Augen bereits alles gesehen haben?

Erleichtert beobachtete Eva, wie Jan die Flasche entkorkte und zwei Sektflöten befüllte. Wenigstens würde sie sich diesem Abenteuer nicht nüchtern stellen müssen. Die Gläser klirrten und Eva spürte die prickelnde Flüssigkeit in ihrer Kehle.

Jan ließ sie nicht aus den Augen, er studierte sie mit der Akribie eines Künstlers, der sein Modell betrachtete. Um dem Unausweichlichen noch einen Moment länger zu entgehen, sah sich Eva im Raum um. Das Zimmer wäre kitschig gewesen, wäre da nicht die Geschichtsträchtigkeit, die aus jeder Nische und jeder Stofffalte drang. Die Kaisersuite propagierte einen Lebensstil, den es so längst nicht mehr gab. Seidentapeten, schwulstiges Rokoko-Interieur, Stuck, Unmengen an Gold und rotem Samt, dazwischen Büsten des Kaisers. Man brüstete sich immer noch mit dem hochherrschaftlichen Klientel, das hier einst verkehrt hatte. Jan legte einen Schalter um und rotes Licht flammte auf. Es nahm dem Raum seine nostalgische Schwere und verwandelte ihn in einen Red Room der Extraklasse. Hier gab es alles, sogar die passende Playlist.

Eva stockte das Herz. Sie fuhr herum und erblickte Jan, der betont langsam sein Hemd auszog. Er war groß und muskulös wie ein griechischer Gott. Eva trank ihr Glas in einem Zug leer und zog die Flasche aus dem Kühler, um sich nachzuschenken. Jan war bereits zur Stelle und nahm ihr beides aus der Hand.

»Nicht jetzt«, raunte er und legte Eva die Hand auf die Schulter. Eine energische Bewegung später hatte er sie von sich weggedreht. Sie spürte seinen Atem im Nacken, während seine Hände langsam den Zipper ihres Kleides öffneten. Es rutschte ihr von den Schultern und fiel zu Boden. Eva stand in Korsage, Seidenstrümpfen und High Heels vor ihm. Jan sank auf die Knie und half ihr, aus dem Kleid zu steigen.

Sie spürte seine warmen Hände, die sich von den Knöcheln

aufwärts arbeiteten, ihre Waden entlang bis zu den Oberschenkeln.

Seine Zunge folgte der Spitzenborte des Strumpfbandes, dann spürte sie seine Lippen auf ihrer Pobacke und erschauderte. Jan richtete sich wieder auf, hob Eva auf und trug sie zum Himmelbett, wo er sie auf die weiche Matratze fallen ließ.

Er fischte etwas aus seiner schwarzen Ledertasche und streckte es Eva mit fragendem Grinsen entgegen. Handschellen.

Eva nickte. Es war ein winziges Nicken, doch es genügte. Sekunden später klickten sie und fesselten Eva an die gedrechselten Pfosten, die den Baldachin trugen.

Ihr Herz klopfte wie wild, Angst und Lust waren eine Kombination, die wie ein Aphrodisiakum wirkten.

Jan war über ihr, nackt und sichtlich erregt. »Ich werde gut zu dir sein«, raunte er, küsste ihren Hals und ließ dann seine Lippen tiefer wandern und ihren Körper erforschen.

Als Eva am nächsten Morgen die Augen öffnete, traf sie die Realität wie eine Keule. Sie lag immer noch in dem imperialen Himmelbett, Jan war verschwunden, stattdessen blickte Kaiser Franz Josef von seinem Gemälde zu ihr herab. War das ein wissendes Lächeln auf seinen Lippen?

Eine handgeschriebene Notiz lag neben ihr. Eine Karte mit einer mattschwarzen Rückseite, auf der Jans Initialen schimmerten. Der Mann war auf alles vorbereitet. Eva griff danach und las die Worte.

Du bist fantastisch, Eva. Ich habe die letzte Nacht in vollen Zügen genossen. Der Mann, der dich eines Tages bekommt, ist ein Glückspilz. Jan.

Eva erhob sich, zog die schweren roten Samtvorhänge beiseite und blickte hinaus auf die graue Innenstadt. Regenschlieren benetzten die Scheiben.

Sie ging ins Badezimmer, das im gleichen Stil wie die Kaisersuite gehalten war. Dort empfingen sie eine freistehende Badewanne und ein nostalgisches Lavoir mit Wasserkännchen, umgeben von schwarzen Tapeten, die mit floralen Motiven bedruckt waren. Eva drehte an den Rädchen und ließ sich ein Bad ein. Sie spürte tief in sich hinein, vielleicht hätte sie sich schäbig oder schmutzig fühlen sollen, doch sie tat es nicht. Im Gegenteil, sie fühlte sich sinnlich.

Jan hatte Seiten in ihr hervorgebracht, die der Alltag verschüttet hatte. Sie dachte an die letzten Stunden, die vor ihrem inneren Auge vorüberzogen, und genoss den Nachhall des erotischen Intermezzos.

Kapitel 30

Yoni-Massage

»Hier ist es also«, murmelte Eva und schaute an dem unscheinbaren Haus empor. Man sah der Fassade nicht an, dass sich im Hausinneren ein Tantra-Institut verbarg. Allerdings wurden Ananda Spirit und Marina nicht müde zu betonen, dass es sich dabei um ein höchst seriöses Unternehmen handelte. Eva hatte vorgehabt, den Gutschein für die Yoni-Massage gekonnt zu ignorieren, allerdings hatte sie die Rechnung ohne Marina gemacht.

Eva wurde von Silvia empfangen – einer vollbusigen Frau mittleren Alters, die sich als ihre Masseurin vorstellte. Silvia sah nicht aus wie eine ausgebeutete Sexarbeiterin, das war schon einmal gut! Sie hatte ein breites Gesicht, flachsblonde Haare, in die sie bunte Holzperlen eingeflochten hatte, und sommersprossige Haut. Sie steckte in einer wallenden giftgrünen Tunika mit weißem Batikmuster und Flipflops. »Komm, ich hab uns Tee gemacht«, sagte sie und hakte sich bei Eva unter, als seien sie seit Ewigkeiten miteinander bekannt. Vielleicht war das auch Kalkül, zumindest bewirkte es, dass Eva sich entspannte. Sie folgte Silvia in eine Art Wohnzimmer, in dem die Formalitäten geklärt wurden. Eva nahm in einem bequemen Armsessel Platz, während Silvia grünen Tee servierte. Sie plauderten wie Freundinnen und Silvia erwähnte, dass Marina und ihr Mann regelmäßig Paarsitzungen besuchten. »Bei Paarsitzungen hilft mir mein Gatte«, erklärte sie und zwinkerte. Eva verschluckte sich beinahe an ihrem Tee und hoffte, dass man ihr das Entsetzen nicht ansah. War sie wirklich die einzige Person auf der Welt, die sich schämte, eine tantrische Massage in Anspruch zu nehmen?

»Also zum Ablauf«, sagte Silvia und klang plötzlich geschäftsmäßig. »Zuerst gehst du duschen. Alles, was du brauchst, findest du hinter der blauen Tür. Zieh bitte den Sarong über, der im Badezimmer bereitliegt. Danach treffen wir uns in Bali.«

Sie deutete auf eine dschungelgrüne Tür. Das Gute befand sich offensichtlich zum Greifen nahe.

»Und vergiss nicht, ich bin die Gebende, du die Empfangende, daran halten wir uns hier strikt. Erregung ist absolut willkommen, aber kein Muss. Lass dich einfach fallen und genieße.«

Eva nickte. Das klang wie die Definition eines Alptraums, wenigstens für das verklemmte Menschlein, als das sie sich selbst sah. Dennoch erhob sich Eva und steuerte auf das Badezimmer zu. »Nichts muss«, wiederholte sie gebetsmühlenartig, während sie ihren Körper mit einem Duschgel namens Wild Spirit einschäumte, so als wollte sie die körpereigene Prüderie abspülen. Wenn es funktionierte, musste sie Silvia nach ihrer Bezugsquelle fragen.

Bali war groß und in Erd- und Grüntönen gehalten. Ein Wasserspiel plätscherte im Hintergrund und exotische Pflanzen schufen eine Atmosphäre, die an die Mangrovenwälder der Insel erinnerten. Auf dem Boden lagen beheizte Matten, die eine gemütliche Liegefläche bildeten. Ein Gemenge aus Licht und Schatten tauchte den Raum in eine geheimnisvolle Stimmung. Aus den Lautsprechern ertönten leise Dschungelklänge und der Duft von exotischen Ölen hing in der Luft. Definitiv ein Ort, um seine sinnliche Seite zu erkunden – falls man eine hatte, Eva war sich da nämlich nicht so sicher.

Hinter ihr knarzte es und Silvia huschte ins Zimmer. Splitterfasernackt. Die Masseurin, die in ihrer Hüllenlosigkeit ein wenig an die Venus von Willendorf erinnerte, hatte offensichtlich kein Problem damit, ihren Körper zur Schau zu stellen. Allerdings hatte Eva ein Problem damit hinzuschauen, weshalb sie peinlich berührt den Stoff ihres Sarongs zwischen den Fingern knetete. Richtig, den sollte sie ja auch noch ablegen. Pfeilschnell schlüpfte Eva aus dem Textil und legte sich bäuchlings auf die warme Matte.

Carmen und Marina hatten sie stets mit ihrer Prüderie auf-gezogen. Nur um ihnen das Gegenteil zu beweisen, war Eva jetzt hier, verklemmter denn je und im Begriff, jeden Moment schreiend wegzulaufen.

»Entspann dich«, sagte Silvia und sank erstaunlich elegant neben ihr auf die Knie. »Schließ die Augen und genieß einfach.«

Warmes Öl perlte auf ihre Haut, dann spürte Eva geübte Finger, die ihre Waden emporglitten. Ein Merkmal tantrischer Massagen war, dass dabei der ganze Körper einbezogen wurde. Silvia hatte sich bis zu Evas Schulterblättern hochgearbeitet, nun wanderte sie mit ihren Fingern den linken Arm hinab bis zu den Fingerspitzen. Sie variierte Druck und Intensität, abhängig da-von, welchen Körperteil sie gerade bearbeitete. Es war angenehm und Eva glitt davon. Ihre Muskeln lockerten sich und wurden weich und geschmeidig. Gerade als Eva dachte, dass die Sache doch gut werden könnte, beugte sich Silvia vor und Eva spürte Brüste, die über ihren Rücken rollten. Ein Versehen? Silva hatte immerhin riesige Glocken, die der Schwerkraft unterworfen wa-ren. »Aber dafür gibt es Büstenhalter«, dachte Eva und versteifte sich. Sie wollte Hände, die ihre Schultern massierten, und nicht Nippel, die ihre Schulterblätter piksten.

Eva fühlte heißen Atem auf ihrer Haut und etwas, das sich wie eine feuchte, schwere Boa über ihren Leib schlängelte. Das ging zu weit. Eva hob ihren Zeigefinger und flüsterte: »Hallo, Silva? Entschuldige bitte.« »Was für eine dämliche Art, um auf sich aufmerksam zu machen«, dachte Eva sarkastisch und rappelte sich hoch. »Es tut mir aufrichtig leid, aber ich kann das nicht. Nimm das bitte nicht persönlich, aber ich ... äh ... stehe nicht so sehr auf ...«

Wie sagte man einer anderen Frau, dass man ihre Brüste reizlos fand? Innerlich verfluchte sie Marina, die sie in diese absurde Situation gebracht hatte und sich selbst, weil sie geglaubt hatte, dass das in irgendeiner Weise stimulierend sein könnte.

Silvia brach in schallendes Gelächter aus. Sie erhob sich und schnappte sich ein Handtuch, um sich das Öl von Bauch und Busen zu wischen, dann streifte sie ihre giftgrüne Tunika wieder über.

»Ich bin ausgebildete Heilmasseurin«, sagte sie, ohne jede Kränkung in der Stimme. »Wenn du magst, massier ich dir in einem anderen Raum den Rücken. Immerhin ist der Termin ja schon bezahlt.«

»Oh Gott, bitte, ja«, erwiderte Eva und griff nach der Hand, die sich ihr entgegenstreckte. Sie folgte Silvia nach Tahiti, wo sie die beste Rückenmassage ihres Lebens erhielt. Ein Happy End ganz nach ihrem Geschmack.

Zwei Stunden später betrat Eva ihre Wohnung und fand Greta auf der Wohnzimmercouch, wo sie mit Lisbeth fernsah. Reality-TV. Keine der beiden nahm Notiz von Eva, die im Türrahmen lehnte und die Szene beobachtete.

Greta blähte in regelmäßigen Abständen ihre Nasenlöcher zu Nüstern auf und stieß ein abfälliges Schnauben aus. Sie selbst saß im biederen Tweedkostüm da, die knochigen Beine übereinandergeschlagen, während ihre Füße in Einhorn-Plüschpatschen steckten. Weiß der Himmel, wie die Kinder sie dazu gebracht hatten, ihre beige-schwarzen Pumps gegen diese Ungetüme zu tauschen. Lisbeth hockte in Jeans und Kapuzensweater neben ihr und klopfte in regelmäßigen Abständen eine Textnachricht in ihr Smartphone.

»Ein Hintern wie ein Brauereipferd«, brummte Greta und nippte an ihrem Baileys. »Wer ist das gleich noch mal? Aha. Und warum ist die berühmt?«

»Die hat ein Tape von sich gemacht, das viral ging«, erklärte Lisbeth.

Eva lauschte amüsiert dem Frage-Antwort-Spiel.

»Viral? Was heißt denn das schon wieder und überhaupt, was ist denn auf dem Tape zu sehen?«

Das war Evas Stichwort. Ehe Lisbeth näher auf das Sex-Tape eingehen und Gretas Glauben an die nächste Generation endgültig zerschmettern konnte, begrüßte sie die beiden. »Mama!«, rief Lisbeth erfreut und schaltete den Fernseher aus. »Schön, dass du da bist. Ich gehe in mein Zimmer.« Nun war es Evas Aufgabe, sich um ihre Oma zu kümmern. Mit federnden Schritten verschwand Lisbeth und ließ sie allein.

»Sophie ist in ihrem Zimmer und spielt Fifi«, erklärte Greta. »Irgendein Fußball-Videospiel.«

Draußen dämmerte es bereits. Eva hatte gehofft, dass die frühe Dunkelheit ihre Ex-Schwiegermutter zum Aufbruch treiben würde, doch Greta befüllte ihr Stamperl erneut.

»Magst auch eines?«

»Ja, warum nicht?«, murmelte Eva, holte ein zweites Glas aus der Küche und setzte sich. Greta war trotz ihrer Anfang siebzig gertenschlank und verkörperte die reiche Juristengattin bis in die Haarspitzen. Ihr Haupt wurde einmal im Monat blond gesträhnt, sodass man nicht erkennen konnte, ob sie weißblond war oder doch einfach nur weiß. Greta trug ihr Haar zu einem eleganten Dutt frisiert. Abgerundet wurde der Look mit Perlenohrringen und einer roten Korallenkette. Vintage, ebenso wie ihr Pelzmantel, denn Greta war schlau genug, moralisch bedenkliche Güter als Erbstücke zu tarnen.

»Hast schon was gegessen?«, fragte Eva. »Ich könnte uns etwas bestellen, wenn du magst?« Greta schüttelte entsetzt den Kopf. »Nach drei esse ich nur in Ausnahmefällen«, raunte sie und nestelte an ihrer Taille, als wollte sie eine nicht vorhandene Falte im Tweedkostüm glattstreichen. Eva wusste es besser, es ging darum, ihre dürre Physis zur Schau zu stellen.

Greta legte ihren Kopf in den Nacken und blickte an den stuckverzierten Plafond. »Wusstest du, dass hier einst Charlotte von Sturmfeder, die Schwester der Erzieherin vom Kaiser Franz Josef, gewohnt hat?«

»Tatsächlich?«, brummte Eva, wissend, dass Greta diese Reaktion von ihr erwartete. In Wirklichkeit war ihr ziemlich wurscht, ob früher adeliges Geblüt diese Räume bewohnt hatte. Wobei es Eva durchaus interessieren würde, was Charlotte von Sturmfeder dazu gesagt hätte, dass der Pöbel ihr Heim übernommen und es mit IKEA-Möbeln ausgestattet hatte.

»Der Leopold hat die Wohnung in den Neunzigern gekauft«, fuhr sie fort. »Um hier seine Affären zu begatten.«

Eva verschluckte sich beinahe an ihrem Baileys. »Wie bitte?« Sie hatte von einer Geliebten gewusst, aber nicht, dass es mehrere gewesen waren, und schon gar nicht, wo diese Kontakte stattgefunden hatten.

Greta kniff die Augen zusammen und musterte Eva streng.

»Du hast mich schon verstanden«, sagte sie schroff. »Der Leopold hat hier drinnen seine Liebschaften gevögelt, während ich mit dem Benjamin daheim war.«

»Wie der Vater, so der Sohn«, dachte Eva grimmig. Gleich wird sie mich belehren, dass ich Ben vergeben muss, so wie sie es bei Leopold getan hat. Doch Greta sagte nichts dergleichen.

»Ich hatte auch eine Affäre«, gestand sie. »Natürlich erst,

nachdem ich das mit dem Leopold und seiner Umtriebigkeit erfahren hatte. Allerdings war ich nicht so deppert, mich dabei erwischen zu lassen.«

»Du hast den Leopold betrogen?« stieß Eva hervor.

»Pssst! Meine Enkelinnen müssen das nicht wissen. Es reicht, dass sie die Männer des Hauses für Trottel halten.«

Eva zog die Augenbrauen hoch. Offensichtlich steckte in diesem Chanel-Kostüm weit mehr als nur Biederkeit und Strenge.

»Aber wer ...?«

Eva schenkte eine weitere Runde Baileys nach.

»Horst Hofer, unser Gartengestalter«, antwortete Greta. Das kam so unerwartet, dass Eva an sich halten musste, um ihren Likör nicht auf die Tischplatte zu spucken. Sie prustete und röchelte und es dauerte eine ganze Weile, bis sie sich wieder unter Kontrolle hatte. »Was hat nur alle Welt mit den Gärtnern?«, keuchte Eva und wischte sich über die tränenden Augen.

»Gartengestalter«, korrigierte sie Greta, der die Herabwürdigung sichtlich missfiel. »Er hat den Fischteich hinten im Garten angelegt.«

Danach war er einmal im Monat gekommen, um die Wasserqualität und die Zufriedenheit der Goldfische zu prüfen. So etwas gehörte zum Full Service jedes guten Gartengestalters.

»Das Ganze ging ein paar Monate, bis der Leopold angekrochen kam und um Vergebung winselte. Dann hab ich den Horst in die Wüste geschickt.«

Eva war wie vom Donner gerührt. Zwar hatte Greta eine Menge Alkohol intus, dennoch fragte sich Eva, warum sie ausgerechnet heute dieses Geheimnis lüftete. So betrunken kam sie ihr gar nicht vor. »Und warum erzählst mir das?«

»Na, weil ich sehe, dass du dich gehen lässt. Dabei solltest du jetzt Männer treffen und dir ein wenig Spaß gönnen, bevor Ben merkt, dass er ein Trottel ist. Wenn er dann nämlich angekrochen kommt, dann musst du ihn zurücknehmen, allein schon wegen der Kinder.« Greta sah, dass Eva protestieren wollte, und hob ihren knöchernen Zeigefinger. »Ich sag nicht, dass du vergessen sollst, aber vergeben. Und das geht leichter, wenn man selber ein kleines Geheimnis hat.«

Sie schwiegen kurz, dann fiel Greta etwas anderes ein. »Was hast du denn heute gemacht?«

Eva lachte grimmig. »Mich gehen lassen«, murmelte sie kryptisch. »Hat aber nicht funktioniert. Wir waren nicht auf einer Wellenlänge.«

Nachdem Greta die sprichwörtliche Bombe gezündet hatte, versank der restliche Abend in Belanglosigkeit. Darüber war Eva nicht unglücklich. Sie hatte keine Lust mehr, die dunklen Geheimnisse ihrer Mitmenschen kennenzulernen.

Um zehn war Greta endlich willens, in ihr eigenes Heim zurückzukehren. Vermutlich, weil Leopold nun schon tief und fest schnarchte und sie sich den Small Talk ersparen konnte. Greta war eine durch und durch pragmatische Frau, das musste man ihr lassen.

Eva griff nach dem Pelzmantel, der in der Garderobe hing, und half ihrer Ex-Schwiegermutter beim Anziehen. Mit spitzen Fingern, weil Eva die Vorstellung aneinandergenähter Leichenteile nie ganz aus dem Kopf bekam. Greta hatte sich noch nie um moralische Konventionen geschert. Sie würde den Teufel tun und den muckelig warmen Mantel im Schrank hängen lassen, nur weil irgendwelche weltfremden Tierschützer beschlossen hatten, dass es neuerdings unethisch war, gegerbte Tierhäute zu tragen. Dabei hatte der Mensch das schon seit Urzeiten so gehandhabt. »Irgendwann bewerfen sie dich mit einem Kübel Farbe«, prognostizierte Eva schmunzelnd.

»Hör mir mit diesem Aktivistengesindel auf«, brummte Greta und stülpte sich demonstrativ die dazugehörige Fellmütze über den Kopf. »Auf der Mariahilfer Straße vielleicht, aber bei uns in Hietzing sind die Leute noch nicht so deppert!«

Eva zuckte mit den Schultern. Sie verspürte keine Lust auf eine Grundsatzdiskussion zwischen Tür und Angel, wo sie doch nur darauf wartete, dass sich Greta endlich auf den Weg machte.

Stattdessen schlüpfte sie in die vorgewärmten Einhorn-Plüsch-patschen und begleitete Greta durch das Treppenhaus hinunter zur Einfahrt, wo bereits ein Taxi wartete.

Sie war bereits halb im Wagen verschwunden, als Greta noch etwas einfiel. »Weißt du eigentlich, dass Lisbeth einen Freund hat? Ich hab sie mit ihm telefonieren gehört. Sie hat ein paar ziemlich unanständige Sachen zu ihm gesagt.«

»Du hast sie belauscht?«

Insgeheim fragte sich Eva, warum sie das eigentlich überrasch-te. Greta war genau die Sorte Frau, die so etwas tat.

»Natürlich!«, antwortete Greta im Brustton der Überzeugung. »Tust du das etwa nicht?«

Das war eine rhetorische Frage, weil ohnehin beiden Frau-en klar war, dass Eva nicht aus dem gleichen Holz wie Gre-ta geschnitzt war. »Ich gebe dir einen guten Tipp, Kind. Fang schleunigst damit an! Wer weiß, vielleicht hättest dein Unglück abwenden können, wenn du Ben auch überwacht hättest?«

Kapitel 31

Weihnachten

Evas Handy vibrierte in ihrer Tasche. Eine Nachricht von Marina.

Ciao Bellezza, schrieb sie. *Ich hoffe, du kommst gut durch die Feiertage. Fühl dich gedrückt.*

Eva grinste ihr Display an. Marina war an Fürsorglichkeit kaum zu überbieten. Das hatte auch mit ihrem desaströsen Absturz von vor drei Wochen zu tun. Sie schämte sich abgrundtief, obwohl Eva ihr mehrfach versichert hatte, dass alles in Ordnung sei. Wobei das nicht stimmte, im Augenblick war für Eva rein gar nichts in Ordnung.

Heiligabend hatte sie mit ihren Töchtern verbracht. Nächstes Jahr war Ben an der Reihe. Eva blieben 365 Tage Zeit, ehe dieser Alptraum Realität wurde und sie Weihnachten ohne ihre Kinder feiern musste.

Heute war der 25. Dezember und Greta hatte darauf bestanden, die gesamte Familie zu einem gemeinsamen Dinner einzuladen, auch den geschiedenen Teil, weshalb Eva einem Abend in der Gesellschaft ihres Ex-Mannes entgegensah. Sie atmete ein letztes Mal tief durch, ehe sie mit ihren Töchtern das Haus ihrer Ex-Schwiegereltern betrat.

Das einzig Gute war, dass Isabell keine Einladung erhalten hatte.

»Man muss es sich verdienen, ein Teil dieser Familie zu sein«, hatte Greta gesagt und die Anfrage ihres Sohnes abgeschmettert. Dass die Neue durch Abwesenheit glänzte, lag aber weniger an

Gretas Verhandlungsgeschick, sondern vielmehr daran, dass Ben Isabell nicht dabei haben wollte, davon war Eva überzeugt. Einen Juristen konnte man nicht mit einem schnöden Nein abspeisen; gewöhnlich war es einfacher, ihm seinen Willen zu lassen, anstatt mit ihm zu diskutieren.

»Auf geht's«, brummte Eva. »Bringen wir es hinter uns«, fügte sie im Geiste hinzu.

Ein festlicher Anlass in dem alten Herrenhaus bedeutete, sich herauszuputzen, um im geräumigen Wohnzimmer vor dem knisternden Kamin zu sitzen und zu schwitzen. Deshalb hatte Eva auch das kleine Schwarze gewählt, das ihre Kurven betonte. Sie hatte es bei ihrem Date mit dem lispelnden MrRight getragen. Es war perfekt für diesen Anlass, weil es die drei Üs erfüllte: überkandidelt, übertrieben und überteuert. Greta hatte sich an den gleichen Dresscode gehalten. Sie trug einen Zweiteiler aus Brokatstoff, der den Gedanken aufkommen ließ, dass in Versailles nun eine Gardine fehlte. Neben ihr wirkte Leopold in seinen braunen Cordhosen und dem Norwegerpullover wie immer unverschämt langweilig.

Als Eva und die Kinder ihre Mäntel abgelegt hatten, begann die Begrüßungszeremonie. Die Jagdhunde sprangen herum und jaulten vor Freude. Die Kinder wurden von ihren Großeltern geherzt und Eva und Ben schüttelten einander die Hände. Danach wechselte man in stummem Einverständnis ins Wohnzimmer. Stilvolle Möbel, antike Kerzenhalter und ein schwerer Kronleuchter verliehen dem Raum einen angestaubten Touch. An den Wänden hingen kitschige Gemälde und gerahmte Familienporträts. Der Duft von frischem Tannengrün lag in der Luft und vermischte sich mit dem Aroma von Zimt und Nelken.

Eva bewunderte den geschmückten Weihnachtsbaum.

Darauf befanden sich rote und goldene Kugeln, die bereits Leopolds Mutter und Großmutter als Baumschmuck gedient hatten. Dementsprechend kostbar waren die mundgeblasenen Glaskugeln und durften ausschließlich von Greta berührt werden. Weil aber auch Hunde anwesend waren, hingen an den untersten Ästen Holzanhänger und Strohsterne.

In Evas Kindheit hatten Christbaumkugeln nicht als Wertanlage gegolten. Alle paar Jahre hatte ihre Mutter einen großen Plastikzylinder beim Diskonter gekauft, um den Schwund auszugleichen, sodass der Christbaum stets die Trendfarben der letzten Jahre abbildete. Eine weitere Weihnachtstradition war gewesen, sich über die Wucherpreise der Baumverkäufer zu ärgern, die von Jahr zu Jahr unverschämter wurden. So etwas ließen sich Dagmar und Harry natürlich nicht bieten. Zuerst war der Baum alljährlich kleiner geworden, dann hatten sie die krummen Dinger gekauft, die es zum halben Preis gegeben hatte. Getarnt als gute Tat, weil schließlich auch ein hässlicher Baum ein schönes Weihnachtsfest verdiente.

Die letzten Jahre war ein Plastikbaum eingezogen, den ein Shoppingkanal als nachhaltige und zeitlose Investition angepriesen hatte. Wer innerhalb der nächsten fünf Minuten bestelle, bekomme sogar einen Tannenspray dazu, hatte die Moderatorin gesagt, um sich den Geruch des Waldes ins Wohnzimmer zu holen. Das war keine Lüge gewesen. Seit fünf Jahren zierte nun Fichti das Wohnzimmer ihrer Eltern und roch frischer denn je.

Eva seufzte und wandte sich wieder der Gegenwart zu. Es war jedes Jahr das Gleiche. Sie würden einen Aperitif trinken, den Baum bewundern und versuchen, kein peinliches Schweigen aufkommen zu lassen. Wenn man die Pendeluhr ticken hörte, plauderte man eindeutig zu wenig. Wenn das geschah, sprang Leopold in die Bresche und fragte seinen Sohn nach den jüngsten Fällen in der Kanzlei.

Eva hielt sich im Abseits und betrachtete ihre beiden Töchter, ein Anblick, der sie mit Stolz erfüllte. Ihretwegen war sie gekommen, bemüht, ihnen ein halbwegs normales Weihnachtsfest zu bieten.

Lisbeth strahlte mit ihrem royalblauen Kleid um die Wette. Trotz all der Schwierigkeiten, die die Pubertät mit sich brachte – und bei Gott, es waren wahrlich nicht wenige –, war Eva begeistert von der jungen Frau, zu der sie heranwuchs. Daneben stand Sophie in Jeans und einem Ugly-Christmas-Sweater, auf dem ein riesiges neonfarbenes Rentier prangte. Sie war der Sonnenschein der Familie, ihr verzieh man sogar diese Scheußlichkeit, die den Dresscode zunichtemachte.

Evas Hand wanderte zu ihrem Hals, wo eine Goldkette glänzte, die sie sich eigens für diesen Anlass gekauft hatte. Ihr gesamter Schmuck bestand aus Stücken, die Ben ihr im Laufe der Jahre geschenkt hatte. Eva würde sich keinesfalls die Blöße geben und mit einem Geschenk ihres Ex-Mannes aufkreuzen.

Sie blickte sich im Wohnzimmer um. Hätte Eva dem Ambiente ein Label verpassen müssen, so hätte sie sich für *altes Geld* entschieden. Reichtum, über Generationen kultiviert und präserviert. Das war es, was ihre Mutter so sehr verabscheute. Prunk, der dem Betrachter unweigerlich suggerierte, nicht dazuzugehören. Auch Eva hatte es einige Jahre gekostet, bis man sie als Mitglied des engsten Kreises akzeptiert hatte. Doch dann hatte sie ihren Platz innegehabt, ehe Ben sie hochkant rausgeworfen hatte.

Das Kaminfeuer, der antike Christbaumschmuck, Eierlikör und klassische Musik schufen eine beinahe surreale Szene. Das Setting zu Weihnachten war immer schon stocksteif gewesen, wenigstens bis man das Weihnachtsessen hinter sich gebracht und mehrere Gläschen intus hatte.

Es gab zwei Menüs, die sich jährlich abwechselten. Glasierte Entenbrust mit Orangensauce oder Hirschragout mit

Preiselbeer-Rotweinsauce. Im vergangenen Jahr war das Wild an der Reihe gewesen, also war allen Beteiligten klar, dass es heuer nur das Geflügel werden konnte.

Eva spürte eine Hand an ihrem Ellenbogen. Greta war zu ihr getreten und reichte ihr einen Aperitif. Dabei betrachtete sie ihre Ex-Schwiegertochter von oben bis unten und nickte wohlwollend.

»Du schaust großartig aus«, flüsterte sie. »Genau das passende Kleid für diesen Anlass.«

Sie meinte nicht Weihnachten. Der Anlass war, Ben vor Augen zu führen, dass er ein Trottel war.

»Greta, dein Sohn hat eine neue Freundin.«

Ihre Ex-Schwiegermutter winkte ab. »Hör mir mit diesem Gör auf«, zischte sie. »Männer sind alle gleich. Irgendwann kommt die Phase, wo ihr Kopf nicht mehr funktioniert und ihr Dingelchen die Kontrolle übernimmt.« Sie reckte ihren mageren Zeigefinger, um einen Wurm zu imitieren. »Aber das geht vorbei. Glaub mir, ich weiß, wovon ich spreche.«

Eva schüttelte kaum merklich den Kopf, bemüht, die Gedanken an ihren Schwiegervater Leopold und sein Dingelchen zu verdrängen.

»Wir werden sehen«, sagte sie und trat zu ihren Kindern, die die Pakete unter dem Weihnachtsbaum sondierten. Daneben stand Ben, der mit seinem Vater die Vorzüge des Portweins diskutierte.

Unglücklicherweise sah er immer noch gut aus. Er trug Hemd und Anzug, aber keine Krawatte, sondern den Hemdkragen eine Spur weiter geöffnet als sonst, was ihn erstaunlich leger erscheinen ließ. Eva wäre es leichter gefallen, wenn er wie ein geprügelter Hund ausgesehen hätte, ein gehörnter Mann, von seiner Freundin betrogen, doch offensichtlich hatte Isabell ihren Seitensprung nicht gebeichtet. Das sah ihr ähnlich.

Aus dem angrenzenden Speisezimmer erklang ein Glöckchen, dann Gretas Stimme: »Das Essen ist fertig.«

Phase eins, die Ankunft, hatten sie somit erfolgreich hinter sich gebracht. Nun ging es weiter zu Phase zwei, dem Dinner.

Auch das folgte einem jahrelang einstudierten Protokoll. Die Erwachsenen lobten die Qualität des Essens, das tatsächlich hervorragend war, und die Kinder suchten nach Ausflüchten, warum sie wie Vögelchen auf ihren Tellern herumpickten. Dieses Jahr war es die Aufregung, ob tatsächlich iPhone und Nintendo Switch unter dem Baum lagen, die ihnen sprichwörtlich die Kehle zuschnürte.

Greta, Leopold und Lisbeth saßen auf einer Seite des Tisches, Eva und Ben ihnen gegenüber. Sophie war das Bollwerk dazwischen. Während Greta das Essen auftrug, beratschlagten Leopold und Ben darüber, wie die Ente zu tranchieren sei. Nach eingehender Diskussion war es entschieden. Ben griff nach dem Messer und wetzte es ein paar Mal. Mit chauvinistischem Balzgehabe zerfledderte er das Viech vor sich und kredenzte Greta und seinen Töchtern ihren Anteil vom Braten. Eva wartete, bis sie an der Reihe war. Ihr Stück fiel deutlich kleiner aus, da Ben wusste, dass sie sich lieber durch die Beilagen kostete. Und genau das war das Problem! Es nervte Eva, dass er es wusste und auf ihre Befindlichkeiten Rücksicht nahm. Ben hatte sie, verdammt noch mal, mit Füßen getreten und nun spielte er sich wie ein galanter Gentleman auf.

»Ich dumme Gans sitze hier und esse mit ihm glasierte Ente, obwohl ich weiß, dass er später die geldgeile Pute vögeln wird«, dachte Eva. Beträfe es nicht ihr eigenes Leben, hätte sie über diese Ironie schallend gelacht.

Nun war Leopold am Zug. Er erhob sich, blickte feierlich in die Runde und sprach einen kurzen Toast aus. »Auf den Wert der Familie«, sagte er, »die in guten wie in schlechten Zeiten fest zusammenhält.«

Bei seinen Worten durchzog Eva ein scharfer Schmerz und sie hatte das Gefühl, dass es nun ihr Herz war, das auf dilettantische Weise filetiert wurde. Ben hielt den Kopf konsequent gesenkt und Greta schwang ihre Stoffserviette wie ein nasses Handtuch, um ihren Mann zum Schweigen zu bringen.

Beleidigt setzte er sich und das Essen begann. Stille erfüllte das Speisezimmer und leise Geräusche drängten sich unschön in den Vordergrund. Messerklingen, die über das Porzellan knirschten, vermischten sich mit Schmatz- und Schluckgeräuschen. Die Befangenheit war für alle greifbar, denn plötzlich öffneten alle gleichzeitig den Mund. Eva und Ben lobten die Qualität des Essens, Greta fragte, ob es mundete, und Leopold verlangte den Salzstreuer. Nur Lisbeth und Sophie tauschten einen belustigten Blick.

Glücklicherweise war Sophie eine Plaudertasche. So wie sie die Gabel beiseitegelegt hatte, begann sie, die steife Tischgesellschaft mit ihren Geschichten aufzulockern. Sie gab Anekdoten aus dem Fußballtraining zum Besten.

»Ihr hättet Sophie nie erlauben sollen, mit dem Ballett aufzuhören«, sagte Greta. »Was sind denn das für seltsame Flausen, dass ein Mädchen Fußball spielt? Vielleicht wird sie jetzt noch eine von diesen …« »Lesben«, ergänzte Lisbeth hilfsbereit, weil Greta offensichtlich kein passendes Wort einfiel.

Eva verschluckte sich beinahe an ihrem Rotwein und versteckte sich hinter der Serviette, um ihr Lachen zu verbergen.

»Aber mach dir keine Sorgen, Oma, die Sophie steht voll auf ihren Fußballtrainer.«

»… und der steht voll auf die Mama«, meldete sich Sophie zu Wort. »Die zwei waren sogar schon auf einem Date. Ich glaub, er findet Mama echt gut.«

Das tat er eindeutig nicht, immerhin hatte er sie per SMS

abserviert, doch offensichtlich glaubte Sophie, die Attraktivität ihrer Mutter hervorkehren zu müssen. Vermutlich, weil sie die Hoffnung, dass ihre Eltern wieder zusammenkommen könnten, immer noch nicht begraben hatte.

»Pssst!«, raunte Eva und deutete auf Sophies Teller. »Iss! Dein Essen wird kalt.«

Greta schob ihr Gedeck von sich. Die Vorstellung, dass ein Fußballtrainer der Stiefvater ihrer Enkel werden könnte, hatte ihr sichtlich auf den Magen geschlagen. Sie warf ihrem Sohn einen derart giftigen Blick zu, dass Eva abermals die Serviette benötigte, um sich dahinter zu verstecken.

Nach dem Essen war es an der Zeit, die Geschenke zu öffnen. Eva setzte sich auf die Lehne eines Ohrensessels und beobachtete ihre Töchter, die sich durch das Geschenkpapier wühlten, um danach Laute der Entzückung auszustoßen. Ihre Wünsche waren erhört worden. Aus dem Augenwinkel sah sie Ben, der ein kleines Paket aus dem Haufen fischte und auf sie zusteuerte. In diesem Moment trat die Gewohnheit wieder in den Vordergrund und löste Gefühle in Eva aus, von denen sie gedacht hätte, dass sie sich ihrer längst entledigt hatte. So ein Mist!

Bens Blick wanderte von ihren Schultern hinab bis zu ihren hochhackigen Schuhen. Eva sah ihn schlucken. Wenigstens war auch er ein Opfer seiner Gewohnheiten. Gewisse Verhaltensmuster schienen sich bei ihnen unauslöschlich eingebrannt zu haben, wie ein Tattoo unter der Haut.

Seine blauen Augen observierten das neue Schmuckstück an Evas Hals. Er wusste genau, dass es keines seiner Geschenke war. Ein Hauch von Eifersucht lag in seinem Blick. Die Vorstellung, dass seine Ex-Frau einen Verehrer haben könnte, missfiel ihm sichtlich. Ein schnippischer Kommentar lag ihm auf den Lippen, den er jedoch hinunterwürgte. Vermutlich hätten

Edelmetall-Legierung, Modeschmuck und das Gehalt eines Fuß-balltrainers darin eine gewisse Rolle gespielt. Stattdessen griff er nach ihrer Hand und legte Eva eine türkisfarbene Schmuck-schachtel hinein.

»Ich hab eine Kleinigkeit für dich.«

»Danke«, erwiderte Eva kühl. Sie hätte nicht gedacht, dass er ihr etwas schenken würde, und sie hatte auch nichts für ihn.

Eva öffnete das Präsent. Glitzernde Ohrstecker. Sehr hübsch und bestimmt sehr teuer, aber Eva hatte nicht vor, sie jemals zu tragen. »Sie sind wunderschön.«

Bens Lippen bewegten sich und Eva wusste, was ihm auf der Zunge lag. All die Jahre hatte er das Gleiche geantwortet. *So wie du.* Dieses Jahr schwieg er und nickte nur knapp.

Zwar waren die schlimmsten Wunden ihrer Scheidung ver-heilt, dafür hatte sich ein Gefühl der Distanz eingeschlichen. »Du schaust gut aus. Richtig verändert«, sagte Ben mit hölzerner Stimme.

»Tja, Trennungen verändern Menschen.«

Ben zuckte leicht mit den Schultern. Er war Anwalt, spitz-findige Kommentare prallten an ihm ab.

»Es tut mir ehrlich leid. Ich hatte das nicht geplant, das musst mir glauben.«

»Das weiß ich.« Eva glaubte ihm, dass er sich nicht vorsätzlich ein junges Ding ins Bett geholt hatte, aber deswegen war es nicht weniger schmerzhaft.

»Schaut mal, es schneit«, rief Sophie und wie auf Befehl wand-ten sich alle zum Fenster. Tatsächlich flogen dicke weiße Flocken vom Himmel herab und leisteten ihren Beitrag zur Weihnachts-stimmung.

Der weitere Abend plätscherte dahin.

Sophie und Lisbeth waren mit ihren Geschenken beschäftigt

und Greta und Leopold in der Küche auffällig lange mit Aufräumarbeiten. Eva und Ben versuchten sich an belanglosem Small Talk. Jeder Versuch, sich normal zu unterhalten, wurde von einer unsichtbaren Barriere blockiert. Die Erinnerungen an ihre verlorene Liebe schwebten wie ein Damoklesschwert über ihnen.

Endlich war die Zeit zum Aufbruch gekommen.

Die Kinder blieben im Haus der Großeltern, auch das entsprach einer jahrelangen Tradition. Eva spürte einen leichten Schwips, als sie mit Ben aus dem Haus ihrer ehemaligen Schwiegereltern trat. Sie wollte zu Fuß nach Hause gehen, doch Ben bestand darauf, sie zu fahren. Nicht die schlechteste Idee, denn mittlerweile lagen mehrere Zentimeter Schnee und Eva trug hochhackige Schuhe. Sie spürte eine eigenwillige Mischung aus Vertrautheit und Fremdheit, während sie neben Ben zum Wagen ging.

Seine galante Höflichkeit ließ Eva fast vergessen, was für ein mieser Kerl er war. Aber eben nur fast.

Dicke Flocken schwebten vom Himmel herab, Frau Holle war ihnen wohlgesonnen. Mittlerweile überzog eine Schicht Pulverschnee die Landschaft und setzte den Zaunpfeilern ein Häubchen auf. Der Neuschnee glitzerte im Laternenlicht. Sie waren die Ersten, die ihre Spuren im jungfräulichen Schnee zogen.

Eva stakste über den glatten Untergrund. Das Problem war, dass man die ohnehin rutschigen Pflastersteine nicht mehr erkennen konnte. Gerade als ihr dieser Gedanke durch den Kopf schoss, spürte sie, wie sie das Gleichgewicht verlor und stürzte. Allerdings landete sie nicht auf dem Hintern, sondern in Bens Armen. Ihre Augen trafen sich und für einen kurzen Moment waren sie wieder das junge Paar, das sich keine Gedanken über die Zukunft oder die Konsequenzen ihrer Handlungen machte. Ben hob sie hoch und trug sie zu seinem Wagen. Dabei hatte er jenes scherzhafte Lächeln auf den Lippen, das Eva seit Jahren nicht mehr gesehen hatte. Als er sie wieder absetzte, trafen sich ihre Lippen für einen winzigen Kuss. Dann prallten sie förmlich voneinander ab, wie zwei falsch gepolte Magneten. Ben öffnete die Beifahrertür und drängte sie ins Innere. Er hastete um das Auto herum, stieg ein und startete den Wagen. Das schmiedeeiserne Tor war noch nicht ganz aufgeschwungen, da schob er bereits rückwärts aus der Auffahrt. Offensichtlich konnte es Ben kaum erwarten, seine Ex-Frau wieder loszuwerden. Zwischen ihnen herrschte eine unbehagliche Stille. Das Radio war aus und nur das Geräusch des Scheibenwischers erklang, der die dicken Flocken beiseiteschob. Eva blickte aus dem Fenster und vermied es, ihn anzusehen. Ihr Herz klopfte wie verrückt. Schließlich hielt Ben vor ihrem Haus und der Motor des Wagens verstummte.

»Danke, dass du mich nachhause gebracht hast«, sagte Eva.

Ben nickte. »Kein Problem.«

Sie stieg aus und ging, ohne sich noch einmal umzusehen.

Sowie Ben aus ihrem Sichtfeld verschwunden war, begannen die Tränen zu fließen. Warum, das wusste Eva selbst nicht so genau.

Kapitel 32

Fernweh und Heimweh

Der letzte Tag des Dezembers befand sich auf der Zielgeraden. Ein nervenaufreibendes Jahr lag hinter Eva und sie war froh, dass sie es in weniger als vier Stunden verabschieden konnte.

Sie stand vor dem schmucken Altbau im Jugendstil. Das Gemäuer war vor ein paar Jahren saniert und um eine Etage aufgestockt worden. Das alte Wien hatte ein gläsernes Häubchen bekommen: Carmens Dachgeschosswohnung.

Als der Summton erklang und die Tür aufschwang, schlüpfte Eva ins Foyer. Sie zog das Gitter des antiquierten Fahrstuhls auf und trat in eine winzige Kabine. Der messingfarbene Käfig setzte sich in Bewegung und Eva sandte ein Stoßgebet gen Himmel, dass das Seil halten möge.

»Servus, Schatzerl«, grüßte Carmen, als Eva aus dem Fahrstuhl trat, und nahm ihr den Wein und die Macarons ab. »Du sollst das doch lassen«, sagte sie halbherzig und wedelte mit dem französischen Schaumgebäck. »Du weißt ganz genau, dass ich mich bei Macarons null beherrschen kann.«

Hinter ihr steckte Marina ihren Kopf aus der kleinen Küche und warf Eva eine Kusshand zu. »Bei Macarons und bei Männern«, rief sie und tauchte wieder ab.

Carmen hatte die Wohnung bereits in der Bauphase gekauft und deshalb aktiv bei der Raumaufteilung mitreden können. Das war auch der Grund, warum die Wohnung über einen verschwenderisch großen Wohnraum verfügte und gleichzeitig über eine winzige Küche. Ein Umstand, den Marina jedes Mal aufs Neue bemängelte.

»Der Raum muss nur groß genug sein, um darin Sektflaschen und Kaviar zu verstauen«, konterte Carmen dann immer. Ersteres stimmte. Carmen hatte eine Schwäche für Schaumwein. Zweiteres war nur Koketterie, zumindest hatte Eva sie noch nie Kaviar essen sehen. Was sie jedoch tatsächlich mit großem Genuss vertilgte, waren französische Backwaren aller Art.

»Ich hasse dich«, sagte Carmen, während sie die Verpackung aufriss und sich ein weißes Macaron genehmigte. »Wenn ich mir Fett absaugen lassen muss, dann kriegst du die Rechnung.« »Die ich umgehend bezahlen werde. Gleich nachdem ich die Reinigung für Herrn Rodríguez' Motorrad beglichen hab.«

Carmen brach in schallendes Gelächter aus. Die Zahlungsaufforderung von Evas Nachbar war mittlerweile ein alter Hut, aber immer noch für einen Lacher gut.

Eva schälte sich aus ihrem Mantel und half bei den letzten Vorbereitungen für die Silvesterparty. Sie verteilte Ballons, die mit goldenem Konfetti gefüllt waren, in der Wohnung und drapierte schillerndes Stanniolpapier an der Wand, das *Happy New Year* formte. Es gab sogar eine Fotobox, um Fotos zu fabrizieren, für die man sich das ganze nächste Jahr schämen würde. Natürlich passte das Outfit der Gastgeberin zur Dekoration, bei solchen Dingen überließ Carmen nichts dem Zufall. Sie trug ein plissiertes Kleid, das je nach Lichteinfall golden, silbern oder schwarz schillerte und sie wie eine lebendige Oscarstatue wirken ließ. In Kombination mit ihren platinblonden Haaren war das Ergebnis spektakulär.

Carmen hatte eine Handvoll Leute eingeladen, um in beschaulicher Runde das neue Jahr einzuläuten. Die Zeiten, in denen sie sich am Wiener Silvesterpfad die Beine in den Bauch standen, waren lange vorüber. Dicke Wintermäntel, die jedes Partyoutfit versteckten, konnten ihnen gestohlen bleiben, ebenso wie die heillos überfüllten Clubs. Stattdessen lagerten etliche Champagnerflaschen in Carmens Kühlschrank und diverse Häppchen auf den Ablagen der Küche. Die kulinarischen Zutaten für ein gelungenes Silvester waren vorhanden, woran es alljährlich mangelte, waren Singlemänner. Mittlerweile waren die meisten Bekannten verheiratet und zu einem soliden *Wir* mutiert. Um Punkt Mitternacht würden die Paare Walzer tanzen und der klägliche Rest sich beduselt in den Armen liegen, wobei jeder Einzelne hoffte, dass er nächstes Jahr wieder im Gewinnerteam mitspielen durfte.

Noch waren keine Gäste da. Eva, Carmen, Marina und ihr Gatte Winzi senior waren unter sich. Letzter genoss es sichtlich, der Hahn im Korb zu sein. Er plauderte mit Eva und Carmen im Wohnzimmer, während Marina in der Küche letzte Hand an die Snacks legte. Er hatte eine Flasche seines besten Rotweins mitgebracht, der natürlich sofort verkostet wurde.

»Schatzerl, lass gut sein«, rief Carmen zum wiederholten Male. »Alles ist perfekt. Komm lieber zu uns, wir wollen mit dir anstoßen.«

Marinas Hand erschien in der Türöffnung und vollführte eine wegwerfende Geste. Dann verschwand sie wieder und das geschäftige Tellerklappern erklang erneut. »Fangt ruhig ohne mich an, ich komm gleich«, drang es aus den Tiefen der Küche.

Einmal mehr beschlich Eva das Gefühl, dass ihre Freundin nur einen Vorwand suchte, um nicht neben ihrem Ehemann sitzen zu müssen.

Winzi war ein besonders verschmustes Exemplar von einem Mann. Sein Arm war immer in Lauerposition, um ihn auf der Schulter seiner Frau zwischenzuparken, und seine Finger allzeit bereit, sich mit den ihren zu verschlingen. Dieses

Kuschelbedürfnis war herrlich im Anfangsstadium einer Beziehung, aber nach einem gemeinsamen Jahrzehnt mutierte es zur Folter. Eva konnte verstehen, dass sich Marina förmlich erdrückt fühlte, zumal das Leben im Augenblick nicht mit Steinen geizte, die es den beiden vor die Füße warf.

Eva murmelte eine Entschuldigung, griff nach ihrem Weinglas und steuerte auf die Küche zu. Dort fand sie Marina zwischen Platten, Dips und kleinen Häppchen, die sie gekonnt arrangierte. Marina hatte eine Schürze um ihr rotes Paillettenkleid geschlungen. »Der Mikro-Mini wäre auch als hüftlanges Top durchgegangen«, dachte Eva. Wenn ihre Freundin sich streckte, konnte man die Spitzenborte ihrer Strapse erahnen. Damit bediente Marina wohl so manche Männerfantasie. Eva führte ihr Weinglas an die Lippen und kostete einen Schluck. Winzi senior hatte sich nicht lumpen lassen.

»Geht es dir gut?«

Marinas Antwort kam wie aus der Pistole geschossen.

»Sì, warum nicht?«

Eva fielen auf Anhieb Gründe ein, die diese Lüge enttarnen könnten, aber sie schwieg. Stattdessen streckte sie die Hand aus und reichte ihrer Freundin das Weinglas.

Marina griff danach, starrte in die bordeauxrote Flüssigkeit und schwenkte sie nachdenklich. Das Bouquet stieg ihr in die Nase und sie atmete es genüsslich ein. Wein war einfach, er mundete oder eben nicht. In ihrem Leben war alles so viel komplizierter.

Marina hielt die Lider gesenkt, weil sie wusste, dass Eva sonst in ihr lesen würde wie in einem offenen Buch. Einerseits hatte sie gestern Abend ihre Regel bekommen, davor hatte sie wieder Tage mit Hoffen und Bangen verschwendet, vielleicht doch schwanger zu sein. Andererseits war da Winzi senior, der sich konsequent weigerte, seine Spermien einer Qualitätskontrolle zu unterziehen. Vermutlich aus Angst, dass herauskommen könnte, dass er schon lange mit Platzpatronen schoss. Dabei war sich Marina beinahe sicher, dass seine Lenden nur noch softe Spermien produzierten. Vermutlich probierten sie erst gar nicht den Aufstieg in ihre Gebärmutter, sondern machten es sich weiter unten in trauter Gemeinsamkeit gemütlich. Wie um sich selbst zu beruhigen, wiederholte sie ihre Antwort. »Natürlich geht es mir gut. Schaut es etwa nicht so aus?« Sie nahm noch einen Schluck, dann gab sie Eva das Glas zurück.

Eva zuckte in gespielter Ahnungslosigkeit die Achseln. »Du drapierst zum dritten Mal die gleiche Salami-Rose, anstatt dich zu uns zu setzen. Das könnte man durchaus als einen Wink verstehen.« Marina lächelte lustlos und ließ die Wurst Wurst sein.

Sie stellte sich neben Eva und legte den Kopf auf ihre Schulter. Sie kannten einander bereits seit so vielen Jahren, dass sie sich auch ohne große Worte verstanden. Eva spürte ihr weiches Haar an ihrer Wange. Es duftete schwach nach Lilien. Sie wusste, dass sie Marina Zeit geben musste. Wenn sie bereit war, begann sie ganz von selbst zu reden. Just als sie den Mund öffnete, tauchte Winzi senior in der Türöffnung auf und streckte seiner Frau das Handy entgegen. »Schau mal«, rief er und kicherte ausgelassen. Darauf zu sehen war ein Vierjähriger, der ein Sektglas, das mit Orangensaft gefüllt war, in die Kamera streckte. »Unser Bursche.«

»Entzückend!« Das Lächeln, mit dem sie das Smartphone bedachte, erreichte nicht ihre Augen. Eva spürte förmlich, dass es tief in ihr brodelte. Im Moment glich Marina einem Druckkochtopf – eine ungeschickte Bewegung und das italienische Temperament würde ihnen allen um die Ohren fliegen. Dann tat Winzi senior das Dümmste, das er in dieser Situation tun konnte. Er machte den Mund auf. »Was ist denn, Schatzi? Hast du noch PMS?«

Bei jedem anderen hätte es ein chauvinistischer Machospruch sein können, doch Winzi senior meinte diese Frage vermutlich ernst und überlegte bereits, wo er ein Kirschkernkissen herbekommen könnte, dass sich seine Frau unter den ultrakurzen Mini schieben konnte.

Weil Eva ahnte, was ihm nun drohte, schnappte sie sich flugs ihre Handtasche und verschwand im Bad. Sie wollte nicht Zeugin sein, wie Marina den ahnungslosen Winzi in den Boden rammte wie ein Stück Holz. Denn eines war klar, wenn sie mit ihm fertig war, würde kaum mehr als ein Zahnstocher übrig sein.

Silvester war im Hause Winzi wohl gelaufen.

Eva stand in Carmens schneeweißem Badezimmer. Sogar die Produkte, die sie benutzte, beugten sich dem Farbschema. Carmen liebte Luxus. Ihre Duftkerzen waren nicht von IKEA, sondern von Diptyque. Neben einer Reihe zusammengerollter Gästehandtücher lag eine Handcreme von Chanel und lud den Besucher förmlich dazu ein, sie zu benutzen. Außerhalb der sinnlichen Oase erklang immer wieder die Türglocke. Menschen kamen, begrüßten sich und bewunderten das Buffet, das Marina geschaffen hatte. Die Party nahm langsam, aber sicher Fahrt auf.

Eva betrachtete sich im Spiegel, sie war zufrieden mit dem Ergebnis. Ihr Lippenstift hatte die gleiche Farbe wie der Rotwein, den sie zuvor getrunken hatte.

Ihre Hände glitten über den schimmernden Maxirock, der bei jedem Schritt um ihre Beine wogte. Dazu trug sie einen schwarzen Body. Um ihren Hals hing die goldene Kette, ihr Geschenk an sich selbst und gleichsam stolzes Zeichen ihrer Unabhängigkeit.

Die Unabhängigkeit endete eine Handbreit höher an Evas Ohrläppchen. Dort funkelten Bens Diamantstecker. Dabei hatte sie sich nach der Scheidung geschworen, weder sein bestes

Stück noch eines seiner Schmuckstücke je wieder anzufassen. C'est la vie.

Dass sie nun mit diesem Schwur brach, lag an dem Kuss, der nie hätte passieren dürfen. Es war ein Ausflug in die Vergangenheit gewesen, in eine Zeit, bevor Ben ihre Welt in Stücke geschlagen hatte.

Plötzlich dachte sie an die Worte ihrer Mutter.

Ein Spatz in der Hand ist besser als eine Taube auf dem Dach.

Greta propagierte einen ähnlichen Ansatz. Durchhalten, Affäre aussitzen und bis ans Lebensende Strafzahlungen einsacken. Bei ihr hatte es funktioniert. Leopold war reumütig in ihren Schoß zurückgekehrt und hatte sich brav die Leine anlegen lassen. Sogar den Teich seines Vorgängers hatte er übernommen, nachdem Horst nicht mehr kam, um nach den Fischen zu sehen.

Plötzlich poppte ein erster Neujahrsvorsatz in Evas Geist auf. Sie würde die nächsten 365 Tage nutzen, um Ordnung in ihr Gefühlsleben zu bringen. Momentan war es ein Durcheinander von Handlungssträngen, die in einen verworrenen Haufen mündeten. Ein Wollknäuel, das es zu entwirren galt. Der rote Faden war sie selbst. Gerissen und neu verknotet, stellenweise ziemlich ramponiert und aufgeribbelt von den gelösten Maschen eines vergangenen Lebens.

»Schatzerl? Ist bei dir alles in Ordnung?«

Carmen klopfte von außen gegen die Tür. »Es ist noch etwas früh, um sich im Badezimmer einzuschließen, findest nicht?«

»Keine Sorge, alles gut«, sagte Eva, lachte und entriegelte das Schloss.

Carmen flutete mit ihrer schillernden Pracht das Innere.

»Ich sag's dir gleich, Marina ist weg. Sie und ihr Göttergatte haben den Abflug gemacht. Böse Zungen behaupten sogar, dass sie ihn im Schwitzkasten abtransportiert hat.« Sie grinste spitzbübisch und Eva konnte sich die Szene nur allzu gut vorstellen.

Just in diesem Moment klingelte es ein weiteres Mal. Carmen griff nach Evas Hand und zog sie hinter sich her. »Die letzten zwei. Dann sind wir vollzählig.« Sie drückte mit ihrem golden lackierten Fingernagel auf den Summer. Gemeinsam standen sie parat, um die Gäste in Empfang zu nehmen.

»Verrätst du mir, wer heute alles kommt?«, fragte Eva.

Carmen begann mit ihrer Aufzählung.

Nur Paare. Eva verzog das Gesicht. »Das hättest du mir sagen sollen«, brummte sie gespielt vorwurfsvoll. »Dann hätte ich Benis auch mitgebracht.«

»Nicht so voreilig«, antwortete Carmen lachend und öffnete die Wohnungstür. Im Treppenhaus setzte sich der Aufzug in Bewegung. »Xaviers Bruder schmeißt heute den Laden und er kommt mit einem Freund.« Sie strahlte Eva an, sodass ihre perlmuttfarbenen Beißer glänzten.

»Du kannst Xavier haben, der ist unglaublich gut im Bett. Es sei denn, sein Freund gefällt mir gar nicht.« Carmen meinte jedes Wort todernst, weshalb Eva lauthals zu lachen begann.

»Das ist nicht lustig«, echauffierte sie sich.

Der Fahrstuhl rumpelte höher. Wenn Gott nicht beschloss, in einem letzten großen Showdown das Seil zu kappen und die einzigen männlichen Singles in den Tod zu stürzen, dann würden sie gleich Xaviers geheimnisvollem Freund begegnen. Die Tür ging auf und Evas Kinnlade klappte herunter. Xaviers Plus-Eins war niemand anderes als Marco. Der Kapitän des Donauschiffs.

»Scheiße«, murmelte Eva. Wien hatte zwei Millionen Einwohner, warum musste sie ausgerechnet diesem Typen wieder über den Weg laufen? Für eine Flucht war es zu spät, auch Marco hatte sie gesehen. Er und Xavier hielten auf sie zu und begrüßten die Gastgeberin. Eva spürte, wie ihr Puls schneller wurde.

Sie drückte Xavier zwei Küsschen auf die Wangen und machte kehrt, als Marco die Hand ausstreckte. Niemals würde sie diesem Kerl seine dreckige Pfote schütteln.

Eva hielt auf die Küche zu, wo immer noch ihr Rotweinglas stand, und kippte sich den Rest in die Kehle. Sie bleckte die Zähne. Wäre Marina noch hier, hätte sie gemeinsam mit den beiden einen Abflug gemacht, doch nun befand sich ihr Fluchtfahrzeug bereits auf dem Weg ins Burgenländische.

»Hey, was sollte denn das?« Carmen war ihr in der Küche gefolgt, um für die Gäste Bier zu besorgen.

»Das ist der Kapitän«, flüsterte Eva und erinnerte Carmen an jene unschöne Episode.

»Verdammt!«, zeigte sich auch Carmen schockiert. »Soll ich ihn rauswerfen?«

Eva schüttelte den Kopf. Sie würde die Sache regeln wie eine Erwachsene und sich einfach den ganzen Abend vor ihm verstecken. Carmen zog Winzis Weinflasche aus dem Kühlschrank und goss ihr den Rest ein. »Xavier hätte den anderen mitbringen sollen«, erklärte Carmen trocken. »Dieser Ulli wär mir lieber gewesen.«

Eva verzog das Gesicht zu einem hämischen Grinsen. »Glaub ich nicht«, raunte sie kryptisch. »Dann wär das neue Jahr gleich am ersten Tag im Arsch gewesen.«

Evas Plan funktionierte, da Marie, eine Mitarbeiterin in Carmens Marketingagentur, es sich offensichtlich zum Ziel gesetzt hatte, am letzten Tag des Jahres noch einen Treffer zu versenken. Sie flatterte um den Badboy wie eine Motte um das Licht. Das erlaubte Eva, Marco verstohlen zu beobachten und sich zu fragen, unter welcher Art von Geschmacksverirrung sie beim AB-BA-Themenabend gelitten hatte. Nun sah sie nur noch einen

Wichtigtuer. Eva betrachtete sein hässliches Tattoo, sein selbst-gefälliges Grinsen und genierte sich. Als Marie und Marco sich in eine dunkle Ecke des Wohnzimmers zurückzogen, smalltalkte sich Eva ihren Weg in die entgegengesetzte Richtung und stran-dete ein weiteres Mal in der Küche. Doch dank Marinas lobens-wertem Einsatz war dies ohnehin der beste Ort.

Als sie sich in der Küche an Terrine und gefüllten Eiern gütlich tat, waberte eine Wolke von Jean Paul Gaultiers Le Male um die Ecke, gefolgt von Marco. Eva erschrak so heftig, dass ihr eine gefächerte Gewürzgurke entglitt und zu Boden fiel. Instinktiv klammerte sich Eva fester an ihren Partyspieß. Sollte es hart auf hart kommen, würde sie nicht zurückschrecken und Marco mit dem winzigen Dreizack attackieren.

Er stand breitbeinig in der Tür und versperrte den Weg.

»Verschwinde!«, knurrte Eva, da Angriff bekanntlich die beste Verteidigung war. »Oder hast noch ein paar Beleidigungen, die du mir noch nicht an den Kopf geworfen hast?«

Marco grinste zerknirscht. Seine Hand schnellte hoch, um sich durch die Haare zu fahren, doch auf halbem Weg hielt er inne, vermutlich um seine Frisur nicht zu zerstören.

»Es tut mir leid! Das war echt scheiße von mir.«

Eva zuckte nur die Achseln.

Seine Ausflüchte interessierten sie nicht.

»Du hast deine Frau beschissen. Du kannst mir erzählen, was du willst, aber in meinen Augen bist und bleibst du ein mieser Arsch.«

Eva wollte sich an Marco vorbeischieben, als er sie plötzlich am Handgelenk packte und zurückhielt. Angst grub sich in ihren Magen, würde er wieder ausrasten? Der Partyspieß brach zwi-schen ihren Fingern. Nun war auch ihre Waffe hinüber.

»Sie haben mich beide verlassen«, stieß Marco hervor. »Meine Frau ist gegangen, weil ich so ein Sautrottel war. Und unser Kind hat sie mitgenommen.«

Eva blickte ihm ins Gesicht und sah einen verzweifelten, geprügelten Hund. Dunkle Ringe verunzierten seine Augen. Er wirkte aufgequollen, als hätte er literweise Tränen vergossen und den Flüssigkeitsmangel mit Wodka ausgeglichen.

»Och, das tut mir leid«, flötete Marie und ersparte Eva eine Antwort. Die Motte war dem Ruf des Lichts gefolgt und hatte den letzten Teil ihres Gesprächs erhascht. »Das schreit nach einem Schnapserl, findest du nicht?«

Augenblicklich hatte Marie ihr Aufrissprogramm umgestellt. Auf Hochprozentiges. Seine Frau war weg, der Rest interessierte Marie nicht, und beim Vergessen würde sie Marco helfen.

In diesem Augenblick erlosch auch Evas Hass auf Marco. Er war ihr schlichtweg egal. Er hatte geerntet, was er gesät hatte. Vielleicht würde er seine Lektion lernen, vielleicht auch nicht, das war nicht ihr Problem.

Eva überließ die beiden Schnapsdrosseln sich selbst und steuerte auf Carmen zu, die im Wohnzimmer stand und ihrerseits schon ziemlich beschwipst war. »Ich komm einfach auf keinen grünen Zweig«, sagte Carmen und schob Eva auf die Dachterrasse. »Es liegt auf da Hand, dass du nicht mit Marco schlafen kannst, aber ich auch nicht, weil ich aus Prinzip keine Typen nehme, die mies zu meinen Freundinnen waren.« Carmen legte ihre Stirn in Falten, so gut es eben ging, wenn man sich einmal im Quartal Botox spritzen ließ. »Wir könnten uns Xavier teilen, der hätte bestimmt nix dagegen. Aber ich fürchte, du bist nicht so der Typ für einen Dreier, oder?«

»Schnapp ihn dir ruhig«, sagte Eva feierlich. »Ich werde heute ganz sicher mit niemandem schlafen.«

Carmen verzog das Gesicht. »Aber es ist Silvester«, entgegnete sie. Als Eva verständnislos den Kopf schüttelte, fügte Carmen lakonisch hinzu: »So wie die erste Nacht im neuen Jahr verläuft, so bleibt es dann für die nächsten 365 Tage.«

Eva prustete. »Ich wusste gar nicht, dass du abergläubisch bist!«

»Nur bei den wirklich wichtigen Sachen im Leben. Es mag ja sein, dass du ein Jahr ohne Sex auskommst, aber ich sicher nicht.«

Carmen lachte schrill.

»Warum sind alle hier draußen? Es ist noch lange nicht Mitternacht.« Eva fröstelte in ihrem dünnen Rollkragenbody. Die halbe Partygesellschaft drängte sich auf der Dachterrasse, dabei war es eiskalt. Ein sternenklarer Himmel erstreckte sich über ihnen und kleine Nebelschwaden hingen vor ihren Mündern. Des Rätsels Lösung stieg Eva in die Nase. Es roch nach Gras. Jemand hatte einen selbstgedrehten Joint mitgebracht. Eva fühlte sich unbehaglich. Es war lange her, dass sie gekifft hatte.

Die Tüte wanderte im Kreis und erreichte Carmen.

Sie nahm einen tiefen Zug. Das kam ihr gerade recht. Seit einiger Zeit schrillten die Alarmglocken in ihrem Inneren und ließen sich nicht mehr abstellen. Der Grund war viel zu lächerlich, um ihn laut auszusprechen. Seit mehr als zwanzig Jahren verkehrte Carmen zum Jahreswechsel mit dem anderen Geschlecht. Zu Beginn war es ihr gar nicht bewusst gewesen, doch mit der Zeit hatte sich eine Art Zwang daraus entwickelt.

Früher waren die Kerle Schlange gestanden, hatten sich beinahe darum geprügelt, den Abend an ihrer Seite zu verbringen, doch mit der Zeit war es immer schwieriger geworden, einen Begleiter zu finden. Carmen spürte, dass der Zahn der Zeit an ihr nagte, und sie fürchtete sich. In diesem Jahr wäre es beinahe passiert. Carmen war gezwungen gewesen, alle Verflossenen in ihrer Kontaktliste durchzurufen. In alphabetischer Reihenfolge!

Dass Xavier heute hier war, war der makabre Beweis ihrer Verzweiflung. Denn die Kerle zwischen A und W waren in Beziehungen, verplant oder schlicht nicht an ihrer Gesellschaft interessiert gewesen.

Carmen nahm einen letzten Zug und gab den Joint an Eva weiter.

Eva betrachtete das dünnhäutige Paper zwischen ihren Fingern, dann führte sie es an die Lippen und zog daran. Eva sah die glimmende Spitze, die sich durch das Kraut fraß, hörte das Knistern. Der Rauch brannte sich seinen Weg in ihre Lunge und ließ sie husten.

Eva erinnerte sich noch gut an dieses Gefühl, obwohl das letzte Mal zwanzig Jahre her war. Ein Teil von ihr war immer noch davon überzeugt, dass Gras bei ihr nicht wirkte, doch gleichzeitig verspürte sie das unbändige Verlangen zu kichern.

Als die Gruppe wieder ins Innere wanderte, hatte sich die Stimmung eindeutig gehoben. Eva war nicht nur zum Lachen zumute, sie hatte Hunger und fiel förmlich über die Nachos und die Guacamole her. Kiffen hatte bei ihr immer schon diesen Effekt gehabt.

Dann war es so weit. Der Zeiger befand sich auf der Zielgeraden. Dank Carmens verglastem Wohnzimmer musste niemand hinaus in die Kälte, sondern sie konnten im warmen Wohnzimmer bleiben. Champagnerkorken knallten und die Gäste zählten lautstark den Countdown herunter.

Dann ging das Feuerwerk los. Eva wurde umarmt, geküsst und weitergereicht, man tanzte Walzer, wünschte sich Glück und lag sich in den Armen. Ihr Handy vibrierte. Eva blinzelte auf das verschwommene Display und entzifferte Sophies Namen.

»Ich hab euch so unendlich lieb«, rief Eva durch den Lärm

und hoffte, dass man ihrer Stimme nicht anmerkte, wie bedient sie war. »Ich liebe dich auch, Mama«, krähte Sophie, und sogar Lisbeth ließ sich zu einem »Dito« hinreißen.

»Ein wirklich mieses Jahr liegt hinter uns, aber ich verspreche euch, das nächste wird besser. Viel besser!«

»Schlimmer geht's auch nicht mehr«, murmelte Lisbeth und legte auf. Sie war beleidigt, weil Eva auf einer Party war und sie selbst bei Opa und Oma feiern musste.

Es war bereits weit nach Mitternacht, als Eva durch die leeren Straßen spazierte. Katerstimmung hing über der Stadt und vermengte sich mit dem Feinstaub der Böller zu einem trüben Nebel. Aufgeweichte Hülsen von Feuerwerkskörpern lagen auf dem Asphalt verteilt, dazwischen leere Flaschen, Scherben und Plastikbecher. Die Reste einer Wegwerfgesellschaft, wenn Hochstimmung und Lebenslust verraucht waren. »Was geschah alles in diesem einen belanglosen Moment?«, fragte sich Eva, als sie eine Hausfassade betrachtete. Hinter keinem der Fenster brannte mehr Licht. Was Carmen betraf, war diese Frage leicht zu beantworten. Zweifelsohne lag sie in den Armen von Xavier, während die Luft nach Sex roch und ihre Körper postkoitale Pheromone ausdünsteten. Ob sie glücklich war? Eva glaubte es nicht. Ebenso wenig glaubte sie, dass es für Marina ein guter Jahreswechsel gewesen war. Und für sie selbst?

Der erste Januar lag als unbeschriebenes Blatt vor Eva, wartete darauf, mit Leben gefüllt zu werden. Würde es ein gutes Jahr werden? Sie hoffte es inständig. In ihrem Inneren trafen Fernweh und Heimweh aufeinander. Der Ruf der Ferne lockte sie; eine Sehnsucht nach Abenteuer und Erfahrungen, die es zu machen galt. Gleichzeitig wünschte sich Eva anzukommen, endlich Heimat und Geborgenheit zu finden.

Dreißig Minuten später saß sie in ihrer eigenen Wohnung vor dem geöffneten Laptop. Die Küche war dunkel, das bläuliche Strahlen des Bildschirms die einzige Lichtquelle. Eva öffnete Lovematch und sah, dass Endgegner online war. Ihr Herz tat einen Satz.

[BellaDonna:] Happy New Year!

Endgegner antwortete mit einem GIF. Ein mürrisch dreinblickender Kater, der ein Partyhütchen trug. *Prosit Neujahr* stand darunter.

Eva schmunzelte. Sie mochte diese Art von Humor.

[BellaDonna:] Warst du unterwegs?

[Endgegner:] Nein. Ich mag den Trubel nicht.

[BellaDonna:] Warum bist du noch wach?

[Endgegner:] Ich hatte gehofft, dass du online kommst.

Eva grinste ihren Bildschirm an. 365 leere Seiten lagen vor ihr und Kapitel eins begann mit einem Onlinechat.

12 Aufgaben vor 40

1. ~~Mit dem Joggen beginnen~~
2. ~~Selbstfindung~~
3. ~~Onlinedating~~
4. ~~Speeddating~~
5. ~~One-Night-Stand~~
6. ~~Vibrator kaufen~~
7. ~~Brazilian Waxing + sexy Dessous~~
8. Flotter Dreier
9. ~~Callboy~~
10. ~~Burlesque-Workshop~~
11. Telefonsex
12. ~~Tantra-Massage~~

Kapitel 33

Der Arsch von nebenan

Jänner

Es war Montagmorgen nach den Weihnachtsferien und die Schule hatte wieder begonnen. Das allein war ein Grund zu feiern. Eva hatte die Zeit mit ihren Töchtern in vollen Zügen genossen, doch nach knapp zwei Wochen Ausnahmezustand freute sie sich, wieder in den Alltag zurückzukehren. Eva blickte an sich hinab, sie trug einen Pyjama aus Flanell, den ihr Sophie und Lisbeth zu Weihnachten geschenkt hatten. In dem rot-blau-grün karierten Stoff sah Eva aus, als hätte sie einem Highlander den Kilt gestohlen. Weil sie ihren Kindern eine Freude machen wollte, trug Eva ihr Geschenk so oft wie möglich, auch wenn das Material kratzte und man in dem dicken Stoff zum Schwitzen neigte.

Auch die Wohnung hatte sie mittlerweile auf Vordermann gebracht. Die letzten Umzugskartons waren verschwunden und endlich fühlte sich ihr Heim wie ein Zuhause an. Eva entzündete eine Duftkerze und stellte sie neben das Räucherstäbchen. Einer der wenigen Vorteile des Alleinseins war, dass man nach Herzenslust übertreiben konnte, wenn es um Potpourri und anderes duftendes Zeug ging. Sofort erfüllte ein Hauch von Vanille die Luft. Eva schnappte sich ihre Melange und blickte aus dem Fenster. Eisregen trommelte gegen die Fensterscheiben. Das triste Januarwetter bot wenig Grund, das Haus zu verlassen, deshalb hatte sie es auch mit dem Anziehen nicht eilig.

Die Mundwinkel ihres Spiegelbilds zuckten verdächtig. Eva fühlte in sich hinein, zu dem wohligen Gefühl in ihrer Brust. Seit heute Morgen waren die Prüfungsergebnisse ihres ersten Modulblocks online, Eva hatte mit Bravour bestanden. Sie gönnte sich einen letzten Moment Euphorie, wissend, dass sie sich wieder ihrem Brotjob widmen musste. Viel zu viel hatte sich über die Feiertage angehäuft, außerdem standen genügend neue Scheidungen in den Startlöchern.

Evas Laptop stand auf dem Küchentisch, umgeben von Notizblöcken, Stiften und einem Stapel Papier. Das Surren des Monitors rief lautstark ihren Namen, dennoch starrte sie mit zusammengekniffenen Augen auf die Straße vor ihrem Haus. Sie beobachtete eine drahtige Person, die aus einem Renault Clio stieg, zur Beifahrerseite eilte und ein zweites, schwerfälligeres Menschlein ins Freie zerrte. »Das darf nicht wahr sein«, murmelte Eva und beobachtete, wie die zwei Gestalten auf das Stadtpalais zuhielten.

Dann erklang der Summton.

Während Eva eine Unzahl an Flüchen und Verwünschungen durch den Kopf jagte, drückte sie den Türöffner und hörte eine Etage tiefer Schritte ins Foyer stolpern. Dann ertönte die Stimme ihrer Mutter. »Putz dir die Schuhe ab, Harry«, sagte Dagmar wie zu einem Kleinkind. »Du schleppst ja den ganzen Dreck rein.«

Eva lehnte im Türrahmen und wartete, während ihre Eltern die Treppe ins Obergeschoss erklommen. Das Erste, das sie erblickte, war Dagmars verkniffenes Gesicht. Man konnte den Ärger und die Missbilligung spüren, die ihre Mutter bei jedem Besuch im Stadtpalais empfand. Sie wohnte im Gemeindebau und klagte leidenschaftlich über niedrige Pensionen und soziale Ungerechtigkeiten. Dass ihre Tochter in einem Märchenschloss lebte, war für sie nur schwer zu ertragen.

»Mama, Papa«, stieß Eva hervor und zwang sich zu einem Lächeln. »Was macht ihr denn hier? Und das auch noch, ohne mir vorher Bescheid zu geben?«

»Warum soll ich vorher anrufen? Damit du Zeit hast, dir eine Ausrede zu überlegen?«, sagte Dagmar und reckte kämpferisch das Kinn. Eva spürte, wie die Wut in ihrem Bauch zu brodeln begann.

»Ich freu mich ja, euch zu sehen«, presste sie hervor. »Aber es ist der erste Tag nach den Ferien. Ich muss eine Menge Arbeit aufholen, für mehr als einen schnellen Kaffee hab ich keine Zeit.«

»Oh, verstehe!«, rief ihre Mutter und taxierte Evas Pyjama. »Darum geht's dir. Keine Sorge. Ich weiß eh, dass du beschäftigt bist.« Ihre Stimme triefte vor Sarkasmus. »Ich halt dich auch gar nicht auf, sondern bring dir nur deinen Vater vorbei.«

Eva starrte sie fassungslos an. »Was machst du? Das ist hoffentlich nicht dein Ernst?«

Sie musste sich einfach verhört haben. Ihre Mutter konnte doch unmöglich glauben, dass sie ihren Vater ohne Voranmeldung hier abladen konnte.

»Und wie ich das glaube. Ich bin die nächsten Stunden bei einem wichtigen Treffen mit dem Gärtner. Es geht um den Schrebergarten deines Vaters«, fügte sie sicherheitshalber hinzu. »Tante Uschi hat sich beim Tschigongen die Hüfte gebrochen, also musst du einspringen.«

»Oh nein, das ist ja schrecklich! Geht es ihr gut?«

Ihre Mutter wedelte Evas Mitgefühl mit einer achtlosen Handbewegung fort. »Sicher. Unkraut vergeht nicht.«

Einigermaßen beruhigt dachte Eva über den Grund dieses Überraschungsbesuchs nach. Der Schrebergarten ihrer Eltern lag an der Westbahn und war schon seit Jahren nicht mehr benutzt worden, aber kein Mensch sanierte im Januar einen Garten. Und ein Gärtner, der schon längst in Pension war, erst recht nicht.

»Du traust dich tatsächlich, mich für deinen Seitensprung auszunutzen? Mich? Wo ich selbst hier wohne, weil mein Mann …
mein Ex-Mann mich hinter meinem Rücken mit einer anderen
betrogen hat?«

»Pssst!« Dagmar sah sich um, ob auch niemand ihre Worte
gehört hatte. Schließlich standen sie immer noch im Treppenhaus, zwischen Tür und Angel. »Du wirst mir hier kein schlechtes
Gewissen einreden. Nicht du, die sich davongestohlen hat, um in
Reichtum und Luxus zu leben, während ich mich tagtäglich um
seine Scheiße kümmern darf.« Ein scharfer Stich fuhr Eva durch
die Brust. Den Verfall eines geliebten Menschen zu beobachten,
war nur schwer zu ertragen.

Harry zuckte zusammen wie ein Kind, das nicht verstand, wie
es zwischen die Fronten geraten war. Dagmar riss sich zusammen, lächelte ihn aufmunternd an und wischte ihm die Spucke
vom Mundwinkel. »Ich komm bald wieder, Harry«, sagte sie und
drückte Eva demonstrativ eine Reisetasche in die Hand. »Du
bleibst inzwischen bei der Eva. Sie hat auch ein paar Bäume
hinter dem Haus und ganz viele Vögel, die man vom Fenster
aus beobachten kann.«

Ein letzter vielsagender Blick zwischen Mutter und Tochter,
dann wandte sich Dagmar ab und rauschte davon. Evas Vater
stand immer noch im Gang und schien nichts mitbekommen zu
haben. Er lebte schon lange in seiner eigenen Welt.

»Also gut, komm rein, Papa«, sagte Eva und zog ihn ins Innere ihrer Wohnung. Sie half ihm dabei, sich auszuziehen, dann
platzierte sie ihn mit ein paar Snacks auf dem Sofa und schaltete
den Fernseher ein. Er saß aufrecht da, der Rücken kerzengerade
durchgestreckt, die Handflächen auf den Oberschenkeln.

»Mach es dir gemütlich«, sagte Eva und streichelte seine knöcherne Schulter. »Ich erledige die dringendsten Aufgaben, dann
komme ich zu dir.«

Er sah sie einen Moment lang verloren an und nickte. Dann erregte der Discovery Channel seine Aufmerksamkeit. Die Dokumentation über exotische Vögel im Regenwald traf sichtlich seinen Geschmack.

Eva ging einen Raum weiter, setzte sich vor ihren Laptop und konzentrierte sich wieder auf ihre Arbeit. Das funktionierte mittelmäßig, weil sie mit einem Ohr auf die Geräusche im Wohnzimmer lauschte. Eva beantwortete E-Mails und telefonierte mit potenziellen Klienten, die während der Feiertage auf das Onlinekontaktformular der Kanzlei geklickt hatten. Nach Weihnachten quoll ihr Postfach über.

Plötzlich poppte ein Chatfenster auf. Es war Endgegner.

Mit einem Lächeln auf den Lippen starrte Eva auf den Bildschirm und wartete auf seine Nachricht.

[Endgegner:] Hab gerade an dich gedacht.
                Was machst du gerade?

Eva entschied sich für die Wahrheit.

[BellaDonna:] Ich babysitte meinen dementen Vater, damit meine
                Mutter den Gärtner vögeln kann.

[Endgegner:] Was? Ernsthaft?

Eva wollte ihn gerade über die abstrusen Umstände aufklären, als ihr auffiel, dass es im Nebenzimmer verdächtig still geworden war. Sie war lange genug Mutter, dass bei plötzlicher Stille alle Alarmglocken in ihrem Inneren schrillten.

Eva huschte ins Wohnzimmer und sah, dass der Fernseher aus war. Dann fiel ihr Blick auf die offene Wohnungstür. Sie hatte vergessen abzusperren!

Panik durchzuckte sie und brannte heiß in ihrer Magengrube, als sie realisierte, dass ihr Vater ohne Schuhe und Jacke nach draußen gegangen war, in die Kälte und den Nieselregen. Sie schlüpfte in ihre Turnschuhe und stürmte in den Gang, brüllte »Papa!«, erhielt jedoch keine Antwort. Er konnte überall sein.

Evas Herz hämmerte wild in ihrer Brust, als sie sich vorstellte, wie ihr Vater allein und hilflos durch dieses Mistwetter irrte.

Im Pyjama hastete sie aus dem Haus und suchte die Gloriettegasse ab, allerdings konnte sie nirgendwo eine Spur von ihm entdecken. Ihre Sorge wuchs ins Unermessliche und ihre Nerven waren zum Zerreißen gespannt.

Sie musste wie eine Verrückte wirken, wie sie durch die Straßen preschte, sich die Seele aus dem Leib brüllte und wahllos Passanten fragte, ob sie einen verwirrten älteren Herrn gesehen hatten.

Die Minuten rasten dahin, mit jeder Sekunde, die verstrich, konnte sich der Radius zwischen ihr und ihrem Vater vergrößern. Vor Kälte und Angst zitternd, kehrte Eva schließlich zum Stadtpalais zurück. Ihre Beine waren schwer wie Blei, während sie sich durch das Treppenhaus schleppte. Sie musste ihre Mutter anrufen und die Polizei verständigen. Gott, wenn ihrem Vater etwas zugestoßen war, sie würde sich diese Achtlosigkeit niemals verzeihen.

In Gedanken bei den nächsten Schritten, die sie in die Wege leiten musste, erkannte Eva das Lachen zunächst nicht. Es kam aus der Nachbarwohnung, wo die Tür nur angelehnt war. Eigentlich hatte sie sich geschworen, diesen Ort niemals wieder zu betreten, doch nun tappte sie ins Innere.

»Papa?«

Insgeheim erwartete Eva, jeden Moment auf Valentín zu treffen, der sie anfahren und hochkant hinauswerfen würde. Doch dann sah sie ihren Vater, wie er am Boden hockte und kicherte, weil eines der Kaninchen ihn beschnupperte. Ein Gefühl unendlicher Erleichterung durchströmte sie.

»Dein Vater, nehme ich an?«, fragte Valentín und lächelte süffisant. »Ich hab ihn im Garten hinter dem Haus gefunden. Er wirkte etwas desorientiert.«

»Ja, aber woher weißt du, dass er mein Vater ist?«

Valentíns Grinsen wurde breiter. »Er hat sich in der Tür geirrt und versehentlich bei mir geklingelt.«

Eva knirschte mit den Zähnen. »Witzig! Aber das beantwortet nicht meine Frage.«

»Entspann dich, das war ein Scherz. Dein Vater hat einen Zettel in der Hosentasche, auf dem deine Adresse steht.«

Dagmar hatte mitgedacht. Vermutlich war es nicht das erste Mal gewesen, dass Harry Reißaus genommen hatte.

Eva hätte sich ohrfeigen können, sie hatte die ganze Nachbarschaft abgesucht, aber den winzigen Grünstreifen hinter dem Haus hatte sie völlig vergessen. »Was hast du denn dort gemacht, Papa?«, fragte sie, als ihr Vater eine Hand in seine Hosentasche steckte und Keksbrösel hervorholte.

»Vögel füttern.«

Plötzlich stieg Eva ein scharfer Geruch in die Nase und sie sah den Fleck auf seiner Hose, der sich rasch ausbreitete.

»Ach Papa, warum hast du nichts gesagt?«

Der Teppich war hinüber.

»Es tut mir so leid«, flüsterte Eva mit knallrotem Kopf, beschämt blickte sie zu Boden. »Das passiert manchmal, er hat … Schwierigkeiten.«

Hätte sie selbst dieses Malheur verursacht, hätte es ihr auch nicht peinlicher sein können. »Ich bezahle natürlich die Reinigung oder den neuen Teppich, je nachdem.«

Eva hörte Valentín kurz auflachen und sie wusste genau, weshalb. Es ging um die Reinigung für das vollgekotzte Motorrad, die Eva nie beglichen hatte.

»Das ist etwas anderes«, sagte sie trotzig. »Das mit dem Motorrad war ich nicht. Das hier zwar auch nicht, aber er ist immerhin mein Vater.«

»Schon gut«, sagte Valentín. »Nicht der Rede wert.«

»Danke!«, murmelte Eva und schnappte sich den dünnen Oberarm ihres Vaters, um ihn mit sich zu führen. Harry sträubte sich, er wollte lieber in der Gesellschaft der Kaninchen bleiben.

»Bitte, Papa! Wir müssen dich waschen und umziehen.«

»Vielleicht möchten Sie nachher wiederkommen?«, fragte Valentín. »Nachdem Sie sich umgezogen haben?«

Evas Herz tat einen Satz. Es berührte sie, dass Valentín dem alten Mann in seiner nassen Hose so respektvoll begegnete. Harry nickte. Die Aussicht auf eine baldige Rückkehr machte ihn gefügig.

Erleichtert lotste Eva ihn in die eigene Wohnung, direkt ins Badezimmer. Dagmar hatte ihn mit einer Reisetasche abgesetzt und nun wusste Eva, wieso.

Sie entkleidete ihren Vater, half ihm in die Dusche und packte die schmutzige Wäsche in einen schwarzen Müllsack. Sogar den hatte Dagmar beigelegt. Sie hatte wirklich an alles gedacht.

Eva war aufgewühlt, so viele Emotionen erfüllten sie. Allem voran Unbehagen, weil sie und ihr Vater die Rollen getauscht hatten und es nun an ihr war, ihm die Seifenreste vom Körper zu spülen. Der Anblick seines faltigen Leibes schmerzte Eva. Harry war nur noch ein Schatten seiner selbst, ein schwindender Geist in der Hülle eines anderen. Aber da waren auch Verwirrung wegen Valentíns reizender Reaktion und Herzklopfen. Hatte sie sich vielleicht in ihm getäuscht?

Zwanzig Minuten später standen sie wieder vor Valentíns

Wohnungstür, Harry sauber und nach Rosen duftend, Eva zitternd und im nassen Pyjama. Sie wagte es nämlich nicht mehr, ihren Vater auch nur eine Sekunde aus den Augen zu lassen. Zwar genierte sie sich für ihren Aufzug, doch für Scham war es in Anbetracht der jüngsten Ereignisse ohnehin zu spät.

Valentín öffnete, blickte an Eva hinab und sah ihr Frösteln.

»Du musst dringend unter die heiße Dusche. Ich passe inzwischen auf deinen Vater auf.«

»Bist du sicher?«

Valentín zog eine Augenbraue hoch. »Keine Sorge, er wird schon nicht verloren gehen.«

Eva schnaubte. Am liebsten hätte sie ihren Vater gleich wieder mitgenommen, allerdings war der bereits in der Nachbarwohnung verschwunden. Eine heiße Dusche klang wirklich verlockend.

Sie nickte und schluckte den bissigen Kommentar hinunter, der ihr auf der Zunge lag. »Okay. Ich bin gleich wieder da.«

Kurze Zeit später kehrte Eva zurück. Zum ersten Mal an diesem Tag in angemessener Kleidung.

Sie trug ihre alte Levis 501, die rein zufällig einen Knackpo zauberte, und einen weißen Kaschmirpullover. Auch wenn sie es sich niemals eingestanden hätte, aber sie wollte Valentín zeigen, dass sich unter dem Flanellungetüm so etwas wie eine Figur verbarg. Seine braunen Augen musterten sie interessiert.

»Möchtest du einen Kaffee?«

»Gerne!«

Das war das normalste Gespräch, das sie jemals miteinander geführt hatten. Es fühlte sich gut an. Valentín schien das Gleiche zu denken. Er nickte und verschwand in der Küche.

Eva ließ ihre Blicke durch sein Wohnzimmer wandern. Es war spärlich eingerichtet und zwei große Umzugskartons standen in einer Ecke am Boden. Der Teppich war verschwunden, dafür hing noch ein leichter Geruch von Desinfektionsmittel in der Luft.

Eva wandte sich ihrem Vater zu, der am Boden kauerte und die Kaninchen beobachtete. Karotte und Möhrchen – Sophie hatte ihr die Namen der Nager verraten – waren wirklich zu komisch.

Sie flitzten durch die Wohnung und trieben Schabernack. Bei jedem Hopser gluckste ihr Vater vor Freude.

Eines der Kaninchen sprang auf den Schreibtisch und berührte dabei die Computermaus, so dass der Bildschirmschoner verschwand. Verdutzt blinzelte Eva auf den Bildschirm.

Valentín hatte die Dating-Seite Lovematch geöffnet. Eva konnte kaum glauben, dass ein so heißer Kerl auf einer Dating-Plattform unterwegs war. Wenn sie seinen Profilnamen erhaschen könnte, dann ...

In diesem Moment kam Valentín aus der Küche, zwei Tassen in der Hand. Seine Augen wanderten zwischen Eva und dem Bildschirm hin und her. Er stellte die Tassen am Schreibtisch ab und Kaffee schwappte über. Valentín beachtete es gar nicht, sondern schnellte vor und knallte den Laptop zu. Ein Hauch von Panik huschte über sein Gesicht.

»Hast du überhaupt keinen Respekt vor meiner Privatsphäre?«, herrschte er sie an.

»Was?«

Eva blinzelte irritiert, denn mit diesem Gefühlsausbruch hatte sie nicht gerechnet. »Ich habe nichts getan«, wollte sie sagen, doch Valentín unterbrach sie. »Besser, ihr geht jetzt«, sagte er kühl. »Den Kaffee trinken wir ein anderes Mal.«

Eva war wie vom Donner gerührt. Er warf sie tatsächlich aus seiner Wohnung. »Komm mit, Papa, schauen wir, ob Dagmar schon wieder da ist«, flüsterte Eva. Sie sagte bewusst nicht Mama. Dagmar war seine Bezugsperson, für sie verließ Harry sogar freiwillig die Kaninchen. Eva zog ihren Vater hoch und steuerte auf die Tür zu.

Sie warf einen grimmigen Blick über ihre Schulter und sagte: »Immer, wenn ich anfange zu glauben, dass du doch kein absoluter Arsch bist, dann beweist du mir das Gegenteil.«

Kapitel 34

Rasierklingen-Rudi

Eva parkte das Auto etwa zwanzig Meter von dem Café entfernt, in dem sie ihr Date treffen sollte. Ein Seufzer entschlüpfte ihren Lippen, denn eigentlich verspürte sie überhaupt keine Lust darauf, Small Talk mit einem Wildfremden zu führen. Ihr verzwacktes Liebesleben war der Grund, warum sie überhaupt hier war, oder vielmehr ihre Frustration darüber. Überspitzt formuliert, schwärmte sie für ein Phantom und trieb es mit einem Arschloch. Dass nun auch noch Ben aus der Versenkung gekrochen kam, setzte dem Ganzen die Krone auf.

Was sie jetzt benötigte, war ein wenig Ablenkung von dem Chaos in ihrem Herzen und da kam Rudi0815 ins Spiel. Er hatte sie auf Lovematch angeschrieben. Eva hatte dem Date zugestimmt, weil sie sich einen Hauch von Normalität in ihrem Leben erhoffte, ein durchschnittliches Treffen mit einem gewöhnlichen Mann. Auch ihr nahender vierzigster Geburtstag spielte dabei eine Rolle. Sie wusste, wie kleingeistig das war, aber deshalb nervte es Eva nicht weniger, ihrem Jubeltag allein und unzufrieden entgegenzugehen.

Eva hielt auf das Café zu. Es befand sich in einer Querstraße des Naschmarkts, nur dass das lebendige Treiben der Genussmeile nicht bis dorthin vordrang. Ein uriges Wiener Lokal, das ein wenig in die Jahre gekommen wirkte.

»Ein seltsamer Ort für ein Treffen«, dachte Eva. Außer man ist ein Serienkiller und will abseits des Trubels ein neues Opfer auskundschaften? Vielleicht befeuerte auch das nasskalte Januarwetter die morbiden Gedanken? Der Himmel war grau und es regnete bereits seit Tagen. Ein kalter Wind wehte zwischen den Häuserfronten und trieb aufgeweichtes Zeitungspapier und modriges Blattwerk vor sich her.

Eva schloss ihren Regenschirm und schüttelte Tropfen und Massenmörderfantasien gleichermaßen ab. Sie betrat das Kaffeelokal. Dafür musste sie eine schwere Drehtür durchschreiten, die gleichsam eine Schleuse zwischen Licht und Dunkelheit darstellte. Sie stellte ihren roten Regenschirm mit den weißen Tupfen zu den anderen. An Tagen wie diesen fand man kaum noch Platz im Schirmständer und musste aufpassen, dass sich beim Herausziehen, die Speichen nicht miteinander verhedderten. Heute hatte der Schirmständer seinen großen Auftritt und Eva gönnte es ihm, weil er sonst doch nur unbeobachtet in einem Winkel vergammelte. Eine Pfütze hatte sich ringsum gebildet, von der feuchte Fußspuren ins Innere des Lokals führten. Eva folgte ihnen, obwohl mit jedem Schritt ihr Widerwillen wuchs. Sie wollte nicht hier sein und beschloss insgeheim, dass das ihr letztes Blind Date sein würde. Ihr fehlte schlichtweg die Energie, sich mit immer neuen Idioten herumzuschlagen.

»Gnä' Frau«, sagte ein älterer Kellner und nickte ihr freundlich zu. Er hatte einen Meister-Eder-Schnauzer und eine riesige Wampe; ein Härtetest für die schwarze Weste und das weiße Hemd, die er trug.

»Kommen'S allein?« Sogleich wanderten seine Augen durch das Lokal auf der Suche nach einem geeigneten Sitzplatz. Eva tat es ihm gleich. Das Interieur war abgenutzt und die Polstermöbel durchgesessen. Die Wände zierten scheußliche Tapeten und alte Fotografien, die frühere, vermeintlich bessere Zeiten porträtierten. Das Lokal und seine Gäste hatten etwas Beklemmendes an sich, der ideale Treffpunkt für Leute, die nicht gesehen werden wollten. Hier hätte Eva einen Privatdetektiv anheuern können, damit er ihren untreuen Ehemann beschattet, oder aber einen Serienkiller, um Fiesabell kaltzustellen. Ein muffiger Geruch hing in der Luft, der sich mit dem Duft von frisch gemahlenen Kaffeebohnen vermengte. Das war nicht verwunderlich, denn selbst in den schlimmsten Bumsen bekam man in Wien einen passablen Kaffee serviert. Es waren kaum Gäste anwesend, die wenigen, die da waren, saßen an kleinen Tischen verteilt und füllten den Raum mit gedämpften Gesprächen.

Der Kellner wiederholte seine Frage und Eva verneinte. Sie hatte ihr Date bereits entdeckt. Er saß in der hintersten Ecke und blickte ihr erwartungsvoll entgegen. Rudi0815 war Wirtschaftsprüfer und genau so sah er auch aus. Er trug einen grauen Pullover, aus dem der Kragen seines weißen Hemds hervorblitzte. Als Eva auf ihn zusteuerte, schnellte er von seinem Platz hoch und lächelte ihr entgegen. Er war nicht unattraktiv, aber etwas an ihm erregte Evas Misstrauen. Rudi war wie eine Rasierklinge, die über die Haut strich, sie schmerzte nicht, dennoch sah man sich bereits mit aufgeschlitzten Arterien verbluten. Er trug eine randlose Brille und eine Frisur, die Eva instinktiv an einen Nazi erinnerte, kurz, mit akkurat gescheiteltem Haar und nach hinten gegelten Seiten.

Auf seinen Profilbildern sah man ihn mit einem Labrador im Wald spazieren, als Grillmeister mit lächerlicher Schürze oder oben ohne verschwitzt eine Felswand hinaufklettern. Im echten Leben wirkte er völlig anders. Nun saß er kerzengerade da und musterte sie aus wachsamen hellblauen Augen. Er war glatt rasiert und nichts an ihm hatte einen Wiedererkennungswert.

»Haben sich die Herrschaften entschieden?«, fragte der Kellner und blickte erwartungsvoll zwischen ihnen hin und her. Rudi vollführte eine winzige Handbewegung, um Eva den Vortritt zu lassen.

»Eine Melange, bitte.«

»Zwei«, ergänzte Rudi und der Kellner entfernte sich. Sie begannen mit höflichem Small Talk, redeten über das scheußliche Wetter und Evas Musikgeschmack. Rudi stellte unzählige Fragen, gab aber rein gar nichts von sich preis, das über gewöhnliche Floskeln hinausging. Sie erfuhr, dass er bei einer großen Kanzlei arbeitete, aber vorwiegend mittelständische Unternehmen prüfte und ein durchschnittliches Leben lebte. Er wohnte außerhalb von Wien, im Wienerwald, und hatte einen Hund, doch nicht einmal den Namen seines vierbeinigen Begleiters verriet er ihr.

»Kein sonderlich schöner Name«, sagte er. »Den hat die Ex ausgesucht.«

»Aha.« Eva verkniff sich die Frage, ob die Ex ihn verlassen hatte oder irgendwo vergraben lag. Um ihr Unbehagen zu überspielen, sagte sie: »Ich tippe auf Kevin, das kann sogar einem Hund das Leben schwer machen.« Kein sonderlich gelungener Scherz, dennoch stieß Rudi ein unnatürlich schrilles Lachen aus, sodass sich mehrere Gäste zu ihnen umdrehten und ihn irritiert musterten. Plötzlich flimmerte vor Evas geistigem Auge eine neue Episode von Aktenzeichen XY ungelöst. Rudi Cerne, der mit ernster Miene in die Kamera blickte und sagte: »Am Tag vor ihrem Verschwinden traf sie sich mit einem unscheinbaren Mann in einem Wiener Kaffeehaus. Augenzeugen sahen sie miteinander reden, aber die beiden schienen nicht auf einer Wellenlänge zu sein. Das einzig auffällige Merkmal ihres Begleiters war sein psychopathisches Lachen.«

Eva riss sich von ihrem Gedankenspiel los und betrachtete sein verlegenes Gesicht. Er schämte sich für sein Wiehern. Würde Rasierklingen-Rudi sie nun kaltstellen, weil sie mit einem dummen Witz seine Schwachstelle offenbart hatte? Eva löffelte die Schaumkrone von ihrer Melange und linste verstohlen auf die Armbanduhr. Dreißig Minuten saßen sie bereits zusammen. War das ein adäquater Zeitpunkt, um die Rechnung zu verlangen? Und sollte sie ihm sagen, dass die Chemie zwischen ihnen nicht stimmte und sie keinerlei Interesse hatte, ihn wiederzusehen; weder in ihrem Leben noch auf einem Fahndungsplakat?

Nein, besser nicht, beschloss Eva. Sie wollte ihm gar keinen Grund geben, auf Rache zu sinnen.

»Hör mal, Rudi. Ich bin noch nicht lange geschieden«, murmelte sie und entschied sich für eine andere Taktik. Höfliche Abfuhr.

»Ich dachte, ich wär bereit für was Neues, aber das stimmt nicht. Tut mir leid.«

Eva winkte dem Kellner und kramte in ihrer Handtasche. Sie öffnete ihre Geldbörse und fischte einen Zehner hervor. Rudi ließ sie dabei nicht aus den Augen. Evas Führerschein steckte im Sichtfenster. Als sie es bemerkte, klappte sie flugs das Portemonnaie zu und hoffte, dass es ihm nicht gelungen war, ihren Nachnamen zu erkennen.

»Soll ich dich nach Hause bringen?«

»Um Himmels willen, alles nur das nicht!«, wollte Eva rufen, begnügte sich aber mit einem Kopfschütteln.

»Danke, aber ich wohne gleich hier in der Nähe.«

Eine Lüge, aber sie wollte nicht, dass Rudi sie zu ihrem Auto begleitete und ihr Kennzeichen sah.

Der Kellner kam und Rudi machte Anstalten, die Rechnung zu übernehmen, doch Eva kam ihm zuvor. Sie knallte den Schein auf den Tisch und schnellte hoch. »Stimmt so.«

»Tschüss!«, murmelte sie, packte ihre Sachen und eilte sie auf den Ausgang zu. Dabei spürte sie seinen durchdringenden Blick förmlich in ihrem Rücken. Das Gefühl, beobachtet zu werden, jagte ihr einen kalten Schauer die Wirbelsäule hinab. Sie griff nach ihrem Regenschirm, der sich, wie konnte es anders sein, mit einem gelben Exemplar verheddert hatte. Eva zerrte daran, mit dem Resultat, dass sich eine der Spitzen im Schirmständer verkeilte. Sie warf einen schnellen Blick über die Schulter. Hinter ihr erhob sich Rasierklingen-Rudi, trank seinen letzten Schluck Kaffee und band sich den Schal um die Schultern. Eva opferte ihren hübschen Regenschirm und zwängte sich durch die vermaledeite Drehtür, die offensichtlich mit Rudi unter einer Decke steckte und sie zurückhalten wollte. Draußen klatschte ihr der Regen entgegen.

»Das ist doch bescheuert«, murmelte sie, dennoch konnte sie sich nicht dazu durchringen, zurückzugehen und ihren Schirm zu holen. In ihrem Inneren schepperten alle Alarmglocken und sie war nicht gewillt, diese zu ignorieren. Flugs stieg Eva in ihren Mini Cooper, der ein Stück die Straße hinauf parkte. Sie duckte sich auf ihrem Fahrersitz und wartete einige Momente. Im Rückspiegel sah sie, dass Rudi das Kaffeehaus verließ. Er blickte ein paar Mal nach links und rechts, schlug den entgegengesetzten Weg ein und ging Richtung Naschmarkt davon. In der Hand hielt er ihren gepunkteten Regenschirm. Erleichterung machte sich in ihr breit. Wobei, vielleicht hatte sie ihm den Psychopathen auch nur angedichtet? Allerdings genügte der Gedanke an Rasierklingen-Rudi, dass sich die Härchen auf ihren Unterarmen sträubten, so als wüsste es jedes einzelne von ihnen besser.

In ihrer Handtasche vibrierte es. Eva warf einen letzten Blick in den Rückspiegel, dann setzte sie sich aufrecht hin und zog ihr Handy hervor. Eine SMS von Rudi.

Du hast deinen Regenschirm vergessen.

Darunter tanzten drei Punkte.

Verdammt. Eva hätte sich ohrfeigen können, dass sie ihm so leichtfertig ihre Nummer gegeben hatte, als sie ihr Treffen vereinbart hatten. Sie hatte sich schlicht nichts dabei gedacht, immerhin hatte sie es mit allen Dates so gehandhabt, falls in letzter Sekunde etwas dazwischenkam oder man das Lokal nicht finden konnte.

Es piepte abermals.

Schade, dass du schon gegangen bist. Es war sehr schön mit dir. Ich würde dich gern wiedersehen.

Diese vermaledeiten blauen Haken verrieten, dass sie die Nachrichten gelesen hatte. Konnte man das irgendwie ausschalten? Denn eines war klar, Eva würde ihm definitiv nicht antworten.

Sie startete ihren Motor, warf einen letzten Blick in den Rückspiegel und fuhr los. Mit jedem Meter, den sie sich entfernte, verstärkte sich ihr Gefühl, noch einmal von Messers Schneide gehüpft zu sein. Gleichzeitig wusste sie, dass sie nie wieder den Mut haben würde, zu einem Blind Date zu gehen. Dieses Thema war für sie nun endgültig abgehakt.

Über die Freisprecheinrichtung rief sie Carmen an, während sie sich in den Verkehr einreihte. Es klingelte einige Zeit. Als Eva schon auflegen wollte, meldete sich ihre Freundin.

»Na und? Ist dein Date schon aus? Wie war's?«

»Furchtbar«, sagte Eva düster. »Der Typ hat meinen Regenschirm gekidnappt.« Sie lachte. Ein heiseres, dunkles Lachen, das sich gefährlich nah an der Kippe zur Hysterie bewegte. Carmen hörte es und fragte alarmiert nach. »Hast du wieder einen Volltrottel erwischt?«

Ehe Eva antworten konnte, erklang ein leiser Piepton in der Leitung. Sie hatte eine weitere SMS von Rasierklingen-Rudi erhalten.

»Diesmal hab' ich den Jackpot geknackt«, antwortete Eva. »Volltrottel kann jeder daten. Ich hab' einen waschechten Psychopathen erwischt.«

Sie warf abermals einen Blick in den Rückspiegel, nur um auf

Nummer sicher zu gehen. Eva hatte schon genug Krimis gelesen, um zu wissen, dass das personifizierte Böse einen immer wieder fand, mitunter auf den unsinnigsten Wegen.

»Dein Ernst? Vielleicht war er nur nervös? Soll ja vorkommen in Gegenwart einer schönen Frau.«

Eva war nicht in Stimmung für Schmeicheleien. Sie ignorierte das Kompliment und erzählte Carmen gerade von dem seltsamen Gefühl, das sie von der ersten Sekunde an beschlichen hatte und das immer stärker geworden war, als ein Klopfen in der Leitung einen anderen Anrufer ankündigte.

»Scheiße, Carmen. Jetzt ruft er schon an«, sagte Eva, nachdem sie auf das Display geschaut hatte.

»Bloß nicht abheben!«, riet Carmen unsinnigerweise – als ob Eva ein Pläuschchen mit Rasierklingen-Rudi in Erwägung gezogen hätte. »Sonst weiß er ja nix von dir, oder?«

»Nein, ich hab ihm weder meine Sozialversicherungsnummer noch meine Adresse verraten«, brummte Eva genervt. Das fortwährende Anklopfen machte sie ganz kirre. »Tut mir leid!«

»Keine Sorge, Schatzerl. Mit der Handynummer allein kann er nix anfangen.« Eva dachte an ihren Führerschein, der kurz aus dem Portemonnaie hervorgeblitzt war, schüttelte dann aber entschieden den Kopf. Nein, das war unmöglich. Rasierklingen-Rudi konnte das abgewetzte Stück Plastik nicht in so kurzer Zeit entziffert haben.

Sie nahm ihren Fuß vom Gas und drückte stattdessen die Bremse durch, weil die Ampel vor ihr auf Rot sprang. Zahllose Touristen marschierten über den Zebrastreifen zum Schloss Schönbrunn und Eva nutzte die Zeit, um ihre Nachrichten zu studieren. Sie las laut vor, damit Carmen mithören konnte.

Ich weiß, dass du meine Nachrichten bekommen hast.
Du könntest wenigstens den Anstand haben, dich zu melden.

Okay, sorry! Das war nicht so gemeint.
Das mit dem Melden schon. Bitte melde dich!

Das Unbehagen, das sie beim Betreten des Cafés beschlichen hatte, kochte wieder hoch.

»Freak!«, sagte Carmen.

»Er hat mir auch eine Sprachnachricht geschickt«, sagte Eva, kam aber nicht mehr dazu, sie abzuspielen, denn der Lieferwagen hinter ihr hupte ungehalten und blendete sie mit der Lichthupe. Es war der Unmut des DPD-Paketdiensts, der sie aus ihrer Versteinerung holte. Schnell trat sie aufs Gas und brauste los, sodass die gelbe Fassade des Schlosses Schönbrunn an ihr vorüberflog. Nur noch ein paar hundert Meter, dann war sie zu Hause. Eva setzte den Blinker und bog in die Hietzinger Hauptstraße ab, dann fuhr sie weiter zur Maxingstraße, die sie zur Gloriettegasse brachte.

»Gut, dass du rechtzeitig gegangen bist«, sagte Carmen. »Der Kerl ist nicht ganz dicht!« Eva hörte, wie ihre Freundin den Laptop zuklappte und auf ihrem Schreibtisch herumnestelte.

»Ich mach heut früher Schluss und komm vorbei, dann können wir in Ruhe darüber reden. Hast du Wein zu Hause?«

Wider Willen musste Eva schmunzeln. »Rot, Weiß oder Rosé?«

Eine Stunde später saßen die Freundinnen bei einem Glas Rotwein in der Küche. Wohnzimmer und Fernseher hatte Sophie beschlagnahmt, die dort gespannt einen Nachtslalom verfolgte. Da die Bundesliga Pause machte, hatte sie ihr Interesse für den Skisport entdeckt. Lisbeth übernachtete bei Mel, um gemeinsam für eine Mathematikprüfung zu lernen.

Carmen ließ sich das Date mit all seinen verstörenden Facetten nacherzählen. Dabei lauschte sie mit der Akribie eines Ermittlers.

Eva war froh, dass Carmen hier war, denn in regelmäßigen

Abständen klingelte ihr Telefon. Wenn sich der Anrufbeantworter einschaltete, sprach Rudi ihr eine böse Nachricht aufs Band. Danach folgte eine SMS, in der er sich für seine untergriffigen Worte entschuldigte. So auch in diesem Moment. Eine Nachricht ploppte auf dem Display auf, darin entschuldigte er sich, dass er Eva Schlampe geschimpft hatte.

»So, jetzt reicht's!« Carmen griff nach Evas Handy und scrollte sich durch die Funktionen. »Jetzt ist der Typ blockiert«, sagte sie eine Minute später mit triumphierendem Grinsen.

»Danke!« Eva wickelte sich in ihre Strickweste und verschränkte die Arme vor dem Körper. »Wieder etwas, das ich noch nie zuvor gemacht hab.«

Carmen griff nach der Weinflasche und schenkte ihnen nach.

Eva warf einen verstohlenen Blick auf die untere Bildschirmleiste ihres Laptops, wo ein rotes Herz blinkte. Auf diese Weise machte Lovematch auf sich aufmerksam. Sie hatte eine Nachricht erhalten.

»Sag bloß, du hast noch ein heißes Eisen im Feuer?«, fragte Carmen amüsiert.

Eva schüttelte den Kopf. Sie würde dem Onlinedating den Rücken kehren, dafür hatte Rasierklingen-Rudi gesorgt.

»Es ist eine Nachricht von Endgegner. Du weißt schon, der Programmierer der App.«

»Der kein Interesse an einer Beziehung hat?«

Eva schnaubte bitter. »Genau der.«

»Also habt ihr ein schräges Cybersex-Ding am Laufen?«

»Gott, nein! Wir reden nur.«

»Aha.« Die drei Buchstaben trieften vor Missbilligung. »Also bist du zufrieden mit der Situation, so wie sie jetzt ist?«

Eva beugte sich vor und nahm einen Schluck Wein. »Natürlich nicht«, gab sie zu. »Wer könnte damit schon zufrieden sein? Ich verzehr mich nach den Worten eines Mannes, dem ich noch nie begegnet bin, und dem Körper eines Kerls, dem ich am liebsten nie wieder begegnen möchte. Dabei will ich doch nur Liebe, Geborgenheit und jemanden, der das Bett mit mir teilt.«

Carmen verzog das Gesicht. Abgesehen vom Sex kam diese Beschreibung ihrer Idee von der Hölle ziemlich nahe.

»Dann sag ihm halt, dass du mehr willst.«

Eva wollte widersprechen, sie daran erinnern, dass Endgegner von Anfang an betont hatte, dass er an keiner Beziehung interessiert sei, doch Carmen ließ sie nicht zu Wort kommen.

»Bullshit! Nacht für Nacht mit ein und derselben Frau chatten, ist eine Beziehung. Wenngleich eine schräge.«

Als die Flasche Wein leer getrunken und Carmen längst in ihr Taxi gestiegen war, brachte Eva Sophie ins Bett. In der Wohnung war es still geworden. Eva stand unter der Dusche und dachte über Carmens Worte nach. Sie wollte mehr vom Leben als einen Verehrer mit Massenmörder-Attitüde, einen virtuellen Boyfriend mit Bindungsangst und heiße Fantasien über den Nachbarn, den sie im echten Leben verabscheute. Diese innere Unzufriedenheit wollte nicht weichen, begleitete Eva beim Zähneputzen und war an ihrer Seite, als sie Seren auftrug und diese in ihre Gesichtshaut einmassierte.

Es war 23 Uhr, als Eva ihren Laptop ins Schlafzimmer holte, sich ein Herz fasste und Endgegner schrieb.

[BellaDonna:] Meine Freundin war gerade da.
Sie hat mir unterstellt, die Nächte mit heißem Cybersex zu verbringen.

Eva fügte mehrere Smileys ein, um dem Text die Schärfe zu nehmen. Dennoch hoffte sie, ihren Chatpartner zu einem Bekenntnis zu bewegen. Carmen hatte recht, es war schon lange mehr als nur ein Chat mit einem Fremden.

[Endgegner:] Die Freundin, die deine Liste verfasst hat?

Eva stutzte. Sie hatte ihm zwar von der Liste erzählt, allerdings angenommen, dass er das längst vergessen hatte.

[BellaDonna:] Ja, genau die.

[Endgegner:] Was stand auf der Liste?

Augenblicklich wurde Eva hellhörig. Punkt für Punkt tippte sie die Liste ab, bis sie bei Telefonsex angelangt war.

[Endgegner:] Stopp!
            Hast du diesen Punkt bereits erfüllt?

Eva schickte ihm einen kichernden Smiley, obwohl ihr alles andere als zum Lachen zumute war.

[BellaDonna:] Nein

[Endgegner:] Möchtest du den Punkt abhaken?

Eva schluckte.
   Ihre Finger zitterten, schwebten über der Tastatur. War sie bereit, diese Schwelle zu überschreiten? Ihre Antwort bestand aus zwei Buchstaben: Ja.
   Drei tanzende Punkte.

[Endgegner:] Gib mir deine Nummer.

Kapitel 35

Telefonsex

Evas Handy vibrierte. Rufnummer unbekannt. Kurz überlegte sie, ob sie ihn einfach wegdrücken sollte, doch wie ferngesteuert berührte sie den grünen Knopf.

»Hallo?«

Es knackte in der Leitung, im Hintergrund hörte sie leises Rauschen.

»Hallo, Bella Donna.«

Er klang ein wenig wie Darth Vader, seine Stimme war tief und unglaublich maskulin. Ob das eine dieser Stimmenverzerrer-Apps war? »Was hast du an?«

Ein Prickeln durchfuhr Eva, sie konnte nicht glauben, dass das gerade wirklich passierte. Angst und Aufregung prallten aufeinander. Es war verrückt, besonders da erst Stunden zuvor ein Fremder ihre Telefonnummer so schändlich missbraucht hatte. Doch Endgegner war ihr nicht fremd, sie verbrachten viel Zeit in der Gesellschaft des jeweils anderen. »Dennoch kennst du nicht einmal seinen Namen«, wisperte ein Stimmchen in ihrem Kopf.

Eva blickte an sich hinab.

»Ein rotes Negligé«, flüsterte sie. »Es ist aus Satin, mit dünnen Trägern und Spitze über der Brust.«

»Bist du im Schlafzimmer? Dann hast du bestimmt einen Spiegel«, sagte die Stimme. »Stell dich davor!«

Keine Bitte, ein Befehl und Eva leistete Folge.

Es war dunkel im Zimmer. Nur eine einzelne Kerze, die Lichter der Stadt und der Schein ihres Displays sorgten für schwache Beleuchtung. Eva war nervös, fühlte sich, als würde tatsächlich ein Fremder vor ihr stehen und sie beobachten.

»Zieh dich aus!«, sagte er. »Lass die Träger langsam über die Schultern gleiten! Beschreibe mir, was du siehst!«

Evas Hand wanderte zu ihrem Schlüsselbein, ein winziger Stupser und der Träger glitt nach unten.

Sie atmete tief ein und aus. Ihre Sinne waren überreizt und sie schien auch winzige Berührungen unglaublich intensiv wahrzunehmen.

»Ich sehe meine Hand, die meine Brust streichelt«, hauchte sie. »Meine Brustwarzen richten sich auf.«

Mit einem leisen Aufstöhnen feuerte er sie an. »Meine Hand wandert tiefer über meinen Bauch bis zu meiner Vagina.«

»Lass dir Zeit«, sagte die Stimme. »Ich will es genießen. Meinen Schwanz hart werden lassen, während ich mir vorstelle, wie du deinen Körper berührst.«

»Was soll ich tun?«

»Willst du nicht lieber wissen, was ich jetzt mit dir tun würde?«

Eva seufzte zustimmend. »Also, was würdest du mit mir tun?«

»Deine Brüste küssen, mit meiner Zunge deine Brustwarzen umkreisen, daran saugen. Dann würde ich vor dir auf die Knie sinken, meine Lippen tiefer wandern lassen. Deinen Bauch hinab bis zu deinem Venushügel. Herausfinden, ob du rasiert bist oder nicht. Deinen Geruch atmen. Du würdest meine Bartstoppeln fühlen, wie sie über deine empfindlichsten Stellen kratzen. Dann meine Lippen, die dich küssen. Ehe ich meine Zunge in dich tauche.«

Eva stöhnte auf.

Er war in ihrem Kopf, sie spürte ihn, es waren seine Finger, die sie streichelten, mit ihr spielten und ihr Lust bereiteten.

»Hast du Punkt sechs von deiner Liste bereits erledigt?«

Sie biss sich auf die Lippen. Er meinte den Vibrator.

Eva nickte stumm. Er schien zu wissen, dass sie das tat.

»Hol ihn!«, befahl er. »Ich will, dass du es dir besorgst, während ich deine Hand führe. Stell dir vor, dass es mein Schwanz ist, der in dich eindringt und dich fickt.«

Er erkannte an ihrer Atmung, was ihr gefiel, trieb sie voran, bis Eva um Erlösung bettelte. Als der Vibrator in sie glitt, war sie mehr als bereit. Sie stöhnte, laut und hemmungslos.

Er tat es ihr gleich. Sie peitschten einander hoch, bis sie gemeinsam den Gipfel der Lust erklommen.

Ein paar Sekunden lang herrschte Schweigen.

Sie genossen die Erleichterung.

»Und jetzt?«

»Gute Nacht, Bella Donna«, sagte die Stimme und Eva erahnte ein Lächeln. »Du bist wunderbar!«

Das Gespräch war zu Ende.

Nachdenklich starrte Eva auf das Nachrichtenfenster ihres Laptops. Er war immer noch online. Hatten sie nun einen Schritt nach vorne gemacht oder zwei zurück? Eva verspürte das Bedürfnis, mit ihm zu reden. Die plötzliche Einsamkeit war ihr zuwider.

[BellaDonna:] Damit hatte ich nicht gerechnet.
Deine Stimme ist unglaublich. Hast du schon mal über einen Job bei einer Sexhotline nachgedacht?

Seine Antwort war ein Smiley, der sich vor Lachen kringelte.

Eva hatte sich mehr gewünscht, das hatte sie bekommen.

Nun wünschte sie sich mehr Klarheit.

[BellaDonna:] Was ist das, was wir haben?

[Endgegner:] Der absolute Wahnsinn. Ich hätte nicht gedacht,
dass ich so etwas jemals wieder erleben würde.

[BellaDonna:] Was? Telefonsex?

Er schickte ihr einen verschmitzt grinsenden Smiley.

[Endgegner:] Nein, das war tatsächlich mein erstes Mal.
Ich meine etwas anderes.

Er zögerte. Die drei Punkte tanzten. Er tippte etwas, löschte es
wieder. Eva starrte auf ihren Bildschirm. Unbehagen ergriff von
ihr Besitz, als sein Schweigen andauerte.

[Endgegner:] Vor zwei Jahren ist meine Frau bei einem
Autounfall gestorben.

Das war eine Bombe, mit der Eva nicht gerechnet hatte.
    Sie starrte auf den Bildschirm, auf die nüchternen Worte, die
eine Katastrophe abbildeten.
    Ihre Finger flogen über die Tastatur.

[BellaDonna:] Mein Gott, das ist schrecklich! Du hast mein tiefstes
Mitgefühl. Ich kann nicht einmal ansatzweise
nachvollziehen, was du durchgemacht hast.

Eva schickte die Nachricht ab, auch wenn sie sich insgeheim
für ihren platten Kommentar schämte. Doch gab es überhaupt
Worte, die sein Leid schmälern konnten? Und was waren sie
wert, zwei Jahre nach dem Unglück?
    Die drei Punkte tanzten.

[Endgegner:] Es war die schlimmste Zeit meines Lebens.
Der Anruf kam mitten in der Nacht. Danach war nichts mehr wie zuvor. Der Wagen meiner Frau war von einem Lkw gerammt worden. Man riet mir, mich zu beeilen, sofort ins AKH zu kommen. Ich hörte es sofort an der Stimme des Polizisten. Es stand nicht gut um sie. Also raste ich ins Krankenhaus, aber ich kam zu spät.
Sie war bereits tot.

Eva hielt die Luft an, während sie seine Worte las.

Die Lust war verflogen und einer eisigen Kälte gewichen. Sie spürte den Schmerz, der seit zwei Jahren sein Begleiter sein musste. Die Verzweiflung. Die Einsamkeit.

[BellaDonna:] Es tut mir so leid.

[Endgegner:] Das erste halbe Jahr war am schlimmsten. Ich tat alles Mögliche, um mich selbst zu sabotieren, auf irgendeine Weise draufzugehen, aber der Tod wollte mich nicht.
Danach ist der Schmerz verblasst, aber die Trauer ist geblieben. Und die Schuldgefühle.

[BellaDonna:] Schuldgefühle?

[Endgegner:] Lovematch war ihre Idee. Sie war bei Investoren in Baden eingeladen und hat mich gebeten, mitzukommen, aber ich wollte nicht. Ich war mit dem Code beschäftigt, wollte meine Arbeit zu Ende bringen, deshalb ist sie allein gefahren. Sie kam nie

wieder zurück. Sag jetzt nicht, dass es nicht meine
Schuld war, davon wird mich niemand jemals
abbringen.

Eva schluckte.

[BellaDonna:] Ich verstehe. Deshalb willst du keine Beziehung,
um dich vor dem Schmerz zu schützen?

[Endgegner:] Ja, das war mein Masterplan.
Ich hab alles dafür getan, niemanden an mich
herangelassen.
Aber dann bekam ich deine Nachrichten. Du hast
mich seit langer Zeit wieder zum Lachen gebracht.
Ich wollte dich abblitzen lassen. Nun, du siehst ja
selbst, wie gut das funktioniert hat.

Eva entfuhr ein Lachen. Hoffnung flackerte auf.

[BellaDonna:] Also hast du deine Meinung geändert?

Schweigen.
    Eva starrte auf die Seite, aktualisierte, wartete auf eine Re-
aktion, aber sie kam nicht. Hatte sie ihn in die Enge getrieben?
Sie wollte endlich wissen, woran sie war, gleichzeitig hatte sie
Angst vor den Konsequenzen seiner Antwort. Als Eva schon
nicht mehr an eine Erklärung glaubte, tanzten drei Punkte.

[Endgegner:] Das ist nicht so einfach.

Eva schnaubte unwirsch. Jetzt, da sie den Vorstoß gewagt hatte,
war sie nicht gewillt, sich hinhalten zu lassen.

[BellaDonna:] Wollen wir uns treffen? Feststellen, ob die Chemie
            zwischen uns auch im echten Leben stimmt?

[Endgegner:] Das geht nicht. Noch nicht.

[BellaDonna:] Warum?

[Endgegner:] Weil ich Angst habe, dich dann zu verlieren.

Eva war verwirrt. Er hatte ihr gerade erst von seiner toten Frau
erzählt, doch da gab es offenbar noch ein dunkleres Geheimnis.
Der Kerl schien reichlich viele Leichen in seinem Keller zu haben.

[BellaDonna:] Lass mich raten, du siehst in Wirklichkeit ganz
            anders aus?

Es war als Scherz gedacht, der verzweifelte Versuch, jener eigenwilligen Stimmung zu entkommen, die dieses Gespräch plötzlich
dominierte. Endgegner war keine Schönheit, im höchsten Maße
gewöhnlich, niemand würde so ein Foto für ein Fake-Profil ver-
wenden. Oder doch?

[Endgegner:] Du hast recht, der Mann auf dem Foto bin nicht ich.

Das war die zweite Bombe, die an diesem Abend platzte und
auch diese hatte Eva nicht kommen sehen.

[BellaDonna:] Waren deine Worte auch eine Lüge?

[Endgegner:] Nein! Jedes einzelne Wort, all unsere Gespräche,
            das war zu hundert Prozent ich. Das musst du
            mir glauben! Das Fake-Foto sollte dich

abschrecken. Zu Beginn jedenfalls, danach konnte ich es nicht mehr ändern.

Eva schnappte nach Luft.

Wut stieg in ihr auf. Sie fühlte sich betrogen und hintergangen und unschön an die Geschichte mit Ben erinnert. Zwar wusste ein Teil von ihr, dass sie die beiden Situationen unmöglich miteinander vergleichen konnte, dennoch tat sie es. Endgegner hatte sie angelogen und ihr etwas verheimlicht, genau das Gleiche hatte auch ihr Ex-Mann abgezogen. Eva hämmerte in die Tasten.

[BellaDonna:] Ändere das Foto – jetzt!
           Zeig mir, mit wem ich es zu tun habe.

Als Antwort erhielt sie zunächst drei Punkte. Drei verdammte tanzende Punkte. Er zögerte, feilte sichtlich an seinen Worten.

[Endgegner:] Du bist aufgebracht. Und das zu Recht.
           Ich glaube aber, dass du jetzt nicht bereit bist für
           die Wahrheit. Ich ändere mein Profilbild morgen,
           wenn du Zeit gehabt hast, dich zu beruhigen. Ich
           verspreche es!

Nun reichte es Eva endgültig.

Sie loggte sich aus. Von wem sollte sie sich auch verabschieden? Sie hatte ihre Zeit mit einem Fremden vergeudet. Sogar das Wenige, das er ihr gegeben hatte, war eine Lüge gewesen.

Zurück blieben Enttäuschung und das Gefühl, zweimal an einem Tag einen gewaltigen Fehler begangen zu haben.

Kapitel 36

Stalker

Eva sah aus dem Fenster in ihrer Küche, von wo aus sie die Einfahrt des Stadtpalais überblicken konnte. Dichter Nebel trübte die Sicht und verschluckte die Hausfassaden gegenüber. Nur die Umrisse der kahlen Bäume erhoben sich aus dem verwaschenen Grau. Dazwischen brannten Straßenlaternen und schufen dreckig gelbe Inseln. Es war sieben Uhr, gerade schallten die Nachrichten aus dem Radio und berichteten vom Verkehrschaos, das der Nebel im Wiener Morgenverkehr verursachte.

Hinter ihr am Küchentisch saß Sophie und löffelte mit grimmiger Miene ihr Bircher Müsli. Die Choco Pops waren leer und sie musste sich mit gesunden Frühstücksflocken begnügen. Eva drehte sich zu ihr um und schmunzelte, weil Sophie die getrockneten Früchte aus der Packung klaubte, um einen Hauch von Süße zu erhaschen. »Chia-Pudding oder Overnight-Oats könnte ich dir noch anbieten«, sagte sie, wissend, dass Sophie beides verachtete.

Eva drückte auf den Knopf der Kaffeemaschine und sah zu, wie dampfende schwarze Flüssigkeit in ihre Tasse floss. Sofort verteilte sich der Geruch von gemahlenen Bohnen in der kleinen Küche. Ein doppelter Espresso, weil Eva wenig und vor allem schlecht geschlafen hatte.

Sie und Endgegner waren gestern Nacht im Streit auseinandergegangen. Zwar reizte es Eva nachzusehen, ob er sein Versprechen gehalten und sein Profilbild geändert hatte, aber woher sollte sie wissen, dass sie es nun mit der realen Person und nicht wieder mit einem Platzhalter zu tun hatte? Eva verschob diese Angelegenheit auf später, denn im Augenblick hatte sie dringendere Ärgernisse zu stemmen. Rasierklingen-Rudi mutierte immer mehr zu ihrem persönlichen Albtraum. Carmen hatte seine Nummer blockiert, allerdings hatte er Eva nachts mehrmals mit unterdrückter Rufnummer angerufen. Um drei Uhr morgens hatte es ihr gereicht. Sie hatte Rudi endgültig verbannt und ihr Handy so eingestellt, dass keine anonymen Anrufe mehr möglich waren. Wirklich gut hatte Eva danach allerdings auch nicht mehr geschlafen.

Der Hiobsbotschaften noch nicht genug hatte Alex Steindl sie zu einem spontanen Gespräch in die Kanzlei zitiert. Der Umstand, dass ihr Chef gleichzeitig der beste Freund von Ben war, ließ unangenehme Vermutungen in Eva aufsteigen.

Würde er ihr kündigen? Die Kanzlei hieß nicht umsonst *Schneider und Partner*, Bens Meinung hatte Gewicht. Würde heute der letzte Faden zu ihrem alten Leben gekappt werden? Eva schüttelte den Kopf, um sich zur Vernunft zu rufen. Es hatte keinen Sinn, Mutmaßungen anzustellen. Stattdessen schmierte sie Sophies Pausenbrot fertig und packte es in ihre Schultasche. Dann half sie ihrer Jüngsten in die Jacke, kontrollierte, ob die Reflektoren auch gut sichtbar waren und küsste sie zum Abschied auf die Stirn. »Soll ich dich nicht doch begleiten? Es ist sehr nebelig und …«

Sophie rollte mit den Augen. »Mama, bitte! Voll peinlich, was sollen meine Freunde denken?« Ohne Evas Antwort abzuwarten, wuchtete sie die Schultasche auf den Rücken und verschwand im Treppenhaus.

Eine Stunde und einen weiteren Espresso später verließ Eva ebenfalls das Stadtpalais. Sie trippelte die geschwungene Treppe hinab, zog die Tür auf und trat nach draußen.

Gleich neben der messingfarbenen Gegensprechanlage befanden sich die Postkästen. Ein weißer Zettel, der aus ihrem Briefkasten lugte, sprang Eva ins Auge. Sie zog ihn hervor und betrachtete ihn skeptisch. Postwurfsendung, lautete ihr erster Gedanke. Eva tippte auf *Wir kaufen Ihr Auto* oder *Altes Gold in gutes Geld verwandeln*, allerdings war sie die Einzige, die einen solchen Zettel bekommen hatte. Sie faltete das Papier auseinander und erblickte eine gedruckte Nachricht.

»Ich beobachte dich.«

Eva fuhr herum, doch niemand war zu sehen. Das war kaum verwunderlich, denn der Nebel verschluckte alles, das sich nicht in einem Radius von drei Metern befand. Das Unbehagen war wie ein Insekt, das langsam an ihr emporkrabbelte. Hatte Rasierklingen-Rudi einen neuen Weg gefunden, um mit ihr zu kommunizieren?

»Unmöglich«, brummte Eva, um sich selbst zu beruhigen. Rudi wusste nicht, wo sie wohnte. Der Absender war zweifelsohne ein Scherzkeks aus der Nachbarschaft, als hätte sie nicht schon Sorgen genug.

Eva hielt sich nicht lange mit der kryptischen Notiz auf, die Zeit drängte. Um neun Uhr musste sie in der Kanzlei sein, doch vorher musste sie ihr Auto durch das weiße Nichts navigieren.

Ihr Wagen parkte gleich vor dem schmiedeeisernen Zaun des Stadtpalais. Eva fischte ihren Autoschlüssel aus der Tasche und hielt auf ihren Wagen zu, als ihr der Mund aufklappte. Auf der Fensterscheibe klebte ein weiterer Zettel, darauf stand in großen Lettern *Hure*.

Eva schnellte rückwärts, wie von einer imaginären Faust geschlagen. Furcht grub sich in ihren Magen.

Sie inspizierte die Gloriettegasse, doch keine Menschenseele war unterwegs. Das war das Seltsame an teureren Wohnvierteln, die Bewohner waren so sehr auf ihre Privatsphäre bedacht, dass man kaum jemanden zu Gesicht bekam.

Eva riss den Zettel von der Fensterscheibe. Er war mit silbernem Textilband angeklebt worden. Plötzlich glaubte sie nicht mehr an Jugendliche, die sich einen Jux erlaubt hatten. Die seltsame Nachricht in ihrem Postkasten war eine Sache, doch diese Beschimpfung ging eindeutig zu weit. Eva bekam es mit der Angst zu tun.

Als sie eine Hand an der Schulter berührte, entfuhr Eva ein leiser Schrei. Sie schlug sie fort und drehte sich um, wo sie Valentíns überraschtes Gesicht entdeckte. Er stand vor ihr mit Lederjacke, zerzauster Frisur und Dreitagebart, einen Karton lässig unter den Arm geklemmt.

»Alles in Ordnung?« Seine Mundwinkel zeigten den Anflug eines Lächelns, doch ein Blick in Evas Gesicht genügte und es erstarb. Seine dunklen Augen scannten ihre Erscheinung, registrierten das zerknüllte Papier in ihrer Hand. »Was hast du da?«

Wortlos glättete Eva den Zettel und streckte ihn Valentín entgegen, damit er die Beschimpfung lesen konnte.

»Macht dir jemand Schwierigkeiten?«, fragte Valentín und seine Miene verfinsterte sich. Eva schüttelte den Kopf, eine Spur zu heftig, um glaubwürdig zu sein. »Alles gut«, murmelte sie und entriegelte ihren Mini Cooper. »Der Zettel klebte an meinem Auto. Bestimmt nur ein Streich. Ich muss zur Arbeit.«

Eva hatte keine Lust, Valentín von ihrer Bekanntschaft mit Rasierklingen-Rudi zu erzählen. Sie rang sich ein Lächeln ab und schwang sich auf den Fahrersitz.

Die renommierte Kanzlei befand sich in bester Lage, nur wenige Gehminuten vom Café Landtmann entfernt. Eva betrat den schmucken Altbau, durchquerte die Eingangshalle und fand sich in dem geschmackvollen Vorzimmer wieder, wo Renate saß und ihre Laptop-Tastatur zum Glühen brachte. Die Empfangsdame begrüßte sie ein wenig zu förmlich, gemessen daran, dass sie mehrmals täglich telefonierten. Eva war für sie immer noch die Frau des Chefs, für die alle möglichen Ausnahmen gemacht wurden. So durfte sie immer noch von zu Hause aus arbeiten, während alle anderen Assistentinnen nach dem Pandemie-Ende ihren Dienst wieder an Ort und Stelle verrichten mussten. Dieses Privileg hatte Ben ihr gewährt, damit sie sich besser um die gemeinsamen Kinder kümmern konnte, vor allem aber, weil er wenig Lust hatte, dauernd über seine Ex-Frau zu stolpern.

Zudem hatte Eva studiert, was ihr ein Ranking irgendwo zwischen Anwalt und Chefsekretärin eingebracht hatte. Genauer war die Position nie definiert worden, weshalb keine der Bürodamen wusste, ob Eva ein Wolf im Schafspelz oder eine von ihnen war. Eva lächelte Renate freundlich zu und setzte sich auf einen der gepolsterten Lederstühle, die in dem geschmackvoll eingerichteten Vorzimmer verteilt standen. Nachdem Schneider senior das Feld geräumt hatte, waren auch die antiquierten Kunstdrucke abstrakten Gemälden und modernem Interieur gewichen.

Renate legte ihren Telefonhörer auf und blickte von ihrem pieksauberen Schreibtisch auf. »Der Herr Steindl hat gleich Zeit für dich«, sagte sie. »Magst derweil einen Kaffee haben?«

Zu gern hätte Eva Ja gesagt, aber man sah Renates Miene an, dass es ihr missfallen würde, eine Kollegin zu bedienen, also schüttelte sie den Kopf. Der Graben zwischen ihnen wurde noch größer, als Alex aus seinem Büro kam und Eva freundschaftlich mit zwei Bussis auf die Wangen begrüßte. »Servus, Eva, komm rein. Ich hoffe, du musstest nicht allzu lang warten?«

»Hallo, Alex«, antwortete Eva erleichtert. So salopp, wie er sie begrüßte, war ihr Job vermutlich doch nicht in Gefahr. Sie stieß erleichtert die Luft aus den Lungen, während sie ihm in sein Büro folgte.

Ehe Alex die Tür hinter Eva schloss und ihr mit einer Handbewegung einen Stuhl anbot, steckte er noch einmal den kahlen Schädel ins Vorzimmer. »Frau Renate, könnten'S uns bitte zwei Kaffee bringen? Und ein bisserl was zum Naschen, wenn's recht ist?« Eva unterdrückte ein Schmunzeln.

Alex Steindl war um die fünfzig, ein quirliger kleiner Mann, der nur so vor Energie sprühte. Er war einer von der guten Sorte, ein verheirateter Familienvater, aber das war Ben auch gewesen, ehe er die Reißleine gezogen hatte.

Ein paar Sekunden saßen sie sich schweigend gegenüber, dann übernahm Alex die Führung. »Frau Professor Doktor Constanze Zöchling hat mich angerufen«, sagte er und betonte jeden Titel akribisch, eine Berufskrankheit im titelgeilen Österreich. Eva schnaubte, denn »die Zöchling« war eine ihrer Dozentinnen. Eva hatte jüngst die Vorlesung *Einführung Wirtschaft und Recht* bei ihr besucht und bei der anschließenden schriftlichen Prüfung brilliert. Begegnet waren sie einander schon früher, auf den Dinnerpartys, zu denen sie Ben begleitet hatte.

Daher wehte also der Wind. Wien mochte zwar eine Weltstadt sein, dennoch kannte man sich innerhalb ihrer Kreise und Gerüchte waren immer nur einen Anruf weit entfernt. Alex beobachtete sie nachdenklich, dabei klickte er im Sekundentakt auf das weiche Ende seines Kugelschreibers. Das Geräusch füllte die Stille, ehe es vom Mahlen der Kaffeemaschine im Vorzimmer übertönt wurde. Eva hätte das dominante Brummen der alten Jura unter Hunderten erkannt. Sie straffte die Schultern und wappnete sich dagegen, dass Alex ihr gleich einen Vortrag über die Unsinnigkeit ihrer Idee zu studieren halten würde, als er einen finalen Klicker machte und rief: »Gefällt mir! Sehr gut!«

Überrascht blickte Eva in sein hageres Gesicht.

»Wirklich?«

»Na sicher! Ich hab nie verstanden, warum du nicht schon

früher wieder angefangen hast. Ich weiß eh, wegen der Kinder, aber wir könnten dich in der Kanzlei gut brauchen. Allein schon wegen der Frauenquote.«

»Und was sagt Ben dazu?«

Alex machte eine wegwerfende Handbewegung, die punktierter nicht hätte ausfallen können. »Hör mir auf mit dem Trottel!«, drückte sie aus, ohne dass ein einziges Wort seine Lippen verließ. Spott und Häme hatte Ben aufgrund seiner beinahe minderjährigen Freundin wohl genug einstecken müssen.

Hinter ihnen schwang die Tür auf und Renate kam herein.

Sie stellte ein silbernes Tablett zwischen ihnen ab, darauf zwei Verlängerte, ein Kännchen Milch und eine Packung Manner Schnitten.

»Und was anderes haben wir nicht?«, fragte Alex stirnrunzelnd.

»Tut mir leid, Herr Steindl«, stammelte sie. »Ich könnt schnell zum Landtmann laufen und was holen. Einen Gugelhupf oder eine Trüffeltorte vielleicht?«

Alex blickte fragend zu seinem Gast, doch Eva winkte ab. »Danke, das passt schon!« Frau Renate sah ohnehin schon drein wie ein Reh im Scheinwerferlicht und Eva wollte ihr Verhältnis nicht noch mehr strapazieren.

Während Eva einen Schuss Milch in ihren Kaffee goss, sagte sie: »Also hast du mich wegen der Wiederaufnahme meines Studiums herzitiert?«

»Natürlich nicht«, erwiderte Alex. »Da hätt ich dich auch anrufen können. Herbestellt hab ich dich, weil ich wissen will, wie es dir geht.« Er beugte sich leicht vor und musterte sie eindringlich. »Alles in Ordnung bei dir? Geht's den Kindern gut?«

»Ja«, log Eva und dachte einmal mehr an das Wort *Hure*, mit dem jemand ihr Auto verunziert hatte.

»Hör zu, ich will gleich zur Sache kommen«, sagte Alex. Zeit war immerhin Geld und als hoch dotierter Anwalt war jede Stunde seiner Zeit verdammt viel Geld wert.

»Bei uns hat gestern ein Mann angerufen und sich nach dir erkundigt.«

Eva schluckte. Der Schluck Kaffee in ihrem Mund kam ihr plötzlich unglaublich bitter vor.

»Ein Mann?«, wiederholte sie. Obwohl sie es für unmöglich gehalten hatte, wurde ihr Unbehagen noch größer.

»Was wollte er?«

»Er wollte wissen, ob hier eine Eva Schneider arbeitet.«

Eva sog scharf die Luft ein. So wie es aussah, war es Rudi doch gelungen, den Namen auf ihrem Führerschein zu erhaschen.

Alex nippte an seinem Kaffee, ohne Eva aus den Augen zu lassen.

»Was hast du ihm geantwortet?«, fragte sie.

»Dass wir dir gekündigt hätten und keine Auskunft über ehemalige Mitarbeiter weitergeben können.«

Eva musste ein derart verstörtes Gesicht gemacht haben, dass Alex ihr den Arm tätschelte und beteuerte: »Das hab ich doch nur so daher gesagt. Aber der Kerl war seltsam. Ich hab kein gutes Gefühl bei dem gehabt.«

»Eindeutig Rasierklingen-Rudi«, dachte Eva trocken und überlegte, ob sie zur Polizei gehen sollte. Doch was sollte sie dort sagen? »Ich glaube, dass der Kerl, der meinen Regenschirm gekidnappt hat, es jetzt auf mich abgesehen hat?«

Sie erzählte Alex von dem seltsamen Date, den Anrufen und dem Zettel auf ihrer Autoscheibe.

Alex hörte regungslos zu, nur das Klicken seines Kugelschreibers verriet seine Anspannung.

»Ich fürchte, Eva, es wird schwer werden, gegen den Kerl vorzugehen. Zu wenig Substanz für eine Anklage.«

Das war das Dilemma des österreichischen Rechtssystems,

dass es erst schlagend wurde, wenn etwas geschah. Man benötigte eine geschädigte Person, um gegen einen Täter vorgehen zu können.

Dumm nur, dass sie in diesem Fall das potenzielle Opfer war.

Eva war in Gedanken versunken gewesen, weshalb erst der Name Isabell sie aufhorchen ließ.

»Zwischen Ben und Isabell kriselt es gewaltig.«

Alex lachte kurz auf. Er versuchte erst gar nicht, seine Schadenfreude zu verbergen. Eva wusste, dass er als verheirateter Mann die Belastungsproben kannte, die lange Ehejahre, Alltag und pubertierende Kinder mit sich brachten. Doch Alex hatte sich einen Porsche gekauft und damit war es gut gewesen.

»Warum sagst du mir das?«, fragte Eva.

Alex zuckte mit den Achseln und schwieg.

Das Ehepaar Steindl waren langjährige Freunde von Ben und ihr gewesen, doch offensichtlich hatte die Männerfreundschaft darunter gelitten, dass Fiesabell Evas Platz eingenommen hatte.

»Eva, halt mich für altmodisch, aber du brauchst einen Mann an deiner Seite, der auf dich und die Kinder aufpasst.«

Wen er dabei im Sinn hatte, wussten sie beide. Offensichtlich waren er und Evas Ex-Schwiegermutter Greta sich einig, dass man die Launen eines Mannes aussitzen musste, bis er geläutert wieder angekrochen kam. Eva zwang sich zu einem schiefen Lächeln.

»Danke, Alex«, murmelte sie und erhob sich.

Er würde sie nicht bitten, zu bleiben. Zeit war Geld und er hatte seine Pflicht erfüllt, mehr gab es nicht zu sagen.

»Halt mich auf dem Laufenden und sei vorsichtig.«

Eva fuhr nicht nach Hause, sondern setzte sich neben Renate an ihren alten Schreibtisch und arbeitete sich durch die dringendsten Punkte auf ihrer Agenda. Manches konnte sie ohnehin nur vor

Ort erledigen, weshalb sich dieser kurze Besuch hervorragend dazu eignete. Freitags war Ben bei Gericht, weshalb Eva auch keine unliebsame Begegnung fürchten musste.

Um zwölf machte Renate Mittagspause und Eva sich auf den Weg, um ihre Kinder von der Schule abzuholen. Weil sie weder Zeit noch Lust verspürte zu kochen, genehmigten sie sich ein schnelles Mittagessen bei McDonald's. »Lisbeth und Sophie werden es mir nachsehen«, dachte Eva, denn Gitterpommes, Veggie-Burger und Chicken-Nuggets zählten ohnehin zu den Leibspeisen ihrer Töchter.

Dann begann für die Mädchen das Papa-Wochenende.

Eva bog in die Einfahrt ihres ehemaligen Zuhauses. Wie jedes Mal juckte es sie in den Fingern, auf den Knopf für die Tiefgarage zu drücken, doch sie besaß keine Fernbedienung mehr und zweifelsohne hatte Ben den Code längst geändert.

Lisbeth und Sophie hatten während der ganzen Fahrt darüber diskutiert, wer wem ein Ladekabel gestohlen hatte. Entgegen ihrer üblichen Vorgehensweise hatte Eva sie streiten lassen, ohne dazwischenzugehen und zu beschwichtigen. Sie war viel zu sehr mit ihren eigenen Gedanken beschäftigt.

Normalerweise wurmte es Eva, wenn die Kinder das Wochenende in Isabells Dunstkreis verbrachten, doch heute war sie froh, Lisbeth und Sophie dort abliefern zu können. Zwar gab es dort auch eine Bestie, aber die schrieb wenigstens keine Drohbriefe.

Sowie Eva den Motor abstellte, erschien Isabell auf der Terrasse. Aufreizend wie immer. Sie trug einen superknappen Minirock, schwarze Strumpfhosen und hohe Stiefel, natürlich mit roten Sohlen, denn Ben hatte eine Vorliebe für teure Fahrgestelle.

Eva stieg aus und brachte ihre Töchter zur Eingangstür. Dann verabschiedete sich von ihnen und sah zu, wie sie im Haus verschwanden. Isabell warf ihr blondes Haar über die Schulter und lächelte den Kindern zu. Als die Mädchen außer Hörweite waren, wandte sie sich an Eva. »Ben kommt später nach Hause.«

Später war ein dehnbarer Begriff und bedeutete so viel wie »sobald die Ex-Frau das Terrain verlassen hatte«. Denn abseits seiner Wichtigtuerei war Ben ein Feigling und die Vorstellung, seine Verflossene und seine Gegenwärtige nebeneinander zu sehen, erfüllte ihn mit Grauen. Eva nickte und machte kehrt. Sie brachte es nicht über sich, mehr als notwendig mit Isabell zu sprechen.

»Ach, Eva, ehe ich es vergesse! Gestern hat ein Mann für dich angerufen. Ich hab ihm deine neue Adresse gegeben. Ben freut sich bestimmt, dass du jetzt nicht mehr allein bist.«

Eva erstarrte bei ihren Worten. Ein eisiger Schauer jagte ihr den Rücken hinab. Der Mann, von dem Isabell sprach, konnte niemand anderes als Rasierklingen-Rudi sein, der offensichtlich jeden verdammten Schneider im Telefonbuch angerufen hatte.

Eva starrte in das stark geschminkte Puppengesicht und fragte sich einmal mehr, ob Isabell wirklich abgrundtief dumm war oder aber so berechnend und durchtrieben, dass sie die Ex-Frau ihres Geliebten sogar an einen Psychopathen ausliefern würde.

Kapitel 37

Ready to rumble

Nachdem Eva die Kinder bei Ben abgeliefert hatte, war sie auf direktem Wege nach Hietzing zurückgefahren. Es war Freitagnachmittag und freie Parkplätze rund um das Stadtpalais waren Mangelware. Eva musste ein Stück gehen, bis sie bei ihrer Wohnung angelangt war. Ausgerechnet heute.

Der dichte Nebel vom Morgen war aufgestiegen und hing nun wie ein grauer Schleier über der Stadt. Nur eine milchige Scheibe ließ erahnen, wo sich die Sonne befand.

Mit jedem Schritt wuchs ihr Unbehagen, die Ereignisse des Tages hatten sie paranoid werden lassen. Immer wieder fuhr Eva herum, weil sie glaubte, verfolgt zu werden.

Einmal mehr verteufelte sie Isabell, die ihr diesen Schlamassel eingebrockt hatte. Eva dachte an Alex Steindls Worte, dass es zwischen den beiden kriseln würde. Doch was kümmerte es Eva, ob Ben eine harmonische Beziehung führte? Wenn jemand eine untreue Partnerin verdient hatte, dann er.

Als sie um die Hausecke bog, verwandelten sich Evas Gedanken schlagartig in blanke Angst. Rasierklingen-Rudi stand vor dem schmiedeeisernen Zaun, der das Stadtpalais umgab. In einer Hand hielt er einen Strauß Rosen, in der anderen Evas gepunkteten Regenschirm.

Wie immer in brenzligen Situationen war weit und breit keine Menschenseele zu sehen. Eva überdachte ihre Möglichkeiten.

Ihr Wagen war zu weit entfernt für einen Sprint in Absätzen. Wenn sie in ihre Wohnung wollte, musste sie an ihm vorbei. Er hatte sich nicht zufällig dort platziert. Eva bemühte sich um eine kühle, abweisende Miene und sagte: »Was suchst du hier?«

»Willst du mich wirklich so schroff begrüßen?«

Rudi machte einen Schritt auf sie zu und streckte ihr die Blumen entgegen. Instinktiv wich Eva zurück.

Er musterte sie aus kühlen blauen Augen. Einen kurzen Moment zuckte ein Muskel in seinem Gesicht, dann hatte er sich wieder vollkommen unter Kontrolle.

»Ich möchte deine Blumen nicht«, sagte Eva, ehe sie der Mut verlassen konnte. »Ich will nichts von dir. Keine Beziehung und auch keine Freundschaft, rein gar nichts. Und jetzt lass mich vorbei.«

Wortlos trat er zur Seite und machte Eva Platz. In ihrem Inneren schrillten alle Alarmglocken, etwas stimmte hier nicht. Aber was hätte sie tun sollen? Sie wollte in ihre Wohnung, die Tür verschließen und den Verrückten aussperren. Eva hatte es beinahe geschafft, als Rudi herumschnellte und sie am Arm packte.

»Lass mich los!« Eva wehrte sich, aber sein Griff schraubte sich um ihr Handgelenk.

Rudi drückte sie gegen den Zaun und presste seinen Körper gegen ihren. »Es gefällt mir nicht, wie du mich behandelst«, keuchte er Eva ins Ohr. »Es ist sehr unartig von dir, einfach abzutauchen und auf keine meiner Nachrichten zu reagieren.«

Nun geriet Eva endgültig in Panik.

»Kapierst du es nicht? Ich will nichts von dir. Wir werden nie zusammen sein!«

Rudis Griff wurde gröber.

Abermals zuckte der Muskel in seinem Gesicht. Eva roch seine Ausdünstungen, das Aftershave und seinen säuerlichen Atem. Sie trat nach ihm, doch es schien ihn nicht zu stören.

»Bin ich dir etwa nicht gut genug?«, fragte er aggressiv.

In der linken Hand hielt er die Rosen und den Regenschirm. Nun schleuderte er beides zu Boden, damit er sie besser festhalten konnte.

»Hilfe!«, schrie Eva, dann fühlte sie eine Hand auf ihrem Mund.

»Sei leise! Ich tu dir nichts, wir reden ja nur«, knurrte er, als ein Schatten aus dem Haus geschossen kam.

Ehe Eva begriff, was geschah, riss jemand Rudi herum und donnerte ihm eine Faust ins Gesicht. Es war Valentín und er war fuchsteufelswild. Er hatte seine Augenbrauen zusammengekniffen, an seiner Schläfe pochte eine Ader.

»Komm ihr nie wieder zu nahe oder du wirst es bereuen.«

Rudi presste die Hand an seine Nase. Zwischen seinen Fingern schoss Blut hervor. Er blickte zwischen Valentín und Eva hin und her, dann schien ihm ein Licht aufzugehen. »Ich hab nicht gewusst, dass die Hure bereits vergeben ist«, stieß er hervor.

»Sprich weiter und der nächste Schlag trifft richtig.« Valentín hob drohend die Faust. Er stand vor Eva wie ein schützendes Bollwerk.

Rudi stolperte rückwärts und suchte das Weite. Auch Eva machte kehrt und rannte auf die Eingangstür zu. Ihre Hände zitterten so stark, dass sie den Schlüssel nicht halten konnte. Er fiel zu Boden. Valentín bückte sich, hob den Schlüsselbund auf und legte ihn ihr mit einer beruhigenden Geste in die Hand.

»Es ist alles gut, Eva. Er ist fort«, murmelte er und streichelte ihre Schultern. »Er kommt nicht wieder, versprochen. Dafür sorge ich schon.«

Bei seinen Worten begann Eva zu weinen. Sie wollte es unterdrücken, doch die Angst der vergangenen Stunden löste sich auf und suchte sich ein Ventil. Valentín zog sie an sich, während Eva an seiner Brust wie ein Schlosshund heulte. Als sie sich wieder unter Kontrolle hatte, wischte sie verlegen über ihr Gesicht und zog die Nase hoch. Ihre Tränen hatten feuchte Flecken auf seinem T-Shirt hinterlassen. »Komm, ich mach dir einen Tee«, sagte Valentín und lotste sie ins Treppenhaus.

Sie saß auf der cremefarbenen Couch in seinem Wohnzimmer, die zwei Kaninchen neben sich, die sie neugierig beschnupperten. Die kleinen Fellknäuel taten das ihre, um Evas Stimmung wieder zu heben. Während Valentín in der Küche mit dem Tee hantierte, blickte sich Eva in seiner Wohnung um. Bei ihrem letzten Kurzbesuch war die Wohnung spartanisch möbliert gewesen, nun war sie – abgesehen von der Couch, auf der sie saß – leer. Die Möbel waren verschwunden und nur noch einzelne Umzugskartons standen in den Ecken verteilt. Eva fühlte einen winzigen Stich in der Brust. Vor ein paar Monaten hätte sie ein Dankesgebet gen Himmel gesandt, inzwischen erfüllte die Vorstellung seines Auszugs sie mit Traurigkeit. Womöglich hatten sie sich einfach auf dem falschen Fuß erwischt?

Valentín kehrte mit zwei bauchigen Teetassen aus der Küche zurück und reichte eine davon Eva.

Er vertrieb Möhrchen und setzte sich neben sie.

»Tut mir leid«, murmelte Eva beim Anblick seiner geschwollenen rechten Hand. Valentín folgte ihrem Blick und drehte seine Hand wie einen seltenen Ausstellungsgegenstand.

»Ich war jahrelang im Boxclub«, sagte er. »Allerdings muss ich zugeben, dass es mit Boxhandschuhen weniger schmerzhaft war.«

»Danke!« Eva wollte sich gar nicht erst vorstellen, wie die Situation ohne sein Eingreifen ausgegangen wäre.

»Der Kerl war mir von Anfang an unheimlich«, sagte sie und erklärte ihm, wie es zu dieser Situation gekommen war. Valentín hörte ihr schweigend zu und nickte gelegentlich. Das erste Gespräch, das sie führten, ohne sich an die Gurgel zu gehen oder sich die Kleider vom Leib zu reißen.

Eva musterte ihn aus dem Augenwinkel. Warum war er nur so unglaublich attraktiv? Zu gern hätte sie seine sinnlichen Lippen geküsst und ihre Hand über seine kantigen Züge gleiten lassen. »Ich weiß, das geht mich nichts an«, sagte Eva und deutete auf die Umzugskartons. »Aber ziehst du aus?«

»Ich glaube ja. Eigentlich wollte ich schon vor zwei Monaten fliegen. Der Flug nach Buenos Aires ist gebucht, ich habe ihn nur immer wieder verschoben, weil ich mir wegen einer Sache noch im Unklaren bin.«

Eva nahm einen Schluck Tee, um ihre Enttäuschung zu verbergen. Valentín befeuchtete seine Lippen. Dann straffte er die Schultern.

»Ich muss dir etwas sagen. Es ist wichtig. Ich …«

Weiter kam er nicht, Evas Handy vibrierte.

Irritiert linste sie auf das Display.

Es war Ben, ihr Ex-Mann und Vater ihrer Kinder. Letzteres war der Grund, warum sie augenblicklich abhob. Eva drückte auf den grünen Knopf.

»Geht es dir gut?«, klang es aus der Leitung. Eine Frage, die Ben ihr schon sehr lange nicht mehr gestellt hatte.

»Alex hat mir von dem Irren erzählt, der dir nachstellt. Ich bringe die Kinder zu meinen Eltern, dann komme ich zu dir. Keine Sorge, ich passe auf dich auf.«

Unter anderen Umständen hätte Eva ihn zurechtgewiesen, ihm gesagt, dass ihr Leben schon lange nicht mehr seine Angelegenheit war, doch nach dem Schrecken dieses Tages flüsterte sie nur:

»Okay.«

Nachdem Eva aufgelegt hatte, wandte sie sich wieder Valentín zu.

»Sorry, das war mein Ex-Mann«, murmelte sie. Valentíns Miene verhärtete sich und er zuckte mit den Schultern.

»Kein Problem«, murmelte er. »Ich habe ohnehin noch mit

Packen zu tun.« Eva nickte, reichte ihm die Teetasse und ging. Erst an ihrer eigenen Wohnungstür fiel ihr wieder ein, dass Valentín im Begriff gewesen war, ihr etwas zu sagen.

Kapitel 38

Alte Liebe rostet nicht?

»Was für ein ereignisreicher Tag und er scheint nicht enden zu wollen«, dachte Eva, als sie aus dem Foyer des Stadtpalais trat. Das hatte sie zumindest vorgehabt, aber in Wirklichkeit öffnete sie die Tür nur einen winzigen Spalt, lugte nach rechts und links, ob jemand zu sehen war, und wand sich dann wie ein Wurm ins Freie. Ihr Körper war bis in die Zehenspitzen angespannt und auf Flucht programmiert. Sollte sie nur ein winziges Zipfelchen des Psychopathen erspähen, würde sie schnurstracks kehrtmachen und nach oben preschen. Vielleicht würde Eva auf der Flucht einen kurzen Zwischenstopp bei ihrem Nachbarn einlegen – in Extremsituationen verhielt man sich bekanntlich nicht immer rational –, damit Valentíns Faust und Rudis Fresse ihre Bekanntschaft vertiefen konnten. Aber anscheinend war heute nicht dieser Tag, denn niemand war zu sehen.

Ihr Regenschirm und die langstieligen Rosen lagen in einer blutbespritzten Schneewechte. Die Ecke sah aus wie ein Tatort. Eva brachte es nicht über sich, ihren Regenschirm aufzuheben, so wie man sich auch nicht trauen würde, eine Leiche zu bewegen.

Ihr Herz klopfte bis zum Hals. Sie hatte Angst, dass Rudi immer noch auf sie wartete. Zwar hatte Valentíns Faustschlag ihn ziemlich sicher ins AKH befördert, doch diese Information war noch nicht in ihr Unterbewusstsein gesickert.

Eine Hand berührte sie an der Schulter. Mit einem Aufschrei

fuhr Eva herum, zog das Knie an und traf. Mit einem Stöhnen sank der Anzugträger vor ihr auf die Knie und der feine Zwirn des Mantels streifte im Dreck. Es war Ben.

»Scheiße!«, fluchte er, krümmte sich und presste die Hand in den Schritt. »Du hast doch gewusst, dass ich dich abholen komme.«

Nachdem der schlimmste Schmerz offenbar verklungen war, richtete er sich auf und blinzelte Eva beleidigt an. »Mir scheint, du brauchst gar keine Hilfe.«

Überwältigt von ihren Emotionen fiel ihm Eva um den Hals. Im Augenblick symbolisierte er einen vertrauten Hafen, in den sie einlaufen konnte. »Tut mir leid!«

Ben zog sie an sich, strich ihr über die Wange.

»Du zitterst«, brummte er.

»Du auch«, erwiderte Eva, dann sahen sie einander in die Augen und brachen in Gelächter aus.

Schweigend gingen sie die Maxingstraße entlang, die an den Außenmauern des Tiergartens Schönbrunn vorbeiführte. Ben hatte ihre Hand ergriffen und durch seine Armbeuge gezogen, etwas, das Eva unter anderen Umständen nie und nimmer zugelassen hätte.

»Alex hat mir von deinen Schwierigkeiten berichtet«, sagte er. »Deshalb bin ich gleich gekommen, um zu schauen, wie ich …«

Eva fiel ihm ins Wort. »Diese Schwierigkeiten«, sagte sie und zeichnete Gänsefüßchen in die Luft, »hab ich nur wegen deiner saudummen Freundin.«

»Ach, hat sich Isabell mit einem Wildfremden im Kaffeehaus getroffen?«, konterte er.

»Nein! Isabell schmust lieber mit einem Wildfremden in einer Bar.«

Ben schien kurz irritiert, aber er hatte sich gleich wieder unter

Kontrolle. »Das ist jetzt sowieso egal, weil sie gar nicht mehr meine Freundin ist. Ich hab Schluss gemacht.«

Er hielt an und blickte Eva fest in die Augen. »Ich will nur dich! Das hab ich jetzt erkannt. Ich war ein riesengroßer Trottel und hab den schlimmsten Fehler meines Lebens begangen.«

»Seltsam«, dachte Eva, »wie schnell er seine Meinung ändern kann.« Sie wollte ihre Hand wegziehen, doch Ben hielt sie fest. »Unsere Familie bedeutet mir alles. Ich werde alles tun, um dich wieder zurückzugewinnen.«

Eva fühlte sich hin- und hergerissen. Die Kinder würden das wollen, das wusste sie, aber würde sie Ben die Untreue jemals vergeben können? Ihre Schwiegermutter hatte nicht verzeihen können und trotzdem hatten die Jahre sie und Leopold zu einer Einheit zusammengeschweißt. Zwar eine zähe und verstaubte Einheit, aber immerhin Qualitätswerk, das Jahrzehnte überdauert hatte.

»Nein!«, sagte Eva zu Ben, aber vor allem zu sich selbst, weil sie durchaus in Erwägung gezogen hatte, in den alten Trott zurückzukehren. Sie wollte den Schmerz und die Schmach nicht vergessen. Ebenso wenig wie die hämischen Blicke, die Isabell ihr zugeworfen hatte, wenn sie wie ein geprügelter Hund zu ihrem eigenen Haus gefahren war, um die Kinder abzuholen.

»Spar dir den Schmarrn«, sagte sie. »Heute Mittag war Isabell noch in deinem Haus. Ich hab sie dort gesehen.«

»Ich hab ihr den Laufpass gegeben«, beteuerte Ben und hob feierlich die Hand, als wolle er einen Eid schwören. » Ich hab schon eine ganze Weile gespürt, dass es nicht mehr passt. Das heute war mein Weckruf. Ich hab mir solche Sorgen um dich gemacht.«

Er war sehr geschickt darin, Menschen für sich zu gewinnen, und im Augenblick bemühte er sich um Eva. Doch nette Worte genügten nicht, dafür war das letzte Jahr zu qualvoll gewesen. Eva starrte stur auf ihre Schuhspitzen. »Lass uns was essen gehen«, sagte Ben, vermutlich, weil er Eva ansah, dass sie im Augenblick zu keinerlei Zugeständnis zu bewegen war. Damit war die Verhandlung vertagt.

Sie ergatterten einen Platz im Plachutta, einem bekannten Wiener Gasthaus, das für seinen Tafelspitz berühmt war. Das war verwunderlich, weil das Lokal wegen seiner Nähe zum Schloss Schönbrunn und der Spezialisierung auf die Leibspeise des Kaisers meist von Touristen überrannt wurde. Eva war schon lange nicht mehr hier gewesen. Sie bevorzugte die vegetarische Küche, aber Ben und der Kaiser waren sich einig, dass nichts und niemand die gute alte Hausmannskost überbieten konnte.

Ein junger Kellner trat zu ihrem Tisch, um die Bestellung aufzunehmen. Trotz seiner Jugend schien er sich der Tradition des Hauses bewusst zu sein und füllte die grüne Weste mit Stolz aus. Die lange blütenweiße Schürze und das gestärkte Hemd taten ihr Übriges, um ihm ein hochseriöses Auftreten zu verpassen.

»Haben sich die Herrschaften entschieden?«, fragte er süffisant.

Ben nickte knapp und reichte ihm die Karte.

»Wir nehmen zweimal den Sauvignon Blanc und den Tafelspitz mit allen Beilagen.«

»Nein, ich krieg bitte einen Weißburgunder«, widersprach Eva. »Sehr wohl«, erwiderte der Kellner und entfernte sich. Ben hob eine Augenbraue, sagte aber nichts. Er hielt sich für einen begnadeten Weinkenner und erlaubte sich, jedem ungefragt seine Sommelier-Kenntnisse aufzudrängen. »Wer nicht hören will, muss fühlen«, sagten seine Augen, auch wenn sein Mund schwieg.

Neben ihnen saß eine asiatische Reisegruppe und schnatterte aufgeregt, als ihr Essen serviert wurde. Mit vielen »Ahhs« und »Ohhs« bedachten sie das berühmte Gericht, das stilecht im Reindl serviert wurde, dann klickten die Kameras.

Ben plauderte und mimte für sie den Alleinunterhalter.

»Ja … nett«, sagte Eva geistesabwesend, ohne ihm wirklich zuzuhören. Sie betrachtete Bens Hand, die neben ihr auf dem Tisch lag. Elegant, mit langen schmalen Gliedern und sorgfältig manikürt. Sie hatte seine Hände immer gemocht und in den Anfängen ihrer Beziehung oft gestreichelt. Auch jetzt zuckten ihre Finger.

War es das Happy End, das sie sich gewünscht hatte? Dass der Traumprinz geläutert heimkehrte, im Gepäck die Erkenntnis, was für ein gewaltiger Volltrottel er gewesen war? Ben hatte ihr Leben in Trümmer geschlagen, nun wollte er auf den Scherben ihrer Vergangenheit eine neue Zukunft errichten.

Es war mucksmäuschenstill im Wirtshaus geworden. Eva, die über dem Drama ihres Lebens brütete, bemerkte erst gar nicht, dass sie sich plötzlich im Zentrum ihres eigenen kitschigen Liebesfilms befand. Sie hatte angenommen, dass Ben sich den Schnürsenkel binden wollte, tatsächlich aber kniete er vor ihr und grinste sie selbstbewusst an.

»Eva, möchtest mich noch mal heiraten?«, fragte er mit lauter Stimme, sodass auch noch im letzten Winkel des Wirtshauses jeder deutlich seine Worte verstand. Eine juristische Angewohnheit, damit sich nachher keiner auf ein Missverständnis berufen konnte. »Ich verspreche dir, diesmal ein guter und treuer Ehemann zu sein.«

Ein Seufzen schwang durch die Reihen. Aus dem Augenwinkel entdeckte Eva so manche Frau, die neidvoll die Lippen spitzte. Sie sahen einen attraktiven Mann, der gerade die Frage aller Fragen stellte. Zwar ohne Ring, dafür im O-Ton der Überzeugung, dass er die Richtige gefunden hatte.

Eine Mischung aus Erwartung und Neugier erfüllte den Raum. Eine ältere Asiatin am Nebentisch murmelte »Hai«, als könnte sie stellvertretend für Eva den Antrag annehmen.

Eva fühlte Schwindel in sich aufsteigen.

Wie konnte Ben es wagen, sie vor all diesen Leuten so in die Enge zu treiben? Allerdings waren es genau diese Spontanität und sein Charme gewesen, in die sich Eva einst verliebt hatte.

»Steh auf!«, zischte sie und wollte ihn hochziehen, doch Ben rührte sich keinen Zentimeter. »Magst du bitte antworten? Das hier wird langsam peinlich«, raunte er mit einem gekünstelten Grinsen auf den Lippen. Die Gäste kamen Ben zu Hilfe. Irgendwo brüllte ein Mann: »Jetzt erlösen'S ihn halt von seiner Qual. Da kann man ja Mitleid kriegen mit dem armen Kerl!«

»Ja! Ja! Ja!«, skandierte eine Gruppe junger Männer und klopfte begeistert auf die Tischplatte. Immer mehr Kehlen stimmten mit ein und Eva fühlte, dass sie mit dem Rücken zur Wand stand.

»Du bekommst auch einen neuen Ring«, fügte Ben scherzhaft hinzu und setzte dem Schurkenstück die Krone auf. »Falls du dir deswegen Sorgen machst.«

Verlegen, überrumpelt und darauf bedacht, dieser unangenehmen Situation zu entkommen, nickte Eva schließlich, was von frenetischem Jubel und Applaus begleitet wurde. Ben schnellte erstaunlich behände hoch, zog sie in seine Arme und küsste sie filmreif. Dabei beugte er sie so weit nach hinten, dass sie sich instinktiv an ihn klammerte, um nicht umzufallen.

Die Menge jubelte und Ben strahlte, nur Eva fühlte sich genötigt und vorgeführt wie ein Dressuräffchen. »Fehlen nur noch die sprühenden Funken«, dachte sie zynisch. Dann wäre die Hollywoodschnulze perfekt. Der Chefkoch kam persönlich aus der Küche marschiert, flankiert von zwei schneidigen Kellnern. Letztere trugen die Beilagen, der Küchenchef den Tafelspitz, in dem er eine Wunderkerze drapiert hatte. Man verstand es, die spontane Verlobung publikumswirksam zu inszenieren. Der Chefkoch servierte die Gerichte, gratulierte überschwänglich und verschwand wieder in der Betriebsküche. Zurück blieben der

Tafelspitz, ein toller Hecht und ein zerdrücktes Würstl.

»Ich werde dich garantiert nicht noch einmal heiraten«, zischte Eva, als Ben ihr gentlemanlike auftat.

»Musst du aber«, konterte ihr Verlobter grinsend. »Schließlich hast du Ja gesagt.«

Eva schüttelte den Kopf. Das konnte er doch unmöglich ernst meinen, immerhin hatte ein paar Stunden zuvor Isabell noch auf seiner Terrasse Hof gehalten und hochnäsig auf Eva herabgeblickt. Aber warum, verdammt noch mal, stand sie nicht einfach auf und ging? Es war ja nicht so, dass sie jemand an diesem Stuhl festgeklebt hätte.

»Also ich bin glücklich! Du auch?« Ben wartete Evas Antwort gar nicht erst ab. »Du, aber das mit dem Studium, darüber müssen wir noch mal reden, gell?«

Die asiatische Reisegruppe neben ihnen war fertig und erhob sich. Die ältere Dame – die noch vor Eva den Antrag angenommen hatte – steuerte auf sie zu und verbeugte sich leicht. Mit glitzernden Augen und einer vermutlich japanischen Wortsalve bedachte sie Eva mit einem Schwall aus Glückwünschen.

Eva biss die Zähne zusammen und bedankte sich zähneknirschend. Die Frau konnte schließlich nicht wissen, dass der vermeintliche Traumprinz bis vor Kurzem noch die böse Fiesabell geknallt hatte. »Eva, bitte iss«, sagte Ben und deutete auf ihren Teller. »Wenn der Cremespinat kalt ist, kannst ihn wegschmeißen.«

Der klassische Tafelspitz war ein kulinarisches Schmankerl. Zuerst löffelte man die Fleischbrühe, dann schmierte man sich das Mark auf ein Stück Schwarzbrot, ehe man zum eigentlichen Hauptgang überging: Rindfleisch mit Apfelkren, Schnittlauchsauce und Rösterdäpfel. Dumm nur, dass Evas Kehle wie zugeschnürt war.

Kapitel 39

Was mein war dein

Ben lenkte den Wagen in die geräumige Garage. Der wuchtige BMW stand dort einsam und allein, sein langjähriger Partner, der Mini Cooper, war mit Eva nach Hietzing übersiedelt. Dabei hatte den Mini das Los vieler Scheidungsopfer getroffen: Er musste nun ohne festen Stellplatz sein Dasein fristen, während der ehemalige Partner immer noch in Saus und Braus lebte.

Ben stellte den Motor ab, sprintete um den Wagen herum und öffnete Eva die Beifahrertür. Das hatte er seit Jahren nicht mehr getan. Gemeinsam traten sie durch die graue Feuerschutztür, die den Weg zu Kellertrakt, Waschküche und Abstellraum freigab. Minkis Katzenklo stand hier. An den Wänden stapelten sich alte Spielsachen der Mädchen, denen sie längst entwachsen waren. Ein Bobbycar, das die Sonne von Knallrot auf Rosa gebleicht hatte, eine Kiste mit Legosteinen und unzählige IKEA-Boxen voll mit Krimskrams, Stofftieren und Barbiepuppen. Eine Treppe führte hinauf in die erste Etage, wo sich die offene Wohnküche befand, in minimalistischem Design und mit einem wuchtigen Küchenblock aus Granit. Große Fensterfronten versorgten den loftartigen Innenraum großzügig mit Tageslicht. Eva blickte nach draußen auf die Terrasse, von der man die Einfahrt überblicken konnte. Isabells Thron war leer und das Schneider'sche Schiff hatte seine Galionsfigur verloren. Überhaupt waren nirgendwo Spuren ihrer Existenz zu erkennen. Hatte Ben sie weggeräumt oder seiner Freundin nie gestattet, sich hier wohnlich einzurichten? Vermutlich Letzteres.

Eva setzte sich auf das Ledersofa und blickte nach draußen. Sie hatte die Beine angezogen, so wie sie es früher immer getan hatte, aber plötzlich fühlte es sich falsch an, wie so ziemlich alles an diesem eigenwilligen Tag. Wann hatte dieses Sofa aufgehört, ihr eigenes zu sein? Die Antwort war einfach: an dem Tag, als ihr Mann zu ihrem Ex geworden war.

Es dämmerte und Wien begann zu leuchten. Von hier aus hatte man einen guten Blick über die Stadt, aber keine direkten Nachbarn, die ins Innere glotzen konnten. Abgesehen von den Besitzern des angrenzenden Schlosses Neuwaldegg. Das war zwar in Privatbesitz, aber glücklicherweise stand es die meiste Zeit leer.

»Komm nach Hause«, hatte Ben nach dem gemeinsamen Essen zu ihr gesagt. »Du weißt, wie sehr sich die Kinder freuen würden, wenn wir es noch einmal miteinander versuchen.«

Eva durchschaute diese Taktik. Mitgekommen war sie trotzdem, weil sie sich endlich Klarheit erhoffte. Waren noch irgendwo tief in ihr Gefühle vergraben oder gab es tatsächlich nur noch Gräben zwischen ihnen?

Ben begutachtete den Weinkühlschrank, wo die Weißweine lagerten, entschied sich dann aber für einen schweren Roten, zweifelsohne weil er wusste, dass dieser Eva besonders schnell zu Kopf stieg.

»Danke«, sagte sie, dann klirrten die Gläser.

Während Eva ihren Wein beschnupperte, ihn im Glas Kreise ziehen ließ und sein Aroma genoss, nestelte Ben am Plattenspieler und zündete ein paar Kerzen an. An seinem Anheizprogramm hatte sich nichts geändert.

Evas Blick schweifte durch das Wohnzimmer, das einst ihr Zuhause gewesen war. Sie betrachtete den Nussholzcouchtisch, auf dem immer noch ihre Coffee-Table-Books lagen, als hätte sie diese erst gestern arrangiert. Das mit Karl Lagerfelds Fotografien war sündhaft teuer gewesen und Eva fragte sich, warum sie es bei ihrem Auszug nicht mitgenommen hatte. Darüber baumelten die Lampen im Industrial Design, die aussahen wie riesengroße bauchige Glühbirnen. Was hatten sie wegen des Looks diskutiert! Ben hatte ihn als Baustellenästhetik verunglimpft, aber bei Evas Auszug hatte er darauf bestanden, seine Lampe zu behalten. Wohin sie auch blickte, überall Erinnerungen.

Eva kannte jeden Kratzer im Boden und jedes Astloch im Couchtisch. Der Hochflorteppich zeigte noch den hellen Rotweinfleck, der sich ihren Reinigungsversuchen widersetzt hatte. All das waren Spuren ihrer Vergangenheit, doch es war nicht mehr ihr Leben. Das Rad hatte sich weitergedreht. Die Erinnerungen an glückliche Momente vermischten sich mit dem Gefühl der Entfremdung. Melancholie umfing Eva, als sie erkannte, dass dieser Ort nicht mehr ihr Heim war. Nicht Isabell war hier der Eindringling, sie war es.

Ben setzte sich zu ihr. Prostete ihr ein weiteres Mal zu und zwang Eva, noch einen Schluck zu trinken.

»Du bist wunderschön«, raunte er und Eva zog ob der plumpen Phrase eine Augenbraue hoch. Offensichtlich genügte dieser pathetische Müll, um eine Zwanzigjährige flachzulegen.

»Ich mein das ernst«, verteidigte sich Ben. »Du hast dich verändert, bist selbstbewusster und sinnlicher geworden. Das gefällt mir.«

Er strich Eva durch das seidige Haar, dann nahm er ihr das Weinglas aus der Hand und stellte es auf den Tisch. Er beugte sich vor. Als sich ihre Lippen berührten, geschah nichts, nicht das leiseste Kribbeln. Eva fühlte nur Abneigung und das Verlangen, ihn von sich zu stoßen. Sie wusste, dass Ben ein mittelmäßiger, weil egoistischer Liebhaber war, aber wie ausnehmend schlecht er küsste, hatte sie verdrängt.

Sie zog sich zurück und griff wieder nach dem Weinglas. Ben war nicht mehr ihr Ehemann, sondern ein Fremder. Und noch dazu ein Fremder, der ihr nicht sonderlich sympathisch war.

»Ich glaube, ich sollte gehen«, murmelte Eva, doch Ben hielt sie zurück. »Bleib bitte! Lass es uns langsam angehen, okay?«

Er schenkte ihr noch einmal Wein nach. Offensichtlich hoffte er, dass der Alkohol die Situation auflockern würde.

»Ben, das mit uns ist vorbei«, sagte Eva. Das Gefühl der Entfremdung war so gewaltig, dass sie es einfach benennen musste.

»Aber wir haben doch gesagt, dass wir es noch einmal probieren!« »Nein, du hast das gesagt«, antwortete Eva und schüttelte den Kopf. »Ich liebe dich nicht mehr. Und ich glaub nicht, dass ich das jemals wieder lernen könnte.«

Ben sah geknickt aus und Tränen glitzerten in seinen Augen. Er war das Opfer seines Zerstörungswahns geworden.

Irgendwo hinter ihnen piepte sein Smartphone.

»Ich hab noch gar nicht mit ihr Schluss gemacht«, gestand Ben, weil der Wein ihm die Zunge gelockert hatte und es jetzt ohnehin schon egal war. »Aber ich hab es vor. Immerhin hab ich mich heute verlobt.«

Eva schnaubte, er hatte sie wieder angelogen. Sie horchte in sich hinein, aber da war keine Resonanz. Es war ihr schlicht egal. »Weißt du, dass sie dich betrügt?«, fragte Eva. »Ich hab es mit eigenen Augen gesehen. Sie hat mit Marco geknutscht, einem Donauschiffkapitän. Der Typ ist, wenn ich das so sagen darf, sogar ein noch mieserer Kerl als du.«

Ben zuckte mit den Achseln. Beleidigungen prallten prinzipiell an ihm ab. Er schenkte noch einmal nach, dann war auch die zweite Flasche leer. Ben hatte sie beinahe allein getrunken. Es würde wohl die letzte Flasche Wein sein, die sie je gemeinsam

trinken würden, weshalb sie ihn bis zum letzten Schluck aus-
kosteten.

»Hast du einen Neuen?«

»Ja«, sagte Eva und tunkte ihre Nase tief ins Glas, damit er ihr
Gesicht nicht sehen konnte. »Sogar zwei«, fügte sie im Geiste
hinzu, aber dieses Dilemma ging Ben rein gar nichts an.

Geraume Zeit später, nachdem Ben auch noch die halb volle
Flasche Kochwein, die er im Kühlschrank gefunden hatte, ver-
nichtet hatte, kämpfte er sich hoch. Er rang mit seinem Hemd
und schleuderte es von sich. Darunter trug er ein weißes Unterhemd, das er sich in einem Anflug von Größenwahn über der
Brust zerreißen wollte. Weil er aber nicht Hulk war und das
Unterhemd aus qualitativer Baumwolle, passierte nichts, außer
dass es in den Nähten knackte.

»Scheiße!«, fluchte Ben und riss es sich unwirsch vom Leib.
Er hatte Muskeln zugelegt, seit er mit Isabell liiert war, aber den
Kampf gegen sein Unterleiberl, ein Sinnbild seines alternden
Ichs, hatte er dennoch verloren. Allerdings war er nicht bereit,
klein beizugeben. Nun riss er den Gürtel aus den Schlaufen,
knöpfte seine Anzughose auf und ließ sie zu Boden sinken. Der
Stoff wogte um seine Knöchel, er machte einen Schritt nach
vorne, strauchelte und stürzte. Das Glück der Besoffenen war
ihm hold und er kämpfte sich ohne Blessuren wieder auf die
Beine. Im weißen Männerslip und Socken, die ihm beinahe bis
zu den Knien reichten, stand er vor Eva. Dann ließ er die letzte
Hülle fallen und behielt nur die Socken an, denn Ben mochte
keine kalten Füße.

»Jetzt kannst es dir noch ein letztes Mal anders überlegen,
Frau«, lallte er und kratzte sich am Sack. Eva betrachtete seine
dürren haarigen Beine und schüttelte den Kopf.

»Geh ins Bett, Ben«, sagte sie müde. »Und vielleicht nimmst

gleich ein Aspirin. Ich glaub, das würde dir guttun.«

Ben zeigte mit dem Finger auf sie und rief: »Du weißt wieder einmal nicht, was du verpasst. Das war immer schon dein Problem!« Er machte kehrt und torkelte die Treppe hoch ins Obergeschoss. Eva beobachtete seine kleinen festen Pobacken, die bei jedem Schritt leicht wackelten, und biss sich auf die Zunge, um ihr Grinsen zu verbergen.

Den Geräuschen nach zu urteilen ging er ins obere Badezimmer. Er putzte sich die Zähne, gurgelte, dann reckte es ihn. »So wie jedes Mal«, dachte Eva schmunzelnd. Er hustete, reinigte sich geräuschvoll seinen Rachen und presste einen knallenden Furz hervor, ehe er den Apothekerschrank öffnete, vermutlich um ein Aspirin einzuwerfen. Ein Rumpeln erklang. Er hatte sich schwungvoll ins Bett fallen lassen und war auf der anderen Seite wieder hinausgefallen. Es folgte ein kurzes Aufrappeln, dann knarzte die Matratze und es wurde still.

Eva saß immer noch auf dem Sofa und war froh, dass er weg war. Ein betrunkener Ben war noch viel anstrengender als ein nüchterner.

Es war bereits weit nach Mitternacht. Zwar sehnte sich Eva nach ihrem eigenen Bett, allerdings graute ihr davor, alleine ins Stadtpalais zurückzukehren. In ihrer Fantasie sah sie Rudi im Schein der Laterne stehen, mit Nasengips und einer Mordswut im Bauch. Dieses Risiko wollte sie nicht eingehen. Lieber würde sie bis Tagesanbruch auf Bens Couch ausharren und sich dann auf den Weg machen. Eva griff nach der Kuscheldecke, die über der Lehne hing und zog sie über sich. Gerade als sie dachte, dass es klug wäre, einen Wecker zu stellen, überrollte sie die Müdigkeit wie eine bleierne Welle und ihr fielen endgültig die Augen zu.

12 Aufgaben vor 40

1. ~~Mit dem Joggen beginnen~~
2. ~~Selbstfindung~~
3. ~~Onlinedating~~
4. ~~Speeddating~~
5. ~~One-Night-Stand~~
6. ~~Vibrator kaufen~~
7. ~~Brazilian Waxing + sexy Dessous~~
8. Flotter Dreier
9. ~~Callboy~~
10. ~~Burlesque-Workshop~~
11. ~~Telefonsex~~
12. ~~Tantra-Massage~~

Kapitel 40

Zur falschen Zeit am falschen Ort

Februar

Ein hartnäckiges Klingeln riss Eva aus dem Schlaf. Es war Samstagmorgen und der neue Tag scharrte in den Startlöchern, allerdings lud der wolkenverhangene Februarmorgen dazu ein, noch ein Weilchen länger liegen zu bleiben. Doch daran war nicht zu denken, denn die Türglocke erklang erneut in aller Dringlichkeit. Eva ahnte, wer diesen Radau veranstaltete. Isabell hatte Ben die halbe Nacht mit Nachrichten bombardiert, nun hatte sie die Ungewissheit offenbar satt und war höchstpersönlich in Neuwaldegg aufmarschiert.

Eva erhob sich steif. Nach dieser Nacht auf der Couch schmerzte ihr Nacken. Die Zeiten, wo sie nach einem Besäufnis überall ihren Rausch ausschlafen konnte, waren eindeutig vorüber.

Sie streckte sich, um die Dehnbarkeit ihrer Glieder wiederherzustellen. Dabei ignorierte Eva das Spektakel, das Isabell veranstaltete. Stattdessen blickte sie durch das Panoramafenster und genoss den Blick über Hernals, den siebzehnten Wiener Gemeindebezirk, der sich im Talbecken unter ihr erstreckte.

Eva schnappte sich ihre Handtasche und ging in das zweite Badezimmer, das sich auf dieser Etage befand. Aus dem Schlafzimmer über ihr drang Schnarchen. Ein weiterer Beweis dafür, dass Ben gestern hackedicht gewesen war, denn dann schnarchte er immer wie ein Rhinozeros.

Eva griff in ihren Kulturbeutel, den sie immer mit sich führte und machte sich ans Werk. Trotz der wenigen Stunden Schlaf sah sie frisch und erholt aus, was an Rouge und Lippenstift lag. Beides hatte sie sich gerade ins Gesicht gepappt.

Sie trug ihre heiß geliebte Levis Jeans und einen cognacfarbenen Kaschmirpullover. Die Haare steckte sie zu einem Messy Bun hoch. Dabei kam sich Eva wahnsinnig französisch vor, aufgrund der Nonchalance, mit der sie diesen Morgen schaukelte.

Zurück im Wohnzimmer klemmte sie sich den Karl-Lagerfeld-Bildband unter den Arm und betrachtete die Unordnung. Bens Kleidung lag am Boden verstreut. Am Couchtisch standen leere Weinflaschen und Rotweingläser, eines davon mit ihrem Lippenstiftabdruck. Dazwischen lag sein Handy, das auf der Tischplatte vibrierte.

Eva öffnete die Haustür und sah Isabell zusammenzucken. »Es muss ein Schock für sie sein, ausgerechnet Bens Ex-Frau in die Arme zu laufen«, dachte Eva nicht ohne Schadenfreude. Isabell sah bedauernswert aus mit ihren verheulten Augen, der verschmierten Wimperntusche und der rot gefrorenen Nasenspitze.

Keine von ihnen sagte ein Wort.

Eva ging und Isabell schlüpfte durch die Haustür hinein, ehe sie ins Schloss fiel. Sie erinnerte Eva an eine Katze, die über keine Haustierklappe verfügte, weil Ben seinem Sex-Kätzchen offensichtlich keinen Schlüssel zugestand. Trotzdem würde er in Kürze von einem fauchenden Tiger aus dem Schlaf gerissen werden. Die Indizien, die Isabell vorfinden würde, konnte man nur missinterpretieren. Ein Gedanke, der Eva ein noch breiteres Grinsen ins Gesicht zauberte. Sie wollte nicht in Bens Haut stecken.

Als sie eine Stunde später in der Gloriettegasse ankam, stellte Eva erleichtert fest, dass der Regenschirm aus der Einfahrt

verschwunden war. Ebenso wie die Rosen. Ohne diese Beweis-
stücke fühlte sich die Begegnung mit Rasierklingen-Rudi ein bisschen weniger real an, so als wäre es nur ein schlechter Traum
gewesen.

Eva prüfte den Inhalt ihres Briefkastens und fand einen nichtssagenden weißen Briefumschlag. Darauf standen vier Worte: *Für
Eva. Von Valentín.*

Seltsam. Plötzlich fiel Eva wieder ein, dass er ihr etwas mit-
teilen wollte, ehe Bens Anruf sie unterbrochen hatte. Obwohl
es sie in den Fingern juckte, öffnete Eva den Brief nicht sofort.
Sie wollte ihn lieber in der Abgeschiedenheit ihrer eigenen Wohnung lesen.

Eva zog ihren Schlüsselbund hervor, doch bevor sie diesen ins
Loch stecken konnte, wurde die Tür von innen geöffnet und
das ältere Künstlerpärchen aus dem Erdgeschoss stand vor ihr.
Die beiden Männer drehten morgens immer eine gemeinsame
Runde an der frischen Luft.

»Ah, Frau Schneider! Angenehm«, sagte der Kleinere der beiden und lüftete seine Bakerboy-Kappe.

»Meine Verehrung!« Sein Partner tippte sich an die Zottel-
mütze, die verdächtig nach Bärenfell aussah. Er linste auf den
Brief in Evas Hand, auf dem Valentíns Name stand. Sogleich
erschien ein verschmitztes Grinsen auf seinen Lippen. »Ah ja,
die Liebe! Das waren noch Zeiten, als du mir feurige Zeilen zu
Papier gebracht hast.« Er bedachte seinen Freund mit einem gespielt vorwurfsvollen Blick, dann wandte er sich wieder Eva zu,
der zu ihrer eigenen Verärgerung eine heiße Röte in die Wangen
stieg. »Genießen Sie es, solange es währt«, riet er ihr. »Irgendwann
hören sie nämlich alle damit auf.«

Eva wusste nicht, was sie darauf erwidern sollte, doch zum
Glück wechselte Bärenfell das Thema. »Sie beide geben bestimmt

ein hübsches Paar ab!«

»Nein, also wir sind nicht … äh … Sagen Sie, ärgern Sie sich nicht auch manchmal über Valentín? Ich meine, die laute Musik und seine Art, die er manchmal hat.« Eva rollte demonstrativ mit den Augen. »Furchtbar, oder?«

Eigentlich ging es ihr weniger darum, sich über Valentín zu beschweren, als ihre Verlegenheit zu überspielen.

»Wie die meisten Programmierer ist Valentín eher ein ruhiger Zeitgenosse«, sagte Bakerboy. »Aber die Vergangenheit setzt ihm halt immer noch so zu.«

»Valentín ist Programmierer?«

»Ja!«, riefen Bärenfell und Bakerboy wie aus einem Mund. »Wussten Sie das nicht?«

Eva schüttelte den Kopf. Sie wusste kaum etwas von Valentín. »Was meinen Sie damit, dass Valentín die Vergangenheit immer noch zusetzt?«

Die beiden Männer tauschten bedeutungsschwere Blicke, dann zuckte Bärenfell mit den Achseln. »Vor zwei Jahren ist seine Frau verunglückt.«

Eva hielt erschrocken die Luft an.

Sie hatte das Gefühl, dass der Boden unter ihren Füßen nachgab. »Bitte entschuldigen Sie mich«, hauchte sie und schob sich an den beiden vorbei ins Innere des Stadtpalais. Eva hatte ihren Satz kaum beendet, da rannte sie bereits die Treppen hinauf ins Obergeschoss. War es möglich, dass Valentín und Endgegner ein und dieselbe Person waren?

Eva klopfte an seine Tür. »Valentín, bist du da? Ich muss dringend mit dir reden.«

Keine Reaktion. Sie pfiff auf die Höflichkeit und hämmerte gegen das Holz. Im Inneren erklangen Schritte. Ein Klicken, dann schwang die Tür auf. Eva blickte in das Gesicht von Lisbeth, die Möhrchen im Arm hielt. Auf dem Kopf trug sie eine graue Baseballkappe, auf die in pinken und roten Buchstaben *Lovematch* gestickt war.

»Was in aller Welt suchst du hier?«, fuhr Eva sie an. »Wieso bist du nicht bei Greta und Leopold?«

»Keine Sorge, Oma und Opa wissen Bescheid. Ich versorge nur kurz die Kaninchen. Sie werden heute Nachmittag abgeholt und ich wollte vorher noch ein wenig Zeit mit ihnen verbringen.«

Eva schüttelte verständnislos den Kopf. »Was? Wieso? Wo ist Valentín?«

»Fort«, antwortete Lisbeth kryptisch, während sie Möhrchen zwischen den Schlappohren kraulte. »Die Kaninchen gehörten seiner Frau, wusstest du das? Valentín kann sie nicht mitnehmen, aber wir könnten sie doch behalten, Mama. Bitte!«

»Woher hast du die Kappe?«, murmelte Eva, um der Haustierfrage zu entgehen.

»Na, von Valentín. Er hat einen ganzen Haufen solcher Merchandise-Artikel. Immerhin ist er der Programmierer der App. Er hat gesagt, ich darf mich bedienen. Magst du auch eine haben?«

Eva antwortete nicht. Ihre Knie gaben nach und sie klammerte sich an den Türpfosten. Valentín Rodríguez war Endgegner. Sie hatte sich nicht zu zwei unterschiedlichen Personen hingezogen gefühlt, es war immer ein und derselbe Mann gewesen.

»Mama, Valentín hat gesagt, dass er dir einen Brief geschrieben hat.« Lisbeth blickte an ihrer Mutter hinab zu dem weißen Kuvert in deren Hand. »Ach, vergiss es, du hast ihn ja schon gefunden.«

Sie widmete sich wieder dem Kaninchen auf ihrem Arm und merkte nichts von dem Sturm in Evas Innerem. Hoffnung, Panik und Fassungslosigkeit wechselten im Sekundentakt. Mit fahrigen Händen riss sie den Umschlag auf.

Liebe Eva, oder soll ich dich BellaDonna nennen?
Das ist die letzte Nachricht, die ich dir schreibe.

Morgen um diese Zeit sitze ich bereits im Flieger nach Buenos Aires, aber bevor ich fliege, möchte ich, dass du die Wahrheit erfährst. Vielleicht kannst du meine Beweggründe dann ein wenig besser verstehen.

Nach dem Tod meiner Frau schwor ich mir, mich niemals wieder zu verlieben, aus Angst vor dem Schmerz. Deshalb war ich auch alles andere als glücklich darüber, dass in die Wohnung gegenüber eine wunderschöne, lebenshungrige Frau eingezogen ist. Um mich zu schützen, war ich schroff, abweisend und – wie du es formuliert hast – wie ein riesiger Arsch.

Aber dann kamen die Nachrichten von BellaDonna. Diese wundervollen Nachrichten einer sensiblen und humorvollen Frau, deren Worte mich im Herzen berührten.

Kannst du dir vorstellen, wie erschrocken ich war, als du dein Profilbild dechiffriert hast und ich erkannte, dass die heiße Nachbarin und meine wundervolle E-Mail-Freundin ein und dieselbe Person waren?

Ich weiß, das wäre der richtige Moment gewesen, um dir die Wahrheit zu gestehen, aber ich hatte schon Eva erfolgreich vergrault und Angst, auch BellaDonna zu verlieren.

Also schwieg ich Idiot und machte es nur noch schlimmer!

Nun bleibt mir nichts anderes übrig, als dir zu sagen, wie leid es mir tut! Bitte glaube mir, es war nie meine Absicht, dich hinters Licht zu führen. Allerdings täuschte ich auch mich, weil ich mir das Offensichtliche nicht eingestand; nämlich, dass ich mich schon vor Monaten in dich verliebt habe.

Falls du mir vergeben kannst, warte ich heute Abend in meiner Wohnung auf dich. Dann könnten wir über alles reden und vielleicht einen Neustart wagen?

Wenn du nicht kommst, dann weiß ich, dass ich dich verloren habe.

In Liebe
Valentín (aka Endgegner)

PS: Für den Fall, dass du mir nicht vergeben kannst: Ich habe ein One-Way-Ticket nach Argentinien gebucht, du musst dir also keine Sorgen über weitere unliebsame Begegnungen machen.

Evas Augen wanderten zum Datum, das er in die Ecke gekritzelt hatte. Valentín hatte gestern Abend auf sie gewartet.

»So eine Scheiße!« Eva fühlte, wie ihre Augen feucht wurden. Nun, da sich die zwei Hauptakteure ihres Liebeslebens zu einem Traummann fusioniert hatten, konnte das Schicksal doch unmöglich so grausam sein und ihr all das wieder entreißen. Oder doch? Ein gequälter Seufzer entschlüpfte ihren Lippen.

»Was ist los, Mama?«, fragte Lisbeth erschrocken.

Um die aufkeimende Hysterie im Zaum zu halten, erzählte Eva ihrer Tochter von den jüngsten Entwicklungen. Lisbeth bekam immer größere Augen. »Echt jetzt? Das ist urromantisch!«

»Und was ist mit deinem Papa? Ich mein, wärst du nicht traurig, wenn ich wen anderen …«

»Vergiss Papa!«, unterbrach Lisbeth ungehalten. »Er hat auch nicht an dich gedacht, als er die Affäre mit Isabell anfing.«

»Freut mich, dass du das so siehst, aber es spielt keine Rolle mehr«, flüsterte Eva, während ihr die Tränen über die Wangen perlten. »Valentín ist fort.«

»Na, worauf wartest dann noch? Fahr zum Flughafen.«

Lisbeth hatte recht. Sie musste es wenigstens versuchen. Eva küsste ihre Tochter auf die Stirn, machte auf dem Absatz kehrt und stürmte los. Hinaus aus dem Stadtpalais, die Gloriettegasse entlang. In ihrem Inneren vermengten sich Verzweiflung und Tatendrang.

Eva winkte das erstbeste Taxi heran und riss die Tür zur Rück-bank auf. »Zum Flughafen«, rief sie, noch bevor sie überhaupt einen Fuß in den Wagen gesetzt hatte. »Bitte, drücken Sie aufs Gas. Es geht um die Liebe meines Lebens.«

Kapitel 41

Wiener Blut

»Behalten Sie den Rest.«

Eva verpasste dem Fahrer das Trinkgeld seines Lebens, aus Angst, wertvolle Zeit beim Herausgeben des Wechselgelds zu verplempern. Das hatte sich der Mann aber auch redlich verdient, denn er hatte Wort gehalten und Vollgas gegeben. Eva stürzte Hals über Kopf aus dem Taxi. In romantischen Komödien überwanden die Menschen für die Liebe die unmöglichsten Hindernisse, rollten sich über Motorhauben, hechteten über Parkbänke und sprangen über Gepäckstücke. Anders Eva, die schaffte es nicht einmal, aus dem Taxi zu steigen, ohne auf die Schnauze zu fallen. Ihr Fuß verfing sich an der Gehsteigkante und sie knallte der Länge nach auf den Boden.

Eva rappelte sich auf. Sie hatte weder die Zeit noch die Muße, sich mit einem aufgeschlagenen Knie zu beschäftigen. Mit schmerzverzerrter Miene humpelte sie auf die Abflughalle des Flughafens zu. »Mama, schau, die Frau blutet«, entsetzte sich ein Kind neben ihr. Tatsächlich hatte sich der Jeansstoff rund um Evas Knie rot verfärbt und ihre Levis sich in eine Ripped Jeans verwandelt.

Überall waren Leute, die dem tristen Winterwetter trotzten und sich in wärmere Gefilde vertschüssten. Auch eine Menge Berufsflieger, die gelangweilt die nächsten Flugmeilen herunterspulten, warteten in der Halle. Eva scannte die riesige Anzeigetafel, doch es gab keinen Direktflug nach Buenos Aires. Valentín würde umsteigen müssen. Falls er nicht schon längst fort war. Bei dem Gedanken durchzuckte sie ein scharfer Stich. Um sie herum wuselte es wie in einem Ameisenhaufen. Koffer rumpelten, Kinder plärrten und Mobiltelefone klingelten, dazwischen Werbedurchsagen und Personenaufrufe.

Eva steuerte auf den Infoschalter zu, wo eine junge Frau saß und ihr freundlich entgegenlächelte. Elena Lacková stand auf ihrem Namensschild.

»Was kann ich für Sie tun?«

Atemlos schilderte Eva ihr Anliegen. Dabei erzählte sie der Dame vom Infoschalter vor Aufregung nicht nur den relevanten Teil, sondern auch von dem Brief, dem darin enthaltenen Liebesgeständnis und auf welch obskure Weise Valentín Rodríguez und Endgegner zu einer Person verschmolzen waren. »Ich muss ihn finden, verstehen Sie?«, schloss Eva ihren Monolog.

»Aus Datenschutzgründen darf ich Ihnen keine Auskunft geben«, sagte Elena Lacková und blickte sich um, ob jemand in ihrer Nähe war. Dann blickte sie ein weiteres Mal auf ihren Bildschirm, wo hunderte grüne Zahlen auf schwarzem Hintergrund aufgelistet waren. »Allerdings erscheint mir Flug IB3121 nach Madrid sehr wahrscheinlich«, raunte sie. »Von dort starten täglich einige Maschinen nach Argentinien. Aber der Flug geht in zwanzig Minuten. Das Boarding hat bereits begonnen.«

Bei ihren Worten setzte Evas Herz eine Sekunde lang aus. »Könnten Sie dort anrufen? Und Valentín Rodríguez für mich ausrufen lassen?« Elena Lacková rang sichtlich mit sich. Es war eindeutig gegen die Vorschriften, doch vermutlich war sie eine heillose Romantikerin, denn sie hob den Hörer ihres Telefons ab und tippte eine Nummer.

Es klingelte eine gefühlte Ewigkeit, ehe am anderen Ende der Leitung jemand den Hörer abnahm. Elena Lacková erklärte sich kurz und fragte: »Ist ein gewisser Valentín Rodríguez unter den

Passagieren?« Elena Lacková nickte ein paar Mal, sagte gelegentlich »Aha« und legte auf.

Mit bekümmerter Miene wandte sie sich Eva zu.

»Das Boarding ist bereits vorbei.«

Evas Augen füllten sich mit Tränen.

»Schhhh! Nicht so voreilig«, beschwichtigte die Flughafenmitarbeiterin sie und reichte ihr ein Kleenex. »Er könnte auch Flug OS211 nehmen. Nach Frankfurt. Der Flieger geht in sechzig Minuten. Das Boarding hat noch nicht begonnen.«

»Bitte rufen Sie dort für mich an«, bat Eva, doch diesmal schüttelte die Info-Dame den Kopf. »Der Abflugschalter im Gate F wird erst besetzt, wenn das Boarding beginnt. Aber vielleicht hilft eine Personendurchsage?«

Eva nickte. »Ja, bitte tun Sie das!«

Kurze Zeit später schallte der Aufruf durch den Flughafen. »Valentín Rodríguez wird gebeten, sich mit dem Informationsschalter in der Abflughalle in Verbindung zu setzen.«

Elena Lacková packte ihre Sachen zusammen. Ihre Schicht war zu Ende und sie wurde von einer mürrisch dreinblickenden Dame abgelöst, die zweifelsohne kein Auge zudrücken würde, um Eva zu helfen. »Viel Glück«, raunte Elena, ehe sie sich erhob und den Drehstuhl an ihre Kollegin übergab. Eva bedankte sich. Ihr blieb nichts anderes übrig, als abzuwarten.

Wie ein nervöses Reh stand sie zwischen den umherwuselnden Menschen. Sekunden verwandelten sich in Minuten, ohne dass etwas geschah. Eine Viertelstunde verstrich, wurde zur halben Stunde.

Eva seufzte. Zu Beginn war sie voller Hoffnung gewesen, hatte ein Stoßgebet nach dem anderen gen Himmel gesandt, doch nun sickerte langsam die Realität zu ihr durch wie das Blut durch den Stoff ihrer Jeans. Valentín war längst fort. Das war das echte Leben und kein kitschiger Liebesfilm. Gestern hatte Eva ihn versetzt und heute hatte Valentín den Spieß umgedreht. Vielleicht hatte er die Durchsage sogar gehört und war dennoch in seinen Flieger gestiegen? »Lassen Sie den Kopf nicht hängen«, rief Elena Lacková, ehe sie Richtung City-Airport-Train davonstiefelte.

Ihre Kollegin musterte Eva misstrauisch.

»Brauchen Sie noch was?«

Eva schüttelte den Kopf und humpelte auf das nächstbeste Flughafencafé zu. Das verletzte Knie pochte und schmerzte höllisch. Eva war froh über den Schmerz, denn er lenkte sie von dem Gefühl ab, auf ganzer Linie gescheitert zu sein. Eva ließ sich auf eine fahlgelbe Lederbank sinken und bestellte einen Kaffee. Irgendeinen. Das ging nur, weil man sich hier am Flughafen außerhalb des Einflussbereichs der Wiener Kaffeehausmentalität befand. Bekommen würde sie einen kleinen Braunen mit einer Kapsel Maresi-Milch. Trübsinnig blickte sich Eva um. Der Laden wirkte wie ein American Diner mit unzähligen milchig weißen Lichtkugeln, die sich in den Spiegeln auf wundersame Weise duplizierten. Dann musste sie ihren Blick abwenden, weil das grantige, verbitterte Frauenzimmer im Spiegel sie zu sehr verstörte.

Vor Eva stand ihr dritter Kaffee. Die ersten beiden hatte sie getrunken, den dritten brauchte sie, damit sie etwas hatte, in das sie starren konnte. Ein Grund, um noch ein Weilchen länger zu warten, denn Eva war noch nicht bereit zu gehen.

Abermals beschlich sie das Gefühl, sich in einem Liebesfilm zu befinden. Ein Melodram, bei dem die Protagonistin verheult in der Abflughalle hockte, den Fliegern hinterhergaffte und realisierte, dass sie alles verloren hatte. Sogar das Wetter passte, der Regen peitschte gegen die Glasscheiben, als würde der Himmel mit ihr weinen.

»Es wäre einfacher gewesen, wenn du am Infoschalter gewartet hättest.«

Eva fuhr hoch und kippte sich vor Schreck den Kaffee auf die Jeans.

Valentín stand vor ihr. In der Hand hielt er seinen Reisepass und das Flugticket, als ob er jeden Moment wieder kehrtmachen und verschwinden könnte. Dieser Gedanke war so furchterregend, dass Eva sich in seine Arme stürzte. Irgendwo hinter ihr ging die Kaffeetasse zu Bruch, doch das kümmerte Eva kein bisschen.

»Bitte geh nicht«, flüsterte sie, hob sich auf die Zehenspitzen und hauchte ihm einen Kuss auf die Lippen. Valentín wirkte einen Moment überrascht, dann erwiderte er den Kuss.

Alles um sie herum verschwamm.

»Du weißt es also«, sagte er, nachdem sich ihre Lippen voneinander gelöst hatten. Eva nickte. Valentín packte sie und wirbelte sie herum, dann fanden sich abermals ihre Lippen. Der erste Kuss hatte Fragen gestellt, die der zweite nun beantwortete. Er schmeckte nach Leidenschaft und Hoffnung.

Im Minutentakt starteten und landeten Flugzeuge, doch sie waren längst am Ziel angekommen – in den Armen des jeweils anderen.

Eva blickte an sich hinab. Auf ihrer Hose vermengten sich die Reste des kleinen Braunen mit getrocknetem Blut. »Wiener Blut«, dachte sie und dabei war ihr so leicht ums Herz wie schon lange nicht mehr.

Epilog

Als Eva auf den kleinen Hotelbalkon trat, brach die Hitze von Buenos Aires über sie herein. Nach dem klimatisierten Hotelzimmer erschienen ihr die Luftfeuchtigkeit und die Schwüle wie eine erdrückende Umklammerung. Ein Hauch von Ozean mischte sich unter die Aromen der Stadt. Es roch nach Abgasen, nach Hafen und Terpentin. Neben ihr brummte das Außengerät der Klimaanlage. Was war das nur für eine Welt? Die Lichter der Großstadt funkelten verheißungsvoll, darunter vermischten sich die Klänge leiser Tangomusik mit den Geräuschen des tosenden Verkehrs. Buenos Aires vibrierte vor Lebenslust und steckte Eva mit dieser Ekstase an.

Der Vorhang flatterte neben ihr. Arme umschlangen Eva von hinten, pressten sie an sich. Ein Schauer durchfuhr sie, als sie Valentíns Duft wahrnahm. Dieser Mann verkörperte alles, wonach sie sich gesehnt hatte. Eva war trunken vor Glück.

»Te amo, mi amor«, wisperte er ihr ins Ohr. Seine Stimme hatte sich verändert, seitdem sie argentinischen Boden betreten hatten. Sie war wie die Stadt selbst, heiser, rau und voller Emotion.

»Du hast mich gerettet, mi ángel.«

Sie drehte sich zu ihm und blickte ihm tief in die Augen. In seinen Pupillen spiegelten sich die Lichter des Plaza de Mayo.

Das Leben hatte ihnen eine Chance gegeben, gemeinsam zu heilen und zu wachsen.

Heute war ihr vierzigster Geburtstag. Eva hatte erwartet, ihn gemeinsam mit ihren Töchtern zu verbringen, doch dann hatten Sophie, Lisbeth und Valentín sie mit einem Geschenk der Extraklasse überrascht. Seither schwelgte Eva in einem nicht enden wollenden Traum. Eva und Valentín würden ein paar Tage in Buenos Aires bleiben und die Zweisamkeit genießen, danach würden sie nach Wien zurückkehren und gemeinsam in ihr neues Leben starten.

Sophie und Lisbeth waren froh gewesen, ihre Mutter wieder glücklich zu sehen, und zwischen Valentín und den Mädchen hatte die Chemie ohnehin von Beginn an gestimmt.

Eva hatte gerade eine Nachricht von Marina und Carmen abgehört. Die beiden hatten ihr ein Ständchen geträllert und Eva mit Glückwünschen überhäuft. Das Video hatte mit Carmens Aufforderung zu vögeln, als ob es kein Morgen gäbe, geendet. Valentín hatte nur wissend gelächelt und das Handtuch, das er sich um die Hüften gebunden hatte, wieder fallen gelassen. Er würde sich den Anweisungen von Evas besten Freundinnen bestimmt nicht widersetzen.

Auch Evas Mutter durchlebte ihren zweiten Frühling. Fred besaß zwar längst den Schlüssel zu ihrem Herzen, doch nun war ihm auch hochoffiziell der Schlüssel zur Gemeindebauwohnung offeriert worden. Der Grund dafür war ein trauriger: In den vergangenen Monaten war Harrys Demenzerkrankung rapide fortgeschritten und seine Betreuung war zusehends schwieriger geworden. Deshalb hatten sich Dagmar und Tante Uschi auf ein Pflegeheim geeinigt, das über einen Vogelkäfig voll bunter Wellensittiche und geschultes Personal verfügte. Die Kosten dafür teilten sie sich, genauso wie die Besuchszeiten.

Auch von Ben gab es Neuigkeiten. Laut seinem Facebook-Status war er jetzt offiziell in einer Beziehung mit Isabell. Sein vermeintlicher Seitensprung – der gar keiner gewesen war – hatte Isabell Gift und Galle spucken lassen. Nun tanzte Ben nach ihrer Pfeife und auf eine seltsame Hugh-Hefner-Playboy-Bunny-Weise schienen die beiden im zweiten Anlauf ihr Glück gefunden zu haben.

Nur Greta war beim Bekanntwerden von Evas neuer Beziehung verschnupft gewesen. Das lag aber vor allem daran, dass sie mit ihrer eigenen Vernunftentscheidung haderte. Was wäre wohl geschehen, wenn Greta auf ihr Herz gehört hätte, anstatt bei Leopold zu bleiben und sprichwörtlich den Bock zum Gärtner zu machen?

»Träumst du schon wieder?«

Valentín schob Eva ein Stück weit von sich und betrachtete sie genüsslich. Sie war kurz zuvor aus der Dusche gestiegen und hatte ein Handtuch um den nackten Körper geschlungen. »Du ziehst dich besser an, sonst kann ich nicht garantieren, dass wir es rechtzeitig ins Restaurant schaffen.«

Mit einem vielsagenden Grinsen ging Eva zurück ins Hotelzimmer. In Valentíns Gegenwart war alles einfach und unkompliziert. Eva konnte immer noch nicht begreifen, wie sie sich so lange in ihm hatte täuschen können.

Sie stieg in ihr Cocktailkleid und zog es hoch. Valentín schloss den Reißverschluss. Dabei streiften seine Finger ihre Haut und jagten Eva winzige Schauder die Wirbelsäule hinab. Sie hatte sich neu eingekleidet, denn das kleine Schwarze passte ihr nicht mehr. Sie hatte die Kilos, die sie aus Kummer verloren hatte, längst wieder bei gutem Essen und noch besserer Gesellschaft zugenommen. Nun war sie wieder die Frau, die zehn Kilo zu viel auf den Rippen hatte – allerdings hatte sie sich noch nie wohler in ihrer Haut gefühlt.

Valentín verfolgte jede ihrer Bewegungen. Er beobachtete, wie sie sich die Haare hochsteckte und einen Spritzer Parfüm auftrug. »Was ist eigentlich aus deiner Wette geworden? Du weißt schon, diese sagenumwobene Liste.«

Eva grinste. »Ich habe gewonnen.«

Valentín zog eine Augenbraue hoch.

»Tatsächlich? Du hast jeden einzelnen Punkt erfüllt? Auch den Dreier?« Amüsement, aber auch eine Spur von Eifersucht lagen in seiner Stimme.

»Ja, ich hatte einen Dreier. Beteiligt waren mein heißer Nachbar, mein Onlinefreund und ich.«

»Ich verstehe. Mir war gar nicht bewusst, wie verrucht du bist.«

Eva löste sich von ihm und ging zu ihrem Nachttisch. Darauf lag ihr brandneues Tagebuch. Ein altmodisches aus Papier, weil sie nicht mehr Gefahr laufen wollte, einem Wildfremden im Internet ihre intimsten Gedanken zu verraten. Ein Stück Papier ragte zwischen den Blättern hervor. Eva zog daran.

»Allerdings habe ich mir erlaubt, einen letzten Punkt zu ergänzen«, sagte sie lächelnd und reichte ihm die Liste. Seine Augen wanderten über die Aufzählung.

»Ich verstehe«, murmelte er und strich sich mit dem Daumen über die Unterlippe, eine Geste, die Eva ungemein erregend fand.

»Ich denke, diesen Punkt können wir als erledigt ansehen.«

Eva legte ihre Hand auf Valentíns Brust, sein Herz schlug beruhigend unter ihren Fingerkuppen. Er griff danach und verschlang seine Finger mit den ihren.

Gemeinsam verließen sie das Hotelzimmer. Sie hatten einen Tisch in einem exquisiten Lokal reserviert. Was ihnen die Nacht bringen würde, wussten sie nicht, doch was danach kam, lag kristallklar vor ihnen.

13
~~12~~ Aufgaben vor 40

1. ~~Mit dem Joggen beginnen~~
2. ~~Selbstfindung~~
3. ~~Onlinedating~~
4. ~~Speeddating~~
5. ~~One-Night-Stand~~
6. ~~Vibrator kaufen~~
7. ~~Brazilian Waxing + sexy Dessous~~
8. ~~Flotter Dreier~~
9. ~~Callboy~~
10. ~~Burlesque-Workshop~~
11. ~~Telefonsex~~
12. ~~Tantra-Massage~~
13. ~~Die große Liebe finden~~

Sneak Peek

Hatte sie sich das eingebildet oder bewegte sich Luca tatsächlich auf sie zu? Jener Teil in ihrem Inneren, der sich an ihr eheliches Gelübde erinnerte, mahnte Marina zur Flucht, doch sie rührte sich keinen Millimeter. Er war ihr mittlerweile gefährlich nahe und sie spürte seinen Atem auf ihrer Haut.

Marina hob sich auf die Zehenspitzen und küsste ihn auf die Lippen. Sie wusste nicht, welcher Wahnsinn sie ritt.

»Scusa. Ich... äh, es tut mir leid«, flüsterte sie, bevor Luca sie packte und den Kuss erwiderte.

Marinas Herz raste vor Aufregung. Wann hatte sich das letzte Mal etwas so gut angefühlt? Es war wie eine Droge. Sie ahnte, dass diese sie zerstören könnte, doch im Moment verlieh sie Marina das Hochgefühl ihres Lebens. Bis der Wagen ihres Mannes in die Einfahrt bog.